JE TE VEUX !
TOI. UNIQUEMENT TOI...

DU MÊME AUTEUR

En autoédition

Saga « *Je te veux !* »
8 tomes

Saga « *À votre service !* »
2 tomes
2018-2019

Saga « *Là où mon cœur te retrouvera…* »
4 tomes

Mais également en lecture digitale via mes webnovels sur
www.jordanecassidy.fr

Je te veux !
8 – Pour la vie !

JORDANE CASSIDY

AUTOÉDITION
1ère édition

Le Code de la propriété intellectuelle interdit les copies ou reproductions destinées à une utilisation collective. Toute représentation ou reproduction intégrale ou partielle faite par quelque procédé que ce soit, sans le consentement de l'Auteur ou de ses ayants cause est illicite et constitue une contrefaçon sanctionnée par les articles L335-2 et suivants du Code de la propriété intellectuelle.

Ce livre est une œuvre de fiction. Les personnages et les situations de ce récit étant purement fictifs, toute ressemblance avec des personnes ou des situations existantes ne saurait être que fortuite et indépendante de la volonté de l'auteur.

L'auteur reconnaît que les marques déposées mentionnées dans la présente œuvre de fiction appartiennent à leurs propriétaires respectifs.

Avertissement sur le contenu : cette œuvre dépeint des scènes d'intimité explicites entre deux personnes et un langage adulte. Elle vise donc un public averti et ne convient pas aux mineurs de – de 16 ans. L'auteur décline toute responsabilité pour le cas où le texte serait lu par un public trop jeune.

SUIVRE MON ACTUALITÉ :
Inscrivez-vous !

Loi n°49-956 du 16 juillet 1949 sur les publications destinées à la jeunesse.

PREMIÈRE ÉDITION – Disponible en numérique et papier.

ISBN : 9 782 491 818 180

Autoédition — JANVIER 2025 — Tous droits réservés.

Guiraud Audrey, 200 rue Judaïque, 33 000 Bordeaux

cassidyjordane@gmail.com

© 2024 Jordane Cassidy, pour le texte et l'édition.

© 2024 Nuance Web, pour la couverture.

Impression : Libri Plureos GmbH, Friedensallee 273, 22763 Hamburg (Allemagne)

1

UNIS

Kaya ouvrit les yeux lentement. Une sensation de bien-être enveloppait son corps. Elle était dans sa chambre, dans son lit. Tout était calme. Certains rayons de soleil filtraient à travers les volets. Elle referma les yeux pour apprécier ce moment de quiétude. Elle n'avait pas envie de se lever. Une douce chaleur caressait sa peau et la plongeait dans une envie d'inertie bienvenue. Elle ne se sentait pas vraiment fatiguée. Tout ce à quoi elle pensait était le vide, l'abandon, l'oubli. C'était assez étrange en y repensant. Ces derniers jours, sa vie était devenue un tumulte avec le retour d'Ethan dans sa vie. Ethan... Elle se remémora sa demande en mariage, à genoux, devant elle. Une profonde tendresse et un sentiment d'illégitimité l'avaient parcourue à ce moment-là. Mais la magie d'Ethan avait tout bousculé en elle. Comme à chaque fois. Il avait transformé sa soirée d'angoisse en quelque chose de doux, d'affectueux, de languissant. Même si elle avait refusé sa demande, il ne s'était pas vexé pour autant.

Elle réalisa alors qu'elle n'avait aucun souvenir de la façon par laquelle elle avait atterri ici, dans ce lit, dans sa chambre. Elle savait qu'Ethan l'avait gardée la veille dans ses bras un moment, puis la fatigue l'avait emportée. Cette sensation était toujours là et elle sourit malgré elle. Elle ne se sentait pas seule. Elle tourna légèrement la tête et comprit que le poids contre son dos et cette chaleur enveloppante étaient bien dus à Ethan. Il la serrait dans ses bras et semblait dormir à poings fermés. Elle posa ses doigts sur la main entourant sa taille et sourit à nouveau. Pour la première fois depuis longtemps, elle était heureuse. Il n'y avait pas d'ombres entre eux, tout était paisible, empli d'une douceur chaleureuse qui lui faisait du bien. Elle regarda le soleil qui tentait de traverser les rideaux. Une légère bise passait à travers les fenêtres entrebâillées et déjà elle savait que cette journée allait s'annoncer chaude.

Ethan bougea soudain dans son dos et inspira un bon coup dans ses cheveux. Il sourit, heureux de trouver dans ses narines une odeur familière de shampooing sentant l'abricot.
— Coucou ! lui dit alors Kaya.
— Salut... répondit-il, la voix encore ensommeillée.
Il la serra un peu plus dans ses bras. Il adorait déjà son réveil.
— C'est bizarre, je n'ai pas souvenir d'être montée dans ma chambre ! lui avoua alors Kaya.
— Tu t'es endormie dans mes bras, lâcheuse ! Tu as compté trop d'étoiles visiblement.
— C'est qu'on est bien dans tes bras !
— Je vois ça ! lui répondit-il en déposant un baiser sur sa tempe.
— Pardon de m'être endormie... Tu as dû être déçu que je te laisse seul dans ta contemplation du ciel... Tu devais espérer qu'on finisse la nuit autrement.
Il se dandina dans les draps et glissa son visage contre sa nuque.
— Tout ce qui compte, c'est que tu sois dans mes bras. Le reste n'a pas d'importance.
— Tu ne vas pas jouer le mec gentil qui accepte tout, je te préviens !
Ethan gloussa dans son cou.
— Et pourtant, je suis heureux, je t'assure ! Tu voudrais que je t'impose des choses, en mode connard de premier niveau ?
— Tu vas me faire croire que tu n'avais pas en tête qu'on couche ensemble pour nos retrouvailles peut-être ?
— Aaaaaah ! soupira Ethan en réponse. Si tu savais tout ce que j'ai en tête !
Il se mit à rire alors et embrassa les cheveux de Kaya.

— Mais mon impatience de toi est compensée par mon bonheur de t'avoir enfin retrouvée. Tu m'as tellement manqué que le peu que j'ai de toi est déjà un grand bonheur. Je préfère ça à ton absence nette et définitive dans ma vie.

Kaya se tourna face à lui et passa ses bras autour de sa taille afin de mieux blottir sa tête contre son torse.

— Moi aussi, je suis heureuse d'être avec toi.

Elle se déporta un peu vers son visage et déposa ensuite un baiser sur sa bouche. Ethan la contempla et lui caressa les cheveux.

— Je veux passer ma vie à t'avoir dans mes bras, Kaya. Je te promets que je ferai tout pour être un mari irréprochable !

— Je n'en doute pas ! lui répondit-elle d'un petit sourire.

— Ah ? Donc, c'est un oui ?

Kaya perdit son sourire devant l'air taquin, mais plein d'ambition de son amoureux.

— Non, ce n'est pas un oui.

— Kaya, tu vas m'obliger à passer à l'étape trois de mon plan !

— L'étape trois ? répéta-t-elle, tout à coup moins sûre de sa gentillesse.

— Je savais pertinemment que la première demande en mariage serait retoquée. La seconde, je m'en doutais également, tu es du genre têtue et ne cèdes jamais facilement. J'ai donc prévu le coup !

— Comment ça ? s'inquiéta tout à coup Kaya.

— J'en ai d'autres en stock, tout simplement. Je te ferai fléchir, Princesse ! Tu me diras oui tôt ou tard ! Peu importe le nombre de demandes en mariage, tu finiras par accepter.

L'œil vif, Ethan sourit à Kaya qui sentit déjà un duel usant s'annoncer pour résister à la tornade d'Ethan. Elle savait qu'il pouvait même enclencher son mode connard si c'était dans son intérêt et elle savait qu'à chaque refus, il se rapprocherait de cette voie. Elle soupira.

— Prépare-toi à une ribambelle de demandes en mariage, Princesse !

— Est-ce nécessaire ? Tu sais, deux demandes, c'est suffisant pour comprendre que tu veux passer à l'étape du mari. Je ne suis pas idiote !

— Non, tu ne l'es pas, effectivement ! Mais tu es bornée ! Avec toi, il faut insister !

— Je ne suis pas bornée !

— Si, tu l'es !

— Non ! C'est toi qui t'obstines avec toutes tes demandes en mariage !

— Parce que tu refuses de dire oui du premier coup !

— J'ai encore le droit de dire non, il me semble !

— Oui, tout comme j'ai le droit de te demander en mariage autant de fois que je le souhaite !

Il lui décocha un large sourire auquel Kaya réagit par de l'agacement et le repoussa. Elle se leva alors du lit qu'elle contourna.

— Tu m'énerves ! Je vais faire pipi ! Attends-moi dans la cuisine, on va prendre le petit-déjeuner !

Ethan ricana tout en se laissant aller dans les draps avant de respirer un bon coup.

— Je t'aime, mon amour ! cria-t-il alors, amusé. Épouse-moi !

— Connard !

Il se leva à son tour, rassasié de cette salve de taquineries, et alla la retrouver dans le couloir à la sortie des toilettes. Il appuya son épaule contre le mur tout en croisant les bras et attendit sagement qu'elle apparaisse à nouveau devant lui.

— Chut ! lui ordonna Kaya, l'index levé en avertissement, après avoir refermé la porte des toilettes. Ne dis pas un mot !

Le sourire d'Ethan resta vissé sur son visage.

— Quel type d'alliance aimes-tu ? lui demanda-t-il, amusé.

Kaya râla tout en levant les yeux de désespoir face à l'irrécupérable et descendit au rez-de-chaussée. Ethan ferma les yeux avec ce goût merveilleux de la chamaillerie en bouche qui lui avait tant manqué. Il la rejoignit au bout de quelques minutes à la cuisine et s'assit sagement à la table. Après s'être lavé les mains, Kaya s'affaira à sortir tout ce qui pouvait faire office de petit-déjeuner : confiture, miel, poudre cacao, jus d'orange, lait, brioche. La paume de la main sous son menton et le coude appuyé sur la table, Ethan la contempla en silence jusqu'à ce qu'elle se tourne vers lui.

— Que veux-tu manger pour le petit-déjeuner ? lui demanda-t-elle alors.

Ethan ne put s'empêcher de sourire.

— Toi, toute nue, sur la table, ça me va !

Kaya pencha la tête sur le côté, d'un air blasé.

— Je suis sérieuse ! lui répondit-elle, les mains sur les hanches.

— Moi aussi !

Il lui fit alors un signe de l'index pour lui signifier de venir près de lui. Kaya s'exécuta, bien qu'hésitante quant aux suites qu'il souhaitait donner à cela. Il l'invita à s'asseoir à califourchon face à lui.

— Arrête de bouder ! lui somma gentiment Ethan, tout en embrassant le bout de son nez. J'ai besoin de te taquiner ! Ça aussi, ça m'a manqué !

— Je sais ! lui répondit Kaya d'une voix bougonne, tout en baissant les yeux. Mais tu m'énerves ! Tu as toujours la répartie pour gagner le duel.

— Hé hé ! J'avoue ! Ça sort tout seul ! Je suis tellement heureux de nos chamailleries que ça percute vite dans le cerveau, comme si un bouton s'enclenchait dès qu'il s'agit de te chercher la petite bête ! C'est tellement... jouissif !

Devant la mention de ce mot, Kaya esquissa un léger sourire et frappa légèrement son épaule.

— Je suis sûr que cela t'a manqué, à toi aussi ! lui chuchota-t-il alors, tout en cherchant à capter son regard.

Kaya le fixa alors et grimaça.

— Je préfère ça à ta tristesse... C'est sûr !

Elle posa ses mains sur son T-shirt, au niveau du torse, et caressa légèrement l'endroit où se trouvaient ses deux cicatrices, quand tout à coup, une idée angoissante lui traversa l'esprit.

— Rassure-moi... J'espère que, rongé par le désespoir, tu n'as pas recommencé durant cette année loin de moi ?!

Ethan regarda les mains de Kaya couvrant son torse et posa les siennes dessus.

— J'y ai songé plus d'une fois... Quand je ne supportais plus d'avoir un plâtre à la jambe, quand le détective m'a annoncé avoir fait chou blanc, quand ton absence devenait tellement lourde que ma poitrine brûlait...

Kaya serra les poings, consumée par la culpabilité. Ethan glissa alors leurs mains unies sous son T-shirt pour qu'elles le caressent, à même la peau. Elle en sentit les boursouflures et rugosités, et l'inquiétude la gagna un peu. Il posa alors son front contre la clavicule de Kaya.

— Je ne l'ai pas fait, Kaya ! Si je veux être digne de toi, te prouver que je peux être l'homme de ta vie et que tu peux compter sur moi, le premier des efforts que je devais fournir après ton départ était de respecter ma promesse de ne pas recommencer.

Les yeux de Kaya s'humidifièrent un peu.

— Je veux être l'homme sur qui tu puisses te reposer et non celui pour lequel tu t'inquiètes parce que mentalement, ça ne va pas. Ton départ m'a fait comprendre combien je devais faire un gros travail sur moi pour ne plus que tu doutes de notre force mutuelle à tenir debout et à résister aux bourrasques.

— Ne crois pas que je n'aime pas tes faiblesses, Ethan ! lui répondit-elle alors d'une petite voix.

— Je sais ! Mes faiblesses sont aussi une partie de moi que je dois accepter pour avancer. Cependant..., elles sont aussi un frein à notre relation. Nous avons été séparés à cause d'elles et je ne veux pas que cela se reproduise. Alors je ne les ai pas touchées ! Je te le promets... Tu veux voir ?

Il lui offrit un sourire coquin tout en faisant tressauter ses sourcils. Kaya ne put s'empêcher de sourire à son tour devant sa fierté d'être devenu plus solide mentalement. Aujourd'hui, il ne redoutait ni de les montrer ni qu'elle les touche. Il retira alors son T-shirt et le laissa tomber au sol. Avec mélancolie, Kaya posa ses doigts sur ses deux cicatrices et les parcourut d'un bout à l'autre.

— Tout le reste de mon corps veut bien être aussi touché par tes doigts ! lui susurra-t-il alors à l'oreille.

— Tu veux que je pose mes mains partout sur toi ? lui demanda-t-elle pour confirmation.

Ethan gémit à cette idée aux airs familiers.

— Je suis tout à toi, ma Princesse. Touche-moi partout !

Elle passa alors une main derrière sa nuque et le massa. Ethan ferma les yeux un instant avant de sentir les lèvres de sa princesse sur les siennes. Il la serra alors dans ses bras et se laissa aller à effleurer avec plus ou moins de force les lèvres de Kaya. Cette dernière glissa sa main dans ses cheveux pendant que l'autre restait posée sur la joue d'Ethan. Leurs langues se mêlèrent encore et encore, tandis qu'Ethan baladait ses mains sous le T-shirt de sa belle. Elle se décala néanmoins et se baissa pour embrasser ses cicatrices lentement. Ethan observa attentivement les lèvres de Kaya adoucir ses tourments. Son cœur battait fort, mais ce n'était pas par peur ou appréhension. Aujourd'hui, c'était par amour. Il sentait combien cela lui faisait un bien fou qu'elle presse sa bouche contre son mal, tel un baume qui faisait disparaître toutes les souffrances du passé. Son attention fut pourtant vite déviée lorsqu'elle se mit à genoux et entreprit de descendre encore en lui retirant son short long et ses sous-vêtements. L'étonnement teinté d'une certaine inquiétude devant la charge émotionnelle qui allait suivre vint perturber les battements de son cœur.

— Kaya... Tu es sûre de... oh putain ! Merde ! Oui, t'es sûre !

Il laissa tomber sa tête en arrière tout en savourant les caresses buccales de sa partenaire sur son sexe. L'émotion et le désir se mélangèrent et accentuèrent le rythme de sa respiration et de ses gémissements. Il posa ses doigts dans les cheveux de Kaya, ne sachant s'il devait calmer son ardeur ou la laisser continuer jusqu'à l'extase. Un dilemme qui heurtait sa conscience face à sa déraison.

— Dis... Tu es sûre que je n'ai vraiment pas le droit de te dire « je t'aime » pendant un moment pareil ?

Il baissa les yeux vers Kaya, à genoux entre ses jambes. Elle faisait visiblement exprès de n'avoir rien entendu. Il sourit.

— Épouse-moi, Kaya !

Immédiatement, Kaya se retira, choquée.

— Mais tu n'es pas croyable ! Tu ne peux pas me demander de t'épouser tout ça parce que je...

Elle montra son pénis au garde à vous et se mit à rougir. Il se mit à rire, fier de l'avoir encore prise au dépourvu.

— Je t'aime, mon amour ! Tu es la femme de ma vie !

— Ethaaan !

— Ben quoi ! C'est la vérité ! Et pas uniquement parce que tu me dévores tout cru !

— Je ne te dévore pas, je te...

Kaya se cacha le visage de ses mains, rouge de honte.

— Sous la douche ou dans la cuisine, n'importe où où tu me feras de jolies gâteries, Kaya, je te promettrai la lune et te couvrirai de mots doux. Comment veux-tu qu'il n'en soit pas ainsi ?!

— Tu m'as coupée dans mon élan... Ne me regarde pas !

Ethan ricana, attendri par son attitude mignonne.

— Très bien ! C'est l'heure du petit-déjeuner ! s'exclama-t-il soudain.

Il la releva alors et la déposa, les fesses sur la table. Surprise de cette initiative, Kaya ne sut comment réagir à cette annonce. Sans attendre, Ethan souleva le long T-shirt de Kaya et le lui retira à son tour. Puis ce fut au tour du reste. Il l'obligea à s'allonger sur la table, au milieu de ce qui allait composer son repas. Il badigeonna alors ses seins de confiture de fraise. Kaya se raidit au contact de la fraîcheur de l'aliment sur ses tétons.

— La fraise... Sur le corps d'une femme...

Il lui sourit alors, cherchant à vérifier si cette allusion faisait écho à Kaya.

— De ma femme ! se reprit-il, tout sourire. Tu sais le sucré et l'acidité... J'adore !

Il grogna d'avance de plaisir. Il prit ensuite le pot de miel et laissa le liquide couler le long de son ventre jusqu'à ses poils pubiens. Le regard carnassier d'Ethan fit augmenter l'appréhension de Kaya. Il prit ensuite une tranche de brioche et en mis un morceau dans la bouche de Kaya puis un dans la sienne tout en lui faisant un clin d'œil avant de se saisir d'un de ses tétons. Kaya eut un sursaut de surprise à son mordillement léger au passage. Il avala ensuite le tout et inspira de satisfaction.

— J'adore prendre le petit-déj' avec toi, chérie ! Cela a un goût particulier de reviens-y tout à fait hypnotique !

Il plongea aussitôt sur le second téton enrobé de confiture de fraise qu'il lécha, aspira et tortura un moment avant de gémir. Kaya ferma les yeux et se laissa aller volontiers à ses supplices. Si telle devait être sa punition pour l'avoir quitté, alors elle l'acceptait. Le châtiment était à la hauteur de son amant. Finalement, elle était heureuse de s'être endormie dans ses bras la veille pour commencer la matinée de telle manière. Elle sourit alors. Tandis qu'Ethan se léchait les lèvres pour ôter les dernières traces de confiture, elle se saisit de son index qu'elle plongea dans le pot de confiture, puis le mis à son doigt tout en le défiant du regard. Ethan bloqua alors sur son index qui coulissait désormais dans la bouche de sa belle.

— J'aurais peut-être dû te laisser un peu plus jouer avec...
Il lança un regard vers son sexe.

— Il n'y a pas de raison que tu sois le seul à prendre ton petit-déjeuner ! lui rétorqua-t-elle, provocatrice.

Sans attendre, il fonça sur ses lèvres, l'écrasant de tout son poids et étalant le miel sur leurs deux ventres. Le baiser était fougueux, avide. Leurs langues se retrouvaient à nouveau pour ne faire qu'une. Leurs mains dévalèrent les centimètres de peau de l'autre, friandes de s'approprier le corps convoité. Le désir décupla instantanément. Leur respiration s'emballa. Leur amour pour l'autre s'exprimait enfin concrètement. L'ardeur d'Ethan à embrasser sa petite amie ne trouvait plus de limites. Il pouvait enfin exprimer ce qu'il retenait depuis un an en lui. Leurs salives coulaient du coin de leur bouche, incapables de maîtriser le bouillonnement fébrile qui les rattrapait et les noyait en une vague de chaleur volcanique. Sans plus de cérémonie, Ethan quitta la bouche de Kaya et laissa traîner sa langue sur son ventre, accumulant le miel dessus avant de revenir dans la bouche de Kaya pour partager sa récolte que cette dernière accepta sans résistance. Leur baiser au goût de miel les fit sourire, aimant cette complicité naissant de trois fois rien. Telle une abeille, Ethan recommença son expédition et récolta sur sa langue son butin sucré sur le ventre de Kaya, mais au lieu de lui redonner une partie de sa moisson, il descendit un peu plus bas pour s'attarder entre les cuisses de son amante. Kaya lâcha un spasme de surprise en sentant sa langue taquiner son clitoris avant de gémir et se cambrer pour lui donner le meilleur accès possible. Ethan la lécha encore et encore, cherchant le geste, la posture, le mouvement pouvant la faire décoller et atteindre l'orgasme, mais ce fut le rythme de plus en plus saccadé de sa respiration qui lui indiqua qu'il était proche du point culminant.

Kaya se tordit dans un spasme d'extase exprimé dans un gémissement étranglé par le plaisir. La contempler ainsi, livrée entièrement à lui et à ce qu'il voulait bien faire d'elle, exacerba davantage le désir propre d'Ethan à la faire sienne.

— Viens vite ! lui murmura-t-elle alors.

Il se redressa alors et la pénétra. Une immersion aux allures de retour au bercail lui faisant un bien immense. Kaya se cambra encore, offerte à ses coups de reins. Les yeux brillants de désir, Ethan glissa ses bras sous les genoux de Kaya pour mieux la ramener à lui à chaque coup de reins.

— Dommage ! Je n'ai pas de chantilly ! lui chuchota-t-elle.

— Tu mériterais plutôt une punition pour avoir osé sortir le cacao alors que je déteste le chocolat !

— Oups !

Tout à coup, Ethan se retira et la redressa pour changer de position et la prendre debout en levrette. Il plaqua son ventre contre la table et retourna à la charge. Le changement de position leur offrit une nouvelle sensation qui grisa Ethan. Les coups s'enchaînèrent à nouveau. Il se pencha sur elle au bout de quelques minutes.

— Peut-être que je devrais arrêter... C'est peut-être trop d'un coup à tes yeux ?!

— Dis plutôt que tu cherches une excuse pour ne pas craquer trop rapidement.

Ethan se redressa et claqua une de ses fesses en réponse.

— Aaahooo ! cria Kaya, sous la légère brûlure que la claque lui avait laissée sur la peau.

— Impertinente ! Sais-tu que je compte faire cela toute la journée ? J'ai des mois d'abstinence à rattraper, je te rappelle !

Kaya tourna la tête pour voir le visage de son amant par-dessus son épaule et vérifier s'il plaisantait, puis regarda à nouveau les aliments autour d'elle.

— Il va peut-être falloir sortir plus de carburant dans ce cas !

Un énorme sourire se dessina sur le visage d'Ethan.

— Et en plus, elle ne dit pas non ! Putain, Kaya, épouse-moi !

2

NU

— Oliver, tu as eu des nouvelles d'Ethan ? demanda Simon.
Oliver attrapa son téléphone portable pour vérifier.
— Non, pas encore.
— C'est bizarre...
— Je ne me fais pas de soucis ! rétorqua Brigitte qui nettoyait la bouche de Millie, couverte de chocolat. Vu la façon dont il a dévalé les escaliers cette nuit et a quitté la maison, il est évident qu'il est allé câliner Kaya. Sam m'a réveillée en sursaut pensant à un tremblement de terre !
— Ce n'est pas de ma faute si Monsieur s'est transformé en troupeau d'éléphants en pleine nuit ! se justifia alors Sam.
Sam se baignait dans la piscine, accoudé sur le rebord, et regardait tout ce petit monde sur les transats.
— Depuis le temps qu'il attendait ça, en même temps... continua Barney. Je crois qu'on l'a tous entendu partir !
— Elle a dû finir de regarder ses vidéos... commenta Oliver, avec un petit sourire.
— Oui, ça sent la réconciliation ! ajouta Barney. Il serait déjà rentré sinon.
Barney contempla alors sa montre. Il était 17 h. Sam pouffa.
— Ils ont dû s'en donner à cœur joie, les filous ! Ils y sont peut-être encore, à refaire tout le Kamasutra !
— Saaaam ! s'offusqua BB. Arrête de balancer dans leurs dos !
— Ben quoi ? Tu crois qu'ils vont se regarder dans le blanc des yeux après un an de séparation ?

— Tu ne sais pas ! Il va peut-être devoir y aller doucement pour la reconquérir ! Il rame peut-être encore à cette heure-ci !

— Mouais..., fit Simon ! On parle quand même d'Ethan ! C'est un bulldozer ! Je doute qu'il joue les saints encore longtemps alors qu'il est complètement accro et en manque ! Il ne va pas la lâcher jusqu'à ce qu'elle craque, maintenant qu'il l'a retrouvée !

— Nous verrons bien... déclara Barney. Tant qu'il n'est pas rentré, c'est que tout doit bien se passer...

— Nous allons le savoir de suite ! répondit BB en laissant traîner son regard en contre-plongée vers les escaliers menant à la villa de vacances.

Tous se retournèrent et virent Ethan et Kaya descendre vers eux. Ethan saisit alors la main de sa chérie et lui sourit tendrement.

— Bien, ils ne se sont pas entretués ! fit Sam tout en sortant de l'eau. C'est déjà ça !

Oliver se leva du transat pour venir à eux et sourit. Il posa ses yeux sur Kaya, visiblement mal à l'aise, et la prit dans ses bras.

— Bienvenue dans la villa !

Surprise dans un premier temps, Kaya se sentit finalement soulagée. Comme à son habitude, Oliver la rassurait et se prenait position pour elle. Ethan plissa les yeux.

— Tu n'es pas obligé de la serrer contre toi pour lui souhaiter la bienvenue !

Oliver se retira et se mit à rire.

— Cesse d'être jaloux !

— Même pas en rêve ! Une vie sans rivaux, ça n'existe pas ! Il faut toujours se méfier !

— Ethaaan ! Tu en es encore à ce stade avec Oliver ? se désola Kaya.

— Ne t'inquiètes pas ! la conforta Oliver. Je serai éternellement le garant de son amour pour toi ! S'il ne me manifeste plus sa méfiance, c'est qu'il y a un souci !

Il lui fit un clin d'œil tandis que Simon s'approchait d'eux. Kaya baissa les yeux. Son départ précipité il y a un an la mettait aujourd'hui face à ses manquements envers ceux qui lui avaient accordé leur amitié. Oliver le comprit et lui embrassa le front.

— Heeey ! s'insurgea Ethan tout en la ramenant à lui.

Simon fit barrage alors à sa réaction et fonça sur elle pour passer à son tour ses bras autour de son cou. Kaya recula d'un pas avant de sentir les larmes monter au bord des yeux.

— Mais ce n'est pas vrai ! s'agaça Ethan. C'est MA nana !

— Heureux de l'apprendre ! fit Oliver, amusé.

Ethan lui jeta un regard noir avant de finalement sourire, fier de l'avoir reconquise.

— Je suis désolée... déclara Kaya. Je ne voulais pas vous blesser en vous ignorant, mais...

— Ouais... C'est compliqué la vie de couple ! lança Simon, collé contre elle.

Kaya rit légèrement à sa boutade.

— Oui, ce n'est jamais simple !

— Bon, tu nous laisses lui dire bonjour ! les coupa Sam.

Simon grommela et Ethan marmonna, voyant un autre danger venir.

— Désolé, mais ce sera ta punition ! lui déclara Sam tout en la prenant dans ses bras également. Je sors de l'eau, donc tu seras toute mouillée !

— Hey ! C'est moi qui dois la faire mouiller ! cria Ethan, tandis que Kaya et BB furent choquées et honteuses de ses propos.

Les garçons rirent de ses propos graveleux et déplacés. Puis arrivèrent Barney, le plus tempéré de tous, et Brigitte, accompagnée de Millie.

— Je te présente Millie !

Accrochée à la cuisse de sa mère, Millie se cacha du regard émerveillé de Kaya qui s'agenouilla à son niveau.

— Salut Millie ! Je m'appelle Kaya.

Elle repéra alors immédiatement le doudou qu'elle serrait avec force dans ses bras et releva la tête vers Ethan.

— Ce doudou...

Ethan lui répondit par un sourire fier et s'agenouilla à son tour à hauteur de Millie.

— C'est Monsieur Grey ! C'est le doudou que Tonton Ethan a offert à Millie à la naissance. C'est son préféré !

Kaya observa alternativement Ethan, puis Millie, et une larme se mit à couler sur sa joue.

— Tu lui as acheté le doudou gris ?!

— Le vert était horrible ! confirma Ethan tout en montrant son dégoût.

Kaya lui offrit une grimace en réponse, se remémorant bien l'accrochage avec Andréa. Millie lâcha alors les jambes de sa mère et alla dans les bras d'Ethan, au grand étonnement de Kaya. Ethan l'accepta volontiers contre lui et la souleva tout en riant.

— Tu veux bien montrer Monsieur Grey à Kaya ? lui demanda-t-il d'une voix enfantine.

Millie serra son doudou un peu plus et fit un geste négatif de la tête, avant de poser son visage dans le cou d'Ethan. Kaya n'en crut pas ses yeux. Que ce soit la présence du doudou, le fait que Millie vienne volontairement à lui ou leur relation soudée, seule la sidération marqua son visage. Bizarrement, en les voyant ainsi, elle s'imagina Ethan papa. Une image jusqu'alors improbable, et pourtant ses yeux ne mentaient pas. Tel un espoir qu'elle avait eu autrefois venant se matérialiser sous ses yeux, Ethan semblait à l'aise avec un enfant dans ses bras. Elle baissa son regard, triste du dénouement de tout cela, car bien consciente que pour son bébé, les choses avaient été différentes à l'époque. Cependant, Ethan se pencha au niveau de son oreille.

— Tu vois, je suis prêt ! lui murmura-t-il. On commence quand tu veux notre projet de progéniture !

Kaya le fixa un instant et rougit tandis que Millie, peu heureuse de voir Kaya si proche d'Ethan, donna une petite claque sur le visage de cette dernière.

— Millie ! réagit Brigitte. On ne tape les gens ! Ce n'est pas bien !

Kaya posa sa main sur sa joue, hébétée. La petite se mit alors à pleurer dans les bras d'Ethan.

— Ce n'est pas grave ! s'alarma Kaya auprès de BB. Je vais bien !

— Tu as une rivale de taille, Kaya ! s'en amusa Sam. Qui va à la chasse perd sa place ! Millie se l'est appropriée pendant ton absence ! Elle ne le lâchera pas si facilement !

Kaya observa Millie se faisant réconforter par Ethan et sourit.

— Je peux la comprendre. Ethan sait... réconforter !
Tous deux échangèrent un regard complice.
— Tu as peut-être soif ? dit alors Barney. Tu veux boire quelque chose ?
— J'espère que tu as pris un maillot de bain ! ajouta Simon tout en montrant la piscine avec impatience.
— Sers-lui une citronnade ! proposa BB à Barney.
— Il me semble qu'il n'y en a plus... Un Ice Mint, ça te dit ?
— Oui ! répondit tout sourire Kaya. Ethan m'a dit de mettre un maillot de bain.
Elle sortit la bretelle de son maillot de bain de sous sa robe pour preuve.
— Cool ! Tous à l'eau ! s'écria Simon tout en sautant dans la piscine.
— Allez ! Viens ! l'invita tendrement Oliver. Il fait chaud ; ça va te faire du bien.

Tous allèrent à l'eau hormis BB, Barney et Ethan qui alla s'asseoir sur le rebord de la piscine. Simon s'empara d'un ballon et tous commencèrent à jouer, mais très vite, Kaya remarqua le malaise d'Ethan à ne pas les rejoindre. Elle comprit rapidement les raisons et se rapprocha de lui.
— L'eau est bonne. Viens ! Même habillé ! lui souffla-t-elle. Tu as pied ici !
Ethan l'observa tendrement tout en bougeant ses mollets immergés, puis examina attentivement son environnement. Il baissa les yeux, sourit timidement et posa sa main sur sa poitrine. Il avait envie de l'écouter, mais l'angoisse restait présente.
Allez, Ethan ! Tu peux le faire ! Tu DOIS le faire !
Il inspira un grand coup et se leva, sous le regard de tous. Il retira son short long, puis son T-shirt. Un silence gênant s'installa où la stupeur régna autant que naissaient les interrogations. L'excuse officielle qu'il avait donnée jusqu'à présent pour ne pas se baigner en leur présence était qu'il n'aimait pas ça. Excuse simple, difficilement négociable. Aujourd'hui, chacun put voir alors les deux énormes cicatrices qui traversaient son torse comme l'évidente raison de ses refus de baignade.

Ethan se sentit mal. Tous ces regards sur lui le renvoyaient à ce nombre de fois incalculable où il avait imaginé arriver à ce moment et où la panique l'avait gagné au point de se jurer de ne jamais le vivre réellement un jour. Pourtant, une chose avait changé depuis. Une main tendue vers lui, celle de Kaya, en train d'admirer ses efforts autant que sa force.

— Viens ! Tu pourras m'utiliser comme bouée !

Elle lui offrit un magnifique sourire et il sut qu'il ne refuserait pas cette si belle invitation de sa part. Il regarda ses amis un instant.

— Je n'ai pas de maillot ! Il faudra vous contenter de mes sous-vêtements ! Désolé. Je... ne sais pas nager. Je n'en voyais donc pas l'utilité... jusqu'à maintenant.

Ne sachant plus quoi dire ni faire devant leur silence, Ethan hésita à se rhabiller.

— On s'en fout ! déclara Oliver, bien conscient lui aussi de ce qui se jouait en cet instant. Viens nous rejoindre !

Oliver le fixa et lui fit un signe de tête, tel un soutien indéfectible dans son entreprise. Ethan se baissa alors pour rejoindre Kaya dans l'eau.

— Ethan, je ne voudrais pas être impoli, mais... je ne suis pas fou, n'est-ce pas ? C'est quoi ces cicatrices sur ton torse ?

Tous regardèrent alors Simon.

— Ben quoi ? Je ne suis pas le seul à m'interroger ! Ne faites pas les faux-culs !

Ethan stoppa son intention d'entrer dans l'eau, ne sachant si c'était vraiment pertinent de répondre maintenant à Simon. Oliver observa Simon, puis Sam qui fronçait les sourcils, et enfin Ethan. Instinctivement, Ethan se toucha le torse.

— C'est... la raison pour laquelle... je ne me baigne jamais et je ne sais pas nager.

Son visage se referma, sentant sur lui la honte et le malaise revenir à la charge. Il serra sa mâchoire, mais Kaya montra à nouveau sa main sous son nez.

— Viens !

Il l'attrapa alors, comme la lueur d'un phare dans la nuit, et se laissa porter. Il sauta dans l'eau et rapidement, Kaya vint contre lui et déposa un baiser sur sa bouche. Un soutien en guise de réconfort qui le berça quelques instants.

— Hey ! Tu peux venir, mais tu ne nous fais pas un bébé avec elle dans l'eau ! rétorqua Oliver, tout en lui jetant le ballon dessus.

— Espèce de... ! Pour qui tu me prends !

Ethan attrapa le ballon et le lui renvoya avec la même force. Oliver sourit et mit son épaule en protection.

— Ça joue les guerriers avec ses cicatrices, mais t'es qu'une chochotte qui a peur de l'eau ! ajouta son ami en riant.

— Enfoiré ! Viens-là que je te rappelle à qui tu parles !

— Tiens ! rétorqua Oliver. Voilà ce qu'il te dit, l'enfoiré !

Le ballon revint aussitôt dans sa direction. Ethan le dévia pour protéger au passage Kaya et atterrit sur la face de Sam.

— Je vais tous vous tuer ! grogna Sam.

Kaya observa la bande d'amis, puis Ethan, et s'en trouva heureuse. Les efforts d'Ethan étaient notables depuis qu'elle l'avait retrouvé. Tout n'était pas encore réglé, mais elle pouvait reconnaître qu'Ethan s'acceptait aujourd'hui bien plus qu'avant...

Assis autour d'un bon repas, les rires et les cris allaient bon train. Barney avait même sorti le champagne pour fêter le retour de Kaya. Ethan avait prévenu tout le monde de ne surtout pas confier le service des flûtes à Kaya si chacun tenait à sa tenue du jour. Kaya l'avait alors fusillé du regard.

— Tu mériterais que je te fasse un remake ce soir !

Ethan se pencha alors vers elle.

— Sans ta maladresse, nous ne serions pas ici aujourd'hui.

Il plongea ses yeux dans les siens avec une infinie douceur dans le regard.

— Tu sais que je ne suis pas fan du champagne en plus ! chuchota-t-elle, bougonne.

Ethan se mit à rire.

— Tant que tu m'aimes, moi !

Il déposa un baiser sur ses lèvres, puis joua avec la cage

métallique en fil de fer ayant entouré le bouchon de la bouteille de champagne. Il retira la capsule du fil de fer et tordit le fil.

— Je t'ai trouvé admirable tout à l'heure dans la piscine.

Ethan cessa de triturer le fil de fer enroulé et observa Kaya un instant.

— Je me suis aussi trouvé épatant ! Oliver a ramassé ! Sam aussi !

— Tu sais très bien que je ne parle pas du ballon...

— Si Oliver et toi n'aviez pas été là, je ne pense pas que j'aurais réussi à faire face davantage...

Kaya posa sa main sur les siennes.

— Bien sûr que si !

Il recommença à tordre le fil de fer entre ses doigts.

— C'est toi qui me portes encore Kaya. Je veux être fort, mais je me rends compte que c'est toi qui me tiens encore debout par moments. Je ne suis pas encore au point. Je ne vous ai même pas encore raconté quoi que ce soit sur ce que j'ai vécu.

— Cela te préoccupe ?

Il stoppa une nouvelle fois son activité et la fixa.

— Tu le sais très bien. Je ne veux plus de secrets entre nous, mais j'ai encore du mal à... me lancer sur ce sujet.

— Étape après étape. Tu as fait d'autres progrès ailleurs, comme avec Millie ! Là aussi, tu m'as impressionnée. Je crois que je pourrais être jalouse !

Ethan considéra cet aveu avec gravité.

— Tu peux l'être ! Je veux voir ta jalousie en action ! lui avoua-t-il avec malice.

— Je ne me fais pas trop de soucis ! Tu ne fais pas avec elle, ce que tu fais avec moi !

Kaya lui offrit un sourire entendu qui le fit pâlir et le rendit mal à l'aise. Elle vit immédiatement son visage se refermer à nouveau et son corps se raidir. Son sourire s'effaça immédiatement.

— Ethan ?

Ethan reprit le modelage de son fil de fer en silence. Se concentrer sur ce bout de métal l'aiderait peut-être à passer son malaise. Elle ne pouvait pas être plus précise dans sa façon de mettre les deux pieds dans le plat.

— Ethan ? Qu'est-ce qui ne va pas ? Ai-je dit quelque chose de mal ?

— Foutu fil de fer ! Je n'arrive pas à faire ce que je veux !

— Tu cherches à fabriquer un petit bonhomme pour Millie ?

— Je ne laisserai pas Millie avec un fil pouvant lui ouvrir le doigt !

— Ah. Oui. C'est vrai ! Tu as raison ! Tu es plus prévenant que moi, concernant les enfants finalement. C'est moi qui vais être la moins aguerrie.

Kaya tourna la tête et une certaine déception assombrit son visage. Ethan le remarqua et soupira. Il posa son fil de fer et tourna la chaise sur laquelle était assise Kaya vers lui pour la prendre dans ses bras.

— Je ne doute pas de la merveilleuse mère que tu seras.

Il cacha son visage dans son cou.

— Si tu veux toujours concevoir cet enfant avec moi plus tard...

Kaya tiqua à cette remarque.

— Ce n'est pas parce que je dis non au mariage maintenant que je dis non à notre avenir. Je veux un enfant avec toi, Ethan. Pas immédiatement, mais plus tard, oui.

Ethan desserra son étreinte et reprit la conception de son objet avec le fil de fer, tracassé.

— Ethan ? Tu ne me crois pas ?

— Ce n'est pas que je ne te crois pas. En cet instant, je te crois. Mais je doute que tu penses la même chose quand tu sauras...

Il se leva alors et quitta la table.

— Je reviens. Je vais aux toilettes.

Kaya se tut, ne sachant comment comprendre cette discussion. Il était tendu depuis qu'il avait dévoilé ses cicatrices à tout le monde. Même s'il tentait de rester cool, elle avait remarqué ces moments de flottement où son regard devenait tout à coup plus triste. Si aucun de ses amis n'avait insisté pour le moment, sans doute pour ne pas le brusquer, il restait évident que leurs interrogations ne disparaîtraient pas, tout comme les siennes depuis qu'elle les avait vues, et qu'il devrait bientôt s'expliquer. Tout le monde en était conscient et redoutait cette révélation, elle la première. Il avait tellement peur de sa réaction, qu'elle-même finissait par se demander si elle serait toujours aussi certaine de la suite. Elle se pinça l'arête du nez et souffla.

Non ! Je ne dois pas douter ! Peu importe ce qu'il révèlera, tout ira bien...

Ethan aspergea son visage d'eau fraîche. Il n'aimait pas la sensation d'oppression qui écrasait sa poitrine. Il sentait le moment fatidique approcher et l'angoisse monter à devoir tout raconter. Tout lui semblait insurmontable : faire remonter à la surface des souvenirs douloureux, les oraliser devant ses amis et Kaya, découvrir leurs réactions, les encaisser, se relever après. Il savait qu'un nouveau combat s'amorçait et il sentait déjà la fatigue mentale le submerger. Même s'il avait progressé grâce au docteur Courtois, il restait le seul maître à bord d'un bateau qui coulait depuis l'adolescence, toujours plus profond. Oliver, Kaya et le psychiatre l'avaient aidé à tenir la barque à flot, à écoper l'eau pour ne pas sombrer, mais la tempête à venir lui semblait tellement énorme qu'il doutait que son bateau tienne et ne coule pas définitivement. Il souleva alors son T-shirt et caressa ses cicatrices de la pulpe de son doigt.

Il est temps de tirer un véritable trait à tout cela, Ethan. Il est temps que tu fasses la paix avec elles...

Il soupira.

Kaya est ma porte de sortie. Je ne dois pas rester là, sans la franchir. Je dois saisir cette opportunité...

Il baissa son T-shirt et se fixa dans le miroir.

— Ce n'est qu'un mauvais moment à passer, Ethan...

Il donna un petit coup au lavabo et quitta la salle de bain.

3

HORRIBLE

— Attendez ! Vous l'avez vu comme moi ! Ce ne sont pas des cicatrices qu'on se fait en tombant ! s'exclama Simon en s'agaçant.
— C'est vrai, leur parallélisme est assez déroutant ! reprit d'une petite voix BB, tout en préparant un petit pot de fruits pour Millie.
— Je savais qu'il nous cachait quelque chose de bien plus grave. Il a toujours eu une attitude bizarre dans certaines situations ! ajouta Sam en essuyant la vaisselle.
— Tu ne peux pas dire qu'il ne fait pas d'efforts, Sam ! objecta BB. Regarde son changement concernant Millie. Kaya est indubitablement une aide psychologique pour lui. Elle l'a transformé par rapport à il y a quelques années en arrière.
— Il n'empêche, dans quoi il a trempé pour en arriver à avoir de telles marques sur lui ?! s'affola Simon. C'est louche !
— Oliver continue de le suivre en sachant tout. C'est qu'il n'y a peut-être rien d'extraordinaire ! tempéra Sam. Ne te fais pas une montagne de quelque chose peut-être pas si grave.
— Pas si grave aux yeux de qui ? déclara BB. Il est clair que cela est assez grave pour qu'il en adopte une attitude de méfiance, de repli, voire d'agressivité selon les cas. J'avoue que cela m'inquiète plus pour lui que pour nous...

Sam posa la dernière assiette sur la pile à ranger.
— Retournons rejoindre Barney, Kaya et Millie. Nous verrons bien quand il se mettra à table...

Il se tourna alors pour se rendre vers la terrasse quand il tomba nez à nez avec Ethan. Simon se mordit la lèvre, BB comprit qu'Ethan avait certainement entendu leur conversation.

— Tu nous as entendus ? lui demanda-t-elle alors, mal à l'aise.

La mâchoire serrée, Ethan fixa Sam, puis BB et Simon.

— Vous me prenez pour un fou, c'est ça ?

Son regard dur ne faisait aucun doute : il n'avait pas raté une miette de leur discussion. Sam lui rendit son regard grave.

— Non, mais comprends notre raison de nous interroger. Tu comptes esquiver le sujet encore longtemps ?

Ethan relâcha la tension visuelle entre eux et s'attrapa les cheveux dans un élan désespéré.

— Ethan, on ne veut pas te mettre la pression ! modéra BB. Seulement, nous sommes inquiets. Nous ne nous attendions pas à un tel secret !

Ethan les observa successivement, réalisant leur réelle inquiétude et combien ce secret les avait tous gênés d'une certaine mesure.

— Je suis désolé... Je ne voulais pas vous infliger cela.

Il fit demi-tour et alla s'asseoir sur le canapé, les coudes sur les genoux, la tête dans ses mains.

— Je pensais que c'était le moment de vous le dire, mais j'ai pris peur. Je ne suis pas allé jusqu'au bout, et j'ai toujours peur de votre regard sur moi lorsque vous saurez la vérité.

Sam soupira et s'avança. Simon et Brigitte le suivirent dans le salon.

— Tu ne penses pas qu'il serait temps de nous faire confiance plutôt que de supposer notre réaction ?! Je veux dire, ne sommes-nous pas amis depuis le temps ? Est-ce ainsi que tu valorises toutes ces années d'amitié et de collaboration ? Que ce soit Simon, BB ou moi, nous avons pourtant beaucoup partagé avec toi ! Tu crois vraiment qu'on ne va pas considérer notre amitié ? On n'entretient pas la même relation que celle que tu as avec Oliver depuis le début, mais quand même ! Tu ne crois pas que nous avons droit à un peu plus de considération !

— Sam ! l'interrompit BB, agacée de son ton de reproche alors qu'Ethan semblait déjà accablé.

Sam soupira. Kaya, Barney, Oliver et Millie dans ses bras

entrèrent dans le salon.

— Que se passe-t-il ? demanda alors Kaya, inquiète du raffut entendu depuis la terrasse.

Elle jeta un regard vers Ethan, le dos courbé sur le canapé et les yeux fixant le sol.

— Qu'est-ce qui a provoqué de telles cicatrices sur le torse d'Ethan ? lui demanda sans détour Simon.

— Je l'ignore... répondit doucement Kaya. Je ne suis pas plus au courant que vous.

Simon dévia son regard vers Oliver.

— Tu le sais, n'est-ce pas ?

— Il me l'a dit brièvement il y a très longtemps. Je ne connais pas tous les détails.

Oliver observa Ethan, visiblement crispé et mutique. Kaya soupira et alla s'asseoir à ses côtés. Elle posa sa main sur les siennes. Ethan releva la tête et lui offrit un regard meurtri.

— Tout va bien ! lui déclara-t-elle alors avec un petit sourire. Respire !

Elle posa son front contre le sien pour lui donner le courage suffisant pour s'expliquer. Ethan ferma les yeux un instant, puis inspira un grand bol d'oxygène.

— J'ai ses cicatrices depuis l'adolescence. Elles viennent de... la lame d'un couteau.

D'effroi, BB posa sa main devant la bouche.

— C'est mon beau-père qui me les a faites... pour me punir.

Face à ce premier aveu, chacun comprit qu'Ethan cachait une enfance malheureuse.

— Ton beau-père ? répéta Sam, un peu perdu.

— C'était avant que les Abberline ne m'adoptent... éclaircit Ethan. Quand je vivais avec ma mère biologique...

— C'est horrible ! déclara Brigitte. Comment peut-on faire cela à un enfant ?

Ethan se tritura les doigts, cherchant ses mots.

— Il a voulu me donner une leçon... pour que je ne recommence pas.

— Et tu avais fait quoi de mal ? demande alors Sam.

Ethan baissa la tête à cette question. Voyant sa difficulté à

répondre, Brigitte lui en posa une autre.
— Ta mère biologique ne t'a pas protégé ?
— Non, elle est restée dans un coin du salon, recroquevillée, à pleurer.

Un long silence s'installa où chacun tentait d'analyser le passé d'Ethan d'après ce qui était connu. Kaya lui caressa les cheveux, d'un geste réconfortant.
— Sur le toit de l'immeuble, quand tu m'as emmenée voir les étoiles après ce qui s'est passé au casino, tu m'as dit que tu n'avais plus aucune nouvelle de ton père ni de ta mère biologique et qu'ils étaient comme morts à tes yeux...
Kaya souffla.
— Je sais que ta mère est le nœud de tout ça, pas vrai ? Tu m'as dit détester ce mot et tu refusais de l'attribuer à Cindy Abberline ? Est-ce seulement parce qu'elle n'a pas réagi au moment où ton beau-père a commencé à ouvrir ton torse ? Je sais que pour toi, elle n'a jamais été une bonne mère... Dis-moi... Raconte-moi ta vie avec elle !
La voix douce de Kaya à son oreille n'avait rien d'intrusif. Ethan ferma les yeux un instant. Il savait qu'il devait raconter son passé. Il connaissait le pouvoir libérateur de la parole. Le docteur Courtois lui avait permis de bien avancer et il savait qu'il devait continuer cet effort. Il releva alors la tête et observa ses amis, dans l'attente. Il fixa ensuite Kaya qui lui sourit gentiment, puis observa ses doigts entremêlés devant lui.
— Ma mère était une junkie. Pour faire court, elle est tombée enceinte d'un militaire de passage à l'âge de 17 ans, elle a été à la rue avec moi à 18 ans. C'était à la base une délinquante et ses parents l'ont mise à la porte et elle y est allée volontiers dans un premier temps, avant de comprendre la galère qu'était devenue la sienne. Elle a donc commencé à faire le tapin pour survivre. Elle a rencontré Stan, mon beau-père, ainsi. Il lui a d'abord promis la belle vie, mais avec le temps, ma présence a été l'excuse pour qu'elle paie sa dette envers lui. Si elle voulait manger, dormir et assurer mon équilibre, elle devait se soumettre à ses volontés. Elle s'est donc prostituée pour lui. Dans un sens, elle a tenté de subvenir

à mes besoins du mieux qu'elle a pu. Cependant, dès le départ, j'étais son fardeau et mon éducation sa dernière des priorités. Elle a par la suite commencé à consommer des substances illicites à la fois pour soulager son corps et son âme. Il m'est arrivé de passer plus de temps avec Stan qu'avec elle. Bien sûr, Stan entretenait cela. Aller à l'école a finalement été une échappatoire à une vie plus compliquée pour moi et un soulagement pour tout le monde. Je préférai dix fois plus l'école que la maison où on me frappait si je ne restais pas dans mon coin et si je parlais.

La bande d'amis écoutait Ethan avec la gorge serrée. Son récit glaçant pour le petit enfant qu'il était s'avérait difficile à accepter. Ils comprenaient à présent combien le traumatisme avait entraîné un tel mutisme de sa part. Kaya, quant à elle, percevait chaque émotion d'Ethan comme un flot continu de douleur dans son propre corps. Elle ne trouvait plus les mots suffisamment réconfortants pour l'accompagner dans son récit.

— À huit ans, j'ai gagné un concours de mathématiques. J'étais fier d'amener le diplôme à la maison ! continua Ethan, avec un petit sourire exprimant cette fierté d'enfant. Je suis arrivé en trombe à l'appartement et j'ai surpris ma mère en plein ébat sexuel avec deux hommes. Stan est intervenu et m'a jeté à l'extérieur de l'appartement, en me criant de ne pas revenir avant la nuit.

— Mon Dieu ! souffla Brigitte, choquée par le côté sordide de cette affaire.

Ethan leva les yeux vers elle, mais ne considéra pas son exclamation sortie du fond du cœur. Pour lui, c'était une routine qui avait juste brisé un peu plus son cœur.

— À douze ans, j'ai décidé d'aider ma mère en travaillant le mercredi et le week-end. J'ai donc travaillé au noir, en faisant des livraisons pour des commerçants du quartier, aux voisins.

Ethan se mit à rire de façon désabusée à l'évocation de ce souvenir.

— J'étais heureux comme jamais. J'avais une belle liasse de billets dans les mains et j'ai dit : « Maman, regarde ! J'ai travaillé et j'ai gagné cet argent ! Tu vas pouvoir te faire plaisir et t'acheter une belle robe !». Le regard de ma mère ce jour-là était magnifique.

Elle a examiné les billets avec attention, puis m'a embrassé une dizaine de fois le visage. Je n'ai jamais eu autant de preuve d'amour de sa part en une seule fois. Ce jour-là a été un jour merveilleux à mes yeux. Elle m'a promis qu'on irait manger une glace ensemble avec cet argent.

Le sourire de chacun devant cette anecdote bienvenue autour de cette noirceur contrasta avec les yeux emplis de tristesse d'Ethan.

— Je n'ai malheureusement jamais mangé cette glace, car elle a dépensé tout l'argent en drogue. Voilà qui était celle qui était supposée être ce qu'on appelle une mère.

Ethan regarda alors Kaya.

— Tu comprends à présent pourquoi je refusais d'appeler Cindy « Maman ». Elle est tout le contraire de ma définition du mot « mère », si péjoratif à mes yeux.

Kaya ne répondit rien. Seul son regard ancré dans celui d'Ethan exprimait toute sa compassion et son sentiment d'impuissance face aux blessures du passé. Les faits étaient là : comment corriger l'attitude détestable d'une personne dans le cerveau d'un enfant ? C'était impossible ! Elle savait qu'Ethan ne guérirait jamais vraiment de cette maltraitance à la fois physique et psychologique.

— Je ne te jetterai pas la pierre à ce sujet ! répondit Barney. Honnêtement, grandir dans un tel huis clos n'est le rêve de personne et il est difficile de mesurer pour nous le mal qui t'a rongé durant tant d'années, même si on en devine les contours. Ce que tu nous racontes est à la fois dur et triste.

Ethan baissa les yeux.

— Et donc, comment es-tu venu à quitter cet enfer et à rencontrer les Abberline ? demanda Simon.

Ethan se crispa. Il savait que le plus dur était à venir. Le récit de son enfance était finalement facile à raconter par rapport à ce qui venait ensuite : son adolescence. Il s'attrapa la tête en se baissant vers ses genoux et souffla.

— J'étais un garçon assez mature pour mon âge. Quand vous êtes livrés à vous-même, vous apprenez plus vite la vie. Mon physique s'est donc rapidement développé, au point de dépasser la taille de ma mère dès l'âge de treize ans.

Il se redressa contre le dossier du canapé et chercha dans ses souvenirs le courage de revivre dans sa tête ces moments douloureux.

— Les conditions physiques et mentales de ma mère se sont dégradées. Elle n'était plus que l'ombre d'elle-même. Objet sexuel dopé à la cocaïne, elle sombrait au fur et à mesure. Lorsque l'on n'a plus de perspectives d'avenir, on n'a plus la force de vivre. Ma mère arrivait à ce stade d'usure de la vie. En rentrant du collège, un soir, ma mère était seule, allongée sur le lit. Elle se tenait la tête. Je suis allée la voir, pour lui proposer mon aide éventuelle. Elle a retiré son coude qui masquait ses yeux et m'a invité à m'allonger à côté d'elle...

Ethan frotta l'intérieur de sa paume avec stress. Kaya remarqua combien il devenait de plus en plus tendu.

— J'ai alors vu ses larmes au bord des yeux. Dans ces moments-là, je détestais mon impuissance. Même si ma mère n'avait rien d'une mère comme l'on peut en définir une, c'était malgré tout mon univers, la seule personne qui pouvait compter à mes yeux. Je n'avais qu'elle comme véritable famille...

— C'est normal de s'inquiéter pour sa mère... commenta Brigitte. Tout enfant le ferait !

— Je n'aurais pourtant pas dû ! trancha fermement Ethan. Le docteur Courtois essaie de déculpabiliser mes choix d'enfant, mais moi, je sais que je suis autant coupable qu'elle.

— Comment ça ? demanda alors Kaya, perplexe.

Ethan la regarda alors avec la plus grande détresse du monde à devoir avouer l'inavouable.

— Elle a commencé à discuter avec moi... lui répondit-il alors, la voix serrée par l'émotion. Des sujets banals comme ma journée à l'école, les copains. J'ai répondu en enfant sage et heureux d'avoir une conversation pour une fois normale avec ma mère. Puis, elle m'a demandé si j'avais une petite amie. À mon âge, c'était normal d'en avoir une. Elle m'a alors dit que j'étais devenu un beau jeune homme et que je ressemblais... à mon père... son beau légionnaire.

La gorge d'Ethan se serra davantage. Les mots furent plus difficiles à prononcer.

— Je lui ai répondu que non. Elle a été étonnée que mon corps ne s'éveille pas au désir féminin, ou même masculin. Comme si c'était anormal à mon âge. À vrai dire, ce n'est pas que c'était plat de ce côté-là, mais je ne m'y intéressais pas encore vraiment. Elle a donc exprimé... son inquiétude et... a vérifié... au niveau de mon pantalon, si tout... était en ordre.

Brigitte prit une chaise pour s'asseoir, ne pensant pas être capable de tenir sur ses jambes, redoutant le récit d'horreur qui allait suivre. Chacun des amis montra une mine choquée par ce qu'ils entendaient. Plus Ethan parlait de son histoire, plus l'impensable prenait place dans leur esprit. Il n'y avait aucun doute sur ce qui était de l'ordre des limites franchies. Kaya observa Ethan avec sidération. Elle avait l'impression de découvrir un autre homme. Elle n'aurait jamais pu soupçonner pire histoire sur son passé. Et pourtant, Ethan continuait de donner des détails toujours plus inconcevables.

— Elle me posait des questions tout en pelotant mes testicules : « As-tu mal ? Sens-tu quelque chose d'anormal ? As-tu envie que je continue ? ». J'étais très mal à l'aise. J'ai tenté de la repousser en la rassurant, mais elle a insisté. Je crois qu'elle voulait vraiment s'assurer que je puisse avoir une érection pour voir si j'étais bien constitué ! lança-t-il d'un rire désabusé. Elle a alors passé sa main sous mon slip pour me caresser et, bien évidemment, je l'ai eue ! J'ai bandé.

Ethan n'osa pas relever les yeux pour ne pas lire l'expression d'anéantissement de chacun, vivant par procuration involontaire son passé. Simon déglutit. Jamais il ne s'était imaginé cela possible. Barney restait prostré dans une posture navrée. Sam se toucha instinctivement l'entrejambe, mal à l'aise à cette idée. Quant aux filles, elles restèrent mutiques.

— Plus elle me caressait, plus il m'était difficile de rester indifférent. D'autant plus que c'était ce qu'elle cherchait : me faire sortir de mon indifférence pour lui prouver que je pouvais éprouver du plaisir sexuellement. Plus elle voyait des expressions de plaisir sur mon visage, plus elle souriait. Ses larmes disparaissaient en voyant qu'elle m'apportait du bonheur. Je crois qu'en cet instant, elle s'est vraiment sentie mère, à sa façon, en m'inculquant quelque chose qu'elle maîtrisait parfaitement. Alors, j'ai... craqué. Je lui ai donné sa salve de bonheur en même temps que l'éphémère découverte de l'extase d'une éjaculation.

— Putain ! Merde ! souffla alors Sam, abasourdi, s'imaginant difficilement cela. Comment une mère peut-elle faire cela à son propre fils ? Et avec un garçon si jeune ?

Personne ne trouva de réponses satisfaisantes à lui donner. Chacun cherchait à comprendre, mais personne n'y parvenait.

— Elle s'est chargée de cette mission..., confia alors Ethan. M'apprendre la sexualité.

Brigitte se cacha une nouvelle fois la bouche de sa main devant l'horreur. Ethan jeta un regard furtif vers Kaya qui restait abasourdie. Il n'y avait ni dégoût ni choc sur son visage. Plus une infinie tristesse pour lui.

— C'est allé... crescendo. La fellation... Les caresses sur une femme... Puis l'acte sexuel.

— Comment as-tu pu continuer cela ! s'exclama Simon, horrifié. Bordel ! C'est ta mère !

Ethan baissa les yeux.

— Il n'y avait que dans ces moments-là que je la voyais heureuse... Et je l'étais aussi. Ma mère m'apportait une attention, une affection.

Simon fit un tour sur lui-même, visiblement affecté par cette réponse qui ne le satisfaisait pas.

— Ce n'est pas ça, l'amour d'une mère !

— Simon ! gronda Barney.

— Quoi ?! s'énerva Simon. Tu cautionnes cela, chéri ? Honnêtement ?

— Il n'est pas question de cautionner, juste de comprendre ce qui a conduit à cela ! répondit Brigitte.

— Eh bien, je ne comprends pas ! répondit durement Simon.

Ethan baissa la tête, penaud. Que pouvait-il dire ? Il avait aujourd'hui le même dégoût que Simon. Son regard avait évolué et il se détestait suffisamment depuis d'avoir été aussi naïf sur l'amour d'une mère.

— C'était le seul type d'amour que je recevais d'elle. Cela ne justifie rien, mais à mes yeux, j'avais enfin l'attention de ma mère...

Il jeta un regard vers Kaya et vit des larmes couler sur son visage. Il ne savait si c'était de la pitié pour lui ou des regrets d'avoir couché avec un type pareil. Il tourna aussitôt la tête, ne voulant valider cette seconde option.

— Cela a duré plusieurs mois... jusqu'à ce que Stan nous surprenne en plein ébat.

4

ÉGRATIGNÉ

Brigitte se releva alors et fonça dans la cuisine boire un verre d'eau. Sa gorge était sèche et le sentiment de pouvoir débloquer le nœud dans sa trachée en buvant la soulageait. Cela permit au groupe de faire une pause bienvenue face au récit oppressant d'Ethan. Chacun avait besoin de digérer le flot pesant d'informations avant de reprendre. Ethan osa un nouveau regard vers Kaya qui se sécha rapidement ses larmes et détourna la tête de lui. Elle était tout aussi stupéfaite que les autres et Ethan ne pouvait réellement deviner ce qu'elle pensait à son sujet à présent.

Après tout, elle venait de découvrir que son petit ami avait reçu son éducation sexuelle de sa propre mère, avant de la mettre en pratique sur elle. Elle n'allait pas lui sourire en réponse. Il soupira tout en regardant ses propres doigts. Pourrait-il encore les laisser glisser sur son corps à présent ? Il était perdu sur comment agir avec elle. Hormis lui laisser le temps d'analyser tout ça, il ne pouvait rien faire d'autre. Sam alla retrouver Brigitte dans la cuisine et lui frotta le dos. D'un regard entendu, il devina toute la sidération de Brigitte pour le passé d'Ethan et lui donna un petit coup au front pour qu'elle se donne encore un peu de courage pour entendre la fin de son récit. Ethan se livrait à eux et ils devaient être reconnaissants d'être enfin perçus comme dignes de confiance.

Ils revinrent alors au salon et BB se rassit sur sa chaise en silence. Simon ne semblait pas décolérer. Les bras croisés, il attendait la suite même si son attitude laissait à penser qu'il avait déjà établi son jugement sans appel contre Ethan. Oliver, lui, restait dans son coin. Il ne disait rien et observait plus particulièrement l'incidence du passé de son ami sur Kaya. Mais comme Ethan, il était incapable de déterminer ce qui occupait son esprit en cet instant. Elle n'avait plus de gestes d'encouragement ou de réconfort envers lui. Elle avait même tourné son corps d'un quart de degrés pour ne plus lui faire face. Était-ce parce qu'elle avait besoin de cette prise de distance ou parce qu'elle éprouvait du dégoût ? Il ne pouvait l'affirmer à 100 %. La seule chose dont il était sûr, c'était qu'elle n'avait pas prononcé un mot depuis, signe de son trouble évident, et que Ethan avait peur des conséquences.

Sam relança la conversation.

— Que s'est-il passé quand Stan vous a vus ?

Ethan fixa Sam sérieusement.

— Il nous a séparés et m'a emmené nu dans le salon et m'a frappé. Il m'a fait asseoir sur une chaise et m'a attaché les mains dans le dos.

— Et ta mère n'a rien dit ? s'étonna Brigitte.

Ethan s'esclaffa, désabusé.

— Non, elle est restée prostrée dans un coin, tout en pleurant et en ayant peur d'être la prochaine à subir son courroux.

— Mais il s'agit de son fils ! Au-delà de votre... relation... particulière, elle n'a pas eu l'instinct de s'interposer ?! continua BB, choquée.

— Non, ma mère craignait Stan et c'est aussi ce qui m'a blessé. Elle craignait plus pour sa vie que pour la mienne. Il arborait une expression de dégoût continu pour elle. Moi, je n'étais qu'un gamin paumé à ses yeux, mais elle, il ne la considérait pas comme un être humain. Entre l'alcool, la drogue, ses actes de prostitution et ce qu'elle a fait avec moi, elle était devenue à ses yeux une moins que rien, un cas incurable...

Ethan fit une pause. Faire remonter ces souvenirs à la surface lui demandait beaucoup de courage et de concentration. La douleur revenait aussi vive et chacun put remarquer combien cela fut horrible pour l'adolescent qu'il était de se reconstruire par la suite.

— Mon beau-père a alors pris un couteau et m'a tranché le torse une première fois en punition. Il a coupé ma chair en deux avec la lame de couteau. Lentement. Il a pris son temps pour que je comprenne bien la leçon. Il m'a dit : « *Souviens-toi toute ta vie d'une chose avec les femmes : la gentillesse apporte la douleur, l'amour mène à la souffrance. Tu as voulu être gentil, prouver ton amour... Regarde vers quoi cela t'a mené.* »

Ethan serra ses doigts comme s'il endurait une nouvelle fois le supplice, tentant de résister à la douleur, puis il continua avec difficulté.

— Comme une marque ne lui semblait pas suffisante comme punition, il en a fait une seconde. La douleur fut si intense que j'en ai perdu la notion d'espace et de temps. Je voulais juste qu'on m'oublie, qu'on me tue une bonne fois pour toutes. Puisque l'amour est souffrance, pourquoi vivre ? La douleur fut telle, que je me suis évanoui. Quand j'ai repris mes esprits, j'étais à l'hôpital. Il y avait des représentants des services à l'enfance contactés par l'hôpital, ma mère en pleurs et des policiers. J'ai pris peur et j'ai fui. Je ne voulais plus être avec Stan et ma mère, mais encore moins être refourgué à des inconnus. J'ai traîné dans la rue un temps, j'y ai rencontré Eddy, puis les Abberline qui travaillaient auprès des plus démunis.

Il frotta ses mains l'une contre l'autre, avant de reprendre, comme si cette partie de son passé restait plus légère que le reste.

— C'est ainsi que ma vie a changé, même si ma méfiance envers la parentalité et les femmes restait très vive dans mon esprit. J'ai gardé une distance volontaire sur ma relation avec Cindy et ce, malgré ses innombrables efforts pour me rassurer. Par la suite, toutes mes relations avec les femmes m'ont prouvé combien Stan avait raison, combien faire confiance à une femme te retombait vite dessus et qu'il ne fallait pas leur ouvrir ton cœur. Je me suis donc puni à chaque échec, en réitérant son geste sur mon torse, afin que je comprenne une bonne fois pour toute la leçon. Seulement...

Des larmes se mirent à couler le long de ses joues.

— Je suis trop faible, trop gentil... J'essaie de ne pas croire aux bonnes paroles que disent les femmes, mais... le résultat me blesse davantage.

Il regarda alors Kaya qui acceptait de l'écouter.

— J'ai tellement peur de souffrir à nouveau. Je ne veux pas te décevoir. Je suis désolé. J'ai été dur avec toi, mais en même temps, j'ai tellement peur que tout s'effondre une nouvelle fois, entre déception et trahison. Tu m'as quitté plusieurs fois, j'ai essayé d'encaisser en me disant que tu étais comme les autres, mais à chaque fois, je suis revenu. À chaque fois, je voulais croire que cela pouvait fonctionner alors même que je n'avais qu'une envie : retirer cette douleur d'être l'éternel rejeté, celui qu'on n'aimera jamais. J'ai mis volontairement des freins entre nous à tout ce qui touche à l'affection, au sentimental, jusqu'à craquer complètement et finalement, c'est toi qui as mis des barrières entre nous. Mais paradoxalement, plus je suis avec toi et plus je veux y rester ! C'est un enfer permanent, entre accepter les paroles de Stan comme un fait immuable et espérer qu'un jour il ait tort et que je puisse obtenir véritablement l'amour sincère d'une femme. Je veux croire en nous, Kaya ! Je veux passer les mois à venir, les années à venir à tes côtés ! Je veux même te faire des enfants, mais j'ai peur de ne pas être à la hauteur. Qui peut aimer un homme qui a eu une relation incestueuse avec sa propre mère ?! Qui peut accepter de créer une famille avec un tel mari ?

Ethan s'effondra alors, en pleurs. La bande d'amis resta muette, affectée par tant de blessures, de sincérité et de douleur dans les paroles de leur ami. Kaya resta également silencieuse. Elle se remémora toutes les fois où elle avait réussi à collecter des informations sur son passé. Elle savait que ses cicatrices venaient de Stan. Elle savait également combien le traumatisme avait été tel qu'il avait continué ce geste en se scarifiant dès que le sentiment d'amour d'une femme se transformait en trahison. Elle se rappelait très bien la phrase qu'il récitait comme une prière lorsqu'elle l'avait trouvé en sang dans la salle de bain. Elle savait aussi que sa mère biologique n'était pas une bonne mère. Elle avait pu s'en rendre compte lorsque Cindy avait eu son AVC et combien son positionnement en tant que fils lui était compliqué. Mais il lui manquait l'élément central du puzzle. La pièce qui permettait de comprendre l'ensemble de l'image, les véritables raisons de ces cicatrices faites sur son torse.

Aujourd'hui, elle avait ce morceau de puzzle dans la main. Ethan lui avait délivré cette pièce et elle pouvait compléter le puzzle. Un résultat horrible, autant dans les faits que dans ce que cela entraînait. Elle comprenait pourquoi Ethan avait des difficultés avec l'amour en général. Pour lui, l'amour maternel se mélangeait à l'amour d'une partenaire. Il n'y avait pas de frontières et il trouvait difficilement une façon de les créer, car à chaque fois, les paroles de Stan se vérifiaient. Elle réalisa tout ce temps passé ensemble où, si elle avait su, elle aurait pu agir autrement que de le rejeter ou lui donner cette impression de replonger à cette époque avec sa mère. Elle comprit combien sa douleur avait été entretenue aussi par sa faute. Ses lettres d'adieu, ces fois où elle refusait d'aller plus loin, les contrats successifs d'Ethan pour tenter de la garder près de lui tout en entretenant une distance de survie pour son mental... Tout se regroupait dans un enchaînement logique qui construisait la personnalité d'Ethan. Un homme ayant autant peur de son passé que de son avenir. Un homme enfermé dans un moment horrible de sa vie, qu'il entretenait malgré lui à travers l'image de son père inconnu que lui renvoyait chaque jour le miroir.

Elle serra le poing. Comment le mauvais jugement d'un enfant avait-il pu l'amener à autant de désillusions sur la vie ? Si elle reportait le cas d'Ethan au sien, elle pouvait aisément dire que la vie n'avait rien de reluisant. Chacun avait connu peu de bonheur par rapport à sa dose de malheur. Pourtant, si elle faisait le bilan de leur relation, malgré leurs moments difficiles, elle ne retenait que le meilleur d'eux deux. Ces contrats successifs avaient construit leur histoire, leurs petits jeux avaient renforcé leur confiance, au point qu'aujourd'hui, ils étaient encore l'un en face de l'autre à douter de ce qui était à présent évident.

Elle sourit alors doucement, imaginant toutes ces fois où ils ont ri ensemble, main dans la main, s'embrassant de temps à autre. Un souvenir doux, chaleureux, dans lequel elle s'était plongée à plusieurs reprises lorsqu'elle s'était sentie seule et qu'elle regrettait son absence. Finalement, n'était-ce pas cela le plus important ? La détermination d'Ethan à venir la chercher ici un an après, à vouloir rompre son cercle vicieux de malheur jusqu'à aller se battre face à

Barratero, cette énergie à la convaincre que tout peut encore s'améliorer étaient autant de preuves de sa volonté à vouloir lui-même casser sa propre malédiction. Elle sécha alors ses larmes du revers de son avant-bras et se pencha tout à coup vers Ethan. Tandis qu'il pleurait, les mains cachant son visage, elle l'encercla de ses bras et posa sa tête contre son épaule. Ethan se figea en la sentant contre lui.

— Merci de m'avoir enfin tout raconté... lui souffla-t-elle alors. Merci de m'avoir permis de comprendre ta situation. Je ne t'en veux pas, Ethan. Tu as agi selon ton expérience et je ne t'ai pas forcément aidé dans une démarche pouvant soulager tes craintes. Je réalise que je n'avais pas forcément besoin d'apprendre ce qu'il s'est passé avec ta mère pour savoir ce que je pense de toi, parce que tout simplement, l'homme que tu es aujourd'hui est fait à partir de cet adolescent du passé et que sans tout cela, je ne t'aurais peut-être pas connu, tu n'aurais pas agi de certaines façons et notre relation n'aurait pas abouti à ce qu'elle est en cet instant.

Ethan se redressa alors, le visage mouillé par les larmes, et la fixa de façon hébétée.

— Tu n'as pas à avoir honte devant moi, Ethan. J'aime l'homme d'aujourd'hui. Je l'aime pour ce qu'il est, avec ses blessures, ses failles, ses échecs, mais aussi ses réussites, ses certitudes, ses obsessions. Tu es devenu un homme remarquable avec, certes, des défauts, mais sans ces blessures de l'enfance, peut-être que je ne me serai pas arrêtée sur toi, tout comme toi, tu n'aurais pas poussé ta curiosité sur moi.

Elle lui caressa alors la joue pour lui essuyer les restes de larmes.

— Je regrette de ne pas avoir pu aider l'enfant que tu étais, mais je suis heureuse que les Abberline aient pu te soutenir, je remercie Oliver d'avoir été ton premier véritable ami avec Eddy, je suis soulagée de voir que tu peux compter sur une équipe de choc avec Sam, Brigitte, Barney et Simon. Mais par-dessus tout, je suis heureuse de pouvoir être là, pour toi, aujourd'hui. Je suis heureuse de t'avoir rencontré et je suis heureuse de pouvoir te sortir de l'enfer dans lequel ta mère et ton beau-père t'ont plongé. Ce qui compte maintenant, c'est demain, pas hier, et je veux voir l'avenir avec toi, Ethan. Je ne te l'ai jamais dit jusqu'à présent, parce que j'avais peur, moi aussi, d'être triste, déçue, désillusionnée comme toi une nouvelle fois, mais... je t'aime, Ethan. Je t'aime de tout mon cœur, et rien de ce qui s'est passé avant n'altèrera ce qui anime mon cœur en cet instant. Je ne peux pas vivre sans toi, moi non plus.

    Kaya finit son discours en lâchant un sanglot et posa son front contre celui d'Ethan, abasourdi par la déclaration d'amour qu'il venait de recevoir. Jamais on ne lui avait dit de tels mots, jamais on ne lui avait dit qu'on l'aimait avec une telle conviction. Kaya était la première femme qu'il estimait sincère dans chacun de ses actes et en cet instant, il savait combien elle pensait chacun de ses mots. Sans attendre, il s'empressa de la prendre dans ses bras et de la serrer le plus fort possible contre lui. Il avait besoin de son réconfort, plus que jamais. Il avait besoin de se rassurer au-delà des belles paroles qu'il venait de recevoir.
    Brigitte posa ses mains contre son cœur, attendrie par cet élan d'amour entre eux deux. Oliver sourit, soulagé de voir que cette histoire ne serait finalement qu'un détail à leurs yeux, tant leur relation avait subi des bourrasques la rendant aussi solide aujourd'hui. Sam et Barney se regardèrent, appréciant ce moment plus léger après tant de lourdeur dans le récit d'Ethan et se félicitèrent de la présence de Kaya dans leur vie. Seul Simon fixait le couple avec une certaine distance.
    — Je n'arrive pas à comprendre, Kaya ! lui déclara alors Simon. Comment peux-tu accepter aussi facilement quelque chose d'aussi horrible ?!
    Kaya se détacha un peu d'Ethan pour répondre à Simon. Ethan baissa la tête, se rendant compte que son histoire n'affectait pas de la même manière chacune des personnes présentes. Kaya sourit à Simon.
    — Qu'est-ce qui te paraît le plus important, Simon ? Ce qu'il a fait ou ce qu'il fera par la suite ? Moi, je préfère regarder devant que derrière. Il ne s'agit pas de pardonner ou faire déculpabiliser Ethan sur cette histoire, il le fait déjà assez bien tout seul et ses cicatrices le prouvent. Je pense que la première coupable reste sa

mère. Néanmoins, doit-on le condamner à jamais pour cette erreur de jugement ? Il y a encore quelques heures, c'était ton ami, tu l'appréciais ! Pourquoi cela changerait-il ? Il reste le même qu'il y a quelques heures !

Simon pesta et les quitta d'un pas pressé. Barney soupira.

— Donne-lui un peu de temps, Ethan. Il reviendra vers toi. Il a une relation très fusionnelle avec sa mère. Elle a toujours tout accepté de lui, à commencer par son homosexualité. Pour lui, une mère, c'est tout ! Comme dans ton cas, à une époque, ta mère biologique l'a été d'une certaine façon, la sienne est son univers et je pense qu'il transpose à lui l'idée de trahison dont ta mère a fait acte sur toi. Il ne peut imaginer qu'une mère puisse avoir de telles bassesses sur son enfant.

Barney lui sourit avec bienveillance, mais Ethan resta prostré dans sa honte. Kaya lui caressa à nouveau la joue et lui sourit.

— Tu connais Simon aussi bien que Barney. Donne-lui du temps.

Ethan hocha la tête malgré son scepticisme général à être accepté tel qui est. Kaya lui embrassa le front et Ethan se réfugia contre son cou.

— On va vous laisser seuls un moment... déclara BB. Vous devez avoir besoin de parler davantage. On reviendra vers toi plus tard, Ethan.

BB invita tout le monde à sortir, laissant le couple assis sur le canapé, seul. Après quelques secondes de silence, Ethan se lança.

— Pardon Kaya. Je ne voulais pas te mentir, seulement...

— Je sais. Donne-moi encore un peu de temps pour tout assimiler. Je regroupe doucement les éléments du puzzle et commence à comprendre certaines de tes réactions, mais je pense que d'autres détails vont me revenir au fur et à mesure. J'avoue que je ne m'attendais pas à cela. Je peux comprendre la douleur et la détresse de chacun de vous deux à l'époque, mais comme Simon, j'ai beaucoup de mal à comprendre ta mère. Je suppose que tu n'as pas voulu porter plainte contre elle, parce que cela reste ta mère, n'est-ce pas ?

Ethan garda ses yeux baissés.

— Dans ces moments-là, elle me disait que j'étais le plus beau de tous, le plus tendre... C'est fou, car par moments, j'ai encore envie d'y croire. Les Abberline voulaient le faire, mais sans mon désir de les rejoindre sur une procédure judiciaire, l'action ne pouvait pas aboutir. C'est la parole de l'enfant qui compte. Si l'enfant ne parle pas, la procédure tombe à l'eau. Ma vengeance, je l'ai donc obtenue avec mon adoption. Symboliquement, je n'étais plus son fils.

— Je vois... C'est pour ça que tu avais beaucoup de mal avec le fait de devenir père et de considérer Cindy comme ta mère. Je comprends à présent.

— Je ne t'ai pas tout dit, Kaya...

Kaya regarda Ethan, qui avait relevé les yeux pour la fixer intensément. Elle pouvait lire encore de l'inquiétude dans ses prunelles marron, mais aussi une fermeté comme si maintenant, tous les secrets devaient sortir.

— Je t'écoute.

Ethan lâcha son regard et chercha ses mots au loin, moins confiant.

— Tu te souviens... Le début de notre relation...

— Moui... hésita Kaya, sans trop comprendre où il voulait en venir.

— Tu te souviens l'objet de notre second contrat ? Le premier concernait Richard Laurens, mais le second était plus... intime.

— Oui, on était dans une démarche de consolation mutuelle.

Ethan la fixa à nouveau intensément, même si la honte restait ancrée sur son visage. Kaya tenta de comprendre en tentant de lire dans ses yeux le problème.

— Kaya..., c'est ainsi que ma mère m'amadouait.

— Qu... quoi ?! répondit-elle d'une voix étranglée.

— Elle me demandait de la réconforter, de la consoler.

5

FORT

    Kaya quitta son regard et se recula légèrement sur le canapé, ce qui n'échappa pas à Ethan. Ses yeux vacillaient en se remémorant toutes les fois où ce sujet avait été mis sur le tapis et le malaise qui en avait suivi au bout.
    — Tu me comparais à ta mère ? lui répondit-elle alors, fébrile à l'idée d'avoir raison.
    Ethan soupira et se passa la main dans les cheveux.
    — Pas tout à fait.
    — Comment ça ?
    La petite voix de Kaya à présent confirma à Ethan que ce nouveau coup risquait d'affaiblir la solidité de leur relation. Il le savait. Il était déjà surpris de la force de caractère de Kaya, mais cette fois-ci, ne l'achevait-il pas ?
    — C'était... la seule façon que je connaissais pour...
    Il se reprit, tentant de mieux reformuler.
    — Je suis sorti avec ma première petite amie quand j'étais chez les Abberline. Elle a fini par me tromper et je l'ai quittée. Ce fut un coup très dur pour moi, parce que je pensais que je devais faire l'opposé de ce que je faisais avec ma mère pour m'en sortir. Or, elle ne m'a pas aimé pour autant et m'a même trahi. Je pensais lui donner assez d'amour, mais cela n'a pas suffi.
    Kaya voulut rétorquer quelque chose pour le contredire, mais ne trouva pas les mots, tant les annonces s'enchaînaient et étaient à chaque fois difficiles à encaisser.
    — Je me suis ouvert moi-même pour la première fois le torse

après cela. J'ai pensé aux paroles de Stan : que j'avais encore une fois fait trop confiance à une femme et que je n'avais toujours pas compris la leçon. Il n'y a pas d'amour avec les femmes, juste des intérêts recherchés. Je me suis donc dit pour la suivante que je ne devais plus rien donner. Ne plus montrer aucun sentiment, donner le moins possible d'intérêts affectifs, garder une distance. Ma gentillesse me coûte trop. Je me détestais. Je ne supportais plus ma faiblesse. Je voulais en finir. Alors, avec l'aide des Abberline, je me suis construit mon nouveau moi. Je me suis fermé à toute forme de sentimentalisme. J'aurais pu devenir ce que cliniquement on appelle un gynophobe, c'est-à-dire avoir une peur viscérale des femmes. Pourtant, ce ne fut pas le cas. Je les savais dangereuses, mais le goût du sexe m'attirait dans leurs filets. J'y avais suffisamment goûté avec ma mère pour… en ressentir le manque. J'ai donc décidé que je devais être plus dangereux qu'elles, plus froid, plus intouchable psychologiquement. Être odieux était un rempart très efficace. Un connard en soi !

Il se mit à rire de façon cynique.

— J'ai excellé dans cette pratique. Je me donnais des directives : ne jamais offrir de cadeaux, hormis pour séduire, ne jamais rester avec la même femme plus d'une semaine. J'ai appris à ne jamais divulguer mon habitat, à verrouiller mon accessibilité au boulot par des vigiles. Tout était fait pour que seul le plaisir sexuel reste… jusqu'à la prochaine. Tu as vu le tableau des objectifs. Tu as vu mon téléphone rempli de numéros de femmes… Je papillonnais pour ne pas être davantage blessé…

Il se passa la main dans les cheveux.

— Mais toi…

Il examina chaque détail du visage de Kaya et sourit de façon vaincue.

— Toi, c'était différent. Si j'étais distant, tu te serais désintéressée de moi et moi, j'étais de plus en plus attiré par toi, alors…

Il souffla et se leva. Il avait besoin de se dégourdir les jambes pour évacuer le trop-plein. Toujours assise sur le canapé, Kaya le regarda en contre-plongée, en train de s'agiter devant elle.

— Je ne savais pas comment attirer ton attention ni comment

gagner du temps pour apprendre à te connaître davantage et répondre à ma curiosité te concernant. J'avais l'impression que tu me filais entre les doigts si je venais à relâcher mon attention et par-dessus tout, je te désirais comme un fou. Je voulais plus de contacts physiques, charnels, mais toi, tu n'avais qu'Adam en tête !

Kaya se mit à rougir malgré elle.

— Pour que tu t'ouvres à moi, je devais m'ouvrir à toi... reprit-il d'une voix moins assurée. Je devais... devenir important à tes yeux. Je devais être indispensable à ton bien-être... Il fallait que je détricote tout ce que j'avais tricoté.

Il se tut alors et posa le revers de sa main sur sa bouche, comme pour essuyer l'horreur qui s'installait dessus par ses mots, puis la retira pour reprendre son discours.

— La seule fois où j'ai souhaité être indispensable aux yeux de quelqu'un, c'était aux yeux de ma mère et c'était quand nous le faisions. Si je la consolais comme elle le voulait, j'avais son amour. Alors...

Ses yeux s'embuèrent tout en regardant Kaya.

— Tu as fait le parallèle entre nous deux... conclut Kaya, avec évidence. Tu as proposé ce contrat de consolation...

Elle baissa ses yeux et regarda ses doigts. Plongée dans le souvenir de cette période, elle ne trouva finalement que tristesse.

— Finalement, je ne te consolais pas..., réalisa-t-elle, amère. Je ne faisais que t'enfoncer dans ton mal...

Elle s'esclaffa de dégoût.

— Quelle ironie !

Ethan se précipita immédiatement devant elle, à ses genoux, et lui attrapa les mains dans les siennes.

— Tu as été la meilleure chose qui me soit arrivée, Kaya. Tu l'es toujours ! Je n'ai jamais ressenti autant de bonheur avec toi !

— Tu t'es ouvert le torse par ma faute, Ethan ! gronda Kaya, sceptique.

— Parce que je me sentais dans une impasse entre mes sentiments, entre ce qui devait être bien pour nous et la vérité à propos de mon passé ! s'exclama vivement Ethan. Mais, je suis toujours revenu vers toi ! À chaque fois ! Tu peux me dire que c'est du masochisme et je l'accepterai comme tel. Ça me va ! Je m'en fous si c'est ça, mon bonheur ! Je suis tellement plus heureux quand tu es près de moi. J'ai vécu l'enfer durant l'année sans toi à mes côtés, je ne veux plus que tu me quittes, Kaya. Je ne veux plus être séparé de toi…

Il baissa aussitôt sa tête et la posa sur leurs mains jointes. Kaya entendit le sanglot dans sa voix, mais ne savait comment vraiment réagir. Si elle regardait bien leur histoire, Ethan avait toutefois beaucoup évolué pour qu'ils en soient à cet instant. Ils avaient traversé pas mal de phases pour que leur relation se transforme en amour. Il avait fini par se soigner pour elle, il avait renoncé progressivement à tout ce qui le construisait depuis l'enfance pour changer à son contact.

Elle retira doucement une de ses mains que celles d'Ethan couvraient et lui caressa les cheveux. Ethan se figea, n'osant relever la tête. Un long silence demeura, chacun se laissant aller à ce geste de douceur entre eux. Les muscles se décrispaient, la tension redescendait, la respiration retrouvait un rythme normal.

— Ethan, me vois-tu comme un substitut de ta mère ?

Aussi glaçante que fut la question de Kaya, elle restait cependant pertinente aux yeux de chacun. Elle venait trancher ce moment de répit, mais elle scellait finalement l'issue de leur couple. Ethan le comprit très bien. Il garda sa tête penchée sur les genoux de Kaya et répondit, tandis qu'une larme coulait de sa joue.

— Non !

Kaya cessa son activité sur la chevelure d'Ethan.

— Kaya, je sais que c'est la réponse, le mot, que tu voudrais entendre, mais est-ce que cela suffira pour te convaincre de ma position ? Je sais que je dois te fournir à présent des preuves de cela et je te les fournirai. Je te rassurerai chaque jour un peu plus. Je ferai tout pour que ma mère ne vienne pas entacher notre bonheur. Je te le promets.

Il s'étala davantage sur elle et encercla alors la taille de Kaya de ses bras. Il la serra fort, se redressant légèrement et gardant son visage contre le ventre de cette dernière. Il avait besoin de cette étreinte. Il avait besoin de cette douceur après tant de minutes

éprouvantes à raconter l'horreur. Il avait besoin de se rassurer en se disant que peut-être ainsi, la rupture ne pourrait avoir lieu.
— Ma mère est Cindy ! ajouta-t-il avec fermeté. Sylvia n'est plus rien à mes yeux si ce n'est un fantôme du passé qui ne cesse de me hanter depuis. Je t'en prie, Kaya, donne-moi une seconde chance !
Kaya souffla. Voir Ethan si démuni, aux abois, l'affligeait. Il l'implorait comme si sa vie en dépendait. Si jusqu'à présent les façons de revenir à elle avaient été toutes dans la provocation, l'insistance ou le chantage, cette fois-ci, elle ne pouvait nier sa détresse et sa sincérité.
— Ethan... Viens-tu d'oublier ce que je t'ai dit plus tôt ?
Elle souffla.
— Je t'aime. Cela ne changera pas de mon côté. Je m'inquiète seulement pour toi. J'ai peur que tu mélanges tout, j'ai peur que tu te fourvoies, j'ai peur que tu reviennes sur tes certitudes. La question n'est pas tant nos sentiments, Ethan. C'est surtout de savoir si tes sentiments actuels sont vraiment ce qu'ils sont. Il est clair que psychologiquement, tu... as été... profondément blessé, mais es-tu réellement guéri de tout cela ? J'ai bien remarqué que tu portais un masque de connard alors qu'au fond, tu étais un homme adorable. J'ai bien vu que le travail du Docteur Courtois a été bénéfique pour certaines choses. En est-il vraiment de même sur l'image que tu as de ta mère ? Tu dis avoir coupé complètement les ponts avec elle, que tu ne la considères plus comme ta mère, mais tu refuses de porter plainte, tu la traites malgré tout entre mépris profond et adoration. Je t'avoue que ton discours est ambigu, même si je comprends combien il est difficile pour un enfant de détester une mère... Je suis simplement inquiète pour toi.
Elle reprit ses caresses sur la tête d'Ethan qui se laissa aller à cette nouvelle dose de douceur contre Kaya, sans émettre la moindre réponse. Peut-être avait-il dû supporter trop d'émotions à gérer d'un coup pour s'y retrouver maintenant dans ses certitudes. La seule chose dont il était certain, c'était de vouloir rester contre Kaya.
— J'étais sincère lors de ma première demande en mariage, Kaya. Je le suis toujours. Je veux toujours que tu sois ma femme.

Il se redressa alors et la fixa droit dans les yeux.

— Rien ne me fera renoncer à cet objectif, Kaya. Tu peux considérer cela comme une simple croix à cocher sur un tableau, mais pour moi, c'est une finalité primordiale à mon bien-être. Je ne veux pas de ma mère tous les jours auprès de moi, mais de toi...

Il sourit, désabusé par sa situation.

— C'est la pire des tortures de ne pas vivre à tes côtés ! Je ne peux pas me résoudre au contraire. Elle est là, la différence ! Si je n'ai pas ma dose de toi quotidiennement, ça ne va pas ! Sylvia..., crois-moi que je voudrais bien l'oublier définitivement ! Qu'elle n'entre plus dans aucune discussion !

Kaya sourit devant sa légèreté soudaine face à la complexité de la situation. Elle lui caressa la joue et l'invita à se décaler d'elle. Elle laissa alors glisser ses fesses hors du canapé afin de se mettre à sa hauteur, au sol, et fondre dans ses bras. Chacun avait besoin de la chaleur de l'autre. Chacun avait besoin de se repaître de l'amour, de l'affection de l'autre pour se rassurer que tout allait bien malgré tout.

— Je t'aime, Kaya ! lui déclara-t-il, le visage dans le cou de sa belle.

— Moi aussi, idiot !

— Tu ne vas pas me quitter, dis ?

— Non !

— Promis ?

— Promis !

Il la serra alors un peu plus fort contre lui, soulagé de cette réponse.

— Épouse-moi, Kaya !

Un petit rire sortit de la bouche de Kaya.

— Non ! Pas encore...

Ethan souffla.

— Pourquoiii ?! Tu as dit que tu m'aimais...

— Parce qu'on a le temps... Ne nous précipitons pas. Une chose à la fois. Laisse-moi d'abord digérer tout ça.

— D'accooord... lâcha-t-il dans un long soupir. Combien de temps te faut-il avant que je refasse ma demande ?

Kaya se mit à rire devant son obstination.
— Je ne sais pas...
— Dans une heure, c'est bon ?
— Non, je ne pense pas.
— Deux ?
— Ni deux ni vingt-quatre.
— OK, je note quarante-huit ! déclara-t-il tout en relevant son visage à côté du sien.
— Ethaaaan ! gronda-t-elle à son oreille.
— Je ne renoncerai pas, Princesse.
— Je le sais.
— Je t'aime.
— Je le sais aussi ! lui répondit-elle en riant.
Elle lui embrassa la joue et leurs yeux se croisèrent enfin.
— Je t'aime, Kaya.
— Tu viens de me le dire.
Il grimaça, bon joueur.
— Je peux encore te le dire cent fois !
— Je le sais ! en rit Kaya.
— Je peux aussi te le prouver ! lui rétorqua-t-il fièrement. Je te montre ?

Kaya hocha la tête, réceptive à sa proposition. Ethan ne se fit pas prier et embrassa tendrement la jeune femme. Un baiser au goût de larmes, mais aussi de soulagement. Leurs langues se mêlèrent rapidement afin d'asseoir la force de leur amour dans une étreinte passionnée. Leurs souffles se mélangèrent à travers une respiration de plus en plus emportée. L'avidité de plus en plus marquée d'Ethan pour la peau de Kaya l'obligea à se détacher légèrement de ses lèvres et attaquer son cou, puis ses épaules.

— J'ai envie de te faire l'amour toute la nuit ! lui souffla-t-il. Je peux ?

— C'est une proposition très alléchante, mais je pense qu'on devrait retrouver le reste du groupe sur la terrasse pour l'instant.

Elle repoussa alors gentiment ses assauts.

— Décalons cela à plus tard.

Ethan grogna pour la forme, même si le propos de Kaya semblait logique. Elle tapa légèrement son front sur le sien.

— Hey ! Ce n'est pas un « non », cette fois-ci !
Ethan lui sourit alors.
— Je t'aime... chuchota-t-il, languissant.
— Embrasse-moi une dernière fois et on se lève, OK ?
Ethan s'exécuta sans attendre et déposa un nouveau baiser sur les lèvres douces de Kaya. Un baiser si fort qu'il la renversa sur le dos. Ethan s'allongea sur elle et acheva son baiser ardent.
— Ethan ! On ne peut pas rester ainsi ! Si quelqu'un arrive et nous voit ?! lui reprocha-t-elle à voix basse.
— Eh bien, ils verront combien je ne peux me passer de toi ! se mit à rire Ethan, amusé.
Il déposa un autre baiser sur sa bouche pour confirmer ses propos. Kaya le repoussa légèrement.
— Ils n'ont pas besoin de détails ! Franchement ! Relève-toi !
— On s'en fiche des autres ! Moi, j'ai besoin des détails !
Il embrassa son cou avec entrain en réponse.
— Par exemple, tu vois, ici, je sais que t'aimes bien mes bisous.
Il posa son index derrière l'oreille et sourit.
— Si j'y mets ma langue, tu gémis !
Kaya se mit à rougir, gênée.
— Rhhaaa ! Tu m'énerves !
Elle le repoussa définitivement et se leva, le laissant gisant seul au sol.
— Interdiction de mettre ta langue quelque part pour le moment ! Debout !
Elle le quitta pour se rendre sur la terrasse. Ethan souffla et se renversa sur le dos, les bras en croix contre le sol. Il lâcha un gros soupir tout en regardant le plafond.
— Aaaaah ! Bon Dieu ! Qu'est-ce que je l'aime ! Je pourrais m'embraser spontanément tellement mon cœur brûle ma poitrine...

— C'est une histoire de dingue, quand même ! commenta Sam.
— C'est triste ! J'ai mal pour lui ! ajouta BB. Comment une telle chose peut arriver ?

— Il y en a plus qu'on ne le pense... commenta Oliver.
— Tu n'as pas été choqué quand tu l'as su ? lui demanda BB.
— Bien sûr... Comme tout le monde, j'ai eu un temps de malaise, partagé entre horreur et compassion, et puis les jours ont continué de passer et finalement, cela n'a rien changé au fait que j'appréciais l'homme. Kaya a raison sur ce point. Il y a les faits, mais après il y a le caractère d'Ethan. Il a cette facilité à connecter les gens à lui. Malgré ses défauts, il est doté d'un charisme qui ne laisse pas indifférent. Cette histoire a forgé sa personnalité et on le voit au travail : c'est un bulldozer. On peut ne pas aimer quelqu'un pour des choix politiques, religieux ou encore pour des actes immoraux commis et faire une croix dessus parce que cela va au-delà de la représentation qu'on a de ce qui est bien selon soi. Néanmoins, avec Ethan, j'ai senti que ce n'était pas quelque chose dont il était fier. Et c'est toute la différence. Il s'en cache par honte. En cela, il a gardé mon intérêt pour notre amitié.
— Simon reviendra vers lui... commenta Barney. J'en suis persuadé.
— J'y crois aussi ! répondit BB. Mais je comprends surtout pourquoi Ethan était aussi froid envers les femmes. Kaya a été à contresens pour le bousculer.
— Elle a été incroyable ! s'en amusa Oliver, en se remémorant les différentes discussions qu'ils avaient eues à propos d'Ethan. Elle est toujours là où on ne l'attend pas et c'est ce qui a obligé Ethan à sortir de sa zone de confort.
— Vous pensez que ça va aller maintenant ? demanda Sam, triturant à présent la cage métallique du bouchon de champagne avec laquelle Ethan s'amusait plus tôt.
— Kaya semble dans l'acceptation ! répondit Barney. Je pense que ça ira. Il y aura des ajustements à faire dans leur couple sans doute, mais ça ira.
— Ils sortent à peine d'une rupture d'un an... fit remarquer BB. Nous avons peut-être provoqué un nouveau tsunami involontairement.
— Ce tsunami devait arriver ! tempéra Oliver. Tôt ou tard, il aurait dû lui parler. C'est vrai que ça ne tombe peut-être pas au meilleur moment, mais j'ai confiance. Ethan est obstiné et Kaya

compatissante.

— Lui qui voulait la demander en mariage, ça risque d'être compliqué ! déclara Sam, tout en examinant son bout de fer avec minutie.

— Qui te dit qu'il ne le fait pas en cet instant ? sourit Barney, l'air malicieux.

— C'est vrai, Ethan a plus d'un tour dans son sac et avec Kaya, il peut déplacer des montagnes ! s'exclama Brigitte.

Elle se mit à rire.

— Quelle tête de mule !

Sam se pencha alors sur son épaule.

— Je vois que son entêtement te fait sourire. Il faut donc que je m'entête davantage également pour que tu me dises oui ?

Brigitte se figea et rougit.

— Qu... qu'est-ce que tu racontes ?! Cela n'a rien à voir avec nous !

— Bien sûr que si ! Tu refuses le mariage sous prétexte que c'est très bien comme ça ! Pour Millie, ce serait quand même plus pratique si on l'était !

— Pour Millie ? Donc, tu veux te marier uniquement pour son bien-être ?

Sam souffla et posa son coude sur la table. Au bout de sa main, il lui montra le bout de fer qu'il avait tordu pour en faire une bague.

— Je veux t'épouser parce que je t'aime ! Donc, c'est pour nous deux, mais aussi pour la famille que je fonde avec toi depuis l'arrivée de Millie. Alors, cesse de t'entêter par pitié et dis-moi oui !

— C'est ça, ta demande en mariage ? déclara alors Brigitte, d'un ton peu convaincu, même si ses joues avaient rosi.

— Mon Dieu ! J'arrive pile au bon moment ! s'exclama Kaya, heureuse d'assister à un moment aussi émouvant. C'est trop mignon !

Ethan la rejoignit dans son dos et vit le prototype de bague dans les doigts de Sam.

— Putain ! C'est ça que j'essayais de faire tout à l'heure ! Tu as piqué mon idée, enflure !

Il fonça alors vers Sam, s'allongeant presque au-dessus de la table, pour récupérer son trésor.

— Pas touche ! C'est ma bague ! cria Sam, tout en se mettant en position de protection pour ne pas se faire dérober son trésor.

— J'étais dessus avant toi, voleur de bague !

— Tu parles, tu n'avais rien fabriqué avec, à part un truc difforme !

— J'ai été interrompu ! pesta Ethan, rageux.

— Eh bien, j'ai fait mieux que toi et je suis le premier à avoir fait ma déclaration, donc j'ai gagné !

Ethan serra les dents, peu enclin à capituler aussi facilement.

— Elle est pourrie, ta déclaration !

BB et Kaya firent un O. avec leur bouche. Oliver commença à rire sous sa main, Barney leva les yeux.

— Ah ouais ? Ben, vas-y ! Fais mieux que moi, puisque tu te crois aussi malin ! On verra de nous deux celui qui remporte le match ! rétorqua Sam, l'œil plein de défi, tout en se levant de sa chaise et prêt à entamer le duel.

— C'est une blague ? commenta alors BB, effarée par leur stupidité.

— Ils n'ont pas l'air de blaguer... répondit Kaya, tout aussi abasourdie.

— Je suis ton homme ! se gaussa Ethan, prêt à en découdre. On verra qui de nous deux est le plus fort !

6

INSPIRÉ

— Tu ne gagneras pas ! déclara Ethan.
— Reste derrière et regarde les pros ! lui répondit Sam.
Brigitte et Kaya se regardèrent d'un air entendu. Sam se mit immédiatement à genoux devant BB, assise avec Millie sur ses cuisses. Le regard vif, déterminé comme jamais, Sam fit des vocalises pour préparer sa voix. Ethan s'esclaffa.
— Tu démarres mal ! Tu veux une pastille pour la gorge aussi ?!
— La ferme, Ethan ! Prends-en de la graine !
Il fixa intensément Brigitte et inspira un bon coup. Si tout cela s'annonçait comme une plaisanterie, Brigitte sentit néanmoins tout à coup une certaine gêne qui la fit légèrement rougir. Voir Sam à genoux ainsi lui paraissait à la fois incongru et pourtant, comme toute femme le penserait, romantique.
— BB, on se connaît depuis des années maintenant et tu as toujours eu une place spéciale pour moi. J'ai eu peut-être quelques conquêtes féminines, mais ça a toujours été à défaut de ne pouvoir être avec toi. Tu étais à mes yeux l'inatteignable ! La déesse qu'on regarde, mais qu'on ne touche pas ! Le fantasme, le rêve interdit, l'espoir vain...
— Oh oooh ! fit Oliver, amusé par le compliment. Ça commence bien !
— Pfff ! Tellement ringard ! rétorqua en grommelant Ethan.
Brigitte fixa Sam, confuse.
— Malgré tout, continua Sam, je n'ai jamais hésité dès qu'il s'agissait d'être présent pour toi... Quand tu étais fatiguée, quand tu t'étais encore disputée avec tes parents, quand tu as compris que

tu étais dans une impasse avec Ethan, j'ai voulu être là.

La détermination de Sam s'estompa subitement. Un certain malaise s'exprimant par un silence s'empara de lui à l'idée de se confier ainsi à Brigitte. Exposer ses sentiments était un exercice périlleux. Trouver les bons mots incarnant au mieux ce qu'il ressentait sans que cela soit mal interprété était compliqué et ce duel contre Ethan devenait pour Sam une réelle épreuve.

Kaya observa alors Ethan. De son côté, il n'avait jamais éprouvé énormément de difficultés à lui dire ce qu'il voulait. Que ce soit les contrats, les baisers, les câlins torrides ou encore les demandes en mariage, Ethan était un homme très expressif en la matière. Même s'il avait gardé pour lui le secret de son passé, il avait toujours été éloquent concernant ses sentiments pour elle. En cela, il pouvait gagner facilement ce duel face à Sam. Pourtant, la façon dont Sam tentait de déclarer ses sentiments le rendait touchant de sincérité. Ses hésitations, sa maladresse ou encore ses bafouillements devenaient son point fort. C'est cette pudeur mignonne qui pouvait aussi faire perdre Ethan.

— BB, reprit-il finalement avec un sourire amer, je crois que je n'ai jamais été aussi heureux que ce jour où Ethan a repoussé tes sentiments. Je sais que c'était très égoïste de ma part alors que tu souffrais d'avoir été rejetée, mais j'étais tellement heureux qu'il l'ait enfin fait ! Parce que je me suis dit qu'enfin, tu allais peut-être tourner ton regard dans ma direction... et tu l'as fait !

Ethan se raidit. Brigitte baissa les yeux sur ce moment douloureux où elle n'avait pu que capituler face à Kaya. Ethan fixa le couple devant lui avec intérêt. Il réalisa qu'effectivement, tout était peut-être parti de ce soir du Nouvel An, où il avait avoué à Brigitte et Sam qu'il était peut-être tombé amoureux de Kaya. En venir aux mains avec Sam, chacun à cause de leur jalousie, avait débloqué leur situation amoureuse respective. Il avait pu clarifier les choses avec BB et revenir en bonne grâce auprès de Kaya. Il sourit à ce doux souvenir. Beaucoup de chemin avait été parcouru depuis.

— Cette nuit de Nouvel An, c'était merveilleux parce que tu m'as dit : « J'ai besoin d'oublier ! » et une nouvelle fois, tu as posé ta tête sur mon épaule. Comme à chaque fois. Sauf que cette fois-ci, tu as relâché complètement ta garde avec moi. Tu m'as vraiment laissé prendre soin de toi...

Il regarda un instant sa bague faite main.

— Cette nuit-là, j'ai su que je ne voulais pas d'autres femmes à mes côtés que toi et, quelque part, mon souhait a été entendu puisque Millie s'est invitée entre nous. Elle nous a liés l'un à l'autre jusqu'à la mort. Même si tout n'était pas gagné, elle m'a offert la possibilité de te prouver que nous pouvions devenir véritablement un couple et même une famille. Si tu as vu ta grossesse comme un accident de parcours au début, moi, j'ai vu dans cette surprise une manifestation évidente de l'amour que nous avions partagé cette nuit. J'y ai vu une porte à ouvrir pour un bonheur à deux, à trois. J'y ai entraperçu une Brigitte que je voulais absolument découvrir et être le seul à connaître. De plus, je suis devenu, depuis cette nuit du Nouvel An, avide. Une nuit ne m'a pas suffi. Je voulais toutes les autres nuits avec toi ! Non, je voulais toutes mes journées et toutes mes nuits avec toi...

Kaya posa ses mains contre son cœur. Sam était vraiment touchant. Brigitte ne disait rien et l'écoutait en silence. Cependant, son émotion était palpable. Elle qui avait toujours des difficultés à exprimer ses sentiments manifestait par les traits de son visage autant de regrets à avoir été méfiante à l'époque que d'amour aujourd'hui de lui avoir fait confiance. Ethan jeta un regard vers Kaya. Les paroles de Sam trouvaient un écho étrange à ce qu'il avait ressenti avec Kaya. Ce besoin inaltérable de l'avoir toujours à ses côtés, cette soif de découverte de son corps, de ses pensées, de ses aspirations ne l'avait plus quitté depuis.

— Je t'aime, BB. Je t'aime comme un fou. S'il te plaît, ne me repousse pas une nouvelle fois avec autant d'évidence. Ne m'oblige pas à me battre pour te prouver qu'un mariage entre nous peut fonctionner. Brigitte, s'il te plaît, accepte de devenir ma femme !

Un long silence suivit sa demande. Tout le monde était scotché aux lèvres de Brigitte. Il était clair que BB était émue, extrêmement troublée par les paroles de Sam, mais celui qui était le plus pendu à ses lèvres était Ethan. D'abord parce qu'un étrange parallélisme le saisissait entre sa situation et celle de son ami. Ensuite, parce que la réponse de Brigitte pouvait également être le reflet de celle de Kaya et il refusait d'imaginer un nouveau refus. Il valait mieux une absence de réponse qu'un rejet.

— Top chrono ! s'exclama-t-il tout à coup, tout en faisant un clap de fin avec les mains entre le couple. Temps écoulé ! C'était mimi, mais elle n'a pas répondu ! C'est mon tour maintenant !

— T'es sérieux ! s'offusqua Kaya. Tu ne peux pas les interrompre lors de ce moment fatidique !

— Elle n'a rien dit ! répète Ethan comme une évidence à passer à la suite. Ce n'est donc ni un oui ni un non, mais ça reste une réponse !

— Mais laisse-la au moins réfléchir à tout ça ! s'agaça Kaya, sidérée par son manque d'empathie et de tact.

Oliver s'esclaffa.

— T'es pas croyable, Ethan.

— Quoi ?! C'est le jeu ! C'est maintenant mon tour !

— Comment peux-tu interrompre un tel moment ?! hallucina Kaya. La prestation n'a d'intérêt que si elle touche son public ! C'est important !

Ethan se tourna vers Kaya, le visage sévère.

— Que les choses soient claires, il n'y a rien de plus important que ce qui concerne toi et moi, Kaya.

Si dans d'autres circonstances, elle aurait pu se trouver touchée par de tels propos de la part d'Ethan, son regard ne cessait de revenir vers Sam et Brigitte. Sam n'avait pas protesté de l'intervention de son ami. Il gardait ses yeux figés sur sa moitié, attendant malgré tout sa réponse. Kaya sourit. Sam était vraiment sérieux avec cette demande, même si elle était partie d'un duel entre Ethan et lui.

Malgré le manque de réaction du couple, Ethan continua à s'imposer et tira Kaya vers une chaise. Il la fit asseoir et se mit à son tour à genou. Réalisant qu'il n'avait pas la bague de fer dans la main, il la chipa à Sam qui cette fois-ci quitta BB du regard et l'observa faire en silence.

Fièrement, il dressa son dos et sourit à Kaya tout en lui montrant la bague.

— Cette demande-là, chérie, tu vas tellement l'aimer que tu vas me dire oui sans hésiter.

Kaya grimaça et se retint de rire devant son arrogance mignonne, même si elle gardait en tête qu'il avait exagéré avec la déclaration de Sam. Elle espérait une réaction de ce dernier à la fin de la prestation d'Ethan afin de lui rendre la monnaie de sa pièce.

— Prête ? lui demanda alors Ethan, sûr de lui.

Kaya fit un geste de la main de façon nonchalante pour qu'il s'exécute, en princesse désabusée qu'elle était par son comportement immature. Il se tourna alors vers Millie, dans les bras de sa mère.

— Millie, on chante !

Interpelée par une demande qui semblait familière, Millie se tourna vers son parrain et sourit.

— Quoi ? objecta Sam. C'est quoi cette histoire ? Depuis quand tu utilises ma fille pour tes manigances ?!

— Va chercher ta mini guitare, ma puce !

La petite quitta les bras de sa mère et courut à l'intérieur de la maison chercher sa mini guitare, un ukulélé adapté pour un enfant. Kaya resta stupéfaite par ce qu'il préparait.

— J'ai offert ce ukulélé pour ses un an. Alors bien sûr, elle est encore trop petite pour savoir en jouer, alors on apprend tous les deux ! T'es prête à dire le mot magique, Millie ?

La petite acquiesça de la tête. Ethan récupéra la sucette qu'elle avait dans sa bouche et la posa sur la table.

— C'est une blague ? s'inquiéta BB. Qu'est-ce que tu lui as encore appris ?!

Il commença à gratter son petit ukulélé et des premières notes se firent entendre devant l'effarement général.

— Tu as débarqué dans ma vie, l'air de rien,
alors que tu avais du chagrin...

Kaya ne put s'empêcher de pouffer devant l'incongruité de la situation. Ethan fredonnant un air de musique ! Elle s'attendait à tout sauf à ça, jusqu'à ce qu'elle révise son jugement tout à coup.

— Oooh...

— Kaya ! finit la petite Millie dont le vocabulaire à cet âge était restreint.

Kaya porta ses mains à nouveau contre sa poitrine, plus attendrie par la prestation soudaine de Millie que celle d'Ethan finalement.

— Tu as chamboulé ma vie,
alors que tout me semblait définitivement fini.
Oooh...
Ethan sourit à Millie qui répéta :
— Kaya !
— J'ai cru un temps devenir fou,
À force que tu me pousses à bout !
Oooh...

D'un nouveau signe de tête de son parrain, la petite réitéra la prononciation du prénom.

— Kaya !

La complicité entre le parrain et sa filleule paraissait évidente, signe qu'Ethan avait passé beaucoup de temps avec elle pour qu'une telle complicité voie le jour et qu'une telle chanson soit apprise par les deux. Ce qui s'annonçait comme une nouvelle idiotie de la part d'Ethan devenait quelque chose de touchant autant par le contenu que par la qualité des chanteurs.

— Malgré tout cela,
Nos contrats ne suffisaient pas.
Je t'avais dit « console-moi »,
Mais tu ne m'as jamais laissé le choix...
Ooooh...

Un nouveau regard vers Millie lui fit comprendre qu'elle devait dire le mot magique.

— Kaya !

Brigitte admira sa fille, répétant presque à voix haute le mot à dire pour l'encourager. Quant à son père, il était partagé entre être en adoration devant sa plus grande fierté et la jalousie de ne pas être à la place d'Ethan.

— Inutile de traîner des pieds
Ou de te faire prier,
Car tu vas capituler...

Ooooh...
— Kaya !
Simon arriva en silence sur la terrasse et assista à ce moment de détente, attiré par la musique du ukulélé depuis la fenêtre ouverte de sa chambre.
— Tu n'as pas d'autres alternatives
Pas la peine d'être sur la défensive
Tu ne peux que te marier,
Avec ton connard préféré !
Ethan sourit alors à sa Princesse, amusé.
— Ethan ! le disputa BB. Pas de gros mots devant Millie !
— Oooooh...
— Kaya ! répéta Millie fièrement.
Tout à coup, le rythme du ukulélé accéléra et la mélodie s'emballa.
— Oooh Kaya !
Je ne peux pas vivre, sans toi !
Je veux... uniiiquement toi !
Je veux rester pour toujours dans... tes bras.
Oooooh
— Kaya ! répéta Millie mécaniquement à chaque « Oooh » d'Ethan.
— Je t'en prie,
Épouse-moi !
Car ça sera toujours toi... et moi !
Je ferai toujours tout... pour toi !
Ethan fixa alors Kaya. Le rythme redescendit sur une tonalité plus mélancolique, puis il regarda Millie et lui fit un clin d'œil.
— Ooooh... Kaya... firent-ils tous deux en chœur.
— Je suis perdu si tu n'es plus là,
S''il te plaît, ne me lâche pas.
J'ai tellement besoin de toi...
Ooooh Kaya,
S'il te plaît, n'hésite pas.
S'il te plaît, épouse-moi
Moi je t'aime des milliers de fois.
Et j'aimerais être aussi tout pour toi,

Ooooh...
Ethan fit un second clin d'œil à Millie et sourit avec fierté.
— Kaya... finirent alors Ethan et Millie en chœur.

Un long silence suivit la prestation d'Ethan et Millie. Kaya ne savait plus quoi dire, émue par ce qu'il venait de se produire sous ses yeux. Chacun analysait la chanson avec tendresse, mais réalisait également le temps passé à la préparer en amont. Ces heures passées à trouver les paroles, à apprivoiser le ukulélé, à l'adapter à une mélodie... Kaya avait la gorge sèche. Au-delà de ce qui avait pu être révélé dans le salon plus tôt sur l'enfance et l'adolescence d'Ethan, elle réalisait à quel point la plus grande douleur d'Ethan était sans doute devenue celle de son absence durant cette année passée. Il le lui avait dit par vidéos, elle en avait perçu des signes dans son comportement, mais cette chanson confirmait qu'il avait dû ruminer cette tristesse à un tel point qu'il en avait composé une chanson devant Millie régulièrement afin d'y exprimer ses espoirs et ses regrets.

— C'était magnifique... déclara alors Simon depuis l'entrée de la terrasse, qui se mit à applaudir, suivi très vite par tout le monde.

Ethan remarqua alors son retour parmi eux et lui sourit, avant de baisser les yeux. Rien n'était vraiment réglé entre eux deux, mais il voyait un petit espoir de réconciliation avec son retour.

— Le temps a été long durant cette année. J'ai eu l'occasion de réfléchir à tout un tas de choses...

Il regarda ensuite Millie et lui frotta la tête.

— Tu as été parfaite ! Meilleure chanteuse du monde !

Millie fit alors un câlin à son parrain.

— Meilleure assistante au monde ! ajouta-t-il, heureux.

— Meilleure fille du monde ! couina son père qui vint à son tour la serrer dans ses bras. La digne fille à son papa !

— Moi, je dis que la gagnante dans toute cette histoire, c'est Millie ! déclara Barney. Je vote pour elle !

— Moi aussi ! déclara Oliver en levant la main pour ajouter son vote.

— Je suis d'accord ! vota à son tour Simon.

— Sam, tu m'excuseras, mais je vote pour notre fille ! annonça

BB, le penchant maternel dépassant tout.

Kaya sourit.

— Ethan, je pense que Sam et toi avez perdu ! délibéra Kaya. Millie vous a tous les deux devancés ! Je ne suis pas sûre que ta chanson aurait eu la même saveur sans elle et Sam l'a joué solo alors qu'il aurait pu inclure sa fille dans sa volonté de prouver que son mariage est vraiment une histoire de famille maintenant. Vous n'avez pas démérité, mais vous avez pour l'un oublié un élément central, pour l'autre était effacé par cet élément central. Millie a fait mieux que vous ! Conclusion : c'est Millie qui mérite la bague !

Brigitte acquiesça à cette conclusion.

— Bravo Millie !

Sa mère applaudit, suivie par Kaya, Simon, Barney et Oliver. Ethan soupira, vaincu, mais beau joueur, tandis que Sam couvrit sa fille de bisous en guise de consolation.

— Ce n'est pas grave ! Je lui accorde cette partie-là, mais je n'ai pas dit mon dernier mot ! Et puis, je préfère laisser la victoire à ma fille qu'à cet emmerdeur !

Sam jeta un regard torve à Ethan, qui sourit fièrement à son ami.

— Avoue que j'ai fait mieux que toi plutôt !

— Tu parles ! Sans ma fille, ta chanson aurait été ringarde !

Ethan ignora les remarques de Sam et se tourna vers Kaya.

— Kaya, je n'ai pas dit mon dernier mot non plus ! Tu as bien esquivé, encore cette fois-ci ! Mais j'ai encore des cartes dans ma manche !

Cette dernière vint à lui pour l'embrasser et se blottir contre lui.

— C'était vraiment touchant ! lui souffla-t-elle entre leurs lèvres.

— Ça veut dire que tu capitules ?!

— C'est évident..., mais pas tout de suite ! Mon cœur a capitulé depuis un moment, mais ma raison me dit de ne pas me précipiter et de savourer chaque instant. Et finalement, j'aime bien toutes tes démonstrations d'amour !

Ethan plissa des yeux.

— Tu es vraiment dure en affaires ! Je n'aimerais pas t'avoir comme négociatrice contre mon entreprise !

— Je ne me trouve pas si injuste que ça ! Regarde, je t'embrasse !

Elle déposa aussitôt un baiser sur ses lèvres.

— Huumm... Pas assez cher payé ! nuança Ethan, séducteur. Cela mérite bien plus qu'un baiser !

— Pourtant, je t'assure que je suis ta première groupie ! lui susurra-t-elle à l'oreille. Tu me la rechanteras ?

Ethan la serra dans ses bras et nicha sa tête dans le cou de sa Princesse.

— Si tu veux...

Sam câlina Millie dans ses bras et s'approcha de Brigitte.

— Je reviendrai avec une belle bague. On n'en a pas fini tous les deux !

Brigitte lui caressa la joue.

— Je dois bien avouer que tu m'as surprise.

— Je peux encore te surprendre, tu sais !

Il attrapa BB de son autre bras par la taille.

— Chaque jour, tu me surprends déjà... Mais j'avoue que là, tu t'es surpassé !

Sam fixa Brigitte, fier, mais ému de son aveu.

— Je pensais chaque parole que je t'ai dite...

— Je sais...

— Je ne veux pas me contenter de toi, moi, et Millie. Je veux un nous véritable, BB. Je veux donner un frère et une sœur à Millie. Je veux vraiment qu'on devienne un tout.

Brigitte baissa les yeux.

— Quand est-ce que tu vas enfin accepter que nous puissions être un couple durable et une famille, BB ? Pourquoi continues-tu de me mettre à distance ? Je sais que ce n'est pas le moment de discuter de ça, mais...

Sam soupira, déçu de tourner en rond.

— Je ne t'abandonnerai pas, BB. Je ne compte pas t'offrir la même relation que celle de tes parents. Tu le sais...

— Je sais...

Elle embrassa la joue de Sam pour tenter d'apaiser sa frustration. Millie en fit de même à son père, ce qui les fit sourire

tous les deux.
— Vous êtes les deux femmes de ma vie. Je vous aime !

7

SÉPARÉS ?

Ethan invita Kaya à s'éloigner de la terrasse pour se rendre vers la piscine, en contrebas de la villa de vacances. Main dans la main, ils descendirent les marches dans la pénombre, en silence, jusqu'à arriver à côté des transats de la piscine. Ethan fit asseoir Kaya sur ses genoux et posa sa tête contre sa poitrine. Kaya lui caressa les cheveux gentiment.

— J'aimerais rester comme ça toute ma vie... déclara-t-il contre elle.

— Ça me paraît compliqué, physiologiquement parlant !

— M'en fiche ! Rien que de savoir que tu es à plus de deux mètres de moi est déjà une angoisse à mes yeux.

— Ethan, je reste avec toi cette fois-ci, je te le promets.

Il la serra un peu plus contre lui.

— Qui me dit que demain, tu n'auras pas pris le temps de la réflexion pour revenir sur tes paroles et réalisé que je te dégoûte ou que tu ne peux imaginer vivre avec moi.

Il releva sa tête pour la contempler, les yeux pleins d'inquiétude.

— J'ai tellement peur que tu t'échappes de mes bras, Kaya.

Elle lui frotta la tête énergiquement, le visage plus dur.

— Arrête de te torturer ainsi ! Je ne reviendrai pas sur ce que j'ai dit ! Ton passé n'est pas des plus lumineux, mais ça n'empêche pas que tu n'aies pas le droit que ton présent et ton futur puissent l'être ! Oui, c'est quelque chose d'horrible ce que tu nous as raconté. C'est tout à fait compréhensible que tu aies adopté un certain comportement par la suite et notamment avec moi...

— Pardonne-moi, Kaya...
— Je ne veux pas que tu t'excuses ! Je ne t'en veux pas, même si certains doutes m'ont saisie. Tu as fait ce que tu as pu, avec tes propres moyens de l'époque, que ce soit physiquement ou psychologiquement. Tout ce que je veux, c'est que tu trouves une paix intérieure à tout ça aujourd'hui, Ethan. Je vois bien que tout cela t'a bien égratigné. Tes cicatrices sur ton torse sont une preuve flagrante de ce qui bouillonne réellement à l'intérieur de toi. Tout à l'heure, ce que j'ai entendu, c'est un homme blessé dans sa chair et dans son mental. J'ai entendu une culpabilité que tu portes alors que tu ne devrais pas la porter seul. Ta mère biologique devrait en porter la plus grande partie. J'ai entendu une détresse immense, et ce, malgré les solutions que t'ont apportées les Abberline. Je ne veux pas prétendre être la solution à tes problèmes, même si j'ai le sentiment que j'ai fait bouger certaines lignes en toi...

Ethan s'esclaffa alors.

— Certaines ?! Non ! Toutes !

Kaya leva les yeux.

— Ne me fais pas passer pour ton bourreau !

— Adorable bourreau ! J'aime ta torture !

Elle repoussa son visage de la main.

— En attendant, je veux juste t'aider à aller mieux. Si je le peux, je le ferai.

— Tu le fais en restant dans mes bras.

— Je m'en rends compte, mais je ne veux pas que cela soit ton seul phare dans ta nuit, Ethan. Si je refuse le mariage, c'est surtout parce que je ne veux pas être enfermée dans cette image que tu as de moi d'une sauveuse ultime de tous tes maux.

Elle prit alors son visage en coupe.

— Ce mariage ne doit pas devenir une obsession à tes yeux dans le seul but de te rassurer sur nous. Je veux que tu m'épouses sans cette peur explicite de te dire « si tu ne le fais pas, tu risques de me perdre ». Actuellement, je vois que ta peur la plus grande est de me perdre et je l'entends, mais cela me fait dire surtout que je dois travailler sur ta confiance en moi à rester près de toi.

— Non ! Ce n'est pas ça ! protesta vivement Ethan, mais Kaya l'interrompit de son index sur sa bouche.

— Je suis parfaitement consciente que j'ai mal agi en disparaissant sans prévenir. Je sais que ça a joué sur ta propre confiance en toi. Ethan, nous devons renforcer notre confiance en soi, en l'autre et en nous. J'ai douté de moi, raison pour laquelle je t'ai quitté, mais j'ai douté aussi de toi. Et c'est pareil pour toi. Nous ne pouvons envisager un mariage sans renforcer certaines choses écorchées entre nous. Nous ne pouvons penser à l'après si notre présent est encore fragile.

Ethan baissa les yeux et se frotta la tête. Kaya n'avait pas tort. Il savait que le travail avec le Docteur Courtois était loin d'être fini et que sa peur de perdre Kaya était réelle.

— On a le temps, Ethan. On a le temps pour réapprendre à retrouver cette confiance en nous.

Ethan lui caressa la main de son pouce et sourit timidement.

— Je suis avide de toi, Kaya. Tu as transformé ma vie à un point inimaginable. Tu as peut-être raison en disant que tu es devenue mon obsession, surtout durant cette année loin de moi. Je dois te paraître lourd, hyper insistant...

— Ça ne date pas de maintenant ! ponctua cyniquement Kaya.

Ethan grimaça.

— Ben quoi ! Tu as toujours été un éléphant dans un jeu de quilles quand tu désirais quelque chose de ma part, reconnais-le !

Il concéda d'un geste désinvolte de la main et continua.

— J'ai l'impression de ne pas être à la hauteur et de devoir en faire toujours plus auprès de toi pour que tout rentre dans l'ordre et que je me sente rassuré. Je crois qu'il va falloir que j'en parle dans mes séances de psy !

Il s'esclaffa une nouvelle fois, non sans afficher une forme de défaitisme.

— Je ne veux pas qu'on se mette une pression..., continua Kaya. Je crois qu'il faut juste qu'on calme tout cela. On vient à peine de se retrouver, de s'expliquer, de se confier. On a beaucoup à digérer, tu sais... Et ce que tu me dis me confirme qu'il faut qu'on pose les choses. Je suis contente déjà qu'on arrive à davantage communiquer. Je réalise que c'est peut-être aussi ce qui nous a manqué jusqu'à maintenant.

Elle déposa un baiser sur la joue d'Ethan et haussa les épaules.

Ethan posa son front contre sa clavicule.

— Tu as peut-être raison. J'en demande trop d'un coup, sans réfléchir à ce qui nous a fait défaut jusqu'à présent. Nous devons sans doute revoir certaines failles dans notre relation.

— Il y a eu un grand pas de fait avec ce que tu nous as raconté sur ton passé, Ethan. Je vais... Non ! Nous allons pouvoir mieux te comprendre, les autres et moi ! Quant à moi, je dois juste accepter que... je ne puisse plus me séparer de toi !

— C'est une évidence ! protesta énergiquement Ethan.

— Ce que je veux dire, c'est que je réalise que j'ai peur de rentrer dans une relation longue et les freins que j'ai mis avec toi étaient principalement dus au fait que cela m'effrayait de devoir dire que je peux aimer quelqu'un d'autre qu'Adam. En vérité, j'ai peur de me retrouver avec les mêmes désillusions que j'ai vécues avec lui. Et je sais que tu n'as rien à voir avec Adam !

Ethan tordit sa bouche dans un rictus agacé.

— Tu me l'as assez répété, oui. Mais tout ce qui s'est passé entre nous, entre Barratero, ta sœur ou même des personnes extérieures, cela m'a confirmé qu'il était dangereux de rentrer dans une relation avec quelqu'un. Quand je parle de confiance en soi, c'est de ça dont il s'agit pour moi.

Ethan lui attrapa la nuque et la massa.

— Je comprends... On ne peut pas dire que tout soit rassurant chez moi non plus...

— On va travailler sur tout ça, hein ?

— Il ne peut en être autrement ! Je te rappelle que mon objectif numéro 1 sur mon tableau est de me marier avec toi et en deux d'avoir un enfant ensemble. Bon... Si l'objectif deux se réalise avant le 1, ça me va aussi !

— On peut attendre encore pour le deux ! tempéra Kaya tout en secouant la tête de façon certaine.

— Moi, je suis prêt ! C'est quand tu veux ! Sur ça, j'ai bossé à fond !

— J'ai vu ça avec Millie, oui !

— Avec le docteur Courtois aussi !

— Tu as pris des cours de paternité avec lui ! pouffa Kaya.

— Gnééé ? Naaaan ! Juste que je suis plus tourné vers un

bonheur familial comme moi je l'entends, que comme je l'ai vécu !
Kaya sourit.
— C'est bien ! On avance sur le bon chemin alors !
— Vivement qu'on découvre de nouveaux paysages tous les deux, ensemble ! lui susurra-t-il contre ses lèvres.
Il ferma les yeux et caressa sa bouche avant de l'embrasser.
— Vivement que tu reviennes à la maison, dans mon lit, dans mes bras, Princesse...
Les yeux fermés, Kaya se laissa porter par sa tendresse avant de réagir plus vivement.
— Tu pars quand d'ici ? lui demanda-t-elle soudain.
— Nos vacances s'achèvent dans une semaine. Nous avons pris dix jours.
— Je ne pourrais jamais te suivre dans une semaine !
— Quoi ?!
— Ethan, je dois avertir mon employeur avec une lettre de démission et un préavis ! J'ai aussi le propriétaire de ma location qui est en voyage ; je ne peux pas tout laisser comme ça et encore moins laisser les animaux seuls !
Un cataclysme se lut dans les yeux marron d'Ethan.
— Il est hors de question que je reparte sans toi ! s'énerva-t-il tout à coup.
— Tu vas devoir pourtant ! Je ne pourrais pas monter à Paris avant un ou deux mois !
— Un ou deux mois ?! répéta-t-il, catastrophé. Très bien ! Alors, je resterai ici avec toi jusqu'à ce que tout soit bouclé !
— Tu n'es pas sérieux !
— Bien sûr que je le suis ! Je n'ai pas fait tout ce chemin pour te reconquérir et arriver au stade de repartir sans toi !
— Ethan, tu ne peux pas planter tout le monde à Abberline Cosmetics ! On a besoin de toi à Paris !
— Et moi, j'ai besoin de toi !
Kaya soupira tout en fermant les yeux. Ils devaient se calmer. S'énerver ne mènerait à rien. Elle lui attrapa les deux mains, consciente que cette séparation n'était pas envisageable pour Ethan.
— Je te promets que je te rejoins le plus vite possible.

Le regard dur d'Ethan lui indiqua que sa promesse n'avait pas d'importance face au fait qu'elle ne le suivrait pas.

— Ce n'est que l'affaire d'un ou deux mois ! continua-t-elle, tentant l'indulgence. Ensuite, on rattrapera le temps perdu.

— « Ce n'est que ? », répéta-t-il, amer.

Il obligea Kaya à se lever. Il avait besoin de marcher pour évacuer sa rancœur.

— J'ai l'impression que je suis le seul à voir cela de façon dramatique. Cela ne te gêne donc pas qu'on se sépare à nouveau ?

Il observa le carrelage de la terrasse, en particulier les joints. Il était une nouvelle fois dans un carreau différent de celui de Kaya et il n'arrivait pas à franchir les limites entre eux.

— Bien sûr que si ! se justifia la jeune femme. Seulement, j'essaie d'être pragmatique plutôt que de rester prostrée dans l'affect !

Ethan serra le poing. Il avait encore cette impression d'être beaucoup plus amoureux qu'elle ne l'était de lui. Il se sentait une nouvelle fois blessé à l'idée de ne jamais arriver à être aimé à même hauteur qu'il pouvait l'aimer. Kaya se rendit compte de sa déception et lui saisit les doigts des siens.

— Heey ! Ce n'est pas la fin entre nous ! Juste une étape avant de nous retrouver comme avant !

Ethan souffla, agacé. Il savait qu'il devait prendre son mal en patience, qu'elle n'avait pas totalement tort, mais cette nouvelle séparation le terrassait.

— Je me suis promis de ne plus vivre loin de toi, Kaya... et tu me demandes de le faire encore deux mois de plus !

Ethan pesta et glissa ses mains dans les poches.

— Tu serais le premier à ne pas apprécier qu'un employé te plante du jour au lendemain... Sois compréhensif !

— Je le suis ! Mais ça ne me plaît pas !

— Ethan, je crois que c'est une épreuve que l'on peut relever... Je veux dire, c'est un bon test pour apprendre à retrouver confiance en soi et en l'autre, tu ne crois pas ?

Ethan souleva un sourcil, intrigué. Kaya approfondit son propos.

— Je veux que tu me fasses confiance, Ethan. Je te jure que je viendrai te rejoindre. Je ne peux pas faire mieux que t'offrir ma parole..., mais je veux vraiment que tu saches que la distance n'effacera pas mes sentiments pour toi.

Ethan fixa Kaya pour en cerner toute sa sincérité, puis soupira.

— Je te donne un mois ! Pas deux ! Si dans un mois, tu n'es pas à Paris, je viens te chercher par la peau du cul ! Est-ce clair ?!

— Limpide ! Je m'accorde deux mois grand max !

Ethan leva les yeux au ciel.

— Évidemment ! Pourquoi je lutte ?!

Kaya lui sourit avant d'enrouler ses bras autour de son cou.

— Ne bougonne pas ! Je ferai au plus vite.

Ethan plongea son regard dans le sien et souffla.

— Ça me tue déjà, rien que de penser que je vais devoir à nouveau être éloigné de toi. Je descendrai les week-ends !

— Certainement pas ! Tu vas me retarder ! Tout le temps que je pourrais consacrer à faire les cartons sera perdu pour être avec toi et ça va repousser à trois mois ! Je te l'ai dit ! Soyons pragmatiques !

— Je t'aiderai à les faire !

Kaya lui offrit une expression peu dupe sur le visage.

— Ethan, la seule chose à laquelle tu penseras en me retrouvant, c'est de quelle façon tu vas me faire gémir de plaisir !

Ethan esquissa alors un énorme sourire séducteur. Il sortit ses mains de ses poches et encercla la taille de sa belle.

— Ne me parle pas de « gémir », ça me donne des envies, là, maintenant !

— Tu vois ! Tu ne pourras pas être sérieux deux minutes !

— Je suis très sérieux ! lui chuchota-t-il à l'oreille.

— Je doute que ce soit l'endroit idéal !

— Pfff ! Petite joueuse ! Tu as peur que le grand méchant loup te dévore dans le noir.

Kaya sentit alors Ethan lui mordre gentiment l'oreille. Un frisson parcourut son échine.

— Pas du tout ! On peut juste venir nous rejoindre...

— Je doute qu'on nous dérange après tout ce qui s'est passé...

Ethan glissa ses mains le long des hanches de sa petite amie avant de trouver ses fesses.

— Je t'aime tellement, Kaya...

Kaya l'embrassa alors. Ils ressentaient le besoin de se réconforter mutuellement de ce qu'ils venaient de s'avouer. Ethan glissa sa langue autour de celle de sa chérie et se laissa aller. Ses bras serrèrent un peu plus fort Kaya lorsque cette dernière effleura de ses mains les joues d'Ethan.

— Je sais... Tu me l'as chanté !

— Ooooh Kaya... fredonna alors Ethan dans un petit sourire. Laisse-moi glisser en toi !

Kaya se mit à rire, ce qui encouragea Ethan à continuer.

—... j'ai tellement envie de toi...

Il déposa alors des baisers dans son cou. Kaya se cambra davantage pour lui offrir un meilleur accès à sa peau.

— Ooooh Kaya....

Laisse-moi te toucher, je veux même te lécher !

Kaya sentit la langue d'Ethan la lécher avant qu'il reprenne et lâcha un râle satisfait. Rapidement, un nouveau baiser vint répondre au plaisir de Kaya.

— Ooooh Kayaaaa... susurra plaintivement Ethan.

J'ai envie de te baiser, de te faire hurler

Jusqu'à regretter de m'avoir suggéré de nous séparer....

Kaya sourit avant de rire.

— Tais-toi ! lui répondit-elle alors. C'est bon, tu as gagné !

Elle regarda partout autour d'eux et le tira finalement vers la douche solaire, dotée d'un mur favorisant la discrétion. Sans se faire prier, Ethan retira la robe de Kaya et fonça sur ses seins. Cette dernière se mordit la lèvre d'excitation et le poussa à retirer à son tour ses affaires. Dans une frénésie tremblante, chacun désira ardemment embrasser l'autre. Leurs corps réagirent immédiatement à cette augmentation insensée de leur désir mutuel. Nul besoin de mots pour comprendre les souhaits de l'autre. Kaya se mit en position en lui tournant le dos et se cambra pour recevoir la fièvre féroce d'Ethan qui ne se fit pas prier très longtemps. La pénétration fut directe, sans détour. Kaya se crispa un instant, saisie par l'intensité du mouvement profond en elle avant de se relâcher, puis encaisser la seconde vague de plaisir, puis la troisième. À chaque coup de rein, la tension se mélangeait au soulagement. À chaque retrait, la frustration appelait une nouvelle pénétration. Leur souffle devint plus court. Leur crispation faisait écho à leur délivrance. Kaya émit des gémissements de plus en plus distincts avec l'accélération des coups de reins d'Ethan jusqu'à ce que l'absolu les rattrape et que plus rien ne compte autour. Ethan posa son front contre l'épaule de Kaya pour reprendre son souffle. Cette dernière tenta de retrouver l'usage de ses jambes jusque-là crispées à tenir la cadence et perdit un peu l'équilibre. Sa main ripa sur le bouton de la douche qui s'enclencha. Un petit cri sortit de sa gorge lorsque l'eau, d'abord froide, les arrosa. Ethan se mit à rire et serra dans ses bras sa femme.

— Fallait le dire que tu voulais le faire sous l'eau !

L'eau à présent plus chaude coula sur leurs peaux.

— Au moins, on peut se nettoyer ! nota-t-elle avec philosophie.

— Ouais ! Sauf que nos vêtements sont au sol !

Kaya visa le sol et réalisa son erreur.

— Merde !

— Va falloir tuer le temps, en attendant que ça sèche !

Il croqua à nouveau l'oreille de Kaya.

— J'ai bien une idée de ce qu'on pourrait faire !

— Jamais satisfait ! râla Kaya.

— Ça t'apprendra à m'imposer deux mois de diète !

8

IMPATIENT

Ethan trépignait d'impatience. Le train avait quinze minutes de retard, comme si on lui disait qu'il n'avait pas encore assez attendu. Ce long mois qui l'avait séparé de Kaya avait été une torture. Il avait bien eu envie de la rejoindre pour un week-end, mais cette dernière lui avait expressément interdit de venir, sous peine de ne pas pouvoir rentrer avant pour le retrouver. Le dilemme était horrible : la voir et rallonger le délai de vivre ensemble ou attendre et espérer la retrouver plus vite. Choisir la seconde option n'avait pas été sans mal. Son impatience se répercutait sur son travail. Rien n'allait jamais assez vite, tout prenait trop de temps. Employés, fournisseurs, partenaires..., tout le monde en prenait pour son grade ! Même les heures ne s'écoulaient pas assez rapidement. Sa seule consolation était de voir Kaya le soir en visio sur l'ordinateur pour se nourrir de ses sourires, de sa voix et de sa présence. Ce n'était pas comme l'année passée seul, car il pouvait lui parler, mais l'absence de Kaya lui pesait toujours autant.

Lorsqu'elle lui avait annoncé son retour sur Paris avec une date et tout un planning pour son déménagement, la folie l'avait envahi. Son impatience était devenue ingérable pour les employés d'Abberline Cosmetics. Tout devait être bouclé avant son arrivée, pour qu'il ait tout le temps nécessaire à lui consacrer. La pression était alors montée d'un cran supplémentaire. Tout le monde devait redoubler d'efforts, accélérer la cadence, faire des heures supplémentaires, et surtout éviter les foudres du patron !

BB lui avait signifié d'abord gentiment qu'il devait être moins dictatorial, jusqu'à l'envoyer bouler un jour, après une énième remontrance sur le manque de rapidité dans l'exécution des tâches, en lui disant : « Vivement qu'elle arrive pour que tu redeviennes moins chiant ! ». Oliver avait souri. Sam avait râlé parce qu'Ethan avait contrarié BB et qu'il allait ramasser les pots cassés. Brigitte avait quitté la salle de réunion en claquant la porte. Abigail avait même fait un planning spécial au bureau, dénombrant les jours avant le retour de Kaya chez Ethan, afin de connaître le nombre de jours à tenir avant la libération ! Chaque jour coché était un pas vers le retour au calme. Ainsi, dès qu'Ethan passait devant son bureau, il voyait le calendrier et ces cases cochées se rapprochant de la case entourée de rouge. Chaque jour, il scrutait ce calendrier, indiquant même parfois à Abigail qu'elle avait oublié de faire la croix du jour dès son arrivée à 9 h le matin. Ce calendrier était devenu aussi son compte à rebours.

Le soir, pour ne pas trop tourner en rond, il avait pris la décision de réaménager l'appartement. Il avait changé de canapé, disposé certains meubles autrement, opté pour une nouvelle décoration. Il avait bricolé des trucs pour que Kaya puisse poser ses affaires. Il lui avait dédié des espaces un peu partout. Il avait même songé à acheter un animal, mais s'y était abstenu en se disant que c'était peut-être encore trop tôt. Il ne se sentait pas d'humeur à la partager avec quiconque, pas même un animal.

Aussi, lorsque le jour J fut venu, le stress était à son point culminant. L'annonce du retard du train avait été la goutte d'eau. Il était à deux doigts de faire un esclandre aux contrôleurs, mais les SMS de Kaya le calmèrent. Il avait tout imaginé pour ces retrouvailles, mais la seule évidence qui prévalait sur le reste était qu'il allait l'embrasser encore et encore.

Le train arriva finalement en gare et les annonces pour laisser sortir les voyageurs résonnèrent dans le hall des arrivées. Ethan chercha des yeux l'élue de son cœur au milieu de la foule de voyageurs qui affluaient le long du quai. Il n'y avait que Kaya qui pouvait lui faire ressentir autant d'émotions à la fois. Son impatience se muait en une forme de joie émue de la retrouver. Une silhouette familière se distingua alors de la foule et un sourire apparut sur son visage. Le stress et la crainte de ne pas la voir disparurent et le soulagement s'installa au fond de son cœur. Elle le remarqua alors et lui sourit en réponse, tandis que les mètres qui les séparaient diminuaient. Face l'un à l'autre, les yeux pétillants de bonheur et un sourire entendu sur le visage, chacun hésitait sur la façon dont ces retrouvailles seraient des plus agréables.

— Salut ! lui dit Kaya, tout en lâchant l'anse de sa valise.
— Hello Princesse !

Il ouvrit grand ses bras et Kaya sourit avant de foncer contre lui. Ethan lâcha un petit rire amusé et referma ses bras sur la jeune femme avant de humer le parfum abricot de ses cheveux, puis de déposer un baiser.

— J'ai cru mourir, à attendre ce foutu train ! lui murmura-t-il alors, tout en serrant fort son emprise.
— J'ai cru ne jamais arriver ! C'était horrible ! lui répondit-elle alors, le visage enfoui dans sa poitrine.

Ils restèrent ainsi un instant, dans les bras l'un de l'autre. Ethan lui caressa les cheveux et se laissa bercer dans cette étreinte si douce et si apaisante pour son cœur. Kaya ferma les yeux et respira le parfum envoûtant d'Ethan. Elle se sentait enfin complète, là, blottie contre lui. Les gens passaient autour, mais plus rien ne comptait hormis cette chaleur enveloppante qui les délestait du poids de l'interminable distance entre eux depuis plus d'un mois. Kaya éloigna sa tête de la poitrine d'Ethan et éleva ses talons pour atteindre les lèvres de son petit ami. Ce dernier y répondit volontiers comme l'ultime récompense à son attente. Suave d'abord, leur baiser devint vite exalté. Leurs langues exprimèrent enfin tout l'amour contenu depuis si longtemps. Kaya passa ses bras autour du cou d'Ethan qui resserra son étreinte autour de sa taille et la souleva, pris d'un immense bonheur à voir que tout allait bien entre eux.

— Tu m'as beaucoup trop manqué, Kaya. C'est la dernière fois qu'on se quitte aussi longtemps, tu entends !

Kaya se mit à rire.

— Toujours aussi directif !
— Je ne tergiverse pas avec mon bonheur ! Et comme il est lié

à toi, tu n'as pas d'autre choix que de m'aimer à la folie !

Kaya déposa un petit baiser sur ses lèvres.

— À la folie ? Voyons, Monsieur Abberline, je doute que cela soit assez à vos yeux !

Ethan se mit à rire à son tour.

— Tu as raison, je t'aime de façon bien trop démesurée pour estimer que la folie soit suffisante.

Kaya sourit.

— D'ailleurs, là, si je m'écoutais, tu serais déjà toute nue et je te ferai l'amour !

Le sourire de Kaya disparut aussitôt devant les yeux pleins d'attente d'Ethan. Elle connaissait très bien l'homme d'ambition devant elle.

— Je doute que ce soit le lieu !

— Le lieu m'indiffère quand il s'agit d'obtenir tout de toi !

— Ethaaan ! gronda Kaya.

— Alors, rentrons vite à la maison ! grinça des dents Ethan, tout en attrapant sa main d'un côté et l'anse de sa valise de l'autre et les tirant vers la sortie. Je vais devenir fou !

Arrivés tous deux au parking, Kaya remarqua sa nouvelle voiture.

— C'est vraiment la tienne ?

— Elle a de bonnes suspensions pour amortir les coups de reins et va sur tous les terrains ! Tu veux la tester ? Dans un parking, c'est déjà plus discret que dans un hall de gare !

Ethan fit sauter ses sourcils, d'un air coquin. Kaya examina le SUV et grimaça.

— Ne me dis pas que tu l'as achetée en pensant à cela.

— Je pense à toi en toute circonstance, Princesse !

— T'es pas sérieux !?

— Bien sûr que si ! Le pick-up de mes parents aux States était pas mal, on avait de la place, mais il est trop long et c'est chiant pour le garer. Donc, je suis parti sur un SUV. On peut sortir de la route pour prendre un petit chemin afin de faire la pause après les deux heures de conduite et...

Kaya repoussa le visage d'Ethan qui s'avançait un peu trop près de son oreille. Ce dernier grogna de plaisir en imaginant tous les délices que pouvait lui offrir l'achat de cette nouvelle voiture. Il se reprit malgré tout et sourit.

— Je l'ai aussi achetée en pensant au fait qu'on ait suffisamment d'espace pour un siège auto et une poussette !

Kaya le dévisagea alors, surprise de son aveu.

— Tu plaisantes ?!

Ethan la fixa.

— Je suis sérieux, je t'ai dit que je ne compte pas finir sur cet échec.

— Ethan, un enfant, ce n'est pas un simple objectif sur un tableau qu'il faut cocher !

— Et je t'ai dit que je suis archi prêt ! Je veux fonder une famille avec toi. Ma propre famille ! Celle avec laquelle je serai le plus épanoui !

Kaya observa toute la sincérité dans ses propos, puis baissa la tête.

— Ethan, je ne suis pas prête pour l'instant à...

— Je sais ! Mais cela ne m'empêche pas de préparer le terrain !

Il lui serra la main pour la rassurer.

— Je suis conscient que ta fausse couche t'a marquée...

— Il n'y a pas que ça ! Je veux vraiment qu'on s'installe comme un vrai couple avant...

— Tant que ce n'est pas un non formel et irrémédiable...

— S'il te plaît, n'achète rien en lien avec de la puériculture, Ethan ! Je te connais ! Tu sais, ça porte malheur et je n'ai pas envie de nous porter la poisse !

Ethan embrassa alors son front.

— Ne t'inquiète pas ! J'ai avant cela un oui pour le mariage à obtenir de toi !

Kaya leva les yeux de dépit.

— Une demande en mariage entre deux coups de reins dans le SUV, ça marcherait, d'après toi ?

L'expression dure et désabusée de Kaya en réponse fit rire Ethan.

— C'est vrai, ça ne fait pas assez princesse !

Il alla ranger la valise dans le coffre et invita Kaya à s'installer sur le siège passager. Ils quittèrent le parking et roulèrent jusqu'à l'appartement. Ethan remarqua alors le visage crispé et inquiet de Kaya.

— Quelque chose ne va pas ? lui demanda-t-il alors.

— C'est juste que j'ai l'impression de revivre sans cesse mon retour dans ton appartement. Je n'ose même plus compter le nombre de fois où je l'ai quitté pour mieux y revenir et je redoute que cela recommence...

Ethan posa sa main sur la cuisse de Kaya.

— Cette fois, c'est la bonne !

Il lui décocha un petit sourire en coin plein de confiance qui rassura Kaya. Elle posa sa tête sur son épaule.

— Il n'y a plus de secrets entre nous, n'est-ce pas ?

— Non, tout est dit, tout a été mis au clair, tu peux m'épouser sans crainte !

Kaya ne répondit rien. Seul un voile de tristesse traversa son regard. Une peur sourde lui serrait le cœur : celle de revivre la désillusion de fiançailles avortées par la mort de son fiancé. Elle serra ses mains contre son jean. Elle savait qu'elle ne devait pas porter ce genre de pessimisme, mais elle craignait toujours que cette roue de la malédiction revienne au moment de l'immense tristesse. Si actuellement, le bonheur était de retour, elle avait malgré tout la crainte que cela ne dure pas. Son histoire avec Ethan avait été à l'image de son histoire avec Adam, faite de moments joyeux et de désillusions. Ethan avait toujours gardé en tête que seule leur volonté d'être ensemble primait et elle avait pris le parti d'accepter cette idée parce qu'elle n'avait pas le choix ; elle aimait trop Ethan pour vivre séparée de lui. Néanmoins, ce bonheur mutuel lui faisait peur. Plus elle s'attachait à lui, plus la désillusion de ne pas réussir à le garder près d'elle s'avérait grande. Revivre le désespoir qu'elle avait vécu à la mort d'Adam lui semblait impossible. Elle savait que cette fois-ci, elle n'en aurait pas la force. Le surmonter une fois était une chose, mais deux fois ?

Son cœur se serra à l'idée de perdre Ethan de façon tragique. La mise à distance était plus douce, car elle pouvait espérer le bonheur d'Ethan loin d'elle, même s'il s'était époumoné à lui dire le contraire. La mort d'Ethan était à ses yeux bien pire. Elle y avait cru lors de leur confrontation avec Barratero. Son propre cœur avait failli éclater pendant qu'il se faisait tabasser. Si cette crainte venait à se réaliser, elle n'y survivrait pas cette fois-ci. Les miettes de son cœur ne se reconsolideraient pas. Elle mourrait avec lui.

Ethan aperçut la noirceur qui voilait le visage de Kaya.

— Kaya... Qu'est-ce qui te mine ? Je vois bien que quelque chose te travaille. Parle-moi !

Immédiatement, Kaya sortit de ses pensées et lui sourit.

— Tout va bien.

— Non, ça ne va pas ! J'ai déjà vu cette expression triste, comme si tu n'avais pas d'issue. Je ne l'aime pas ! s'énerva-t-il. Tu l'arborais dès que tu pensais à Adam. Dis-moi à quoi tu penses !

Elle écarquilla alors les yeux, prise en flagrant délit et ne pouvant nier l'évidence. Ethan commençait à bien la connaître. Elle se sentait presque flattée de cette attention particulière qu'il lui avait toujours portée. Pourtant, c'était en cet instant la panique qui l'envahissait le plus à lui dire ses pensées lugubres le concernant.

— C'est une journée supposée être joyeuse ; on se retrouve enfin ! Alors, pourquoi tu as cette mine si sombre ?

— Je crois que j'ai encore du chemin à parcourir avant de trouver une entière tranquillité d'esprit... Peut-être devrais-je consulter le Docteur Courtois ?

— Qu'est-ce qui te tracasse ? Je peux être un parfait docteur, distribuant le médicament adéquat à ton cœur !

Ethan appuya sur le clignotant pour tourner à gauche. Malgré son air sérieux pour la conduite, il restait attentif et rassurant.

— Tu es le remède parfait à mes yeux, effectivement !

— Mais cela ne semble pas suffisant ! Tu ne veux même pas te confier à moi.

— J'ai juste envie d'être dans tes bras et croire que tout restera comme ça...

Ethan jeta un œil vers elle.

— Toi aussi, tu as envie de réaliser ce vœu, non ? lui demanda-t-elle.

Il souffla alors, convaincu.

— On a besoin d'un gros réconfort mutuel, oui ! La séparation ne nous va pas. On rumine trop, l'un sans l'autre. J'ai cru devenir fou de ne pas pouvoir t'entendre quand je voulais !

— Tu m'appelais plusieurs fois par jour !

— Cela ne me suffisait pas ! J'avais besoin de te voir, te toucher, sentir ton parfum abricot dans tes cheveux et te taquiner.

Elle pencha sa tête sur son épaule et ferma un instant les yeux.

— J'ai besoin de ça moi aussi. J'ai besoin que tu me rassures, que tu sécurises mes angoisses...

— Je n'aime pas te voir angoissée...

— Je n'aime pas non plus te voir perdre pied.

— OK, j'accélère ! On va vite faire l'amour pour y remédier !

— Quoi ?!

Ethan posa le pied sur l'accélérateur, le sourire aux lèvres.

— Il ne faut rien laisser passer ! Réglons cette crise d'angoisse par ce que nous savons faire de mieux : nous consoler mutuellement !

Ethan et Kaya arrivèrent plus rapidement que prévu à l'appartement. La volonté d'Ethan demeurait sans pareil à partir du moment où son idée devenait un objectif ! Bien sûr, Kaya avait failli laisser son cœur et ses tripes sur le tableau de bord de la voiture une fois arrivés dans le parking de l'immeuble, mais l'empressement d'Ethan balaya tout cela lorsqu'il la tira jusqu'à l'ascenseur avec sa valise.

— Je te préviens, j'ai pris ma journée entière avec l'idée en tête de te faire l'amour toute la journée !

L'expression inquiète de Kaya ne se fit pas attendre, ce qui fit sourire Ethan.

— On a du temps à rattraper, mais surtout, tu l'as dit toi-même, on a un gros travail mental à faire sur notre couple pour le rendre plus fort ! Cela passe donc d'abord par la conviction que chacun ne lâchera pas l'autre !

Kaya lui sourit alors tendrement.

— Et donc, la conclusion est de passer la journée sous la

couette ?

— C'est une évidence ! Demain matin, tu n'auras plus aucun doute sur le fait que je t'aime !

— Je n'en ai pas ! Je le sais déjà !

Il se mit face à elle et approcha son front du sien.

— Kaya, je ne t'abandonnerai pas, je ne te trahirai pas et j'ai bien l'intention de vivre toute ma vie avec toi ! Rien ne me fera reculer dorénavant !

Kaya approcha son nez contre celui de son amant et se lassa aller.

— Je ne veux plus quitter cet appartement. Je ne veux plus quitter tes bras. Je ne veux pas te perdre.

Ethan ferma les yeux à son tour et inspira fort, comme si ces mots avaient un doux parfum dans ses narines.

— Marque cette journée d'une croix, Chérie !

Les portes de l'ascenseur s'ouvrirent et Kaya observa Ethan, perplexe. Il sortit en premier de la cage d'ascenseur et se tourna vers elle en lui tendant la main.

— Aujourd'hui, on va tellement faire l'amour, qu'Illy va pointer le bout de son nez !

Kaya posa sa main dans celle d'Ethan et sortit.

— Illy ?

— Notre fille, pardi !

— Notre fille ?!

La jeune femme se mit à rire de façon désabusée.

— Je t'ai dit que...

— Je sais ! la coupa-t-il. Mais il suffit d'un accident de parcours pour que...

Kaya le bouscula alors.

— Ne commence pas à détourner mes priorités en les remplaçant par les tiennes ! Et puis d'abord, ce sera un garçon si ça se trouve !

Ethan s'esclaffa tandis qu'elle passait devant lui pour arriver jusqu'à la porte d'entrée. Il fonça la prendre dans ses bras, par-derrière.

— J'aime t'entendre faire ce type de pronostics. Ça me gonfle le cœur d'envies !

— Ouvre plutôt la porte, idiot !

Ethan inséra la clé et, avant d'ouvrir, contempla Kaya avec malice. Il se pencha alors et la souleva dans ses bras.
— Qu'est-ce que tu fabriques ?
— Bienvenue à la maison, mon amour ! lui répondit-il pour simple réponse.
Il ouvrit la porte et Kaya découvrit une grande banderole accrochée dans le salon avec des ballons.
— Épouse-moi, Kaya... put-elle lire sur la banderole.
— Tu as vu, ça claque ! lui déclara-t-il fièrement.
— Où sont les violons qui devraient aller avec ? lui répondit-elle alors, taquine.
Le sourire d'Ethan s'estompa un instant.
— Tu vas me dire non à cause de ça ?
Il la posa immédiatement et s'arracha les cheveux.
— Comment ai-je pu oublier un détail si important dans une déclaration ?!
Kaya se mit à rire et s'avança dans le salon. Elle put y voir que certaines choses avaient changé.
— Tu as changé la table du salon ?
— Oui ! répondit-il tout en entrant la valise dans l'appartement et refermant la porte. Et le canapé !
— Tu as changé aussi la déco !
— Je voulais mettre des trucs que tu aimes pour que tu t'y sentes vraiment chez toi, cette fois.
Kaya l'observa un instant, surprise. Ethan se sentit timide tout à coup.
— Je veux juste garantir ton bonheur au maximum...
Elle regarda autour d'elle et sourit tendrement.
— Merci...
— Cela ne me gêne pas... Ah !
Il s'approcha près d'elle et l'attira dans la salle de bain.
— Regarde, j'ai tout réaménagé ! Tu vas pouvoir t'étaler à souhait, niveau cosmétique !
— Tu sais très bien que je ne suis pas le genre de filles à m'en

mettre des couches !

— J'ai prévu de t'embaucher comme testeuse des produits Abberline Cosmetics ! lui répondit-il, heureux. Tout ce qui ne te plaît pas ira à la poubelle ! Tout ce qui te plaît sera vendu !

Kaya grimaça.

— Je doute d'avoir un jugement sans faille.

— Ma femme est ma meilleure juge !

— Tsss ! Tu reverras peut-être ta copie si on se bouffe le nez pour des broutilles !

— J'aime ton nez... comme tout le reste de ton corps !

L'air malicieux d'Ethan fit rire Kaya qui l'embrassa sur la bouche brièvement, avant de sortir de la salle de bain. Ethan l'invita alors à voir sa chambre, et plus particulièrement le dressing.

— J'ai préparé ton espace ! Il n'y a plus qu'à vider ta valise !

Il lui fit un clin d'œil et quitta la chambre pour ramener la valise. Il la posa sur le lit et l'ouvrit, sous les yeux ébahis de Kaya.

— Mais d'habitude, je mets tout dans l'autre chambre.

— Oui et ce fut une erreur de ma part. J'aurais dû faire ceci depuis longtemps ! avoua-t-il tout en prenant une pile de pulls et la déposant dans une étagère du dressing. Tu vas dormir toutes les nuits dans mes bras, partager mon dressing, mon espace de vie et les repas avec moi, comme un vrai couple.

Il la fixa d'un regard assuré.

— Il n'y a plus de couple fictif, plus de cohabitation ni d'échanges de bons procédés. Juste une vie de vrai couple !

La perplexité de Kaya l'obligea à approfondir.

— J'ai réalisé durant ton absence que ta présence manquait dans l'appartement, mais que paradoxalement, je n'ai rien fait pour que tu t'y sentes vraiment comme chez toi. Je t'ai toujours accueillie comme une invitée et jamais réellement comme ma moitié. Cette fois, je rectifie le tir et revois mes loupés.

Il prit une pile de maillots et la rangea dans le dressing.

— Laisse, Ethan ! Je le ferai plus tard !

— Certainement pas ! Je veux le faire ! Je veux te montrer que je veux que tu partages tout avec moi. Je ne veux pas que tu installes tout toute seule !

Il se pencha sur la valise et attrapa une culotte en dentelle qu'il déplia sous leurs yeux.
— Elle est nouvelle, celle-là, non ?

9

HEUREUX

— Ethaaaan ! cria Kaya, rouge de honte.
Kaya tenta de récupérer sa culotte, mais Ethan esquiva tout en souriant.
— OK, OK... Tu peux baver, toi aussi, sur mes sous-vêtements. Regarde ! Ils sont dans le tiroir du milieu, à droite !
— Je ne suis pas une perverse !
— Je ne l'insinue pas comme ça ! Je te le dis juste parce que je n'ai pas de secrets et que je veux que tu le saches au cas où !
— Au cas où quoi ? répondit Kaya, tout en mettant ses poings sur les hanches tandis qu'Ethan récupérait ses soutiens-gorges.
— Au cas où je sois tout nu dans la salle de bain, sans sous-vêtement, et qu'il faille m'en chercher un ! Tu vois, c'est ce genre de choses qu'on ne faisait pas et que je veux vivre avec toi !
Kaya laissa tomber ses bras le long de son corps. Ethan rangea sa lingerie tranquillement.
— Je ne veux plus aucune gêne entre nous... Tu sais, j'ai réfléchi à ce que tu as dit sur la terrasse de la piscine, cet été. Tu as raison. Nous sommes un couple, mais ce que nous avons partagé n'est pas suffisant pour nous rassurer sur la force de notre relation. S'il y a indubitablement de l'amour, cela ne suffit peut-être pas à dire que nous pouvons tout surmonter, même si nous avons réussi à faire de gros progrès et nous avons avancé. J'ai eu le temps de penser à tout cela durant ces quelques semaines de séparation. La construction de notre relation était bancale dès le départ, je l'admets. Le contrat, le pacte de consolation, nos divergences,

notre passé... Nous n'avons jamais rien consolidé, car nous nous satisfaisions déjà d'être simplement ensemble. Aujourd'hui, je réalise mon erreur. Il ne suffit pas de s'embrasser ou de coucher ensemble pour croire que nous formons un couple. Il ne suffit pas de dire que je veux que tu sois ma petite amie, pour que tu le sois. J'ai manqué de discernement sur la façon dont j'estimais la pérennité de notre couple. J'ai compris ton refus à me dire oui, Kaya.

Kaya le contempla, surprise de son revirement soudain.

— Kaya, tu as raison sur toute la ligne en disant que nous n'avons jamais réellement flirté comme tous les couples. Le cinéma, le restaurant, les sorties main dans la main. Tout cela, nous n'avons jamais vraiment pu en profiter hormis peut-être un peu aux États-Unis. J'en suis conscient maintenant. Je pensais qu'on était à part, parce que tout me paraissait différent avec toi. J'aimais la singularité de notre situation et me confortais dedans. Mais oui, il y a des bases qui nous manquent. Des moments que nous n'avons jamais partagés, faute de pouvoir le faire. Je veux t'épouser, Kaya. Je ne changerai pas d'avis. Le plus vite possible. Mais je sais que je dois travailler ces points avec toi avant. Donc...

Il retira la trousse de toilette et les deux paires de chaussures de la valise, les posa dans un coin et referma la valise.

— Plus vite nous partagerons tout de l'autre, plus vite tu seras Madame Kaya Abberline !

Il posa alors la valise dans un coin du dressing et se frotta les mains.

— Maintenant que tes affaires sont en lieu sûr près des miennes, baisons comme des fous, mon amour !

Kaya regarda avec crainte les yeux prédateurs d'Ethan avant de détourner le regard. Si elle avait envie de lui, elle n'en était pas pour autant aussi sereine au sujet des tortures délicieuses qu'il lui préparait après tant de semaines loin l'un de l'autre. Il s'approcha d'elle lentement et effleura ses vêtements au niveau de l'épaule.

— Je te laisse le choix : je te déshabille ou c'est toi qui le fais sous mes yeux ! Les deux m'excitent tout autant, alors à toi de voir...

Kaya rougit.

— Pose tes mains... partout sur moi ! Avec ou sans vêtements.

Les vêtements étalés au sol, Ethan et Kaya se retrouvèrent vite nus sous les draps, appréciant le simple fait de retrouver les baisers et la chaleur de l'autre. S'il y avait l'ardeur qu'insufflaient deux cœurs battants à l'unisson, chacun savourait et prenait malgré tout le temps de donner toute l'attention méritée à l'autre. Ethan embrassait Kaya par touches légères, puis plus investies. Le front, les tempes, les yeux... Tout y passait. Kaya avait enroulé ses bras autour du cou d'Ethan et l'embrassait dès que celui-ci prenait du recul. Ainsi, le répit était de courte durée, mais le plaisir se prolongeait. Le fait d'avoir mis à plat toutes leurs erreurs d'appréciation et d'avoir accepté d'y remédier pour mieux avancer les avait libérés d'un poids. Une tendresse encore plus profonde se manifestait par des gestes plus doux, plus attentionnés, plus complices. Un échange de regard, un sourire, et le baiser qui suivait se révélait exaltant et plus sincère encore. C'était comme si leur amour se s'éveillait enfin en cet instant. Chacun se laissait porter par l'autre. La confiance n'avait que peu de limites quand il s'agissait de retrouvailles tant attendues, de vérités enfin dévoilées pour mieux apprécier l'expression de ses sentiments les plus profonds.

— Je t'aime, Kaya.

Les prunelles marron chocolat d'Ethan brillaient. Kaya se perdit dedans quelques secondes.

— Ça fait tellement du bien d'être dans tes bras ! Tu m'as manqué !

Ethan plongea sa tête dans le cou de sa belle tout en lâchant un profond soupir.

— J'ai encore du mal à croire que je ne rêve pas, que tu aies accepté aussi facilement mon passé sans y émettre le moindre dégoût.

— Ethan...

Kaya lui caressa les cheveux.

— Tu ne vois pas ta mère en moi, c'est tout ce qui compte. Tu te préoccupes de mon bonheur... Tu as même tout repensé dans l'appartement ! Tout ce que je vois, c'est ta sincérité. Je t'aime parce que tu es l'homme le plus sincère avec ses sentiments.

Ethan la serra un peu plus fort dans ses bras.

— Je suis tellement heureux quand tu es là, contre moi...

— Pareil ! lui chuchota-t-elle à l'oreille. Ethan, fais-moi l'amour. Fais-moi ressentir à quel point je suis indispensable à ton bien-être.

Ethan grogna dans son cou.

— Tu veux mourir ?

— De plaisir, oui !

Il sortit la tête de sa cachette pour observer Kaya qui se mit à rire.

— Fais-moi gémir ! insista-t-elle exprès, pour le rendre fou.

— Kaya, ne m'allume pas comme ça ! Je ne vais plus répondre de rien.

— OK..., mais... fais-moi trembler de plaisir avant ! Je suis en manque !

— Merde !

Ethan écrasa ses lèvres contre celles de Kaya. Sa langue s'immisça dans la foulée dans la bouche de la jeune femme. Leurs salives se mélangèrent, leurs souffles se réunirent.

— Je te préviens, je compte passer ma journée, nu contre toi, dans ce lit !

— Quel programme ! s'en amusa Kaya.

Kaya se réveilla le lendemain matin avec peine. Ethan n'était plus à ses côtés, mais elle ne s'en formalisa pas. Ils avaient bel et bien passé leur journée de la veille à se câliner et se réconforter de ce manque lancinant depuis qu'ils s'étaient quittés. Elle caressa les draps et y respira un instant l'odeur d'Ethan sur l'oreiller à côté d'elle. Elle avait le sentiment que rien ne pouvait l'inquiéter maintenant. Tout était au beau fixe. Elle se leva toutefois, se couvrit les épaules en enfilant un sweat d'Ethan qui traînait par là

et sourit à l'idée d'avoir ce luxe de lui piquer ses vêtements.
 Une fois dans le salon, le calme fut sa seule compagnie. Ethan ne s'y trouvait pas. Elle remarqua néanmoins un post-it sur le comptoir de la cuisine.

« Je sais que je t'avais dit que j'avais pris quelques jours pour passer du temps avec toi,
mais j'ai une petite urgence.
Prends le temps de t'installer tranquillement.
Je te tiens au jus !
Je t'aime. ♥ *»*

Kaya sourit en voyant qu'il avait même pris le temps de dessiner un petit cœur à côté de son « je t'aime ». À côté du post-it, il lui avait sorti un plateau pour qu'elle se choisisse le petit-déjeuner qu'elle souhaitait prendre.
 — Comme si je ne savais pas où étaient rangées les affaires ! Pfff ! Idiot !
 Elle posa le message à côté des biscottes, chocolat en poudre et autres confitures, et alla dans la salle de bain se préparer. C'est alors que son regard tiqua sur le contenu de la poubelle sous le lavabo.
 — Mais c'est... !
 Immédiatement, elle en sortit sa plaquette de pilules et grimaça.
 — Ethaaan ! Mais quel têtu !
 Elle reposa la plaquette dans sa trousse de toilette et s'affaira avant que les déménageurs n'arrivent.

 Il était dix heures lorsque les déménageurs lui indiquèrent leur arrivée imminente devant l'immeuble. Elle prit donc la décision de les attendre pour les accueillir. Elle prit l'ascenseur et reçut un message d'Ethan, enfin du moins juste un cœur. Un sourire se dessina sur son visage lorsque les portes s'ouvrirent sur le hall d'entrée. Un homme était présent, en train de vérifier son courrier. Les traits de son visage, sa stature, la couleur de ses cheveux... Son sourire se dissipa instantanément.

— Andréa !

Andréa se retourna et écarquilla les yeux à son tour.

— Kaya !

Un silence empli de surprise et de gêne s'en suivit avant qu'Andréa ne prenne la parole.

— Qu'est-ce que vous faites ici ?! Je croyais que... vous étiez partie loin de Paris.

Kaya se trouva gênée, mais n'eut d'autres choix que de lui dire la vérité.

— J'habite ici...

— Vraiment ? lui répondit son ex-patron, encore plus étonné.

— Je vis... avec Ethan. Nous nous sommes remis ensemble.

Andréa baissa son regard vers le sol.

— Je vois... Il a donc fini par vous retrouver et vous ramener auprès de lui.

— Oui, nous vivons ensemble.

L'air surpris d'Andréa ne passa pas inaperçu. Kaya soupira.

— J'attends les déménageurs. Je suis arrivée hier. Je vais vivre avec lui dans son appartement au cinquième étage.

— Au cinquième ?

— Oui... répondit Kaya, avec un certain malaise dans la voix.

Andréa resta silencieux à cette annonce, ce qui renforça la gêne de Kaya qui relança la conversation plutôt que de laisser ce silence entre eux.

— Et vous, que faites-vous ici ? Vous récupérez le courrier d'un proche ?

Andréa regarda les clés dans sa main et les quelques enveloppes.

— Non... Mon loyer était trop cher alors j'ai décidé de déménager. J'habite ici dorénavant...

Les yeux de Kaya s'ouvrirent un peu plus à cette annonce.

—... au cinquième.

Andréa déglutit et regarda les boîtes aux lettres. S'il n'avait jamais réellement cherché à s'intéresser à ses voisins, il inspecta chaque boîte et découvrit alors une boîte aux lettres au nom d'Ethan Abberline.

— Cela veut donc dire que... nous sommes voisins ! s'exclama

Kaya, abasourdie.

— Il faut croire...

Un plus profond malaise suivit ce constat fracassant. Kaya entendit alors le bruit du camion des déménageurs. Le camion apparut devant l'entrée de l'immeuble.

— Ah... ce doit être eux...

— Oui, ça en a tout l'air ! lui répondit Andréa d'un petit sourire.

— Je... vous laisse ! Je vais... les accueillir.

— Oui... Bon emménagement !

— Merci !

Kaya le quitta, mais son malaise ne la lâchait pas. Ce n'était pas la meilleure nouvelle de l'année. Ethan et Andréa n'étaient pas en bons termes et la découverte de ce matin n'allait pas arranger les choses. Ethan n'allait pas aimer le fait qu'il ait cet homme comme nouveau voisin, c'était certain. Andréa s'était positionné en rival d'Ethan et n'avait pas caché son envie de rapprochement avec elle. Elle soupira.

— Bonjour, Madame. C'est chez vous qu'on emménage ?

— Oui, bonjour ! J'habite... au cinquième...

— Comment est-ce possible ? s'énerva Ethan. Ils n'ont pas de caméras ?!

— Si, répondit Oliver, navré, mais pour l'instant, nous n'avons pas plus d'informations. L'enquête commence.

— Bon sang ! Ça tombe très mal !

— Nous n'y pouvons rien... s'en désola BB.

— Ils auraient dû avoir un système de sécurité plus sophistiqué ! hurla de colère Ethan.

— Je pense qu'ils vont s'en assurer dorénavant ! répondit de façon sarcastique Sam.

— De notre côté, que pouvons-nous faire lorsqu'un vol de marchandises se produit au niveau des fournisseurs ?

— C'est trop tôt pour envisager une plainte contre eux... répondit professionnellement Sam. Il faut attendre de connaître la suite de l'enquête pour définir les responsabilités de chacun et voir si la marchandise peut être retrouvée.

— Fais chier ! pesta Ethan, tout en jetant son stylo au sol.

— Même si nous faisons appel à un autre fournisseur, les délais de fabrication vont nous forcer à repousser la sortie de la collection de Noël ! précisa BB, tracassée tout comme Ethan.

Ethan s'assit de façon nerveuse à la table de réunion et souffla.

— Nous devons de toute façon envisager une alternative. Nous n'avons aucune garantie de retrouver la marchandise volée et il est même possible que ce soit lié à de l'espionnage industriel. Il nous faut repartir de zéro et oublier cette collection. On ne peut plus s'appuyer dessus sans prendre le risque de la voir réapparaître chez un concurrent. Auquel cas, faire appel à d'autres fournisseurs avec les délais conséquents nous posterait en seconde position face à nos concurrents et, pour l'opinion publique, c'est le premier arrivé qui gagne le marché, peu importe le procès intenté derrière pour vol de création.

Chacun reconnut alors l'analyse pertinente d'Ethan sur la réalité du marché.

— Abbigail..., je veux que la team création et innovation se mette immédiatement au travail pour me trouver un autre concept.

— Nous n'aurons jamais le temps de créer une collection complète, vu le temps imparti ! objecta BB.

— Nous abandonnons le projet de collection. Je veux un objet concept à la place et non pas pour Noël, mais pour toute la période de l'hiver. Cela nous permettra de rattraper la perte financière due à ce retard. Trouvez-moi un rouge à lèvres, un mascara, n'importe quoi qui puisse faire mouche durant l'hiver prochain. Nous concentrer sur un objet plutôt que sur une collection nous fera gagner du temps.

— Ce n'est pas con..., commenta Oliver. Mais il va falloir mettre le paquet sur la com' pour que le produit se vende ensuite.

Oliver jeta un regard vers BB qui se montrait tracassée. Ethan s'adressa alors à Brigitte.

— BB, je veux que tu commences à préparer le terrain. Nous fixerons une date de sortie dès que nous aurons validé le concept.

— Ethan, je ne peux rien préparer si je n'ai pas un minimum de matière !

— Abbigail, les créateurs ont cinq jours pour me faire une liste de propositions ! déclara Ethan, en mode directif. À la suite de cette réunion, nous y verrons plus clair.

Abbigail acquiesça, même si elle avait bien conscience de l'urgence et de l'ardeur de la tâche imposée par son patron.

— Sam, tu me suis l'affaire du vol de marchandises et tu me montes un dossier sur les recours possibles pour nous entre récupération de la marchandise et remboursement des frais d'investissement auprès du fournisseur. Quant à toi Oliver, dis-moi quel budget s'offre à nous désormais, que l'on puisse statuer sur les coûts de mise en œuvre possibles pour ce changement de cap.

Chaque membre de l'équipe acquiesça avec la détermination de trouver des solutions rapidement. BB et Sam quittèrent la salle de réunion. Abbigail finit de noter les dernières directives du patron tandis qu'Oliver se passa les mains sur le visage, de lassitude. Ethan se leva alors de sa chaise.

— Je vous laisse. Kaya m'attend.

Oliver esquissa un petit sourire.

— Ça y est ! Il est en mode « ma vie dédiée à Kaya ! ». Dans ce genre de cas, tu aurais annulé tes congés et tu serais resté sur le front !

— Fous-toi de ma gueule ! Ça m'est égal ! Abbi, appelle-moi dès que tu as du nouveau.

Abbigail lui sourit.

— Bon repos, Patron !

— Ouais... J'aurais préféré ne pas apprendre cette nouvelle !

— Rien n'est jamais simple dans la vie ! s'exclama Oliver. Fais-lui un coucou de ma part.

Ethan prit ses affaires et se dirigea vers la porte.

— Même pas en rêve !

Il les quitta et Oliver se mit à rire.

— Celui-là, alors ! Il grognera jusqu'à son dernier souffle pour garder Kaya à lui !

Abbigail cessa d'écrire ses notes et observa la porte qui se refermait lentement.

— En attendant, même s'il est énervé par ce cambriolage et les effets de celui-ci sur notre travail, je le trouve très serein, très posé. L'effet Kaya est vraiment immédiat chez lui ! Il porte une quiétude sur son visage dès qu'elle est auprès de lui. Pourvu que ça dure !

Ethan sortit de l'ascenseur et traversa le hall d'entrée de l'immeuble d'*Abberline Cosmetics* avant que l'agent posté à l'accueil du bâtiment l'interpelle.

— Monsieur Abberline, je voulais vous informer de quelque chose de bizarre...

— Bizarre ?

— Une femme est venue ici, demandant à vous rencontrer.

— Une femme ?

— Oui. Lorsque je lui ai demandé si elle avait un rendez-vous avec vous, elle a rebroussé chemin sans dire un mot de plus.

— Ah ? Comment était-elle ?

— Je dirai la cinquantaine, très émaciée.

— Je ne vois pas.

— Apparemment, en discutant avec Édouard lors de la passation de poste, il a eu aussi affaire à cette femme avec le même résultat.

— Vous lui avez proposé un rendez-vous éventuel avec moi, par l'intermédiaire d'Abbigail ?

— Oui, mais elle ne semblait pas heureuse à cette idée. Avec moi, elle paraissait assez hésitante. Ce qui me laisse penser qu'elle voulait s'entretenir avec vous pour des raisons plus privées...

Ethan se mit à réfléchir, ne voyant pas qui pouvait vouloir lui parler sans que ce ne soit une personne venant de son répertoire téléphonique. Après, n'avait-il pas supprimé son répertoire de femmes à séduire lorsqu'il avait commencé à fréquenter Kaya ?

Il est largement possible que ce soit l'une d'elles... Mais après tout ce temps, cela reste bizarre, effectivement.

— Très bien, je prends note. Merci Pierre.

— Attendez, ce n'est pas fini !

— Quoi ?
— Depuis, elle vient régulièrement devant le bâtiment et attend.
— Ah bon ?
— Oui ! Elle vient à toute heure de la journée, espérant sans doute vous intercepter. Mais comme vous passez par le parking, elle ne vous voit jamais entrer et sortir par la porte principale. C'est en cela que je me suis dit avec Édouard que nous devions vous tenir au courant. C'est vraiment une attitude suspecte, même si c'est une femme.
— Très bien, Pierre. Merci. Vous faites bien. Si cette femme réapparaît de près ou de loin, faites-le-moi savoir.
— Très bien, Monsieur Abberline. Passez une bonne journée.
Ethan sourit à cette dernière phrase.
— Maintenant je sais qu'elle va l'être ! Je vais retrouver ma femme !

Il laissa l'agent d'accueil à son comptoir et prit l'ascenseur menant au parking. Une fois dedans, il laissa un message à Kaya.

merc. 3 octobre
15H10

« Alors ? Ils sont partis ?
Puis-je te faire l'amour sur les cartons ? »

Une sonnerie retentit dans la foulée.

merc. 3 octobre
15H11

« Je n'attends que toi ! »

Ethan posa l'arrière de son crâne contre l'ascenseur, un immense sourire aux lèvres.
— Tu vas vraiment faire exploser mon cœur un jour, Kaya...
Les portes s'ouvrirent alors sur le parking et il se dirigea vers sa voiture, avec la hâte de vite mettre son plan « l'amour sur cartons » à exécution. Il actionna l'ouverture des portes de sa voiture avec sa

clé et ouvrit la portière côté conducteur lorsqu'il sentit alors une présence s'approcher de lui.
— Bonjour, Ethan... Cela faisait longtemps...

10

ANGOISSANT

Ethan laissa tomber sa sacoche au sol. Il avait beau analyser les traits du visage qui lui faisait face, tout concordait à laisser penser que c'était bien elle. Comme le lui avait décrit son agent d'accueil, Pierre, elle était émaciée. Son teint était blafard, mais sa voix restait la même. La même que celle qui était restée gravée dans son esprit et lui provoquait les pires cauchemars depuis tant d'années. Il suffisait d'un mot pour que la part la plus profonde de son être réagisse et le mette en alerte. Un frisson d'effroi parcourut son échine au point de le figer sur place.

— Je suis tellement heureuse de te revoir. Tu m'as manqué, tu sais.

Une vague glaciale l'envahit, comme s'il avait pris un blizzard de plein fouet qui engourdissait instantanément tous ses muscles. Son cœur se mit à battre de façon anarchique, seul indice lui indiquant qu'il était toujours en vie malgré cette sensation de mort imminente. La peur le dévorait progressivement. Il la sentait se développer en lui jusqu'à lui provoquer un tremblement incontrôlé des membres. Par réflexe de survie, il réussit à faire un pas en arrière pour tenter de l'éloigner le plus possible de lui, mais elle restait toujours à vue, trop proche pour ne pas ressentir la panique se répandre comme une traînée de poudre dans son cerveau.

— Tu es devenu tellement beau ! Il n'y a plus de doute concernant l'identité de ton père.

Ses paroles résonnèrent en lui telle l'annonce d'une malédiction qu'il avait toujours devinée, mais qui se confirmait à son grand regret : il n'avait toujours été que l'ombre d'un homme. Tout ce qu'il détestait chez lui venait de se réveiller à nouveau par l'intermédiaire de la bouche de cette femme qu'il avait aimée autant qu'il la méprisait aujourd'hui. C'était la pire remarque qu'on pouvait lui déclarer. C'était comme lui dire qu'elle avait couché avec le simulacre d'un amour perdu pour se consoler. Sa mâchoire se crispa. La haine prenait le dessus sur sa peur viscérale. Son regard se fit plus dur. Dur contre sa stupidité de réagir ainsi, mais dur aussi contre elle. Elle était devenue physiquement ce qu'elle était moralement : affreuse.

— Désolée, Madame. Je pense que vous vous êtes trompée de personne. Je ne vous connais pas. Veuillez m'excuser.

Réussir à prononcer ces quelques mots lui coûtait un énorme effort tant le sentiment de peur le submergeait, mais il savait que c'étaient les bons mots à répondre. Il ramassa alors sa mallette et la jeta en vrac dans l'habitacle de sa voiture. Tout ce qui comptait à présent était de prendre la fuite le plus rapidement possible. S'éloigner pour ne plus ressentir ce poids sur son cœur. Oui, il devait retrouver la lumière auprès de Kaya.

— Attends ! Je t'en prie ! Il faut qu'on parle !

Elle tendit sa main pour tenter de le retenir, mais se ravisa. Ethan stoppa pourtant son entreprise de fuite à ses mots.

— Je sais que tu m'en veux. Tu as toutes les raisons de le faire, mais s'il te plaît, accorde-moi de ton temps !

La gorge d'Ethan se nouait ; il le sentait, il n'arrivait plus à avaler sa salive normalement. Tout devenait plus difficile. L'air n'arrivait plus à passer ses narines. Le trouble lié à l'aversion qu'il éprouvait pour cette femme se transformait en vertige. Les sons et les images devenaient de plus en plus flous. Il savait qu'il devait vite prendre la fuite, avant de faire un malaise, mais il avait l'impression de s'engluer dans cette situation oppressante.

— Ethan, mon fils, je t'en prie...

Il put percevoir des sanglots venant de cette femme, mais à présent, ce qui lui importait le plus était de lutter pour rester debout. Sa respiration se faisait de plus en plus forte. Plus il tentait d'emmagasiner de l'air, plus il avait l'impression d'étouffer. L'oxygène brûlait sa trachée. Son champ de vision se rétrécit. Il s'appuya à sa voiture, tentant de faire le vide pour calmer sa crise de panique. Cela faisait longtemps qu'il n'en avait pas fait une. Sa poitrine le démangeait. Il posa sa main sur ses cicatrices et serra son costume comme pour tenter de contenir ce qui ne demandait qu'à se libérer une nouvelle fois. Il avait promis à Kaya qu'il ne s'ouvrirait plus le torse, mais en cet instant, la douleur était telle que des larmes sortirent de ses yeux.

Il sentit la femme qu'il haïssait le plus s'approcher de lui, inquiète de son comportement soudain, et cria, en seul instinct de survie.

— N'approche pas !

Sa voix était dure, violente, autant que son regard plein de fureur et d'aigreur. Elle s'arrêta alors, la mine triste. Ethan posa un genou à terre. Il essayait tant bien que mal de s'accrocher à la vie, mais il semblait que le répit soit palpable en fermant les yeux. Pourtant, il luttait, parce que dans sa tête, un nouvel objectif s'était inscrit sur son tableau : celui de retrouver le plus vite possible Kaya à l'appartement.

C'est alors qu'une voix lointaine à son tourment vint les interrompre.

— Monsieur Abberline ! Tout va bien ?

Ethan tourna légèrement la tête. Il transpirait à grosses gouttes et sa vue ne lui permettait pas de distinguer nettement qui parlait. Il percevait seulement la voix d'un homme qui semblait venir vers eux. Le fantôme de ses nuits d'angoisse prit alors la fuite et des bras vinrent le secourir.

— Monsieur Abberline ! C'est moi ! C'est Pierre ! Êtes-vous blessé ?

Ethan leva les yeux vers son agent d'accueil et sentit un soulagement balayer l'affolement qui le terrassait depuis plusieurs minutes déjà. C'est alors qu'il sut qu'il pouvait relâcher la pression. Il s'écroula devant les yeux catastrophés de son employé et perdit connaissance.

Lorsqu'il ouvrit à nouveau les yeux, il était allongé sur le canapé du hall d'accueil. Abbigail était à son chevet, ainsi que Pierre et Oliver. Il se sentait groggy, comme s'il était passé sous un rouleau compresseur. Immédiatement, Abbigail lui attrapa la main.

— Mon Dieu ! Vous vous réveillez enfin ! Ne bougez pas ! Le docteur arrive !

Ethan tenta de se relever, mais il sentait sa poitrine oppresser encore sa respiration. Il se rappela alors ce qui s'était passé plus tôt et il fonça vers une poubelle du hall pour vomir tout ce qu'il put afin de se libérer de ce poids qui écrasait son coeur. Oliver vint à lui pour lui proposer des mouchoirs en papier.

— Eh ben, tu es en piteux état. Tu n'as pas intérêt à te montrer comme ça devant Kaya !

Ethan s'assit par terre et tenta de retrouver une respiration normale. Il sentait qu'il passait par différents stades de mal-être. Entre bouffées de chaleur et frissons, sa tension devait jouer le yo-yo. Le docteur franchit le hall d'entrée et Abbigail l'accueillit.

— Tu peux te lever jusqu'au canapé ? lui demanda alors Oliver.

Ethan jeta un regard hagard vers le hall. Pierre tentait de disperser les badauds qui se demandaient ce qu'il se passait. Oliver passa sa main sous le bras d'Ethan pour l'aider à se relever.

— Tu n'as pas prévenu Kaya, hein ?

— Non, rassure-toi ! Tu n'es pas resté longtemps inconscient et la priorité a été de nous occuper de toi.

Ethan s'assit sur le canapé. Le docteur commença à l'examiner. Il observa ses pupilles, puis prit sa tension. Il lâcha un grognement qui fit comprendre à tout le monde que ce n'était pas terrible. Il écouta son cœur et lui demanda s'il avait des symptômes à faire connaître pour affiner son diagnostic.

— Avez-vous enduré un stress important, dernièrement ? lui demanda alors le docteur.

Surpris, Ethan baissa les yeux.

— Oui ! répondit Oliver. Aujourd'hui. Lié au travail !

Ethan posa son regard sur Oliver qui lui fit un signe de tête.

— Je vais vous arrêter pour quelques jours. Reposez-vous. Vous avez le teint pâle. Je vais vous donner des vitamines à prendre également. Mangez bien.

— Je n'ai pas besoin d'un arrêt, je suis en repos. Je suis venu aujourd'hui juste pour régler... une gestion de crise.

— Alors, éloignez-vous-en le plus possible pendant quelques jours. Je sais que c'est difficile à envisager quand vous êtes patron, mais prendre du recul loin de la source de votre crise est primordial. Déléguez afin de ne pas vous plonger trop dans la source du problème. Ce repos est bienvenu pour assurer ce recul. Si vos crises persistent, je vous invite à voir un psy qui vous aidera à travailler sur votre angoisse avec peut-être une aide médicamenteuse adaptée.

Le docteur rangea ses affaires et le salua. Abbigail assura la suite avec le docteur. Oliver s'assit à côté d'Ethan.

— Pierre m'a dit qu'il t'avait vu sur une des vidéos de sécurité du parking en présence d'une femme et que, tout à coup, ton comportement s'est dégradé au point de faire le rapprochement avec une femme qui est venue régulièrement ici pour te voir. Il a donc foncé vers l'ascenseur pour te rejoindre au parking. La femme aurait pris la fuite à sa venue. Qui était-ce ?

Ethan se toucha la poitrine. Les nausées étaient encore présentes. Il ne se sentait vraiment pas bien.

— Mon pire cauchemar...

Oliver se trouva interloqué, se demandant où il voulait en venir avant d'analyser l'identité de son pire cauchemar et de comprendre.

— C'était vraiment elle ?!

Ethan acquiesça de la tête.

— Que te voulait-elle ?

— Me parler. Mais j'ai refusé de l'entendre. De toute façon, même si j'avais voulu, mon corps ne m'en a pas laissé la possibilité. Il a réagi instinctivement.

Oliver souffla et lui frotta le dos.

— Si elle tient absolument à te parler, elle reviendra te trouver. Que vas-tu faire ?

— Je ne sais pas... Je ne m'attendais vraiment pas à la revoir un jour. J'avais toujours envisagé cette hypothèse possible, mais la réalité a dépassé mes craintes.

— Tu comptes en parler en Kaya.

— Je ne veux pas l'inquiéter inutilement.
— Tu devrais lui en toucher un mot. À présent, elle connaît ton passé. Tu pourras t'appuyer sur elle, tu sais. Le docteur a dit que tu devais déléguer. Je pense que c'est un bon conseil. Parler de ce problème avec elle et chercher des solutions avec son soutien peut te permettre d'avancer tout en maîtrisant l'angoisse qui s'accompagne à la vue de cette femme.
— Ne lui en parle pas, s'il te plaît. Je préfère en parler d'abord à mon psy.
— Très bien. Il saura aussi te dire comment gérer tes angoisses.

Kaya sortit de ses piles de cartons lorsqu'elle entendit la porte d'entrée s'ouvrir et se précipita sur Ethan qui posa sa mallette au pied de la tablette et ses clés de voiture dans l'assiette.
— Te voilà enfin ! Tu en as mis du temps ? Je me suis inquiétée !
— Pardon ! J'ai eu un petit souci.
— Tout va bien ? Tu es pâle.
— Oui, ça va...
Kaya lui toucha la joue et examina davantage sa santé.
— Tu es sûr ?
— Oui...
Ethan s'éloigna de Kaya sans même l'embrasser et alla se servir un verre d'eau. Le doute saisit la jeune femme, lui qui était si prompt à la câliner sur les cartons était plutôt froid depuis qu'il était rentré.
— Tu n'as pas trop de cartons, ça va ! lui fit remarquer Ethan en regardant l'état général du salon.
— J'en ai déjà ouvert quelques-uns, mais ne t'inquiète pas, je me dépêche de dégager le salon.
— Ce n'est pas urgent. Je vais prendre une douche...
Il la laissa seule dans le salon et se rendit dans la salle de bain. Kaya le regarda disparaître et s'interrogea sur ce qui pouvait le tracasser.

Ne crois pas que tu vas échapper à mon interrogatoire, Abberline !

Elle entra dans la salle de bain tandis qu'il rentrait dans la douche.

— Tu as pu régler ton problème ? Qu'est-ce qu'il s'est passé ? C'était grave ?

Ethan actionna la douche et l'eau commença à couler sur ses épaules.

— On s'est fait voler notre collection à sortir chez nos fournisseurs... Il y a tout à recommencer.

— Mince ! Ça veut dire que tu vas avoir beaucoup de boulot ! Je suis désolée... Ça prend beaucoup de temps aux fournisseurs pour fabriquer à nouveau la collection ?

— Ne sois pas idiote ! s'énerva tout à coup Ethan. On ne peut plus proposer cette collection ! On nous l'a volée, donc elle va s'écouler sur le marché tôt ou tard. On est obligé de trouver autre chose.

La violence verbale d'Ethan refroidit immédiatement Kaya qui n'apprécia pas l'insulte.

— Pardon d'être « idiote », peut-être même inexpérimentée sur le sujet ! Dans ce cas, je me tais et je m'en vais vers des choses de mon niveau !

Elle claqua ensuite la porte et Ethan comprit combien son emportement et ses nerfs avaient eu raison de la bienveillance de Kaya. Il tapa son poing contre le mur de la douche de rage.

— Et merde !

Kaya ruminait encore et encore tout en vidant de façon frénétique les cartons lorsqu'Ethan sortit de la salle de bain et vint vers elle d'un air penaud.

— Je te demande pardon, je n'aurais pas dû te parler de la sorte. Je me suis laissé submerger sans réaliser la portée de mes mots. Je n'aurais pas dû te traiter d'idiote...

Il observa alors Kaya qui ne semblait pas vouloir être ouverte à la discussion et préférait rester concentrée sur son emménagement. Il tenta alors une approche plus tactile et posa sa main sur celle de la jeune femme prête à attraper une paire de chaussures.

— Kaya...

Cette dernière souffla alors.

— Je peux comprendre que cela soit suffisamment grave pour que tu sois tendu, mais je ne suis pas ton déversoir ! Même s'il est évident que je serai toujours là pour toi, ce n'est pas une raison pour m'insulter au passage !

— Je sais... Mes mots ont dépassé mes pensées.

Kaya remarqua l'attitude contrite d'Ethan et décida de capituler.

— Ne recommence pas, s'il te plaît... Je voulais juste comprendre...

— Promis ! lui dit-il alors avec un petit sourire soulagé. Viens dans mes bras !

Il ouvrit grands ses bras, prêt à l'accueillir. Kaya grimaça, mais accepta son câlin. Les bras d'Ethan se refermèrent sur elle et chacun fit redescendre la pression en fermant les yeux pour savourer ce moment de tendresse.

— Nous devons trouver une idée rapidement. Nous n'avons pas le temps de construire une nouvelle collection alors je mise sur un produit phare pour compenser, qui pourra combler non pas la saison de Noël, mais tout l'hiver... Tu as une idée ?

— Non, pas dans l'immédiat... Peut-être, partir justement sur le thème de l'hiver et faire un truc en rapport avec la neige et le froid...

— Hum... Ça peut être une bonne base, oui...

Kaya se redressa tout à coup et fixa Ethan, comme prise subitement d'une idée.

— Et pourquoi tu ne partirais pas sur du vernis à ongles ?

— Du vernis à ongles ? Vas-y ? Étaye ton idée...

— On a souvent des gants en hiver, mais pourquoi ne pas avoir un vernis qui symbolisent la neige ou la glace ?

— Tu veux dire ressemblant à cela.

— Oui ! confirma Kaya, avec un grand sourire. Pas d'un truc laqué et tout lisse comme toute autre vernis, mais un truc avec la texture, ou du moins avec la ressemblance de la neige ou la glace !

Elle montra ses mains à Ethan tout en développant avec excitation son idée. Ethan sourit de la voir tout à coup si investie à vouloir l'aider dans sa recherche d'idées.

— Imagine mes ongles avec une impression de neige ou de

glace dessus ! Ce serait trop cool ! Je suis sûre que ça serait tendance auprès des jeunes en plus.

— Effectivement, cela serait assez original ! se mit à réfléchir Ethan, assez ouvert à l'idée.

— Tu l'associes à un maquillage blanc ou bleu glacial... Tu as ça en magasin ?

Ethan se gratta la tête. Les idées de Kaya fusaient au point que ça semblait aller trop vite pour lui.

— Il faut que je regarde ce qui serait une bonne combinaison pour un plan marketing. Mais c'est vrai que cela prendrait à contre-pied les concurrents. Le vernis à ongles est une tendance d'été plus que d'hiver et l'arrivée du semi-permanent a fait chuter les ventes de vernis au rayon maquillage. Ce serait le moyen de relancer cela avec une proposition inédite, que même le semi-permanent ne pourrait égaler...

Kaya lui offrit un large sourire, ravie de pouvoir ajouter sa pierre à l'édifice de son plan B. Il rigola de la voir si fière et si enthousiaste et déposa un baiser sur son front.

— Tu ne cesseras jamais de me surprendre. Je vais soumettre ton idée aux collaborateurs, durant notre brainstorming avec les créateurs. Je t'en dirai plus dans quelque temps. Promis ! En attendant, merci ! Tu es vraiment essentielle à mon bien-être, Kaya. Avec toi, tout semble si facile... J'ai une chance énorme !

Kaya rougit aux compliments de son amoureux et se réfugia dans ses bras...

— Tu ne m'avais pas proposé un gros câlin au milieu des cartons, toi, ou ai-je mal lu mon téléphone ?

Un rire séducteur suivi d'un grognement sauvage sortit de la bouche d'Ethan qui ne se fit pas prier pour s'écraser sur sa belle afin de répondre à sa demande.

— Serais-tu en train de me dire que tu t'impatientes vraiment ?

— Ethan, dépêche-toi de te faire pardonner de toutes les misères que tu viens de me faire vivre !

— À vos ordres, Princesse !

Il fonça sur ses lèvres pour accompagner ses mots et tous deux se laissèrent aller dans ce baiser...

11

COMPLIQUÉ

— Je t'en prie, Ethan ! Laisse-moi te parler...

Deux mains s'approchaient de lui. Cette voix si familière qui s'immisçait en lui tel un chant mortifère était là, essayant de l'hypnotiser afin de l'emporter en enfer. L'angoisse l'empêchait de respirer normalement. Plus les mains s'approchaient de lui dans ce désir de le toucher et de déposer sur lui les esquisses de l'indicible, plus il avait la sensation qu'il ne pourrait jamais y réchapper ! Il avait beau tenter de reculer, il voyait les centimètres les séparant se réduire inexorablement. Il bougeait sa tête à gauche, puis à droite, voulant absolument éviter ces mains livides aux ongles noirs, mais le contact eut lieu.

Ethan se releva de son lit en poussant un « non » sorti de ses entrailles. Kaya, endormie à côté de lui, se réveilla en sursaut et réalisa que son amant venait de faire un cauchemar. En sueur, la respiration haletante et le regard hagard, elle lui toucha le bras pour le ramener à la réalité, mais ce dernier fit un bond hors du lit à ce contact et se recroquevilla sur lui-même dans un coin de la pièce, se cachant la tête de ses bras, tel un enfant ayant peur d'être frappé. Complètement abasourdie par son comportement extrême, elle alluma la lampe de chevet immédiatement tandis qu'elle l'entendait gémir à côté du lit. Une fois la chambre éclairée, elle porta son attention sur Ethan et s'approcha de lui délicatement.

— Ethan, tu as fait un cauchemar. Relève la tête ! C'est moi, c'est Kaya.

Elle s'agenouilla à ses côtés.

— Ethan... Elle n'est pas là ! Je t'assure qu'elle ne rentrera pas dans la chambre tant que je suis là, alors regarde-moi ! Relève la tête.

Lentement, Ethan baissa ses bras tout en gardant sa vigilance accrue et fit un tour panoramique de la pièce du regard, avant de voir que Kaya, à ses côtés, lui souriait amèrement devant ses larmes prêtes à couler sur ses joues. C'était la première fois qu'elle le voyait si marqué par un cauchemar. Elle soupira de tristesse.

— Viens ! Viens dans mes bras ! Tout va bien !
— Kaya ? lui répondit-il d'une petite voix.
— Oui, je suis là ! Viens ! C'est fini ! Tu n'as rien à craindre.

Ethan se blottit alors contre la jeune femme et se calma instantanément. Kaya lui caressa les cheveux pour l'aider à s'apaiser.

— Tu as rêvé d'elle, n'est-ce pas ?
— Oui...
— Il va falloir que tu te munisses d'un talisman !
— Un talisman ?
— Oui ! Dans tes rêves, il faut que tu dises mon nom ! Et hop ! Tu verras une lumière la faire fuir !

Ethan se mit à rire face à l'idée saugrenue, mais mignonne.

— Sainte Kaya qui vient chasser le mal !
— Rigole ! Mais je suis ton meilleur bouclier !

Ethan la contempla avec tendresse, se redressa et lui frotta le dessus de la tête.

— Tu as raison. Tu es mon beau talisman.
— Ça va mieux ?

Ethan secoua la tête positivement, même si au fond de lui-même, il connaissait la source de ce nouveau cauchemar qu'il préférait taire pour le moment. Il espérait seulement oublier ce mauvais moment et se concentrer sur sa vie présente...

Cinq jours s'écoulèrent et Ethan endura plusieurs cauchemars. Chaque nuit, Kaya assistait de façon impuissante à sa détresse. Elle ne savait quoi faire hormis lui suggérer de consulter le Docteur Courtois. Ethan s'y refusait. Au-delà de justifier quelque chose de bénin qui allait passer, il ne souhaitait pas mentionner sa rencontre avec Sylvia sans craindre que cela devienne problématique dans leur couple. Il préférait faire comme si rien ne s'était passé et simuler une vie normale. Ses cauchemars finiraient bien par passer tôt ou tard et tout redeviendraient comme avant.

Cependant, les jours passant, Kaya s'inquiétait silencieusement. Ethan dormait peu. Elle voyait bien qu'il veillait tard pour éviter de dormir et de retrouver ses cauchemars. Cela jouait sur son sommeil et sur sa santé. Il était irritable ou étourdi et avait des moments d'endormissement en pleine journée. Elle le laissait alors se reposer et ne le réveillait pas, mais elle savait que ce n'était pas la solution. Il perdait toute notion du jour et de la nuit et son repos consacré à leurs retrouvailles se trouva impacté par ce nouveau rythme.

Elle s'occupait donc des tâches ménagères pendant qu'il dormait. Et c'est ainsi qu'elle se retrouva un milieu d'après-midi avec deux sacs chargés de courses dans les mains à rentrer chez elle seule.

Une femme attendait devant leur immeuble et semblait nerveuse. Vêtue d'un trench-coat bleu marine, elle avait le teint blafard. Pas très grande, les cheveux d'un noir corbeau parsemés de cheveux blancs, elle semblait accuser les stigmates d'une vie difficile. Kaya s'approcha d'elle.

— Bonjour !

La femme la considéra un instant et se figea avant de lui répondre avec hésitation.

— Bon... Bonjour.

— Puis-je vous aider ? Vous cherchez quelqu'un dans cet immeuble ?

— Eh bien...

— Je ne suis pas sûre d'être la meilleure guide pour vous aider parce que je viens d'emménager ici. Je ne connais donc personne. Cependant, peut-être qu'en entrant dans le hall et en cherchant les noms sur les boîtes aux lettres...

La vieille femme esquissa un léger sourire soulagé.

— Vous êtes gentille. Je suis soulagée de voir qu'il a trouvé une personne aussi bienveillante !

— Je vous demande pardon ?

Le visage interloqué de Kaya fit face à celui plus détendu tout à coup de la femme.

— Merci de prendre soin de lui !

Elle la quitta sans plus d'explications. Kaya regarda le dos de cette femme disparaître au coin de la rue.

— Elle connaîtrait Ethan ? Comment sait-elle que je suis avec lui ?

Elle posa un regard sur ses sacs de courses et haussa les épaules.

— Elle a dû me confondre avec quelqu'un d'autre...

Elle tenta d'ouvrir avec difficulté les portes de l'entrée de l'immeuble avec son badge et vit Andréa sortir de l'ascenseur et venir immédiatement à son aide.

Il récupéra de justesse une boîte de conserve d'une chute spectaculaire.

— C'était moins une ! lui déclara-t-il avec un petit sourire.

Kaya lui offrit une expression reconnaissante en réponse et Andréa lui déchargea aussitôt les bras pour la soulager.

— Alors ? L'emménagement se passe bien ?

Kaya fut surprise de sa question, mais se dit qu'il souhaitait juste rester poli et lancer une discussion.

— Tout est arrivé, oui ! Et j'ai fini de tout ranger ! Il a fallu pousser un peu les meubles, mais Ethan avait déjà prévu beaucoup de changements en vue de mon arrivée.

Andréa baissa les yeux.

— C'est bien s'il prend soin de vous...

Kaya repensa aux dernières journées difficiles à cause de ses cauchemars. Elle se demanda si elle lui rendait vraiment service en prenant vraiment soin de lui. Elle avait l'impression de se trouver dans une impasse. Elle voyait sa santé décliner, mais ne trouvait aucune solution efficace et en venait même à se demander si son arrivée n'en était pas la raison.

Elle se contenta de sourire timidement à Andréa et appuya sur le bouton de l'ascenseur qui avait refermé ses portes.

— Vous comptez chercher du travail ?

Kaya leva ses yeux vers Andréa, interloquée par sa demande.

— Oui, maintenant que je suis installée. Je ne compte pas vivre aux dépens d'Ethan.

— Revenez travailler à la boutique ! Vous faisiez du bon boulot ! Ça vous éviterait une recherche effrénée !

— Eh bien, oui, cela peut être une idée...

— Enfin, peut-être aviez-vous d'autres objectifs ?

Kaya sourit à ce mot.

— Je n'ai pas encore vraiment pensé à la suite. Mais je note la proposition. Merci !

— Avec plaisir !

Andréa lui sourit avant que les portes de l'ascenseur ne s'ouvrent. Kaya entra et Andréa déposa son sac de courses à l'intérieur.

— Vous avez toujours mon numéro ?

— Non ! J'ai... dû changer de téléphone il y a un peu plus d'un an...

Andréa se rappela la visite d'Ethan Abberline à l'époque à la boutique et son inquiétude. Elle était restée injoignable. Il avait tenté de l'appeler après le départ de son petit ami, en vain.

Les portes de l'ascenseur commencèrent à se refermer alors.

— Je vous le glisse dans la boîte aux lettres ! lui cria-t-il alors.

Elle disparut derrière les portes de l'ascenseur et appuya sur le bouton de son étage. Elle leva la tête et souffla. Elle se sentait mal à l'aise en sa présence. Elle ne savait comment gérer la situation avec lui. Il avait toujours été gentil avec elle, même s'il lui avait explicitement fait comprendre qu'elle lui plaisait. Seulement, il y avait aussi la jalousie d'Ethan. Il le croiserait tôt ou tard dans l'immeuble. Était-il utile d'attiser les braises de sa jalousie ?

— Alors ? Que me proposez-vous ?

Tous réunis autour de la grande table de réunion d'Abberline Cosmetics, chaque acteur de la bonne marche de l'entreprise était tendu. Le délai de réflexion était passé et leur patron demandait à présent des comptes. Brigitte et Oliver étaient également présents. La team Innovation et plusieurs fournisseurs étaient représentés par ses deux directeurs.

— Nous avons pensé à un baume à lèvres nourrissant pour l'hiver. Il permettrait donc de joindre l'utile en réhydratant les gerçures à l'agréable en y mettant une touche colorée pour le côté beauté ! proposa l'un des créateurs.

— Oui, c'est pas mal. Il y a un côté assez sécure dans l'investissement, je le reconnais ! déclara Ethan. On ne risque pas trop de se casser la gueule. Les gens ont leur marque de références pharmaceutiques niveau hydratation des lèvres, mais on peut créer la sensation avec un produit sorti du chapeau. Autre chose ?

— Nous avons pensé à un mascara effet givré... se lança un autre créateur, hésitant.

— Développez !

— Soit dans l'aspect, soit dans la sensation à la pose. À voir avec la team innovation si cela peut se faire...

Ethan se tourna vers les deux directeurs de la team innovation.

— L'effet givré visuellement est possible avec un effet blanc sur les cils. Pour la sensation, c'est un autre sujet qui demande un temps de développement plus long pour des tests.

— C'est noté ! déclara Ethan, assez détendu. Une autre idée ?

— Du gloss pailleté effet givré à appliquer sur les pommettes ou les paupières ? proposa un troisième créateur.

Ethan se leva de sa chaise et commença à marcher autour de ses employés tout en réfléchissant.

— Combien de temps estimez-vous qu'il faudrait pour la réalisation de ces trois produits ? demanda alors le patron à l'équipe innovation.

Les deux directeurs se regardèrent un instant et se mirent à discuter à voix basse quelques minutes avant de donner une réponse.

— Ce sont des estimations selon la recette de chaque produit, mais quel délai serait le mieux pour vous, Monsieur Abberline ?

— Un mois ! Nous sommes mi-octobre. Il me faut une garantie pour la production. Elle doit commencer à fabriquer les produits pour début novembre afin d'être prête pour grand max début décembre ! Je sais que c'est extrêmement court, mais nous sommes à court de temps. C'est une course contre la montre, donc chacun doit avoir en tête que nous n'avons pas le droit de nous rater !

Chacune des équipes baissa la tête, consciente de la difficulté de l'enjeu.

— Comme vous, je me serai bien passé de cette charge de travail supplémentaire, mais ne rien sortir sur la saison d'hiver serait dramatique pour l'entreprise. Il nous faut réussir l'exploit coûte que coûte.

Chaque personne présente à cette réunion concéda que la réalisation serait difficile à tenir, mais primordiale à ce challenge pour la survie de leur emploi.

— J'ai une quatrième proposition ! lança alors Ethan. Du vernis à ongles effet neige ou glace.

— Du vernis à ongles ? répéta Oliver. Mais c'est un produit en chute libre !

— Justement ! Je ne veux pas un effet laqué et lissé, je veux la texture neige ou glace ! Les centres d'onglerie ne pourront pas rivaliser avec une texture !

Oliver écarquilla les yeux. L'équipe innovation se mit à discuter, assez emballée par l'idée.

— Si nous ciblons le jeune public, cela peut prendre ! continua Ethan. D'autant plus si..., nous y ajoutons les trois autres idées proposées dans un coffret !

Le ton ferme et sans appel d'Ethan stoppa tout murmure et chuchotement.

— Vous voulez les quatre ! s'écria un des directeurs de l'équipe innovation. En un mois ?! C'est impossible ! Nous ne pourrons pas travailler sur...

— Je veux les quatre ! trancha Ethan, en homme d'affaires sûr de lui. Concentrez-vous sur la qualité du vernis et du baume à

lèvres. Les deux autres, faites au mieux !
Les deux hommes bougonnèrent. Ethan les rassura.
— Nous avons déjà les bases pour le gloss et le mascara. Reprenons la recette d'un ancien produit et adaptons-là à la tendance hivernale. Par contre, pour le baume et pour le vernis, on parle d'innovation plus poussée avec pour l'un le côté soin des lèvres et l'autre l'effet texture à trouver et consolider. Divisez vos effectifs en deux : un tiers pour les deux produits à moindre effort, deux tiers pour les deux produits à haute innovation. Chaque tiers doit bosser sur un des deux produits.
— Très bien ! répondit sur la défensive le second directeur de l'équipe innovation.
— BB, je veux que tu planches avec ton équipe sur le packaging de chaque produit et sur le coffret. Idem. Divise le travail en fonction de ton effectif. Il faudra aussi penser à la publicité en lien avec la cible. Le packaging doit répondre au public jeune.
— Compris ! C'est beaucoup de travail, mais nous ferons au mieux selon le temps imparti.
— Très bien ! apprécia Ethan. Oliver, rapproche-toi de chaque équipe pour commencer à budgétiser tout cela. Je veux que tu me fasses une étude de marché avec Abbigail sur le public cible afin qu'on puisse réussir au mieux à adapter le packaging aux attentes des jeunes.
— Je pourrais dormir de temps en temps ? blagua Oliver en réponse.
— Non ! répondit durement Ethan. Pas tant que je n'ai pas de réponses de chacun de vous qui soient concrètes et positives.

Le téléphone portable d'Ethan sonna alors. Il vit un appel de l'accueil sur son écran et décrocha. Chacun rangea ses affaires sur la table pour se mettre au boulot.
— Oui...
— Monsieur Abberline, c'est Édouard à l'accueil. La dame squatte de nouveau sur le trottoir en face du bâtiment. Devons-nous appeler la police ?
Un frisson parcourut son échine. Il savait que cela arriverait à nouveau, même s'il en refusait l'idée. Oublier rendait les choses

superficielles...

— Non, j'arrive !

Il quitta la salle de réunion sans un mot, prit l'ascenseur et débarqua cinq minutes plus tard dans le hall d'accueil d'*Abberline Cosmetics*. Édouard était à son poste, à la réception, mais surveillait l'extérieur du bâtiment depuis la porte d'entrée. Sans discuter davantage avec lui, il prit la direction de la sortie et regarda de l'autre côté de la rue et la vit. Sylvia attendait sans trop savoir si elle devait marcher jusqu'à l'entrée ou pas. Elle leva la tête vers l'entrée de l'entreprise et vit Ethan. Le visage fermé, Ethan regarda à droite puis à gauche et traversa la rue entre deux passages de voitures. L'expression heureuse de Sylvia se ternit lorsqu'il l'attrapa par le bras et l'emmena à l'abri des regards, dans une ruelle plus loin. Il la poussa dans un coin et la menaça de son index.

— Ne reviens plus ici ! Ne cherche plus à me voir ! Je ne te connais pas ! Tu n'es rien à mes yeux ! Passe ton chemin !

Impressionnée d'abord par sa brutalité, Sylvia fut rattrapée par sa propre détermination à reprendre contact avec lui.

— Laisse-moi te parler deux minutes ! Je t'en prie !

— Il n'y a rien à dire et rien à entendre !

— C'est important à mes yeux !

— Pas aux miens ! Adieu !

Il la laissa seule dans la ruelle et retourna rapidement vers l'entreprise. Il croisa Édouard, interrogatif, mais Ethan ne lui donna aucun détail. Il fonça dans l'ascenseur. La crise d'angoisse était en train de gonfler en lui. Les portes de l'ascenseur s'ouvrirent sur le bureau d'Abbigail qui vit immédiatement que quelque chose n'allait pas. Il fonça malgré tout vers son propre bureau.

— Monsieur, tout va bien ?

Il desserra sa cravate et lui ferma la porte au nez et se laissa tomber, le dos glissant contre la porte. Sa respiration se faisait difficile. Il transpirait à grosse goutte. Il voulait fermer les yeux pour tenter de se calmer, mais redoutait de revoir des images de Sylvia que son esprit voulait évacuer. Il lui fallut deux heures pour réussir à retrouver une tranquillité d'esprit, mais il se sentait fébrile. Il sentait que son mental n'était pas suffisamment fort pour faire face à qui que ce soit. Il serra alors le poing de rage. Il détestait sa faiblesse et son incapacité à rester fort malgré tous ses efforts à vouloir se relever de son passé. Il savait que son seul recours était à présent de trouver de l'aide auprès du Docteur Courtois.

12

SUPPLIANT

Le Docteur Courtois était heureux de quitter son travail à l'hôpital plus tôt aujourd'hui. Un désistement de dernière minute signalé par sa secrétaire lui avait redonné espoir. Il savait qu'il allait avoir le temps de cuisiner quelque chose pour sa femme ce soir lorsqu'elle rentrerait de son travail. Il se dirigea vers le parking du personnel hospitalier, enclencha l'ouverture à distance des portes, ouvrit la portière côté conducteur, jeta nonchalamment sa mallette sur le siège côté passager tout en sifflant, puis s'assit devant le volant. Il démarra, mit sa ceinture de sécurité joyeusement, passa sa vitesse arrière et commença à reculer lorsqu'une voiture s'arrêta net derrière lui en le bloquant. Alors qu'il était sur le point de pester contre ce chauffard mal avisé, son regard à travers le rétroviseur reconnut un visage familier. Il souffla et remit sa voiture à sa place. Il éteignit le moteur et comprit que son planning venait d'être corrigé à l'instant : finalement, il avait un patient.

Il sortit de sa voiture, sa mallette en main et attendit qu'Ethan se gare à son tour. Ethan éteignit le moteur et le retrouva.

— Tous les jours, je regarde les journaux et je m'étonne de voir combien les psys sont exceptionnels, Monsieur Abberline. Je me dis qu'ils ont une énorme résilience. Bien plus que leurs patients ! Ils pourraient très bien... perdre leur sang-froid... au point de devenir fous... ET COMMETTRE UN MEURTRE !

— Docteur..., aidez-moi ! Ça ne va pas du tout !

L'air suppliant d'Ethan surprit le Docteur qui comprit immédiatement qu'il était sincère rien que par la tonalité de sa voix.

— Allons dans mon cabinet.

Cela faisait un petit bout de temps qu'il n'avait pas vu Ethan. Tout semblait aller au beau fixe pour lui depuis qu'il lui avait annoncé que Kaya avait accepté son passé et qu'elle allait vivre avec lui. Il observa son patient et souffla. Sa posture prostrée sur sa chaise, son regard vide chargé d'un profond désespoir lui rappela combien le psychisme humain était vacillant.

— Je vous écoute.

Tout à coup, les larmes montèrent aux yeux d'Ethan qui craqua littéralement devant le praticien. Le Docteur Courtois ferma un instant les yeux et soupira.

— Il s'est passé quelque chose avec Kaya.

— Elle... Elle est revenue.

Le psychiatre resta silencieux, le temps de deviner de qui il parlait et de comprendre. Il écarquilla alors les yeux.

— Comment ? Enfin... je veux dire, que s'est-il passé ?

La respiration d'Ethan devint plus difficile. Il lui tendit la boîte de mouchoir.

— Prenez le temps ! Respirez ! N'oubliez pas ! Vous êtes dans un lieu où elle ne vous trouvera pas. Vous pouvez me parler sans craindre quoi que ce soit. Je suis là pour vous aider.

Ethan cherchait ses mots. Le docteur jugea assez vite l'état de détresse émotionnelle de son patient. Il se leva et vint derrière lui. Il posa une main sur son dos et l'autre sur ses cicatrices. Ethan se crispa en sentant qu'on touchait cette partie si sensible.

— Ethan, redressez-vous ! lui ordonna le docteur d'une voix ferme.

Lentement, les mains du docteur le tirèrent vers le haut pour l'aider à se redresser.

— Maintenant, prenez des inspirations profondes. Inspirez.

Expirez.
Ethan se laissa guider par son docteur.
— Encore !
Il recommença.
— Bien ! Continuez ! Sentez-vous l'air emplir vos poumons entre mes mains ? Je suis là pour garantir que tout va bien. Je protège tout cela. Inspirez. Puis expirez.
Ethan obéit et se laissa porter par la voix du psychiatre.
— Très bien ! Maintenant, vous allez fermer les yeux et écouter votre respiration. Écoutez l'air glisser entre mes mains et ressortir.
Le psychiatre accompagna de ses mains la respiration d'Ethan de haut en bas, pour l'aider à détendre sa cage thoracique.
— Vous voyez, tout va bien. Vous n'êtes prisonnier de rien. Je suis là. Je garantis votre liberté de vivre. Vous transposez cette oppression que vous fait ressentir votre mère biologique sur votre respiration. Mais elle ne peut rien sur vous. Vous tolérez uniquement les personnes en qui vous avez confiance sur votre poitrine. Elle n'a aucun droit sur vous, donc elle ne peut altérer votre respiration.
La respiration d'Ethan retrouva une normalité. Le docteur relâcha le poids de ses mains sur son corps progressivement.
— C'est bien. Maintenant, vous allez me raconter ce qu'il s'est passé. Je reste là. Je suis votre bulle. Comment est-elle apparue à vous ?
— Dans le parking de l'entreprise... Elle scrutait mes allées et venues depuis... plusieurs jours, selon mes agents d'accueil. Je ne me doutais pas que... c'était elle.
— Je vois... Continuez !
Ethan hésita. La panique le reprit tandis que ses souvenirs s'entremêlaient dans le chaos du traumatisme de son passé. Le docteur serra à nouveau son dos et son torse.
— Ethan..., restez focus. Elle vous a trouvé au parking. Décrivez-la-moi.
— Elle est... maigre.
— C'est ce qui vous a fait la reconnaître ? s'étonna le docteur.
— Non, c'est... son regard.
Le docteur trouva cette réponse logique. Dans 80 % des cas, les

patients gardent le souvenir des yeux de leur agresseur. Pour son cas, l'agression fut sournoise. Il devina que le regard aimant de sa mère se mélangeait à sa propre perdition.

— Comment étaient-ils ?

— Suppliants... Comme à l'époque !

— C'est ce qui vous a fait paniquer. Vous aviez peur de tomber dans le piège de son regard.

— Oui...

— Fermez les yeux.

Ethan obéit. Sentir les mains du psychiatre sur le centre de son dos et sur sa poitrine avait quelque chose d'apaisant pour lui. C'est comme s'il faisait le lien invisible entre le devant et le derrière de son corps et effaçait la transversale superficielle de ses cicatrices par quelque chose de plus concret, plus profond, telle une énergie qu'il faisait fluctuer en lui pour qu'il garde le lien avec son être profond.

— Vous l'avez donc trouvé maigre... Quoi d'autre ?

— Blême. Mal coiffée. Avec dix ans de plus sur le visage que son âge réel.

— Cela vous a choqué ?

— Assez ! Mais cela fait presque vingt ans que je ne l'avais pas vu...

— Que vous a-t-elle dit ?

— Elle a voulu me parler. Elle... elle...

— Ne retenez pas votre respiration. Ce n'est pas parce que vous vous arrêterez de respirer qu'elle ne vous verra pas !

Ethan ouvrit les yeux.

— Ethan, vous devez assumer de vivre dans le même environnement qu'elle. Jouer au mort ne fera que lui donner de l'importance sur le pouvoir qu'elle exerce sur vous. Respirez !

Ethan prit une grande inspiration.

— Elle a voulu me toucher ! Elle a levé les mains vers moi ! Elle...

Le Docteur exerça à nouveau la pression de ses mains sur Ethan.

— C'est moi qui vous touche. Pas elle ! Seules mes mains comptent. Concentrez-vous sur mes mains et respirez. Soyez fort. Faites face. Ne vous écrasez pas devant elle. Continuez !

— J'ai fait un malaise. C'est l'agent de sécurité de l'accueil qui l'a fait fuir. Ce fut la première fois que je l'ai vue.

— Il y a eu d'autre fois ? Ok... Parlez-moi de la seconde fois.

— J'ai essayé de ne pas réfléchir. Elle était sur le trottoir d'en face et je lui ai dit que je ne voulais plus la revoir, que je n'avais rien à voir avec elle, peu importait ce qu'elle avait à me dire.

Le docteur remarqua son changement de débit, à l'image de l'état d'esprit dans lequel il se trouvait lors de cette seconde rencontre.

— Pourquoi pensiez-vous que vous aviez plus de poids face à elle la seconde fois ?

— Je... C'est moi qui ai voulu lui faire face. Je voulais qu'elle dégage de ma vie. Je ne voulais pas... qu'elle détruise ce que j'ai construit avec Kaya.

Le docteur sourit.

— Alors tout va bien, Ethan Abberline ! Vous avez un bel objectif ! Gardez cet objectif comme numéro un de votre tableau !

Ethan rentra tard. Il était épuisé à la fois psychologiquement et émotionnellement. La consultation au cabinet du Docteur Courtois avait été éprouvante, mais elle avait eu le mérite de le soulager un peu. Il réalisait qu'il avait des choses concrètes sur lesquelles s'accrocher, contrairement à l'époque où il était enfant et démuni. Aujourd'hui, il avait des soutiens qui pouvaient le rendre plus fort et lui permettaient de ne pas céder. Kaya, le Docteur Courtois, ses amis ou encore les Abberline étaient autant de murs pouvant le protéger et le soutenir. Un apaisement doux filait dans son cœur tel un effluve, un parfum qui calmait tout.

Il vit alors Kaya se précipiter vers lui, inquiète de son retard. Il sourit de pouvoir rentrer et avoir l'accueil de celle qui comptait à présent le plus dans son monde.

— Tout va bien ? Il s'est passé quelque chose ?

Ethan posa sa mallette au sol et prit son visage en coupe pour l'embrasser. C'était ses baisers à elle qu'il aimait. Pas ceux de sa mère. C'était son amour à elle qui justifiait son désir sexuel, et non sa mère. Kaya répondit à son baiser en attrapant gentiment sa taille. Ethan se laissa ensuite aller dans ses bras.

— Ça va ! Mieux ! Tu es dans mes bras ! lui répondit-il, heureux.

Leur étreinte apportait une sérénité à Ethan qui confirma en lui que rien ne serait assez fort pour briser ce qu'il y avait entre eux.

— Je dois juste te parler de quelque chose, Kaya... Tu m'as dit que notre couple devait se consolider, que nous ne devons plus avoir de secrets entre nous... Alors, je vais consolider mon couple un peu plus !

Kaya se détacha un peu de lui pour le fixer. Ethan lui sourit et déposa un baiser sur son front.

— Bon sang, Kaya ! Si tu savais comme je t'aime !

— Mmmh... Je pense le savoir, tu sais ! Tu m'as chanté une chanson, je te rappelle !

Ethan se mit à rire.

— C'est vrai ! C'est dire à quel point j'accomplis des actes complètement fous pour toi !

— J'espère que tu ne vas pas m'annoncer une autre folie !

Le visage d'Ethan s'assombrit un peu.

— Non, ce n'est pas vraiment une folie. Je dirai plus que c'est...

— Une autre demande en mariage ! le coupa-t-elle, inquiète. Tu en as trouvé une nouvelle ?! Ethan, je te préviens, je ferme les yeux cette fois !

Ethan rigola à nouveau devant son inquiétude gênée.

— Aurais-tu peur de ma prochaine demande, Princesse ?

— Dire que je suis sereine serait faux ! bougonna-t-elle. Tu as le chic pour me faire des sorties aussi bizarres qu'embarrassantes !

— Tu n'aimes pas cela ?

— J'ai dit « embarrassantes », ça veut dire ce que ça veut dire !

— Oui, tu as raison ! Pardon ! Ce qui t'embarrasse te touche !

Il lui sourit et déposa un autre baiser. Cette fois sur sa joue, puis dans son cou. Ils se laissèrent aller quelques secondes à ce nouveau câlin.

— Tu m'as manqué, Kaya !

— Tu m'as manqué aussi ! Les journées sont longues quand tu

n'es pas là ! Je vais commencer à chercher du travail, Ethan.

Toujours la tête posée sur l'épaule de sa chérie, Ethan soupira de déception.

— Si c'est vraiment ce que tu souhaites...

— Je ne compte pas tourner en rond dans l'appartement indéfiniment.

— Alors, faisons un bébé ! Ça occupera tes journées !

— Ethan ! Pas encore ! C'est trop tôt !

— Parle pour toi ! Tu ne veux ni m'épouser ni avoir d'enfant avec moi, alors que je n'attends que ça !

— Tu es trop passionné et tu fonces trop vite !

— Je t'aime ! Je veux juste faire grandir encore plus notre amour, Kaya ! En quoi est-ce mal ?

— En rien...

— S'il te plaît, réfléchis à ma proposition de bébé... Je veux vraiment construire une famille avec toi. Je veux bâtir avec toi quelque chose de sain et solide, mais surtout différent de tout ce que j'ai connu... Le Docteur dit que c'est la meilleure des thérapies !

— N'essaie pas de me glisser les recommandations vives du Docteur Courtois dans nos projets de vie !

Ethan rit légèrement.

— Il est avisé, tu sais !

— Et moi pas ?

— Non, parfois tu es vraiment aveugle !

Elle le poussa légèrement pour qu'il se décolle d'elle et grimaça de colère.

— Aveugle de quoi ?

— De combien je suis raide dingue de toi !

Il lui attrapa la main et la guida sur le canapé. Ils s'assirent ensemble et Ethan lui caressa la main.

— Je suis impatient, Kaya... Je sais qu'il faut qu'on prenne le temps de renforcer les bases de notre couple, mais... je suis aussi très frustré. J'ai besoin de plus de nous. Je ne sais pas comment le dire, mais je n'aime pas l'idée qu'on puisse stagner tous les deux dans notre relation. J'ai l'impression que nous sommes alors dans un semi-échec du couple...

Kaya considéra les émois d'Ethan et posa son front contre son épaule.

— Il faut savoir aussi faire des pauses pour mieux faire de nouveaux pas, Ethan. Tu trouves que nous sommes dans une situation de semi-échec ?

— Non, pas pour l'instant, mais je redoute qu'en laissant filer le temps, nous rentrions dans une routine où notre couple n'avancera plus...

Kaya releva la tête et sourit.

— Je suis contente de réussir à parler avec toi, tu sais. Moi, je trouve que nous progressons vraiment. Je ne vois pas de stagnation. Nous n'avons jamais autant parlé de nous que depuis que nous nous sommes retrouvés ! Nous arrivons à parler et exprimer nos sentiments. Ethan, on était en semi-échec avant ma fuite. Aujourd'hui, je n'ai plus cette impression. Je me sens bien plus forte avec toi et je pense que c'est pareil pour toi, non ?

Ethan la contempla avec tendresse.

— Oui, je puise tant de force en toi, Kaya.

— Vraiment ?

Ethan acquiesça.

— Très bien ! Alors, puise beaucoup de force en moi maintenant, car je vais t'annoncer un truc qui va te déplaire !

— Quoi ?!

Ethan la dévisagea tout à coup plus perplexe.

— Andréa, mon ex-patron de la boutique de fringues, vit dans notre immeuble !

Il fallut un temps d'assimilation à Ethan pour comprendre la phrase de Kaya, avant que les deux fils de son cerveau se connectent et qu'il percute.

— Heiiiin ! T'es sérieuse ?!

— Très ! Je l'ai croisé à plusieurs reprises !

Ethan s'attrapa la tignasse tout en se laissant tomber en arrière, contre le canapé.

— Putain ! Sur tous les immeubles de Paris, il a fallu qu'il choisisse le nôtre !

Ethan se leva, agacé.

— C'est quoi son problème ? Il nous poursuit ou quoi ?

Kaya se mit à rire, réalisant que ses pronostics s'avéraient justes quant à sa réaction.
— Je ne vois pas ce qu'il y a de drôle !
— Ta réaction ! Tu es trop mignon !
— Mignon ? En quoi je suis... mignon, alors que ça me met la haine ?!
— Parce que je sens ton fond de jalousie dans ton comportement.
— Il tente quoi que ce soit avec toi, je le tue !
Kaya éclata de rire. Ça y était ! La jalousie d'Ethan explosait ! Elle se leva à son tour et lui sauta dans les bras, à la surprise d'Ethan qui sentit immédiatement redescendre la pression. Elle l'embrassa alors sur la bouche en riant. La caresse fut courte, mais douce. Elle le fixa ensuite droit dans ses prunelles marron et se laissa aller contre lui.
— Je t'aime, Ethan Abberline. Je suis tellement heureuse avec toi...
Le cœur d'Ethan se serra d'amour et de reconnaissance. Il ferma les yeux un instant et souffla.
— C'est dans des instants comme ça que... Chérie, épouse-moi !
Kaya gloussa contre lui. Ethan se montra exaspéré.
— Si je fais ma demande devant ce mec, tu vas aussi refuser, pas vrai ?! Et je vais me prendre la honte... Fais chier ! Kaya, je t'en prie ! Ne me laisse pas tomber face à lui !
Kaya continua de rire contre son cou.
— Non ! Ne t'inquiète pas ! Je te préfère à lui !
— Promis ?
— Promis ! Il m'a juste proposé de revenir bosser dans sa boutique !
Ethan la repoussa instinctivement, à nouveau en alerte.
— Tu plaisantes ?!
— Je t'assure que c'est vrai !
— Et tu lui as répondu quoi ?
— Que je n'avais pas encore réfléchi à la question de recherche de travail, mais que je prenais note de son offre !
— Tu ne vas pas retravailler pour lui ?! Je suis contre !

— J'aimais bien bosser dans sa boutique !
— Tu peux très bien bosser pour Abberline Cosmetics !
— Je ne vais pas bosser pour toi ! C'est ridicule !
— Et pourquoi pas !
— Je suis ta petite amie ! Que vont dire les employés ?!
— Que j'ai casé ma petite amie ! répondit Ethan pragmatique, mais déterminé.
— Justement !
— C'est qui le patron ? C'est qui qui décide ? Celui qui n'est pas content prend la porte !

Kaya leva les yeux de consternation.

— Tu ne vas pas te séparer d'un bon élément par ma faute !
— Personne n'est irremplaçable, sauf toi à mes yeux !

Kaya posa ses mains sur ses hanches et grimaça.

— Tu es prêt à faire ton connard, je vois !
— Toujours dès qu'il s'agit de toi ! Et encore plus maintenant que nous sommes un couple !
— Et tu veux me caser où ?
— Où tu veux ! En boutique ! À l'accueil ! Ou même en binôme avec Abbigail ! Tu seras comme ça toute la journée à côté de moi !
— C'est non !
— Et pourquoi ça !
— Je ne veux pas t'avoir sur mes talons toute la journée avec ton caractère de connard directif !
— Si ce n'est que ça, j'y mettrais les formes et y ajouterai un « chérie » à chaque ordre !

Ethan lui sourit avec une attitude de vainqueur et tapa des mains.

— Parfait ! Adjugé vendu ! Je m'y attelle dès demain !
— J'AI DIT NON !
— C'est non négociable ! Tu ne croiseras plus cet emmerdeur !

13

OUBLIÉ

Une moue désapprobatrice ne lâcha plus le visage de Kaya de toute la soirée. L'obstination d'Ethan avait eu raison de son plaisir à faire leur première sortie cinéma ensemble. Depuis leur départ hors de l'appartement jusqu'à leur sortie à la fin du film, chacun avait campé sur ses positions, abreuvant l'autre d'arguments en sa faveur, ce qui affectait la bonne ambiance entre eux. La tension restait palpable, avec un goût d'inachevé qui se reflétait durant leur marche silencieuse jusqu'à la maison.

— Tu comptes ruminer encore longtemps ? finit par s'agacer Ethan.

— Je peux très bien trouver un job ni chez lui ni chez toi !

— Tu peux très bien travailler chez moi sans avoir à chercher un job ailleurs !

— C'est ridicule !

— Je ne vois pas ce qu'il y a de ridicule à vouloir t'avoir auprès de moi tout le temps ! s'énerva Ethan.

— C'est la jalousie et l'orgueil qui t'animent ! répondit sèchement Kaya. Ne me sors pas le cliché de l'amour en excuse !

— Où est-ce que tu vois une excuse alors que je suis vraiment amoureux de toi ?! argua Ethan.

— On va finir par se bouffer le nez et ne plus se supporter si on est trop ensemble ! se justifia Kaya.

— C'est ta vision des choses ! Moi, je serai aux anges de

pouvoir te voir quand je veux !

— Et si je fais mal les choses, tu vas faire quoi ? M'embrasser parce que tu es aux anges de me voir malmener ta société ?

Ethan se mit à rire de façon cynique.

— Malmener ma société ? À ce point ? Tu veux le grade d'actionnaire pour la faire couler ? Tu sais, tous les employés font des erreurs... et ils les corrigent !

Kaya grogna tout en tapant du pied pour exprimer son courroux.

— Tu vas me détester, je te dis ! Tu devrais savoir que de l'amour à la haine, il n'y a qu'un pas !

— Et de la haine à l'amour aussi ! Souviens-toi !

— Ce soir, je ne t'aime plus ! Je te déteste !

— On en reparlera quand je t'aurai fait l'amour !

— Ethaaan ! Je suis sérieuse !

— Moi aussi ! J'aime te faire l'amour !

Kaya soupira de désespoir. Ethan jeta un regard en coin vers elle et sourit. Même dans leurs petites disputes, il l'aimait. Elle avait son front qui se plissait légèrement.

— Faisons un essai, Kaya ! reprit-il d'un ton plus doux. Ça ne coûte rien ! On verra bien si ça fonctionne ou pas et si ça ne le fait pas, promis, on réfléchira à autre chose !

— Je ne peux pas lutter indéfiniment face à ton entêtement ! se résolut d'accepter Kaya.

— C'est bien de le reconnaître ! Dans ce cas, cesse de t'obstiner pour tout le reste et épouse-moi !

Kaya lui jeta un regard dur lui signifiant qu'il ne devait pas abuser de son humeur plus clémente. Il lui attrapa la main et ils marchèrent en silence jusqu'à ce que les pas de Kaya suivent l'esquisse d'un muret qui prenait de la hauteur avec la pente qu'ils descendaient. Au bout de quelques mètres, la hauteur fut telle qu'Ethan se trouva obligé de lever la main puis de la lâcher, tandis qu'il était en contre-bas.

— Ça y est ! Tu me quittes ! lui déclara-t-il alors, d'une voix faible.

— Je suis montée trop haut ! lui répondit-elle, embarrassée à chercher comment redescendre sans faire demi-tour. Ethan lui tendit alors les bras.

— Assieds-toi et je te rattrape !

Kaya sourit tendrement en voyant les bras de l'homme qu'elle aimait, prêts à l'accueillir.

— Ethan...

— Hum ?

— J'aime quand tu me tends tes bras ! C'est la pire tentation de ta part !

Ethan esquissa un large sourire à cette remarque.

— Et c'est mon plus grand plaisir quand je les referme sur toi !

Elle s'assit sur le muret afin de se préparer à être attrapée par Ethan.

— On fait la paix ? lui demanda-t-il alors.

Kaya se laissa alors glisser le long du mur et Ethan la prit dans ses bras tout en la portant. Elle toucha lentement le sol, collée à lui, et chacun fixa l'autre avec amour.

— Épouse-moi, Kaya... Je serai toujours là pour te rattraper.

— Tu ne me rattraperais pas sinon ? lui demanda-t-elle, inquiète.

— Si... mais la prochaine fois, je serai moins souple dans la réception ! lui répondit-il dans une moue agacée, mais taquine. Je souffre, tu souffres !

Il lui tira la langue et Kaya écarquilla les yeux suite à son geste polisson. Elle se mit à rire doucement, l'œil coquin.

— Vas-y ! Remontre-moi ta langue, pour voir !

Ethan comprit où elle voulait en venir et s'en gaussa.

— Tu veux la goûter, c'est ça ?!

— La mordre !

— Vorace !

Il se pencha alors à son oreille. Son souffle chaud fit frissonner Kaya.

— Si tu veux, je peux te donner plein d'autres parties de mon corps à lécher, manger, embrasser ou mordre !

Les joues de Kaya rougirent.

— Tu n'as qu'un mot à dire et je suis tout à toi !

Il recula sa tête pour lire sa réponse sur son visage. Kaya frotta son bout du nez contre celui d'Ethan, le cœur gonflé à bloc.

— Je t'aime ! lui chuchota-t-elle, amoureuse comme jamais.

Elle l'embrassa alors tendrement et Ethan sentit son cœur faire des pirouettes dans sa poitrine. Leurs bras se resserrèrent sur l'autre et leurs langues se chahutèrent dans une ronde lascive. Ethan avait rêvé longtemps de pouvoir partager de tels instants avec elle et enfin, il les vivait. Enfin, il pouvait les apprécier. Autant les « je t'aime » de Kaya que ses gestes tendres sur lui. Un rêve qu'il ne voulait pas faire disparaître. Il l'embrassa encore et encore en réponse, savourant chaque idée qu'elle exprimait dans ses baisers. Il la désirait chaque seconde davantage.

— Kaya, je t'aime ! Je t'aime tellement !

Sa bouche ne trouvait de répit qu'au contact de celle de la femme qu'il aimait. Son être entier lui était dévoué. Son cœur ne battait que pour ces moments où il pouvait l'avoir rien qu'à lui. Ses mains glissèrent le long de son dos pour retrouver ses hanches et l'aube de son fessier. Kaya se cambra afin qu'il y ait accès le mieux possible. L'excitation les gagna et Ethan la plaqua contre le muret pour affirmer sa prise sur elle et prendre le contrôle de leurs baisers. Le monde autour n'existait plus. Seul le bruit de leurs baisers les berçait.

— Kaya, fais-moi l'amour, s'il te plaît ! J'ai tellement envie que tu me câlines !

Le souffle court et le corps embrasé, Kaya secoua la tête affirmativement et déposa un dernier baiser.

— Rentrons vite !

Une main sur son épaule et l'autre sur sa hanche, Ethan donnait des coups de reins frénétiques contre les fesses de Kaya. L'ardeur à la combler n'avait d'égal que son plaisir personnel à monter les étapes vers l'extase. La courbe de son dos, ses petits gémissements, ses fesses rebondissant contre son bassin et les bruits d'aspiration accaparaient son esprit. Plus rien autour ne comptait. Seule l'envie de se satisfaire mutuellement d'un amour à donner et à recevoir prévalait. Chacun voulait tout de l'autre et cette frénésie se traduisait par des changements de position fréquents afin de pouvoir explorer toutes les facettes du plaisir de chacun. L'objectif était d'aller toujours plus loin, plus profond. Atteindre le lieu de perdition où il n'y a plus deux personnes, mais une union.

Ethan s'écroula sur le dos de sa partenaire dans un gémissement d'abord tendu, puis soulagé. Ses doigts enfoncés dans la peau de son amante se relâchèrent doucement. Il la serra alors dans ses bras et attendit de retrouver une respiration plus calme. Kaya savoura cet instant post-coïtal chargé d'un silence tendre et serein dans les bras de son amoureux. Elle déposa un baiser sur son bras et sourit. Elle commençait à réaliser combien il était agréable d'être avec Ethan chaque jour, sans qu'il y ait un gros nuage au-dessus de leurs têtes menaçant leur paix. Elle commençait à croire que cette fois, c'était peut-être la bonne, qu'elle pouvait abandonner son angoisse latente à l'idée de perdre une nouvelle fois celui qui lui était cher.

— J'espère que je t'ai fatigué suffisamment pour que tu plonges dans un sommeil lourd ! lui déclara-t-elle alors, amusée.

Ethan sourit et embrassa l'arrière de son oreille doucement.

— Je suis plutôt d'humeur à recommencer, vois-tu !

Kaya se tourna légèrement pour vérifier s'il était sérieux. Son baiser sur le bout du nez l'obligea à se tourner totalement et à y répondre. Elle l'embrassa sur les lèvres et se colla contre lui. Ethan apprécia l'ardeur de la jeune femme qui exprimait de plus en plus ses désirs le concernant.

— Je t'aime ! lui murmura-t-elle tendrement.

Ethan sourit davantage entre leurs lèvres.

— Si tu savais comme je suis heureux, Princesse. Tellement heureux.

Il l'embrassa dans le cou et s'y lova contre. L'étreignant un peu plus, il laissa échapper un long soupir.

— J'aimerais que rien ne change, que plus rien ne vienne perturber ce bonheur. Je ne veux pas te perdre, Kaya.

— Je n'ai pas envie de te perdre non plus. Je réalise combien il est plaisant de vivre avec toi. Depuis mon emménagement, je crois que je flotte un peu. Je suis sur un petit nuage avec toi !

Elle se mit à rire un peu et lui caressa l'épaule.

— Cela me fait même bizarre que cela se passe plutôt bien entre nous. D'habitude, c'est toujours tendu. Nous sommes méfiants, apeurés ou incapables de dénouer nos problèmes. Depuis que je suis revenue, je dois bien le reconnaître, je suis beaucoup plus sereine. S'il n'y avait pas tes problèmes d'insomnies et de cauchemars, je crois que je pourrais dire que c'est chouette la vie de couple !

Le ton plaisantin de Kaya fit sourire Ethan dans son cou, mais l'attrista aussi. Il se blottit un peu plus contre elle et déposa un baiser sur sa peau.

— Kaya, je dois te dire quelque chose. Quelque chose que je ne t'ai pas dit jusque-là.

Kaya posa un regard sur la chevelure de son homme.

— Pourquoi tu prends une voix aussi sérieuse ? Tu m'as caché quelque chose ?

— Je ne voulais pas t'affoler et je pensais que si je n'en parlais pas, cela passerait et s'oublierait...

Il sortit son visage du cou de Kaya pour observer sa réaction. Le visage à la fois inquiet et perplexe de Kaya fit face à celui désolé d'Ethan.

— Il y a une bonne raison au fait que je ne dorme plus... C'est parce que mes cauchemars ont un goût de réalité.

Kaya tenta de sonder la signification propre de son aveu. La peur et l'inquiétude se lisaient sur l'expression du visage d'Ethan.

— Un goût de réalité ? répéta-t-elle, incertaine. Tu veux dire que...

— Oui, j'ai rencontré Sylvia.

Kaya se détacha de ses bras immédiatement et s'assit sur le matelas. L'inquiétude se mut en colère.

— Tu l'as revue et tu ne me le dis que maintenant ? Tes cauchemars ne sont pas récents ! Depuis combien de temps me le caches-tu ?

Devant la colère de son amante, Ethan s'assit à son tour et, le dos prostré, se mit à table.

— Je... ne m'attendais pas à la voir. Elle m'a pris de court. Les agents de sécurité m'ont signalé la présence d'une femme qui surveillait les allées et venues devant *Abberline Cosmetics* et qui avait demandé à me rencontrer, mais je n'y ai pas prêté attention.

Je pensais que c'était une de mes ex qui voulait retenter sa chance. J'ai été naïf. J'ai nié le problème, jusqu'à ce que je me retrouve face à elle dans le parking. C'était le jour où j'ai eu du retard alors que tu m'attendais pour... te faire l'amour sur les cartons de ton emménagement.

Il osa jeter un regard vers Kaya qui le fixait durement.

— Tu me caches cela depuis tout ce temps ?

Elle souffla, désabusée qu'il lui ait volontairement omis cette nouvelle.

— Que s'est-il passé ? lui demanda-t-elle alors, de façon autoritaire.

Ethan comprit qu'il n'avait pas intérêt à lui cacher les détails.

— J'ai... pris peur. Tout est... remonté en moi. J'ai revu mon passé avec elle et j'ai été pris de vertiges. Un agent est arrivé et elle a fui. J'ai fait un malaise.

Kaya se leva hors du lit et fit les cents pas, partagée entre colère grandissante de n'avoir rien vu venir et inquiétude coupable. Elle passa sa main dans ses cheveux et souffla.

— Comment as-tu pu me cacher une chose pareille ? lui cria-t-elle, dépassée par la puissance de son aveu. Sais-tu mon angoisse et mon impuissance depuis des jours concernant tes insomnies ? Et tu m'as rejetée volontairement, sans même penser à ce que je pouvais ressentir depuis ? Tu es horrible !

Elle posa ses mains sur son visage et commença à pleurer. La tension qu'elle avait cumulée en elle depuis des jours retombait sous les yeux d'Ethan et s'exprimait en un chagrin teinté de trahison. Ethan se leva du lit immédiatement pour la prendre dans ses bras.

— Pardon ! Je ne pensais pas à mal, je voulais juste...

— Juste quoi ? Régler le problème tout seul ? Bordel, Ethan ! Tu n'es pas tout seul ! Tu veux m'épouser et tu es incapable de te reposer sur moi dès qu'un truc grave se produit ! À quoi je sers si je ne peux pas être là dans tes moments difficiles ?

Ethan baissa les bras, se sentant encore plus désolé et coupable.

— Je pensais pouvoir nous protéger. Je l'ai vue une seconde fois, lorsqu'on m'a prévenu qu'elle faisait le guet devant l'immeuble à nouveau. J'ai fini ma réunion et je suis descendu. J'ai traversé la rue et je lui ai ordonné de ne plus venir, de ne plus insister et de m'oublier. Cette fois, j'ai pensé à toi, à nous, à ce qu'on a construit ensemble et que je ne voulais pas qu'elle démolisse. J'ai trouvé une force en moi pour lui faire face et je l'ai plantée.

Kaya lui lança un regard furieux.

— Je ne compte pas la revoir. Je t'assure que c'est derrière nous et s'il y a une chose dont je suis sûr, c'est que je ferai tout pour protéger notre couple. Il est hors de question que je la laisse s'immiscer entre nous. Le Docteur Courtois m'a dit que c'était une bonne attitude que de prendre la source de mon courage dans le couple que nous formons. Il m'a dit que si mon objectif était notre avenir à deux, alors elle n'aurait aucun pouvoir sur nous.

— Tu as vu le Docteur Courtois ? réalisa-t-elle alors avec tristesse. Donc tout le monde sait, sauf moi ?

Elle lui jeta un regard déçu et quitta la chambre. Ethan tenta de la retenir par le poignet, mais elle s'en défit d'un geste sec.

— Laisse-moi tranquille. J'ai besoin d'être seule...

Il la relâcha et la laissa prendre de la distance. Kaya alla s'enfermer dans la salle de bain et décida de prendre une douche. L'eau sur sa tête pourrait peut-être l'aider à y voir plus clair et laver sa déception. Ethan resta assis, sur le lit, dans leur chambre, et pensa à la réaction de Kaya. Tout se passait bien jusque-là et Sylvia avait réussi à égratigner leur entente. Ce qu'il redoutait se produisait. Même s'il avait une part de responsabilité dans la colère de Kaya, le sujet de Sylvia en restait la cause.

Kaya passa la nuit seule, dans la chambre d'ami, au grand désarroi d'Ethan. S'il pouvait se fâcher de la situation, il n'osait aller contre la décision de Kaya. Sa nuit fut horrible. Il n'osait pas s'endormir de peur de faire un nouveau cauchemar qui relancerait la colère de Kaya. Et même s'il voulait dormir, son inquiétude pour son couple lui ôtait toute fatigue. La tension et l'agacement contre lui-même et contre Sylvia le tinrent éveillé toute la nuit.

Le lendemain matin, Kaya se leva avec le même manque de sommeil qu'Ethan. Elle avait ressassé toute la nuit les faits et essayait de comprendre le comportement d'Ethan. Elle découvrit alors Ethan devant les fourneaux, en train de préparer le petit-déjeuner. Elle remarqua qu'il avait acheté des viennoiseries et une rose en signe de demande de pardon. Elle esquissa un léger sourire avant de regretter leur désaccord. Ethan ne l'avait pas entendue ouvrir la porte, la hotte tournant au-dessus de sa tête.

Elle soupira et concéda au fait qu'elle n'aimait plus se fâcher contre lui. Ils s'étaient tellement disputés auparavant qu'elle ne trouvait plus la force de se battre. Elle arriva dans son dos et enserra sa taille pour un câlin. Ethan se figea et sentit la tête de Kaya contre son dos. L'apaisement vint effacer son angoisse de la perdre. Il se retourna rapidement et fonça prendre son visage pour l'embrasser. Kaya comprit à son ardeur combien la nuit avait été longue pour lui aussi. Il comblait ses angoisses par le soulagement de pouvoir encore l'embrasser.

— Ethan, Ethan... Doucement !
— Pardon ! Je... Pardon, Kaya ! Promis, je te dirai tout !

Les mots, mélangés à ses baisers, se déversaient dans un flot hâtif qui noyait Kaya.

— Oui ! C'est bon ! Arrête !
— Je t'en prie, ne me demande pas d'arrêter !

Il cessa ses baisers et la serra fort dans ses bras en réponse.

— Ne me demande pas d'arrêter, je t'en supplie.

Kaya souffla.

— Ethan, calme-toi !

Elle reconnaissait là les stigmates de l'homme blessé qui ressortaient dès qu'il sentait qu'il allait être abandonné. La vague de gentillesse et de soumission était palpable ce matin. Elle ferma les yeux et s'en trouva désolée pour lui. Dès que leur couple battait de l'aile, Ethan s'écrasait, acceptant tous les torts, et la vénérait telle une déesse face au croyant qui avait douté d'elle.

— Ethan, s'il te plaît...

Ethan ne voulut l'écouter. La peur le rendait hermétique à ses demandes. Tout ce qui comptait était le bonheur de la jeune femme.

— Regarde, j'ai préparé le petit-déjeuner ! J'ai acheté des croissants ! Et je te prépare un chocolat chaud ! Tu veux des tartines ?

Kaya le fixa de façon désabusée. Elle lui attrapa le bras et le tira dans le salon. Si elle le trouvait mignon avec son tablier, elle devait l'éloigner de son objectif du matin de s'aplatir tout en la contentant.

Elle l'invita à s'asseoir sur le canapé.

— Kaya, ton chocolat va refroidir !

— Ethan, stop ! lui ordonna-t-elle, durement. Ça suffit !

Ethan se tut, docilement, mais mal à l'aise.

— Oui, je t'en veux énormément ! Oui, tu m'énerves ! Oui, j'ai envie de te traiter de connard idiot et obstiné ! Mais...

Elle baissa les yeux tristement.

— Je t'aime, Ethan. Je suis désolée de m'être fâchée. J'aurais dû essayer de te comprendre plutôt que de m'énerver contre toi et prendre tout ça à mon compte.

Ethan resta stupéfait par sa demande d'excuse.

— Qu'est-ce que... non ! C'est moi qui...

— Non ! Tu as vécu quelque chose de très dur et je t'ai infligé un coup en plus. J'aurais dû mieux comprendre ton état d'esprit.

— Kaya, arrête de dire des conneries ! Tu as raison ! Je t'ai mise à l'écart de mes soucis. Tu m'as dit de nous faire plus confiance et je n'en ai fait qu'à ma tête !

Chacun fixait l'autre avec tristesse.

— Ethan, je n'ai pas réalisé à quelle hauteur pouvaient se situer le côté déplaisant de cette rencontre et le réveil d'un traumatisme qu'il était tout à fait logique de vouloir refouler. Je n'ai pas compris les mécanismes d'autodéfense que tu as enclenchés pour te protéger. Et quand je parle de te protéger, c'est protéger tout ce qui construit ton intégrité, mais aussi ce qui t'a permis de te relever, moi y compris. J'aurais dû tempérer mon attitude. Je te demande pardon. Tu as eu une réaction logique si on regarde de plus près la situation.

Ethan ne sut quoi répondre, soufflé par le discours coupable de Kaya. Il détourna le regard, touché par ses mots, mais aussi encore plus mal à l'aise devant l'évidence qu'il était loin d'être guéri de son passé. Kaya se leva légèrement et se colla à lui pour entamer un acte de paix. Ethan l'accepta avec surprise. Il reçut volontiers le réconfort de ses bras, même s'il estimait qu'il était tout aussi coupable qu'elle de cette situation.

— Je ne la laisserai pas troubler notre bonheur, Kaya.

— Je sais.

— Je ne veux pas qu'elle s'interpose entre nous et je vois qu'elle a malgré tout réussi à nous diviser. Elle n'est pas là, mais elle arrive à briser chacun de mes espoirs. Je ne veux pas qu'elle brise ceux que j'ai avec toi.

La voix blessée d'Ethan toucha Kaya.

— Je ne la laisserai pas faire. J'ai conscience que ce premier test a été un échec, mais ce sera le dernier. Je ne la laisserai pas te faire du mal. Je te le promets.

14

VILAINE

L'étreinte qu'ils partageaient soulagea leurs maux. Ethan couvrit le cou de Kaya de baisers. Il avait besoin de combler l'angoisse qui l'envahissait par des bouts de bonheur en montrant l'importance qu'il accordait à l'amour qu'elle lui offrait.

Kaya le laissa faire. Elle-même avait besoin de cicatriser la blessure de la veille. Leurs lèvres se retrouvèrent dans un goût de réconfort qu'ils connaissaient tant tous les deux. Le contact de leur corps était la réponse la plus logique à la tentative de déstabilisation qu'avait causée Sylvia.

— Je t'aime. Je t'aime, ma chérie. Je t'aime tellement.

Kaya sourit face au flot d'amour qu'il exprimait, comme si sortir tout cela de sa gorge avait un pouvoir cathartique.

— On reste fort ensemble, hein ? lui répondit-elle alors doucement.

Ethan posa son front contre celui de la jeune femme et acquiesça.

— Si je la revois, je te le dis. Promis !

— Tu as dû vraiment être surpris de la voir. Tu l'as reconnue immédiatement ? Cela faisait vingt ans que tu ne l'avais pas vue.

Ethan se recula pour mieux en parler.

— Pour te dire la vérité, je ne l'ai pas reconnue sur le coup. Comme je l'ai dit au docteur Courtois, c'est sa voix qui a éveillé en moi une alerte et un blocage net.

— À ce point ?

— Elle me parlait, mais j'étais complètement hermétique à ses paroles. Elle pouvait chanter, je ne retenais que la tonalité de sa voix, toujours suppliante vingt ans après. J'avais l'impression que rien n'avait changé, hormis son physique.

— Elle est comment ?

— Fantomatique serait le mot le plus approprié.

La qualification physique d'Ethan au sujet de sa mère biologique surprit Kaya.

— Elle est émaciée, blafarde. C'est l'ombre d'elle-même. Elle porte sur elle ses années d'errance, c'est un fait. Elle a des cheveux blancs qui sont apparus et qu'elle ne prend même pas la peine de cacher au milieu de ses cheveux noirs. Elle avait de beaux cheveux noirs de jais à l'époque. On sent le désenchantement de la vie sur ses épaules. Je crois qu'en y réfléchissant, au-delà du côté pathétique qu'elle m'inspire, j'ai retrouvé le côté triste de son regard d'il y a vingt ans. J'ai revu dans ses yeux ce sentiment de fatalité et de supplice, demandant qu'on l'aide à surmonter cela. Ça m'a pétrifié...

Kaya remarqua une grande tristesse dans son constat. Elle se mit à réfléchir et sourit amèrement.

— J'ai rencontré une femme en bas, devant notre immeuble l'autre jour. C'était le même genre de femme. Très maigre, pâle, s'excusant presque d'être là. D'ailleurs, elle m'a dit quelque chose qui...

Kaya s'arrêta net dans sa réflexion et fixa Ethan de façon choquée.

— Ethan, est-ce que ta mère portait un trench-coat bleu marine ?

Ethan écarquilla les yeux.

— Tu l'as rencontrée ?

— Oh merde ! lâcha-t-elle alors, abasourdie. Elle m'a dit un truc que je n'ai pas compris sur le coup. J'ai cru qu'elle m'avait confondue avec quelqu'un d'autre.

Ethan lui saisit les bras des deux mains.

— Elle était en bas de chez nous et t'as parlé ? demanda-t-il en confirmation.

— Je ne savais pas que c'était elle ! Elle m'a dit : « Vous êtes gentille. Je suis soulagée de voir qu'il a trouvé une personne aussi bienveillante ! ». Je n'ai pas répondu ; elle est partie aussitôt et je ne pensais pas que cela pouvait être toi le sujet de ses propos !

Ethan se leva, alarmé.

— Putain ! Elle sait même où je vis ! Comment l'a-t-elle su ?!

— Ethan, tu passes dans les journaux ! Ton entreprise fait l'objet d'articles de presse. Il est possible qu'elle t'ait retrouvé ainsi !

— Elle n'a pas le droit de venir ici ! s'écria-t-il en colère. C'est ma vie. Je ne veux pas qu'elle rentre ici !

— Ethan, calme-toi !

Il s'agenouilla en urgence devant Kaya, les yeux suppliants.

— Je t'interdis de lui parler ! Tu m'entends ? Je ne veux pas qu'elle t'approche !

Il se releva d'un bond et marcha dans le salon.

— Comment ose-t-elle passer par toi ?!

— Ethan, elle ne m'a rien dit ! C'est moi qui suis venue à elle en premier ! Je trouvais cela bizarre de voir cette femme qui restait plantée devant l'immeuble. Je pensais qu'elle attendait quelqu'un. Je l'ai abordée pour l'aider !

— Ne lui parle plus ! lui ordonna alors Ethan, tout en la désignant de l'index. Tu la fuis ! Tu l'évites !

Kaya se leva et tenta de modérer ses craintes.

— Ethan, pourquoi souhaite-t-elle te voir ? Tu ne m'as rien dit sur la raison de sa réapparition dans ta vie ?

— Je n'en sais rien et je ne veux pas le savoir ! s'agaça-t-il, les nerfs à fleur de peau. Elle peut dire ce qu'elle veut, cela ne m'intéresse pas. Elle se lassera et abandonnera si on l'évite et l'ignore !

Kaya observa Ethan avec inquiétude. Elle savait que l'urgence était de le conforter dans son attitude, même si elle doutait que ce soit la bonne solution.

— Très bien. Faisons ainsi...

— Voilà ! Voilà ! Je vous laisse toutes les deux !

Kaya pouvait lire l'excitation et la fierté d'Ethan dans ses yeux. Il était là, devant Abbigail et elle, tentant de positiver sur la prise de poste de Kaya en tant qu'assistante d'Abbigail. Si son attitude était mignonne, elle n'en restait pas moins nerveuse.

— Vous allez être en retard pour votre déplacement à l'extérieur, Monsieur ! lui dit alors Abbigail, tout en le poussant vers l'ascenseur.

L'air béat d'Ethan s'effaça aussitôt. Le tracas d'abandonner Kaya ne passa pas inaperçu auprès d'Abbigail qui se contenta de banaliser l'événement.

— Vous la reverrez ce midi ! Cessez d'être inquiet ! Ça va passer vite !

Les portes de l'ascenseur se refermèrent sur lui et Kaya relâcha la pression.

— Il est intenable dès que cela vous concerne !

— Je suis désolée de tous ces tracas. Il insiste pour que je travaille à ses côtés, mais...

— Ne vous inquiétez pas ! Il est inutile pour moi de juger l'un ou l'autre. Je sais que vous lui avez tapé dans l'œil dès le début et cela s'est confirmé par la suite que vous êtes devenue la pièce centrale de sa vie. Sa demande de vous former ne m'étonne pas vraiment. C'est dans la continuité de tous les caprices qu'il a pu exiger vous concernant !

Kaya ne sut si elle devait s'en trouver flattée ou gênée.

— Je ne veux pas être l'objet de ses caprices. Je sais qu'il m'aime. Sans doute un peu trop pour réaliser qu'il en fait trop !

Abbigail lui sourit.

— Tout ce que je vois, c'est son sourire plutôt que son sale caractère ! Ne lui répétez pas !

Kaya se mit à rire.

— Restez comme vous êtes. C'est très bien comme ça. Commençons !

Kaya acquiesça et retroussa ses manches.

— Bon, ben... c'est parti !

Ethan débarqua au bureau avec un enthousiasme hâtif. À peine sorti de l'ascenseur, il se précipita sur Kaya pour la prendre dans ses bras. Cette dernière n'eut à peine le temps de réagir qu'elle trouva sa tête écrasée sur le torse de son petit ami.

— Alors ?! Comment s'est passée cette première matinée ?

Ethan remarqua le sourire crispé d'Abbigail, puis un réparateur s'affairant devant l'imprimante visiblement en panne. Il relâcha Kaya qui lui fit comprendre que les débuts furent difficiles. Il jeta un regard vers Abbigail qui fit un signe négatif de la tête de façon navrée.

— Abbi, allez prendre votre pause déjeuner. Je prends le relai.
— Très bien.

Elle prit son sac et les laissa seuls. Ethan poussa Kaya vers son bureau, jouxtant le hall de réception où elles travaillaient. Kaya entra dans la pièce en silence. Ethan alla vite fait trouver le réparateur.

— Allez prendre votre pause, Monsieur ! Pouvez-vous revenir plus tard ?

Le réparateur considéra sa proposition, regarda l'heure sur son téléphone et acquiesça.

— Que je mange maintenant ou après, cela ne change pas grand-chose.

— Parfait ! Bon appétit ! Vous me ferez le point sur l'état de l'imprimante tout à l'heure.

Ethan lui offrit un sourire diplomate et le réparateur prit sa pause. Il attendit qu'il disparaisse derrière l'ascenseur pour foncer dans son bureau, refermer la porte derrière lui et s'occuper de Kaya. Elle n'avait pas bougé d'un pouce depuis qu'elle était entrée. Il lâcha un soupir bref avant de se lancer. Il lui attrapa la main et l'invita à s'asseoir avec lui, sur ses genoux, derrière son bureau. La mine déçue de Kaya ne quittait pas son visage.

— Raconte-moi ! lui proposa-t-il doucement.
— Il n'y a rien à raconter. Je ne suis pas une aide à Abbigail, mais un enfer. Je la ralentis plus que je l'avance.
— Hey ! Tu commences à peine. Tu ne peux pas tout savoir d'entrée. Il va te falloir un temps d'acclimatation.
— Non ! Je ne suis simplement pas faite pour le secrétariat.
— Ne dis pas ça ! Tu commences à peine !

— Ethan ! s'agaça alors la jeune femme. J'ai envoyé un dossier par mail au mauvais client, j'ai essuyé la colère d'un autre au téléphone pour mon manque de professionnalisme au point qu'Abbi a été obligée de prendre le relai et par-dessus tout, j'ai tué l'imprimante ! Il te faut quoi comme preuves pour te prouver que je ne peux pas continuer ici ?!

Ethan fit une grimace tracassée, mais resta positif.

— Donne-toi encore un peu de temps. Tu démarres peut-être mal, mais cela arrive à beaucoup de monde. Ensuite, ça ira mieux !

— Cesse ton indulgence ! Tu ne répondrais pas cela à une employée débutante lambda ! Tu ferais ton connard de service et l'enfoncerais un peu plus ! Tu serais le bourreau qui tranche la tête !

— Merci pour l'image !

— Ne fais pas le surpris, tu sais très bien que j'ai raison ! Tu ne t'encombres pas des boulets !

Kaya replongea dans une grosse déprime qui désola Ethan. Il devait trouver un levier lui redonnant espoir, mais ne trouvait pas vraiment lequel sauf...

— Donc, tu es en train de me dire que tu veux abandonner l'idée de diner chaque midi avec moi ? Tu renonces à passer du temps avec l'homme de ta vie ? Tu acceptes l'idée que je me sente seul sans toi le midi sans une once de compassion ?

L'air faussement blessé d'Ethan et ses propos allant dans le sens d'un coup de poignard dans son pauvre petit cœur rendirent Kaya blasée. Bien consciente de son jeu de dupe, elle croisa les bras.

— Je sais ce que tu essaies de faire. Je peux aussi le retourner dans mon sens ! Tu laisserais ta femme souffrir le martyre dans un job qui ne lui convient pas ? Tu pourrais ignorer mon désarroi au profit de ton égoïsme ?

Ethan sourit.

— Je suis un sacré connard, je te rappelle ! Il n'y a que mon intérêt qui compte. Donc, si tu n'es pas heureuse pour l'instant, à moi de trouver des leviers pour que tu le deviennes et que mon ego soit également satisfait en te gardant près de moi !

— C'est vrai, c'est bien toi ! Le bulldozer qui défonce tout pour atteindre ses objectifs...

Ethan se dandina et prit un air satisfait devant l'air vraiment blasé de Kaya.

— Bien, maintenant que nous sommes d'accord, j'ai un premier levier qui, j'en suis certain, saura te convaincre des efforts à fournir !

Un sourcil de Kaya se leva devant l'allusion peu claire qu'Ethan s'empressa d'éclaircir.

— À table ! déclara-t-il tout à coup de façon doucereuse tout en assenant de baisers le cou de la jeune femme.

— Ethan ! Qu'est-ce que tu fais ?!

— La dernière fois que tu t'es retrouvée derrière ce bureau, tu m'as fait des avances avec un panier-repas. Avances auxquelles j'ai répondu de façon peu courtoise. Je souhaite rectifier cela afin de remplacer ce souvenir désagréable à tes yeux par un souvenir mémorable !

Kaya pouffa devant ce trait de légèreté qu'il instillait entre eux. Les mains d'Ethan glissèrent rapidement sous les vêtements de sa petite amie. Leurs lèvres se retrouvèrent et la tendresse s'installa doucement, mais sûrement à travers leurs caresses et le désir naissant de chacun.

— Je suis tellement content que tu sois là, Kaya... J'ai pensé à toi toute la matinée !

— Il faut travailler sérieusement, Monsieur Abberline !

— Oui, j'ai été un peu distrait, mais je me rattrape maintenant !

Ses mains migrèrent sur sa poitrine et un grognement sortit de sa gorge en réalisant à quel point son désir devenait pressant. Il l'obligea à se lever et s'asseoir sur son bureau. Il se leva à son tour de son fauteuil et entama l'effeuillage des vêtements de son employée préférée. Devant son désir ardent de la faire sienne, l'excitation de Kaya monta également en elle et son besoin de contact charnel répondit à celui d'Ethan. Elle desserra sa cravate et déboutonna sa chemise.

— Bordel, Kaya ! J'ai trop envie de te prendre ! Je n'en peux plus ! J'ai pensé à l'heure du midi toute la matinée pour rectifier ce moment au cours duquel j'avais mal agi envers toi l'autre fois !

Les lèvres s'embrassant avec frénésie, chacun tenta de trouver les morceaux de peaux qui n'avaient pas résisté à la persistance des vêtements à rester en place. D'un accord commun, chacun retira vite ses propres vêtements pour se défaire des obstacles à leur plaisir avant de foncer avec rage sur l'autre. L'étreinte et les baisers devinrent brûlants. La fièvre monta d'un cran quand le pantalon d'Ethan tomba.

— Vite ! Retourne-toi !

Kaya descendit du bureau et se retourna sans rébellion. Elle finit par faire tomber les derniers remparts faisant obstruction à sa libération et se pencha en avant, soumise au bon vouloir de son partenaire. Ethan n'attendit pas, caressa ses fesses et la pénétra. Son sexe glissa sans difficulté en elle, confirmant combien leur désir réciproque était dans l'urgence. Les coups de reins s'enchaînèrent et Kaya sourit. Il y avait cette férocité, mais elle restait douce. C'était la hâte d'effacer leur frustration qui animait la force qu'Ethan mettait dans ses coups de reins.

— Bon ! Parlons punition, chérie ! déclara-t-il alors, après une allée et venue en elle.

— Quoi ?!

— Tu as manqué de vigilance avec le mail envoyé ?

— Je... Euh...

Il se pencha au-dessus d'elle et lui murmura dans l'oreille.

— J'hésite entre la claque au cul et le mordillage d'oreille... Qu'en penses-tu ?

— T'es sérieux ?!

L'absence de réponse et l'esquisse de sourire qu'elle perçut au-dessus de son épaule lui firent comprendre qu'il l'était.

— Choisis ! Je vais te faire passer l'envie de recommencer cette erreur !

— Ethan ! Tu ne vas pas...

Elle se mit à rougir à l'idée d'accepter ce petit jeu sexuel entre eux et d'y trouver un éventuel plaisir. Ethan s'en prit à son oreille qu'il mordilla et suçota de façon insidieuse, afin de la mettre en émoi.

— Ethaaan...

— Oui, mon amour...

Un grand coup de reins vint faire éclater la bulle de torture qu'il avait amorcée sur son oreille et le plaisir décupla en elle. Elle gémit et serra les mains, agrippées au bureau.

— Parlons de l'appel téléphonique... continua Ethan, se satisfaisant de son rôle de dominateur sadique. Ou je te mords les fesses, ou j'en claque une ! Tu choisis quoi ?

— J'ai l'impression que mon cher patron souhaite vraiment me fesser pour qu'il le propose deux fois !

— Tu n'as même pas idée de l'envie qui me dévore ! Cela me rappelle un certain moment, enfermé dans une certaine pièce d'un orphelinat, où je t'ai fessée avec un plaisir innommable qui m'a tellement grisé !

— Sadique !

— Connard sadique, Babe ! Dis-moi oui ! S'il te plaît...

La voix suppliante d'Ethan fit rire Kaya qui se demanda qui avait finalement l'ascendant sur l'autre.

— Si tu me masses les fesses avec de l'huile ce soir, j'accepte !

— Oh putain ! Merde ! Vendu !

La claque partit aussitôt sur la fesse de la jeune femme qui eut un spasme de surprise face à la douleur devenant brûlure sur la peau de son derrière. Le coup de reins qui suivit fut à la fois chaud et puissant, la transportant un peu plus loin dans le plaisir. Ethan gémit dans son dos, adorant cet instant suspendu où les tabous étaient loin derrière leur plaisir réciproque de jouer cette comédie si douce et violente en même temps.

— Que me proposes-tu pour l'imprimante ? devança Kaya, visiblement pressée de la suite.

Ethan sourit. Il n'avait jamais autant aimé une partie de baise avec une femme, et sans surprise, c'était Kaya qui lui offrait ce pur moment de bonheur.

— Tu as une proposition à négocier avec ton patron ?

Kaya gloussa contre le bureau. Ethan laissa traîner le revers de son index le long de la colonne vertébrale de sa complice de jeu. L'ongle contre sa peau jouait lui-même entre douceur et rugosité et affirmait combien ce jeu pouvait devenir délicieux quand la douleur et la tendresse se mélangeaient dans un tumulte émotionnel redoutable.

— Mmmh...

Ce petit bruit exprimant sa réflexion fit monter le désir d'Ethan encore un peu plus.

— Putain, mais ne gémit pas comme ça ! J'ai envie de bouffer ta bouche ! J'imagine aussi tes lèvres serrant ainsi mon pénis... Rhhaaa !

Kaya se mit à rire et accentua leur petit jeu.

— Il va falloir que tu punisses ton employée pour son indiscipline et son irrespect envers son patron ! Elle te provoque !

Ethan se mit à rire et posa son front sur son dos.

— Ne m'en parle pas ! Elle va me tuer de plaisir, à force ! J'ose même penser à lui offrir une prime ! Un comble, tu ne crois pas !

— La fessée semble de mise, je pense !

Toujours le front collé contre son dos, Ethan osa relever son regard vers ses propos accueillants et plein de défis.

— Vraiment ? Encore ?

Il sentit alors le corps de Kaya se relâcher un peu.

— Oui, encore !

Ethan se mordit la lèvre, le regard brûlant sur son dos, puis ses fesses. Il les massa, les caressa, les serra avant d'en claquer une. Le bruit traversa la pièce et Kaya se redressa légèrement sous l'impact et laissa échapper un petit cri. Ses yeux se perdirent dans le vide pour ne se concentrer que sur l'impact. Ethan avait frappé fort. Il sentait encore des picotements dans sa main qu'il regarda avec surprise avant de réaliser qu'il avait peut-être un peu trop lâché les rênes, mais le désir était plus fort. Il frappa l'autre fesse dans la foulée et la pénétra. Encore et encore. Le geste subversif avait un côté tellement excitant pour les deux que l'extase vint rapidement. Les accélérations d'Ethan donnèrent un rythme aux petits cris de Kaya qui perdait pied entre les coups de reins, la brûlure sur ses fesses et les sensations en elle qui la bousculaient. Grisé par les fesses rouges de Kaya qui rebondissaient contre son bassin, Ethan accusa en lui une déflagration énorme. Il éjacula en elle et laissa s'échapper du fond de sa gorge un petit bruit tendu, les yeux figés vers le plafond. Ses doigts enfoncés dans la chair de ses hanches, il resta immobile quelques secondes, à apprécier ce moment de perdition. Lorsqu'il redescendit enfin, il déposa un baiser essoufflé sur le dos de Kaya et sourit.

— Mon amour, s'il te plaît, fais encore plein d'erreurs au boulot ! Je me ferai un plaisir de te pardonner chaque midi et de te masser les fesses à l'huile le soir !

15

SOLLICITÉE

Les jours passèrent et les efforts de Kaya pour assister au mieux Abbigail et ceux d'Ethan pour l'encourager de façon toujours plus câline ne portèrent pas leurs fruits. Kaya plongeait dans une déprime silencieuse où elle se sentait coupable et idiote, incapable d'effectuer des tâches d'apparence simples et de rendre un travail non pas parfait, mais au moins acceptable. Ethan mettait du cœur à croire que la patience ferait la différence avec ses débuts, mais elle-même doutait pouvoir tenir encore longtemps. Elle ne voulait pas le décevoir. Elle restait donc silencieuse au-delà des échecs avérés qui remontaient aux oreilles de son patron et taisait la plupart des malaises qu'elle éprouvait.

Son mal-être grandissait avec l'enthousiasme toujours plus visible d'Ethan à croire que tout allait bien dans leur couple. Au point de retrouver chaque jour sa plaquette de pilules dans la poubelle de la salle de bain pour lui suggérer qu'ils étaient prêts à passer à la prochaine étape. Au point également d'être insistant sur le mariage avec des suggestions, des messages implicites ou encore des petits pièges mignons dans lesquels il la faisait tomber pour qu'elle y réponde favorablement. Résultat, elle se sentait acculée et épuisée. Elle n'osait pas lui dire ce qui la tourmentait, sans prendre le risque de le décevoir et de le faire culpabiliser. Elle connaissait à présent suffisamment bien Ethan pour savoir qu'il risquait de se fâcher, puis de s'accuser de tous les torts pour qu'elle ne le quitte pas et qu'elle reste heureuse avec lui. L'engrenage était évident. Il ferait encore plus que maintenant, serait tendu s'il la voyait tendue, s'écraserait encore plus pour la satisfaire...

Kaya soupira. Aujourd'hui, elle rentrait plus tôt à la maison. Abbigail l'avait invitée à préparer un bon repas à son patron d'amour et à se reposer, se détendre. Ses échecs successifs la mettaient sur les nerfs et favorisaient le cumul d'erreurs. Abbigail lui avait alors fait remarquer qu'elle se mettait une pression nocive à vouloir exécuter de façon parfaite les tâches demandées et qu'il fallait qu'elle cesse de focaliser à réussir coûte que coûte. Cela devenait un cercle vicieux dans lequel elle s'enfermait. Kaya pouvait reconnaître la bienveillance et la patience de la secrétaire d'Ethan. Abbigail ne disait pas tout à son patron. Pour ne pas l'accabler, elle, et pour ne pas le décevoir, lui. Elle gardait l'espoir que Kaya puisse y arriver un jour. Malgré tout, chaque nouvelle journée devenait synonyme d'un poids lourd dans son cœur. Chaque arrivée au bureau la rendait fébrile et inquiète. Elle ignorait combien de temps tout ceci resterait supportable, mais elle était clairement à bout. L'invitation d'Abbigail à rentrer chez elle lui fit un bien fou, malgré le sentiment de culpabilité qui ne la lâchait pas à ne pas faire son quota journalier d'heures.

Elle arriva devant leur immeuble, le cœur triste, lorsqu'elle remarqua la présence d'une personne qu'elle avait espéré ne jamais revoir. Sylvia attendait devant l'immeuble. Elle regardait en l'air, les étages, comme si elle espérait voir quelqu'un par la fenêtre. Son cœur se serra. Elle ne pouvait plus passer devant elle en l'ignorant après son accueil de la dernière fois. Elle ne pouvait pas non plus lui parler. Elle avait promis à Ethan de ne pas s'en mêler. Elle soupira. Quand son calvaire allait-il s'arrêter ?

Sylvia remarqua son arrivée et sourit. Kaya se sentit mal, ne sachant comment répondre à son sourire. Elle savait dorénavant qui elle était et la souffrance qu'elle avait engendrée à son fils. Sylvia était toujours aussi pâle et avait l'air toujours aussi fatigué. Elle portait toujours son trench-coat bleu marine et elle semblait toujours déterminée à entrer à nouveau dans la vie d'Ethan. En cet instant, Kaya douta de la pertinence d'ignorer cette femme.

Pourquoi revenait-elle vers lui après l'avoir abandonné durant autant d'années ? Elle devait certainement avoir une raison valable...

— Bonjour ! prononça-t-elle d'une petite voix.

Kaya se vit dans l'obligation de répondre à sa politesse. Ethan n'en aurait certainement pas fait autant. Aussi, elle se trouva idiote d'être aussi souple.

— Bonjour.

Immédiatement, Sylvia sentit son comportement plus froid, moins avenant que la première fois. Elle baissa les yeux et sourit amèrement.

— Vous savez qui je suis, n'est-ce pas ?

Kaya ne répondit rien, restant sur la défensive.

— Il vous a ordonné de ne pas me parler, de m'ignorer, je parie...

— Il en a toutes les raisons, vous ne croyez pas ?

Sylvia ne répondit pas. Elle se montra toutefois désolée, comme si une vague de regrets l'accaparait tout à coup.

— Il ne veut pas vous revoir. Respectez simplement son choix s'il vous plaît.

— Il vous a tout raconté ?

— Vous voulez parler de quel moment ? Celui où vous l'avez abandonné dans les bras des Abberline, celui juste avant où vous êtes restée passive alors qu'on lui ouvrait le torse, ou encore un peu avant, lorsque vous... vous... avez abusé de son innocence d'enfant !

Son cœur battait au rythme des pulsations de ses tempes exprimant sa colère contre l'horreur qu'avait commise cette femme. Sylvia resta prostrée dans son attitude à la fois vaincue et fragile. Rien ne semblait la choquer dans les accusations de la jeune femme. Comme si elle acceptait cette charge contre elle comme un fait assumé. Non pas que Kaya doutait des paroles d'Ethan, mais elle espérait la voir défendre un peu plus sa position. Pourtant, elle ne contestait rien. Elle acceptait tout.

— J'ai bien conscience que ma présence et ma requête vont vous paraître outrageantes, mais... je vous en supplie, je dois lui parler !

Choquée par l'obstination de Sylvia, Kaya la fixa pour essayer de comprendre ce qu'elle cherchait réellement à présent. Quelque part, elle lisait une détermination assez familière en elle ; les chiens ne faisaient pas des chats et sans doute, Ethan avait hérité de ce trait de caractère du côté de sa mère.

— Je suis désolée, mais je ne peux rien pour vous. Je ne ferai rien allant à l'encontre de l'homme que j'aime. Je ne ferai rien qui puisse le blesser davantage. Il a assez souffert par votre faute. Maintenant, veuillez m'excuser, mais j'ai des choses à faire !

Elle passa devant elle et sortit son trousseau de clé de la poche de sa veste pour badger l'entrée. La porte du hall s'ouvrit et Kaya fit un pas vers l'intérieur avant que Sylvia prononce une dernière phrase.

— Je vais bientôt mourir. Il a le droit de le savoir, ne croyez-vous pas ?

Ethan arriva au bureau vers 18 h. Des réunions à l'extérieur l'avaient pas mal accaparé et sa joie de retrouver Kaya rapidement fut vite écourtée par le constat de son absence.

— Où est-elle ? demanda-t-il alors à Abbigail.
— Je lui ai proposé de rentrer plus tôt.

Abbigail finissait de ranger des dossiers. Ethan n'était pas totalement aveugle, mais voulait garder espoir.

— Quelque chose s'est mal passé ? osa-t-il lui demander.

Abbigail posa sa pile de dossiers et soupira.

— Je pense que vous devriez discuter tous les deux. Elle se met une pression à vouloir réussir pour vous satisfaire, mais cela devient contreproductif au final. Je lui ai suggéré de prendre du repos et surtout du recul.

Ethan baissa son regard vers la pile de dossiers.

— Je suis désolé que sa venue vous cause autant de travail et de tracas.
— Entendons-nous bien, Kaya est une femme adorable. Cela ne me gêne pas de l'aider et de lui apprendre les choses ici, mais...

Abbigail chercha ses mots pour ne pas le blesser.
— Mais ? répéta Ethan, prêt à tout entendre.
— Je ne peux apprendre les bases du secrétariat à quelqu'un qui n'en a peut-être pas envie. Parlez avec elle. Elle ne veut pas vous blesser, mais il est clair qu'elle ne se plaît pas ici.

Ethan serra la mâchoire. Le sentiment d'échec revenait effacer ses doux rêves de passer le plus de temps à ses côtés.
— Bien. Merci. Rentrez également. Ne vous attardez pas ici.

Il laissa sa secrétaire et referma la porte de son bureau derrière elle. Une immense déception envahissait son cœur. Il avait beau vouloir y croire, la vie se jouait de lui. Entre l'arrivée de Sylvia dans sa vie et maintenant l'échec de l'insertion professionnelle de Kaya à ses côtés, il avait l'impression que rien ne pouvait jamais être parfait, quoi qu'il fasse. Il souffla un instant et ferma les yeux. Si le Docteur Courtois lui avait rappelé que Kaya était sa plus grande force, elle restait aussi sa plus grande faiblesse. Laisser de l'espace à Kaya revenait à accepter de souffrir en silence de son côté. Il avait encore peur qu'elle s'éloigne trop de lui et qu'elle le quitte tôt ou tard. Il savait qu'il devait avoir confiance en leur couple, mais la réalité était insidieuse et lui rappelait combien chaque chose pouvait être éphémère...

Kaya regarda son jus d'abricot avec tracas. Elle avait finalement accepté d'écouter Sylvia, qui l'avait invitée à en discuter autour d'une boisson dans un café non loin de l'immeuble. Elle était partagée entre sa colère de ne pas avoir respecté la promesse d'Ethan et sa sensibilité à donner une chance à cette mère implorante. Sylvia était à la fois soulagée du pas qu'elle venait de faire vers son fils, mais fébrile à l'idée d'en dire plus à la seule personne pouvant statuer de la suite à donner avec son fils.

— Si vous voulez autre chose, n'hésitez pas ! Vous avez peut-être faim ?

— Merci, mais ça ira. Je souhaite juste rentrer rapidement.

— Oui. Je comprends.

Sylvia se montra alors désolée de monopoliser son temps, même si elle restait reconnaissante et continuait à la caresser dans le sens du poil.

— Si je vous ai suivie, c'est juste pour Ethan. Parce que vous restez sa mère, même si vous n'en méritez pas le titre.

— Merci. Je sais très bien que j'ai mal agi avec lui et je ne vous en veux pas d'être hostile à mon égard. Cela peut se comprendre...

— Non ! Vous ne savez rien ! Vous ignorez par quoi il est passé, ce qui le ronge depuis, ce que nous avons dû surmonter tous les deux ! Vous ne savez rien !

La tonalité véhémente de Kaya et son regard dur replongèrent Sylvia dans une attitude prostrée et coupable.

— Vous avez raison ; je ne sais rien.

— Qu'attendez-vous de lui ? Qu'il pleure lorsque vous lui annoncerez votre fin imminente ? Qu'il vous pardonne ? Qu'il s'occupe de votre enterrement ?

— Je sais que mon retour dans sa vie peut paraître gonflé. J'en ai conscience !

Sylvia se tritura les doigts, le regard perdu dans ce qui pourrait sembler être des regrets pour Kaya.

— Vraiment ? lui demanda Kaya, toujours aussi sévère à son égard. Vous savez qu'il a fait beaucoup de cauchemars dernièrement, par votre faute ? Savez-vous combien de fois il a dû consulter un psy pour résoudre ses problèmes et traumas ? Votre retour n'est pas gonflé, il est dévastateur pour lui !

Des larmes commencèrent à couler le long des joues blanches de Sylvia. Kaya voulut garder son air dur, mais elle se sentit malgré tout coupable de la mettre dans cet état.

— Je ne vous laisserai pas l'approcher. Pas pour que vous le blessiez davantage. Il commence à trouver un équilibre ; je ne vous laisserai pas tout bousiller. Parce que moi..., je l'aime.

La fin de sa phrase s'étrangla dans sa gorge. Sylvia la contempla et perçut toute la sincérité dans son discours.

— Il a beaucoup de chance de vous avoir à ses côtés. Je n'ai pas réalisé la mienne...

— Ne me comparez pas à vous ! Comment avez-vous pu faire

ça avec votre propre enfant ? Comment avez-vous pu abuser de sa naïveté à vouloir simplement être aimé de sa mère ? Vous vous êtes servie de lui ! Vous avez joué avec son cœur d'enfant et son corps pour satisfaire votre égoïsme !

— Je...

— Vous avez réussi à renvoyer de lui une image qu'il déteste au point de continuer à se scarifier le torse encore des années après.

Sylvia écarquilla les yeux, choquée d'apprendre cet aveu.

— Vous l'avez vous-même saigné ! insista durement Kaya.

Les larmes de Kaya apparurent au coin des yeux.

— J'aimerais tellement que vous n'existiez plus à ses yeux, qu'il soit une bonne fois pour toutes soulagé de toute cette douleur en lui.

Sylvia se cacha le visage avec les mains pour sangloter.

— Et pourtant, quand vous m'avez annoncé que vous étiez mourante, cela m'a rendu triste.

Sylvia osa jeter un regard vers son accusatrice entre ses doigts.

— Triste, parce que tout aurait pu être tellement différent entre vous et tout n'a été que désillusion. Du début à la fin, tout vous aura desservi. Jamais entre vous, il n'y aura une mère et son fils. Tout restera en l'état de la mère abusive et du fils amant. Quel gâchis ! Je n'ai pas connu ma mère. Elle est morte quand j'étais jeune. Mais si j'avais pu passer plus de temps avec elle, j'aurais été l'enfant la plus heureuse du monde. Vous êtes encore vivante, mais votre fils est le plus malheureux du monde. N'est-ce pas affligeant ?

Sylvia retira ses mains de son visage et lui fit face avec plus de dignité. Cependant, Kaya garda son cap.

— Je refuse de vous aider. Je n'irai jamais dans votre sens. Néanmoins, si je suis ici avec vous, c'est parce que je crois que je voulais vous rencontrer et parler avec vous au moins une fois, connaître la mère biologique de l'homme que j'aime, comprendre ce qu'il tient de vous, ce qui a pu le faire basculer et penser que ce qu'il faisait avec vous était des signes d'amour et d'affection de votre part. Je veux juste comprendre comment il est devenu l'homme que j'aime aujourd'hui. Parce que malgré tout ce qu'il a traversé, c'est aussi à cause de vos actes que je suis tombée amoureuse de lui.

Sylvia la fixa, stupéfaite. Ce n'était pas un pardon ni une chance que cette femme lui accordait. C'était juste un acte d'amour pour l'homme qu'elle aimait.

— Il... adorait les réglisses quand il était petit.

Kaya écarquilla les yeux. Cette simple phrase était une photo d'enfance qu'elle n'aurait pu espérer connaître.

— Il adorait les... mathématiques. Il voulait devenir aviateur !

Kaya observa Sylvia de façon abasourdie. Jamais elle n'avait entendu Ethan parler d'avions. Elle se méfia alors, réalisant que peut-être les bobards lui assureraient une porte ouverte vers Ethan.

— Il ne m'a jamais parlé d'avions.

— Pourtant, il adorait ça. Tout comme le chocolat !

Kaya fronça cette fois les sourcils.

— Il déteste le chocolat !

— Ah ?

Elle baissa les yeux, une nouvelle fois triste.

— Il mangeait des pièces en chocolat qu'il s'achetait au tabac du coin de la rue.

Kaya se mit à réfléchir. Sylvia ne semblait pas mentir et elle commençait à croire que le traumatisme d'Ethan était au point qu'il avait rejeté tout ce qui pouvait lui rappeler quelque chose d'agréable avec sa mère.

— Y avait-il quelque chose qu'il détestait ?

Sylvia réfléchit à son tour, puis sourit.

— Il détestait les crêpes !

Kaya resta pantoise. Elle se revoyait à leur début, face à lui, dans cette crêperie. Il lui tendait une fourchette avec un bout de crêpe. Ce soir-là, il ne s'était pas contenté d'en manger une. Il était clairement un adepte du lieu. Elle réalisa qu'Ethan avait changé complètement sa façon d'être pour ne laisser aucune trace de celui qu'il avait été auprès de sa mère. Elle serra les poings, en colère de ne pas avoir réalisé à quel point Ethan était un homme meurtri.

— Qu'attendez-vous de moi ?! la coupa alors Kaya.

Sylvia prit le temps de lui répondre.

— J'ai un cancer. Il a commencé par le sein et a évolué dans le reste du corps. Je suis en phase terminale. Mes jours sont comptés. Mon état s'est vite dégradé dernièrement et je doute de pouvoir tenir encore longtemps.

Kaya resta silencieuse. N'importe qui aurait pu être désolé pour cette femme, mais elle estimait que c'était peut-être le revers de la médaille face à ce qu'elle avait fait vivre à son fils.

— Je ne souhaite pas qu'il me pardonne. Je sais très bien que ce serait absurde qu'il accepte. Je voulais juste... pouvoir lui parler un peu avant de mourir.

— Pour lui dire quoi ?

— Je suis peut-être naïve, mais je voulais juste passer un peu de temps avec lui...

Kaya but son jus d'abricot d'une traite. Elle avait une boule dans la gorge qui l'empêchait de bien déglutir.

— Vous ne retrouverez pas votre fils d'il y a vingt ans.

— Je sais bien. Je voudrais juste qu'il me dise quel fils il est devenu avant que je meure. Je me doute qu'il va me dire en partie ce dont vous m'avez avoué à son sujet sur le mal que je lui ai fait, mais j'aimerais aussi savoir s'il est heureux, qu'il me parle de son travail, de ses amis, de vous !

Elle jeta un nouveau regard amical vers Kaya.

— J'aimerais partir en me disant que mon fils est tout de même heureux.

Sylvia se mit à tousser tout à coup. Une quinte de toux qui dura suffisamment longtemps pour alerter Kaya que cela était en lien avec son état de santé déclinant. Elle se leva et alla la soutenir en lui frottant le dos. Sa toux était surtout l'expression d'une respiration difficile.

— Buvez un peu ! lui proposa-t-elle.

Elle lui tendit le verre d'eau que Sylvia avait elle-même commandé pour elle et Sylvia but une gorgée, puis se calma.

— Je vous l'ai déjà dit, mais mon fils a beaucoup de chances de vous avoir. Dans une autre vie, j'espère avoir une belle-fille comme vous !

Kaya ne sut comment répondre à ce compliment. Elle se contenta de se rasesoir et souffla.

— J'essaie de rendre heureux votre fils du mieux que je peux, mais je peux aussi comprendre que cela ne réponde pas à votre envie de parler avec lui.
— Allez-vous m'aider ?
Kaya fixa Sylvia intensément.
— Vous me mettez dans une position délicate.
— J'en suis consciente ; je suis désolée. Mais vous êtes ma seule solution.
Kaya se frotta la tête et pesta pour elle-même.
— Je ne peux pas vous garantir qu'il acceptera. Je dirai même qu'il se fermera à tout discours de ma part.
— Merci.
Elle lui offrit un petit sourire et se leva.
— Il est préférable que je vous laisse. J'ai besoin de me reposer, et vous, de vous occuper de mon fils. Je reviendrai le voir devant son travail demain, si ma santé le permet.

Elle quitta Kaya et cette dernière se sentit tout à coup vidée de toute énergie. Comment allait-elle maintenant annoncer cela à Ethan ? Elle se leva à son tour et sortit du café. Tout le temps qu'elle eut pour se ressourcer et préparer un bon repas pour eux deux ce soir venait de s'évaporer. Une certaine lassitude la gagna. Tout semblait reposer sur ses épaules et elle ne se sentait pas de taille à faire face. Elle arriva devant le hall d'immeuble avec une mine désabusée lorsqu'elle croisa Andréa.
— Tiens donc ? Salut !
Il lui offrit un large sourire auquel elle répondit par un sourire obligé.
— Oula ! Petite mine ! Tout va bien !
— Deux trois tracas, mais tout va bien.
Elle badgea le lecteur à l'entrée et ouvrit la porte donnant sur le hall.
— Vous rentrez du travail ? lui demanda-t-elle par politesse.
— Oui ! Journée finie ! Ça fait du bien de souffler !
— Je comprends...
Andréa nota un voile de tristesse dans ses yeux.
— Vous ne m'avez pas appelé pour l'offre d'emploi dans une

de mes boutiques.

Kaya leva les yeux vers lui, mal à l'aise.

— Non, c'est vrai. J'ai eu une autre opportunité et...

— Je vois... Vous savez que si tout ne se passe pas vraiment comme vous le souhaitez, ma porte est toujours ouverte.

— Oui, je sais.

Il sortit alors une carte de visite de la poche intérieure de sa veste.

— Tenez ! Appelez-moi !

16

RÉSILIENT

Ethan arriva à l'appartement une demi-heure après Kaya. Un sourire immense se dessina sur son visage lorsqu'il la vit s'affairer devant la cuisine et qu'une odeur d'oignons frits embaumait le salon. Sans attendre, il posa sa mallette et se précipita pour la prendre dans ses bras.
— Salut ! lui déclara-t-il langoureusement dans son dos.
— Salut !
Il lui décocha un baiser sur la joue et jeta un œil dans la poêle.
— Tu nous prépares quoi de bon ?
— Pas grand-chose... J'ai été prise de court.
— Tu es rentrée pourtant plus tôt. Qu'est-ce que tu as fabriqué ?
— Eh bien...
Kaya ne put continuer sa phrase. Elle savait que l'humeur doucereuse d'Ethan allait vite se noircir si elle lui disait la vérité. Ethan remarqua son indécision et son tracas.
— Kaya, qu'est-ce qu'il y a ? Dis-moi ! C'est parce que tu as fait une nouvelle bêtise au travail ?
Il éteignit le feu et l'obligea à se retourner pour lui faire face.
— Oh ça... Oui...
— On fait tous des erreurs ! Arrête de te morfondre à ce point. Je ne veux pas que tu te mettes la pression. Fais à ton rythme. J'ai discuté un peu avec Abbigail et je pense que tu devrais aussi prendre un peu de recul. Pourquoi ne pas faire un mi-temps plutôt ?

Quitte à faire une formation qualifiante à côté ?

Kaya ne répondit rien. Cela faisait des jours qu'il lui rabâchait à peu près le même discours et rien ne changeait vraiment à son niveau.

— Oui... pourquoi pas !

Elle lui répondait de façon automatique, sans vraiment avoir la force de s'opposer à lui. À vrai dire, elle savait qu'elle devait lui épargner plus de tracas en sachant l'état de santé de Sylvia. Comment allait-il réagir à cette annonce ? Elle en avait l'estomac noué. Pourtant, elle savait que cette nouvelle devait lui être dite. Elle ne pouvait pas lui cacher ni faire comme si elle ne savait pas.

— Ethan, il faut qu'on parle.

Ethan la dévisagea, cherchant à comprendre son attitude plus sérieuse. Elle lui prit la main et l'invita à s'asseoir sur le canapé.

— Je n'aime pas quand tu prends ce ton solennel, Kaya.

— Pourtant, je dois le prendre ! lui répondit-elle à la fois navrée, mais déterminée.

— Écoute, si tu n'aimes pas ma proposition, on peut en reparler, je comprends.

— Cela n'a rien à voir avec ça...

Ethan demeura perplexe.

— J'ai quelque chose d'important à te dire. Je ne veux pas que tu te fâches. Je veux que tu m'écoutes jusqu'au bout.

— Que je me fâche ?

— C'est à propos de ta mère... De Sylvia !

— Quoi ?

Ethan sentit que le discours de Kaya n'allait clairement pas lui plaire.

— Pourquoi me parles-tu d'elle tout à coup ?

— Je l'ai rencontrée.

— Tu plaisantes ?!

— Je n'ai pas d'intérêt à te mentir, Ethan.

— Je t'avais dit de ne pas lui parler ! s'énerva-t-il alors.

— Ethan, ta mère est mourante ! lui annonça-t-elle tout en s'imposant devant son agacement. C'est pour ça qu'elle veut te parler !

Ethan resta silencieux devant le choc de l'annonce, pris entre stupéfaction et colère. Pourtant, il se ressaisit vite.

— Ce n'est pas mon problème. Qu'elle meure ! Cela ne changera rien de mon côté.

Il se leva alors pour se servir un verre dans le bar.

— Tu ne peux pas dire ça ! Cela reste ta mère !

Ethan posa la bouteille de whisky bruyamment contre le bar et se retourna hâtivement.

— Bien sûr que j'ai le droit de dire ça ! Pour quelles raisons devrais-je m'attendrir devant cette femme ? Ma mère ? Je pensais que tu étais d'accord pour dire qu'elle n'en avait jamais été une !

Kaya baissa les yeux.

— Je le pense toujours. Cependant...

— Cependant quoi ? Pourquoi tu prends son parti ? Pourquoi es-tu allée lui parler alors que tu m'avais promis que tu n'en ferais rien ?! Pourquoi me forces-tu à faire quelque chose dont tu sais très bien que cela ne fera que me braquer ?!

— C'est toi qui dis ça ?! rétorqua tout à coup Kaya, agacée, tout en se levant à son tour. Tu es le premier à me forcer à travailler chez *Abberline Cosmetics* alors que tu vois très bien que cela ne me plaît pas des masses ! Tu insistes encore et encore, tout en te voilant la face, mais cela ne changera rien non plus de mon côté : je ne veux pas être ta secrétaire !

Ethan prit cette seconde annonce comme un coup de couteau dans le cœur. Il s'esclaffa tout en secouant la tête négativement, se servit son whisky qu'il but d'une traite et observa Kaya.

— Désolé de ne penser qu'à moi !

Il passa devant elle et quitta l'appartement sans un mot de plus. Kaya se rassit sur le canapé et posa ses mains sur son visage.

— Je savais que cela se passerait mal. Pourquoi tout est aussi difficile ?

Ethan rentra tard. Kaya ignorait où il était passé tout ce temps. Cependant, à son retour, la tension restait palpable entre les deux. Ethan ne lui adressa pas un mot et Kaya n'osa en dire un non plus pour ne pas envenimer les choses. Elle préférait lui laisser le temps de digérer la nouvelle de l'état de santé de sa mère. Il se coucha toutefois à ses côtés dans leur lit, mais ne lui adressa pas même une bonne nuit.

Le lendemain, Ethan se leva tôt et l'évita. Quant à elle, elle ne trouva pas le courage d'affronter une journée difficile au bureau. Elle appela donc Abbigail pour lui signifier son absence pour la journée. Si la secrétaire avait croisé son patron, il y avait fort à parier qu'elle avait dû aussi comprendre qu'une tension au sein de leur couple était la source de ce retrait.

Ethan passa sa journée à ruminer. Sa colère ne le quittait pas. Il avait très mal dormi, pensant à Sylvia, puis à Kaya. Il avait hésité à la prendre dans ses bras avant de se refréner, se rappelant combien il était blessé. Pourtant, il savait qu'il ne tiendrait pas encore très longtemps cette distance avec elle. Parce qu'il l'avait dans la peau et qu'une journée sans elle était en soi une torture. Parce que quelque part, il savait que le sujet du travail à ses côtés allait finir ainsi. Parce que la trahison qu'il ressentait à l'égard de Kaya à propos de sa prise de contact avec Sylvia ne l'étonnait finalement pas plus que ça. Sylvia semblait déterminée et Kaya avait toujours à cœur de vouloir le mieux pour lui, quitte à servir de rempart, d'intermédiaire ou de filtre. Finalement, sa colère se reportait contre lui, incapable de gérer une épreuve sans mettre en porte-à-faux Kaya. Il voulait la protéger, mais c'était elle qui finissait par le protéger en allant au-devant de Sylvia, en supportant sans broncher son travail avec Abbigail pour ne pas le blesser. Sa rage brûlait sa poitrine. Il savait que la seule solution était d'affronter encore Sylvia, sans quoi elle ne lâcherait pas Kaya et Kaya serait toujours dans la retenue avec lui.

Il quitta le bureau plus tôt pour aller consulter le Docteur Courtois. Il avait besoin de parler, d'épancher ses tourments et évacuer cette colère.

— Je vous écoute ! lui déclara le psy.
— Kaya a parlé avec Sylvia.
— Et pas vous ?
— Non.
— Cela vous embête-t-il ?
— Oui.

— Pourquoi ?
— Parce que Sylvia s'attaque à Kaya pour m'atteindre.
— Vous pensez vraiment cela ?
— Je ne veux pas qu'elle blesse Kaya.
— Cela va de soi ! Mais ne pensez-vous pas Kaya être capable de se défendre devant elle ?
— Même si c'est le cas, je sais que Kaya va se retrouver le cul entre deux chaises et cela m'embête qu'elle soit contrariée par notre faute.
— N'était-ce pas inévitable ? Vous avez été étonné que Sylvia vous retrouve. Il était donc possible qu'elle sache que Kaya est votre petite amie.
— J'ai voulu éviter le problème, mais oui, il m'est revenu comme un boomerang.
— Qu'est-ce que votre mère biologique a dit à Kaya ?
— Qu'elle était mourante !

Le docteur Courtois haussa un sourcil à cette mention et observa l'attitude détachée d'Ethan.

— Cela ne vous affecte pas ? On parle de votre mère après tout !
— Je ne vois pas pourquoi cela le devrait. Effectivement, on parle de celle que je déteste le plus.
— Cela reste celle qui vous a mis au monde, mais surtout celle pour qui vous pensiez avoir des sentiments au point d'accepter de coucher avec elle. Celle qui était votre monde étant enfant. Celle qui vous a meurtri dans la chair. Ne me dites pas que vous ne ressentez rien. Pas devant moi.

Ethan regarda ses mains jointes devant lui. Le Docteur Courtois plissa les yeux et plongea un peu plus dans les méandres de l'esprit d'Ethan.

— Je suppose que l'idée qu'elle meure, juste par simple vengeance pour tout ce qu'elle vous a fait endurer, vous a déjà traversé l'esprit. Or, aujourd'hui, ce souhait se réalise. Allez-vous vraiment me tenir tête en me disant : « bien fait pour elle ! » ou encore « elle n'a que ce qu'elle mérite ! » ? Je ne vous porterai pas le blâme d'avoir ces pensées. Néanmoins, vous devez aussi ressentir au fond de vous-même une pointe de tristesse à ce dénouement, non ?

Ethan resta silencieux. Le Docteur se laissa alors balancer d'avant en arrière sur son siège tout en regardant le plafond.

— Vous savez, quand vous m'avez dit qu'elle était revenue vers vous, j'ai été surpris. Je me suis demandé pour quelle raison une femme comme elle pourrait revenir vers un enfant qu'elle a sacrifié. Ce que vous me dites aujourd'hui a du sens.

Ethan observa alors le psychiatre.

— Pourquoi ça ?

— Parce que lorsque notre fin est proche, on fait le bilan de sa vie et notamment, on fait le point sur nos regrets. On se demande lesquels peuvent être encore corrigés.

Le Docteur Courtois tourna son regard vers Ethan de façon dure.

— N'y a-t-il pas pire regret que de ne pas avoir été une bonne mère pour son fils ?

Il se redressa ensuite et sortit une sucette de son tiroir. Il la posa devant Ethan.

— Il semblerait que l'enfant en vous souffre, mais est-ce parce que vous devez la revoir ou est-ce parce que peut-être est-ce la dernière fois que vous la reverrez ?

Ethan repartit du cabinet l'air encore plus contrarié que lorsqu'il y était entré. Le psy lui avait mis un sacré bordel dans la tête. S'il avait la certitude que rien venant de sa mère ne le toucherait, ce satané docteur avait remué les cartes et relancé le jeu d'une autre façon. C'était en cela que c'était un bon psy, mais aussi pour cela qu'il le détestait autant par moments. Qu'allait-il maintenant faire de toutes ces considérations à trier ? De plus, il n'avait toujours pas réglé la façon de gérer sa dispute avec Kaya. C'était leur première réelle longue dispute. Ils s'étaient souvent écharpés, mais cette fois-ci, tout était différent, car ils étaient vraiment un couple. Et le Docteur Courtois l'avait laissé patauger dans sa mare de soucis avec elle. Il avait refusé de l'aider en distillant un conseil ou deux, prétextant qu'il n'était pas une agence matrimoniale ou un psy spécialisé dans les relations de couple ! Plus globalement, il voulait surtout qu'il trouve la solution seul. Pensait-il que c'était moins grave que le cas de la réapparition de sa mère ? S'il devait évaluer le degré de gravité, pour lui, rien n'était plus important que Kaya. Sa mère passerait toujours au second plan. Peut-être était-ce là un premier constat sur lequel il devait se pencher ? S'appuyer sur les certitudes de sa vie avec Kaya pour mieux gérer avec elle les conflits moins importants à ses yeux. Il sourit à cette évidence. Les consultations chez l'autre fou à la sucette avaient peut-être plus d'effets sur lui qu'il ne le pensait. Il arrivait désormais à mieux cerner ce qui importait dans sa vie. Il sortit la sucette de sa poche. Elle était au citron cette fois-ci. Il ne supportait plus d'en manger. Il savait que c'était aussi le protocole de sa thérapie, mais il avait l'impression qu'il était condamné à en avaler jusqu'à sa mort. Pourtant, celle-ci, il avait envie de la partager avec Kaya. Une sorte de réconfort à deux sur les tumultes de ces derniers jours.

Il se gara dans le parking de son immeuble et monta les escaliers de secours menant au hall d'entrée. Il s'apprêta à ouvrir la porte lorsqu'il entendit la voix de Kaya. Il regarda alors par le hublot de la porte et la vit en pleine discussion avec Andréa.

— Vous avez encore une petite mine aujourd'hui. Êtes-vous sûre que tout va bien ? Je m'inquiète pour vous. Vous semblez être dans une détresse silencieuse. Vous pouvez me raconter les choses, vous savez ! Je peux vous aider. Il vous a encore fait des misères, c'est ça ?

— De qui parlez-vous ? D'Ethan ?

Andréa acquiesça.

— Non, il n'a rien fait de mal. C'est moi qui n'ai pas su gérer...

— Il y a donc bien un problème. Vous savez, s'il est incapable de voir ce qui vous tourmente, alors il ne vous mérite pas.

L'oreille tendue au maximum vers eux, Ethan ragea en silence contre les attaques à son égard de la part de l'ex-patron de Kaya.

— Vous ne savez rien sur lui. Il est aux petits soins avec moi. Sans doute même trop. Il est tellement heureux qu'il veut ce qu'il y a de mieux pour moi et cela, soit à outrance, soit à son propre détriment.

— Et pourtant, malgré tout cet amour que vous dites qu'il vous donne, vous êtes devant moi malheureuse.
— Tous les couples se disputent ! se défendit-elle, un poil agacé. Ce n'est qu'un mauvais moment qui finira par passer.

Andréa lui attrapa alors le bras.

— Depuis que je vous connais, vous vous accrochez à cet homme. Encore combien de temps resterez-vous à croire au bonheur avec lui avec cette mine déconfite sur le visage ? Je peux vous offrir une porte de sortie, Kaya ! Ne la refusez pas ! Je vous en supplie ! Saisissez cette occasion pour vous défaire de lui. Il ne cesse de vous blesser.
— Je le blesse aussi.
— Et c'est ainsi que vous définissez le bonheur dans un couple. Ouvrez les yeux ! Avec lui, vous êtes constamment sur le fil du rasoir ! Un jour, la plaie sera trop grande pour vous et qui vous récupèrera ?

Kaya ne répondit rien. Elle était fatiguée de sa journée. Elle avait ressassé encore et encore leur dispute, cherché des solutions, des alternatives pour régler le problème de Sylvia, elle avait pensé qu'elle devait se faire pardonner d'Ethan, peu importe comment. Elle voulait préparer une soirée en amoureux, mais Andréa s'était mis en rempart à son projet, lui assenant des remarques négatives sur sa relation avec Ethan. Tout l'accablait, telle une montagne qui s'écrasait sur ses épaules, et elle n'arrivait plus à soulever le poids de tout cela. Elle sentait ses pieds s'enfoncer toujours plus profond dans le sol. Le stress l'affaiblissait, pompant son énergie et grignotant sa motivation à rester positive. Ses yeux s'embuèrent. C'était la charge de trop à son mental déjà éprouvé. Une larme coula sur ses joues. Elle n'avait qu'une envie : se carapater au fond de son lit pour se laisser aller à l'abri des regards. Elle voulait qu'on l'oublie, qu'on la laisse tranquille. Sylvia, Andréa ou Abbigail, les pressions devenaient trop fortes et les larmes sur ses joues symbolisèrent son écroulement.

Ethan remarqua immédiatement qu'elle craquait, mais le geste d'Andréa lui serra la gorge. Il caressa la chevelure de Kaya doucement, navré de la voir si démunie.

— Vous vous êtes assez battue. Vous avez le droit de capituler et déposer les armes. Vous avez le droit de rêver à un bonheur loin des problématiques de cet homme.

Sa main dévia vers la joue de Kaya, caressant au passage sa fragilité et effaçant sa larme. Ethan observa la scène avec angoisse. Ce qu'il avait toujours redouté se déroulait sous ses yeux, et il restait là, impuissant. Que pouvait-il faire ou dire ? Il avait beau se battre lui aussi, il y avait toujours quelque chose qui venait contrarier ses plans. Andréa avait sans doute raison ; il était un homme problématique. Il cumulait les inconvénients, les tares et les difficultés. Vivre avec lui était un combat de tous les jours pour Kaya. S'il parvenait à lui donner des moments de paix, sa vie restait faite de boulets à chaque pied. Il observa ses mains contre la porte, prêtes à intervenir à tout moment, puis baissa sa tête, plein de rage et de tristesse. Avait-il seulement la légitimité de dire à Kaya que tout allait bien ?

Il releva la tête pour observer Kaya en prise au doute et vit Andréa pencher sa tête vers celle de la jeune femme. Ses lèvres touchèrent celles de sa petite amie et la déflagration dans son cœur fut dévastatrice. Il avait l'impression qu'on le comprimait jusqu'à en faire de la purée. Son corps se mit à trembler et sa rage se mua en tristesse. Tout espoir disparut en lui. Pourtant, un claquement fendit l'air et il réalisa qu'Andréa avait tourné la tête, la joue rouge. Il observa Kaya, le regard dur et la main encore levée.

— Ethan est l'homme que j'aime ! Et il restera le seul ! Nous avons beau rencontrer des difficultés, jamais je ne baisserai les bras. Il ne l'a jamais fait à mon égard. Il s'est toujours accroché à un éventuel nous, même si je doutais. Jusqu'au bout, il a toujours cru en notre couple et en l'amour qui s'est construit pas après pas entre nous. Je ne peux pas l'abandonner une nouvelle fois. Ce n'est pas la première fois que je rencontre un mur avec lui, mais une chose est sûre : je le surmonte toujours. Je surmonterai donc cette épreuve et celle encore après. Je n'ai plus peur de braver les difficultés avec lui parce qu'aujourd'hui, je sais que c'est bien pire sans lui. Ne recommencez plus s'il vous plaît et mêlez-vous de vos affaires !

Ethan la vit alors récupérer un sac de courses à ses pieds, puis appuyer sur le bouton de l'ascenseur.

— Je suis désolé ! lui déclara alors Andréa tristement. Je ne voulais pas vous fâcher. Le message est reçu.

Les portes de l'ascenseur s'ouvrirent et Kaya entra. Andréa resta dans le hall, meurtri par la conclusion de cette discussion.

— Tant mieux !

Les portes de l'ascenseur se refermèrent et Ethan observa Andréa quitter le hall d'entrée. Il s'appuya alors au mur jouxtant la porte de secours et ferma les yeux, à la fois soulagé et las. Pourtant, son cœur se regonflait progressivement d'espoir et il savait qu'il devait cela à l'amour de sa vie.

— Je t'aime, moi aussi...

17

EXCITANT

Une demi-heure s'était passée entre le moment où Kaya avait retrouvé l'appartement et où Ethan l'y avait rejoint. Une demi-heure où il était resté caché au niveau des escaliers de secours de l'immeuble à attendre d'abord qu'Andréa quitte les lieux, puis à réfléchir sur ce qu'il venait de se passer. Il était évident que, malgré la colère liée à leur désaccord à propos de Sylvia, leur amour l'un pour l'autre n'avait pas disparu pour autant. Une certaine fierté l'avait même envahi en réalisant quelle avait été l'évolution de leur couple depuis qu'il l'avait retrouvée. Ils n'étaient plus au stade du doute sur le couple qu'ils pouvaient former. Ils ne s'arrêtaient plus à l'impossibilité de vivre ensemble ou de s'aimer. Aujourd'hui, leurs disputes n'avaient plus les mêmes enjeux et n'entraînaient plus les mêmes craintes. Même lui n'avait pas envisagé une seule seconde de quitter Kaya parce qu'elle lui avait désobéi et était allée parler à sa mère biologique. Les mots qu'elle avait tenus face à Andréa auraient pu être les siens, mais surtout le confortaient sur le changement d'opinion de Kaya sur leur avenir commun. Elle avait gagné en conviction. Elle ne baissait plus autant les bras face à l'adversité. Elle reconnaissait la force de leur couple bien plus qu'avant. Comment pouvait-il rester en colère et distant après l'avoir vue rejeter si fermement les avances de cet homme ? Ethan avait pris conscience que sa colère contre elle n'était pas si grave comparée à l'amour qu'il lui portait.

Aussi, lorsqu'il franchit la porte d'entrée de l'appartement, un apaisement évident l'accompagnait. Kaya n'était pas dans le salon et il ne lui fallut pas longtemps pour comprendre qu'elle était dans la salle de bain. Il alla la retrouver et la surprit vêtue d'une simple serviette autour de son corps nu. Sursautant à sa venue impromptue, elle posa sa main sur le cœur pour en calmer les battements effrénés, puis le fusilla du regard.

— Tu veux ma mort ou quoi ?

— Tu préfères que je gratte à la porte comme un chat ?

— Crie au moins un « C'est moi ! Je suis rentré ! » que je puisse m'attendre à te voir apparaître !

Ethan grimaça, peu convaincu par ses doléances.

— Et que tu caches ta plaquette de pilules en douce ? Même pas en rêve !

Kaya tiqua à sa remarque.

— Je ne vois plus l'intérêt de jouer à cache-cache avec toi sur ce sujet, vu que tu me boudes ! J'ai la paix !

Elle haussa les épaules avec dédain et lui tourna le dos. Ethan ne put s'empêcher de sourire et de la saisir par-derrière. Les bras de son homme l'entourant, Kaya se raidit de surprise. Le souffle d'Ethan contre son cou, elle relâcha progressivement la tension pour accepter son pardon silencieux transformé en câlin.

— Planque bien ta plaquette ! Je suis de retour !

Kaya pouffa tout à coup.

— Mince !

— Jette-la une bonne fois pour toutes et le problème sera réglé ; on n'en parlera plus !

Il déposa alors un baiser léger dans son cou, puis un second sur son épaule. Kaya apprécia ce moment de retrouvailles et ferma les yeux. Lentement, Ethan laissa glisser ses mains sur sa poitrine et fit tomber sa serviette afin de caresser directement sa peau. L'attention d'Ethan était un baume tellement agréable qu'elle se laissa porter doucement par ses gestes tendres. Il remonta sa main de sa poitrine vers le long de son cou, puis dirigea sa tête vers son visage pour y retrouver ses lèvres. L'effleurement de leurs bouches avait quelque chose de grisant, tellement excitant en même temps, mais un autre souvenir vint interrompre la douce rêverie de Kaya qui s'écarta de ses bras subitement. Ethan l'observa de façon dubitative.

— Ethan, je dois te parler de quelque chose... Il s'est passé un truc dont je ne suis pas fière...

Ethan la contempla avec attention, puis lui attrapa la main et la guida jusqu'à la chambre.

— Ethan, tu m'écoutes ?

Il commença à se déshabiller et se retrouva très vite nu à ses côtés. Il ouvrit grands les draps du lit et la tira avec lui en dessous.

— Ethan, il faut qu'on parle. Qu'est-ce que tu fais ? Je suis sérieuse !

— Moi aussi ! Viens dans mes bras !

— Ethan ! Je doute que tu veuilles me garder contre toi quand tu vas savoir !

Il la serra dans ses bras et la garda sur lui.

— Il n'y a rien qui me fera te rejeter, Kaya. Ni ma mère ni personne d'autre...

Il l'embrassa alors, appuyant bien son baiser pour que seul ce contact reste le plus important aux yeux of Kaya.

— Ethan...

Le visage triste de Kaya fit soupirer Ethan.

— Je sais... Il t'a embrassée.

L'aveu déconcertant d'Ethan la laissa pantoise.

— Comment le sais-tu ?

— Je vous ai vus... J'étais derrière la porte de l'escalier de secours.

— Qu'est-ce que tu faisais, caché là ?

— Je n'avais pas l'intention de me cacher, je venais du parking souterrain. C'était juste un concours de circonstances.

— Ethan, je te jure que je n'avais pas prévu son geste et que...

— Je sais ! la coupa-t-il. Je t'ai entendue. J'étais à deux doigts de lui coller mon poing dans la figure, mais tes mots... Ils étaient si importants à mes yeux.

— Il n'y a rien entre lui et moi, et je vais prendre mes distances dorénavant. Je ne veux pas qu'il soit une source de séparation entre nous. Je n'ai pas besoin de ça à ajouter de nos problèmes et de nos désaccords.

Ethan posa son front contre celui de Kaya pour la tranquilliser.

— Je suis désolée. Je ne voulais pas de ce baiser. Il n'y a que toi que j'aime, Ethan. Je ne veux pas que tu te fâches encore.

Les larmes aux yeux, Kaya se montra alarmée devant Ethan.

— Je ne parlerai plus non plus à ta mère biologique. Je te le promets. Pardon...

Ethan prit son visage en coupe et l'embrassa. Ce baiser salé au goût de larmes qui avaient fini par couler le long des joues de Kaya soulagea un peu la jeune femme.

— Kaya, tu l'as dit toi-même : nous surmonterons toutes les épreuves ensemble. Les tiennes comme les miennes. Nous irons au-delà de ces deux épreuves afin qu'elles appartiennent rapidement au passé. Tu as parfaitement résumé à cet homme ce qui nous lie : nous nous consolons toujours mutuellement !

Kaya décocha un petit sourire qui rassura Ethan.

— Tu comprends ?

Kaya secoua la tête positivement.

— Donc pour ce baiser, on va s'en occuper maintenant. Pour le cas de Sylvia, nous allons aussi le régler pour ne plus nous martyriser avec ça, mais plus tard. Une chose après l'autre. OK ?

— OK.

— Très bien. Alors, on va effacer ce baiser de tes lèvres, pour commencer. Je vais t'embrasser encore et encore.

— Et encore ! répéta-t-elle, enthousiaste à cette idée. Et puis, on va faire un gros câlin coquin après pour consolider notre amour.

Ethan acquiesça, ravi qu'elle comprenne son idée.

— Tu vois, on arrive rapidement à trouver un accord, une solution au premier problème ! lui fit-il remarquer.

— Je t'aime !

— Montre-le-moi ! Fais-toi vite pardonner.

Kaya passa ses bras autour de son cou et s'étala sur lui avant de lui déposer son premier baiser. Ethan savoura cette étreinte et caressa ses courbes nues de tout vêtement.

— Tu m'as manqué ! lui déclara-t-elle alors, attendrie.

Ethan fut surpris de cet aveu, mais se trouva ému. Il lui caressa les cheveux et soupira contre elle.

— Tu m'as énormément manquée. J'ai été idiot de me fâcher. Je n'ai pas le droit de te reprocher d'avoir parlé à Sylvia alors que toute cette histoire est initialement de ma faute, tout comme je ne peux te reprocher d'avoir été caressée par les mots d'Andréa alors que tu étais à fleur de peau par ma faute.

— Ne dis pas n'importe quoi ! s'offusqua Kaya. Je t'interdis de reporter toute la faute sur toi encore une fois !

Ethan ricana doucement.

— Je suis trop faible ! Désolé !

Kaya grimaça, puis sourit.

— Et moi, je suis trop faible devant toi !

Ethan écarquilla les yeux, ne s'attendant pas à cette remarque de sa part.

— Tu as toujours été en opposition face à moi ! N'importe quoi !

— Oui, mais je finis toujours par céder !

Elle fit une moue tracassée. Ethan la fixa, avant de sourire plus sournoisement.

— Tu finis toujours par craquer ? Vraiment ?

Kaya se raidit, sentant la sentence tomber.

— Donc, tu vas dire oui au mariage ?

Elle se redressa fièrement et lui tourna le dos.

— Rame encore !

Ethan l'attrapa par la taille et la balança contre le matelas. Kaya poussa un petit cri et se mit à rire.

— Kaya, épouse-moi !

— Fais-moi l'amour d'abord !

— Tu ne me le diras pas deux fois !

Enlacés l'un contre l'autre, tous deux regardèrent le plafond de la chambre dans un état de sérénité post-coïtal. Ethan lui caressait les cheveux, tandis que Kaya jouait avec les doigts de l'autre main d'Ethan.

— J'ai réfléchi et... si tu veux arrêter avec Abbigail, je

l'accepterai.

Kaya se redressa légèrement pour lui faire face.

— T'es sérieux ?

— Si tu n'es pas heureuse ainsi et que tout cela augmente ton stress, alors pourquoi insister ? À vrai dire, j'ai agi par simple égoïsme. J'étais tellement heureux de t'avoir à mes côtés au boulot, que je refusais l'idée simple que tu ne te plaises pas avec moi dans ces locaux. Je voulais que tout marche entre nous. Aussi bien à la maison qu'ailleurs. Je n'acceptais pas l'idée que l'on puisse être séparés à cause de quelques bricoles qui t'échappaient dans ton travail. Je n'ai pas mesuré l'ampleur du problème, du moins je ne voulais pas le voir.

Kaya le contempla de façon désolée. Il lui caressa alors la joue, puis les lèvres.

— Je ne te cache pas que ça me brise le cœur de constater que cette tentative est un échec et que je ne vais plus pouvoir te voir à n'importe quelle heure de la journée. En revanche, je ne veux plus que cela pèse sur notre quotidien et je me dis que si ça apaise les choses, alors c'est OK, trouve autre chose qui te conviendra mieux. Tu as juste à me dire oui et j'acterai ta démission.

— J'accepte. Je crois que j'ai besoin de prendre du recul. Tout est arrivé si vite depuis mon arrivée dans cet appartement. Je me pensais prête à tout affronter avec toi, mais les difficultés se sont accumulées et m'ont noyée, je crois. C'était trop d'un coup. Je me pensais plus solide, mais j'ai sous-estimé ma capacité à soutenir notre couple. Je ne suis pas encore très sûre d'être capable de tout gérer.

Ethan la retourna, le dos contre le matelas, et se réfugia contre elle pour un câlin.

— Très bien. Prends ton temps avant de chercher ailleurs. Cela ne presse pas. Nous pouvons régler certains problèmes avant.

Kaya le serra fort dans ses bras.

— Pourquoi es-tu devenu si compréhensif ? Tu étais bien plus manichéen avant notre dispute ! C'était tout pour toi ou rien.

— Kaya, je t'aime..., lui répéta-t-il, le visage logé contre son cou. Je ne veux plus te perdre, je te l'ai déjà dit. Je ne veux pas revivre des mois sans t'avoir près de moi. Je n'aime pas non plus quand on se fâche, ça me tue. Ça brûle ma poitrine, ça m'affaiblit, ça me rend nerveux. Tu es ma soupape. Si elle lâche, je plonge moi aussi. Je ferai tout pour que tu sois heureuse. S'il faut que tu cesses de travailler à *Abberline Cosmetics* pour que ça te permette de te sentir mieux, alors on arrête. Si ma mère est un problème de stress entre nous, alors je ferai face.

— Je ne veux pas que ce soit à ton détriment. Je te connais. Tu vas t'enfoncer dans ta gentillesse à toujours vouloir plaire et c'est toi que tu blesseras encore au final.

Ethan resserra ses bras autour de la taille de sa chérie.

— Je ne suis plus seul. Tu es là. Je sais que tu m'arrêteras si je vais trop loin.

Kaya sourit et déposa un bisou sur sa tête.

— Oui, on va y arriver.

— De quoi souffre-t-elle ? demanda-t-il alors.

Kaya resta silencieuse, surprise qu'il pose ce type de question, lui qui semblait être indifférent aux détails jusqu'alors.

— Elle est en phase terminale d'un cancer.

Ethan ne répondit rien, planqué dans son cou. Elle lui caressa les cheveux pour calmer certaines amertumes qu'il pourrait ressentir.

— Elle essaie de rester digne, mais j'ai vu ses signes physiques de faiblesse aussi.

— Hmm...

— Elle m'a étonnée. Nous avons eu une discussion assez bizarre. Malgré la distance que j'ai mise, elle semblait vouloir partager avec moi ses souvenirs de toi. Elle m'a certifié que tu adorais le chocolat ! Et j'ai eu l'impression qu'elle était sincère en me disant cela... J'ai alors pensé que tu en avais fait une aversion après...

Ethan ne bougea pas. Il resta muet, comme si elle devait prendre cette remarque comme véridique.

— Elle a beau avoir commis le pire avec toi, je me suis sentie désolée pour elle. Je ne sais pas. J'ai détesté ressentir de la compassion à son égard, pourtant je me disais que s'il n'y avait pas eu tout cela entre vous deux, elle aurait pu peut-être être une belle-maman chouette !

Ethan redressa sa tête tout à coup et la dévisagea. Kaya se reprit, ne voulant le froisser.

— Mais la minute d'après, je revoyais tout ce qu'on a vécu et je remettais mon masque de femme intransigeante ! Rassure-toi !

Il baissa les yeux et souffla.

— Je comprends ce que tu veux dire. Je suis tombé dans ce piège tellement de fois... Je ne te jetterai pas la pierre. C'est aussi pour ça que...

— Tu redoutes de lui parler.

Ethan acquiesça de la tête. Kaya lui caressa les cheveux tendrement.

— Allons lui parler ensemble, Ethan. On se soutiendra face à ses tentatives d'endormissement !

Elle se mit à rire et Ethan lui sourit.

— Le Docteur Courtois pense qu'elle veut se repentir avant de mourir et que je fais partie de sa liste de regrets.

— Et tu en penses quoi, toi ?

— Je ne sais pas. Je ne sais plus ce que je dois penser d'elle. L'autre fou à la sucette dit que je ne peux être indifférent à l'annonce de sa mort. Parce que même si mes sentiments sont troubles à son égard, elle reste ma mère et que c'était de l'affection avant la détestation.

— Elle ne te demande pas de la prendre dans ses bras, elle a juste émis le souhait de te parler. Contentons-nous de cela !

— Kaya, je ne sais pas si je trouverai la force de l'écouter jusqu'au bout.

— Alors, nous ferons par petits bouts. Ou bien par téléphone, si tu ne veux pas la voir physiquement. Rien n'est figé. L'essentiel, c'est que nous passions cette étape, d'accord ?

Ethan l'embrassa sur la joue et se réfugia à nouveau contre son cou.

— Et si elle... me fait des avances ?

Kaya fut surprise de cette hypothèse.

— Tu vois plusieurs solutions à cela ? lui demanda-t-elle alors, plus fébrile.

— Je ne veux pas qu'elle me touche, Kaya ! Je ne le supporterai pas !

— Dans ce cas, je servirai de bouclier entre elle et toi ! Je ne la laisserai pas poser ses mains sur toi, je te le promets ! Si tu estimes que tu en as assez entendu, alors tu me le dis et je t'exfiltre !

Ethan se mit à rire.

— Quelle mission commando !

— Tu es l'homme à sauver et je suis ton soldat ! ajouta-t-elle avec détermination.

— La victime amoureuse de son sauveur ! C'est beau ! Tu comptes y aller en treillis et arme à la main ?

— Ne te moque pas !

— Je trouve ça mignon. Je pourrais même trouver cela assez excitant pour te refaire l'amour !

Il l'embrassa dans le cou, puis sur la joue et enfin sur les lèvres.

— Mon havre de paix, mon bouclier, mon refuge, mon élixir de vie... Tu es vraiment tout à mes yeux ! Le jour où tu me diras oui devant le maire, Kaya, je serai l'homme le plus chanceux de la Terre.

Il l'embrassa à nouveau et frotta son front et son nez contre ceux de Kaya.

— Ne l'es-tu pas déjà ? lui murmura-t-elle alors.

— Si ! lui répondit-il doucement. Mais je saurai qu'à ce moment-là, l'anneau que j'aurai au doigt sera le talisman le plus fort qui me protégera de n'importe quoi ! Plus aucun obstacle ne me paraîtra insurmontable, car tu seras à mon doigt, à mes côtés, tout le temps ! Je n'aurai plus ce sentiment de vulnérabilité en permanence.

— Serais-tu en train de me dire que ton insistance à vouloir te marier avec moi relève de la survie de celui que je suis censée protéger ? lui demanda-t-elle alors, d'une grimace peu convaincue, devant les manœuvres réfléchies d'Ethan.

Ethan lui sourit alors avec évidence.

— Tu ne vois pas que je meurs à petit feu ! Aaaarghhh !

Il simula sa souffrance et se frotta contre son corps en même temps. Kaya éclata de rire et se sentit embarquée sous les draps !

— Là, j'ai l'impression que c'est moi la victime du monstre des draps !

Ethan la couvrit de baisers tout en riant.

— Alors, demande-moi en mariage et je te dirai oui ; tu seras alors protégée de tout par ton anneau au doigt...

Kaya plissa les yeux et se mordit les lèvres.

— Ou pas !

Tout à coup, elle le poussa pour contre-attaquer et le couvrir de bisous à son tour !

— On va voir qui va capituler ! lui déclara-t-elle, l'âme combattante.

— Oh oui ! Viens ! Torture-moi, Princesse ! Je suis ton prisonnier ! Fais-moi vivre les plus doux sévices de l'amour !

Kaya ricana.

— Pfff ! Idiot

18

PRÊT

Le Docteur Courtois était heureux. Il venait de remercier son dernier patient tout en étant sur le point de fermer la porte de son cabinet lorsqu'il vit débouler Ethan Abberline. Sa satisfaction d'avoir fini sa matinée de consultations se transforma tout à coup en lassitude. Il fit comme s'il ne l'avait pas vu, referma la porte, attrapa ses papiers, mais Ethan entra dans son bureau malgré tout.

— Et merde ! grogna-t-il entre ses dents. Monsieur Abberline ! Quelle fâcheuse surprise ! Je dois partir !

Le psychiatre lui offrit un faux sourire auquel Ethan ne tint pas compte, pas plus que de son accueil plutôt glacial.

— Doc, il faut que vous m'aidiez !
— Vous êtes suicidaire ?
— Nooon ! Pourquoi ?
— Très bien ! Alors, prenez un rendez-vous ! Vous savez cet accord EN AVANCE que vous passez avec quelqu'un que vous souhaitez rencontrer, comme moi qui ai prévu un rendez-vous à midi trente avec ma consœur, le Docteur Amaurel. Vous savez, la personne qui vous a repéré un comportement HPI ! Nous devons manger ensemble, comme toute personne ayant besoin de recharger les batteries après un flot de patients compliqués !

— Oh, oui, cela se comprend que vous souhaitiez manger !

Le docteur le poussa vers la sortir, son sourire faux toujours vissé sur ses lèvres.

— Il faut que vous m'aidiez ! J'ai une question !
— Très bien ! Écrivez-la sur un bout de papier, fixez-la et je

suis sûr que vous trouverez la réponse par vous-même.

Il ferma à clé son bureau une fois l'élément gênant mis dehors.

— Doc, je ne serai pas venu vous voir si j'avais pu trouver la solution aussi facilement ! lui répondit Ethan, avec dédain. J'ai besoin de votre expertise !

Le Doc prit la direction du couloir de l'hôpital, peu enclin à prendre du retard. Cela ne gêna pas toutefois Ethan qui le suivit.

— Si votre question est : « dois-je rencontrer ma mère », c'est à vous de voir, pas à moi !

— Oh non ! Ça, c'est résolu ! J'ai décidé de faire face !

— À la bonne heure ! Consultez-moi une fois que cela sera fait.

Ils arrivèrent devant l'ascenseur.

— Doc, je ne sais pas si je dois réaliser cet entretien avec Kaya ou sans !

Le psychiatre leva les yeux au ciel tout en appuyant sur le bouton pour faire ouvrir les portes de l'ascenseur.

— Elle est prête à me soutenir, mais... j'ai peur !

Le docteur osa un regard vers son patient.

— Alors, abandonnez !

— Quoi ?

— Soit vous abandonnez l'idée de voir votre mère, soit celle de garder Kaya auprès de vous ! C'est simple, non ?

— Vous êtes sérieux ?

— Si à chaque avancée, vous avez peur pour vous, alors ne faites rien avec qui que ce soit ! Ne serait-ce pas la solution la plus raisonnable ?

Les portes de l'ascenseur s'ouvrirent et Ethan resta un instant dubitatif devant son conseil qui balayait tous ces mois de psychanalyse. Les portes se refermaient lorsqu'Ethan mit son corps en remparts et entra à son tour. Le Docteur Courtois appuya sur la touche zéro du rez-de-chaussée de l'hôpital.

— Je ne peux pas abandonner Kaya... Nous nous sommes disputés dernièrement, mais on s'est aussi réconciliés. Nous ressortons toujours plus forts de nos divergences au point qu'aujourd'hui, je suis heureux de voir combien nous avons progressé dans notre relation.

Les portes de l'ascenseur se refermèrent à nouveau, les laissant seuls, à l'abri des regards et des oreilles indiscrètes.

— Quant à ma mère, je n'ai pas particulièrement envie de la revoir. Cela va me replonger vingt ans en arrière et j'ai peur de...

— De quoi ? Que Kaya entende des choses malsaines sortir de vos bouches ? De recoucher avec votre mère tôt ou tard si vous faites ce premier pas vers elle ?

L'ascenseur arriva au rez-de-chaussée et les portes s'ouvrirent sur le hall d'accueil de l'hôpital.

— Ethan, qui êtes-vous aujourd'hui ? Êtes-vous le garçon d'il y a vingt ans ou l'homme qui a construit une nouvelle vie ?

Ethan voulut répondre à l'évidence, mais comprit que cette question n'était pas anodine de la bouche du psychiatre. Le docteur sortit de l'ascenseur et s'avança avant de se tourner une dernière fois vers lui.

— La question que vous vouliez me poser est plutôt : « suis-je assez fort aujourd'hui pour faire face à ma mère seul ? » et ma réponse est la suivante : « Peu importe si Kaya vient avec vous ou pas, elle reste votre talisman, non ? ».

Le docteur lui donna une sucette sortie de la poche de sa veste et lui sourit une dernière fois, puis le quitta pour son rendez-vous.

Ethan resta plusieurs minutes, assis sur un banc à l'extérieur de l'entrée de l'accueil de l'hôpital, à côté d'une vieille femme, une patiente en fauteuil roulant. Il savait combien les remarques du docteur étaient logiques, pourtant il sentait que le problème était sans doute ailleurs. Peut-être devait-il compter maintenant plus sur lui-même que sur son référant en psychiatrie pour trouver ses propres dysfonctionnements et les soigner de lui-même. Malgré le silence voulu de chacun, la vieille dame finit par lancer la conversation.

— L'orage arrive. Il va pleuvoir. Vous devriez rentrer chez vous ; vous avez cette chance !

Ethan observa le ciel. La vieille dame avait raison. De gros nuages noirs s'agglutinaient au-dessus de leur tête et au loin. Le ciel s'obscurcissait et le vent se levait.

— Quelqu'un peut vous faire rentrer au sec ? lui demanda-t-il.

— Vous savez, rester sous la pluie ne me gêne pas. Lorsque l'on est mourant, on a envie de réaliser les choses les plus improbables. Tout ce que vous ne feriez pas d'ordinaire, comme rester sous la pluie parce que vous trouvez cela grotesque, vous semble une bonne idée à réaliser au moins une fois avant de mourir. Juste parce que vous savez que vous n'aurez bientôt plus cette possibilité. Ne plus avoir le choix de se dire « je peux ou pas » parce que bientôt vous ne serez plus est assez effrayant. Ce sera sans doute ma dernière fois sous la pluie, alors autant en profiter, vous ne croyez pas ?

Ethan observa à nouveau le ciel et pensa à sa mère, dans la même situation que cette femme. Il la revoyait attendre des heures devant *Abberline Cosmetics* et comprit le sentiment de cette vieille dame qui n'attendait plus rien de la vie à présent hormis profiter de choses insignifiantes de prime abord. Plus rien n'a d'importance autour de soi quand tout se finit, mais en même temps, toute minute passée a son lot d'appréciation.

Il se leva alors et regarda une dernière fois la vieille dame.

— Je crois que vous avez raison. Ce qui nous paraît désagréable peut malgré tout compter dans une vie. Je vais rentrer sous la pluie.

La vieille dame lui sourit et il la salua.

Il marcha ainsi une bonne heure, malgré l'orage qui avait éclaté et rentra à la maison, trempé de la tête aux pieds. Kaya se précipita pour l'accueillir.

— Mon Dieu ! Dans quel état tu es ! Déshabille-toi ! Je vais te chercher une serviette !

Ethan sourit et se déshabilla. Kaya revint rapidement vers lui et le frictionna.

— Pourquoi es-tu ici ? Pourquoi n'es-tu pas au bureau ?

— Je... j'avais envie de te voir.

Il la serra dans ses bras et lâcha un long soupir de soulagement.

— Quelque chose ne va pas ?

— Non... Ça va. J'ai juste envie de t'avoir contre moi.

— Ethaaan... gronda Kaya, consciente que son discours n'était pas très crédible. Tu as vu ta mère ?

— Non... Fais-moi l'amour, Kaya.
— Pourquoi ?
— Parce que tu m'aimes, non ?
— Comme la minute d'avant et l'heure d'avant ! Alors pourquoi maintenant spécifiquement ?
— Quelle méfiance !
— C'est que je te connais à force !
Ethan se mit à rire.
— J'ai vu le Docteur Courtois. J'avais une question à lui poser.
— Et ?
Ethan lâcha un nouveau long soupir. Il caressa alors les cheveux de la jeune femme.
— Je t'aime.
— Ethan ! Dis-moi !
— Je crois que... je souhaiterai rencontrer ma mère seul.
Kaya se recula de ses bras.
— En es-tu sûr ?
— Non ! répondit-il en rigolant. Mais je sais que c'est ce que je dois faire. Je ne dois pas compter sur quelqu'un en repli. Je dois faire face et me prouver que je ne suis plus le Ethan garçon qu'elle a connu, mais le Ethan adulte qui a évolué depuis sans elle. Si je me repose sur toi, je serai incapable de puiser en moi la force de me tenir fier face à elle. Je vais vouloir m'appuyer sur ta présence et me complaire dans ta protection. Je dois être fort, seul.
— Je comprends.
Il déposa un baiser léger sur ses lèvres.
— Je sais que tu n'es pas loin et que tu me soutiens, alors ça ira si je pense à toi.
Kaya lui sourit. Elle pouvait voir les énormes progrès qu'il avait faits depuis et le changement était très positif.
— Où souhaites-tu la rencontrer ? Ici ?
Ethan passa en revue son salon et secoua la tête négativement.
— Non. Je veux faire face, mais je sais que cela peut encore m'affecter et je ne veux pas qu'elle pollue les lieux où je me sens en sécurité, ceux qui sont mes forteresses.
— Un café risque de manquer de discrétion.
Ethan se mit à réfléchir.

— Je ne veux pas *Abberline Cosmetics* non plus, pour les mêmes raisons.

— Oui, il faut un endroit neutre et tranquille, mais dans lequel tu restes à l'aise... Le Sanctuaire ?

— Non, elle peut y revenir comme bon lui semble et je ne veux pas qu'elle puisse me trouver facilement si notre entretien se passe mal. Un pub est un lieu public dans lequel elle peut aller et venir.

Kaya réfléchit à nouveau.

— Et si tu demandais à Oliver de te prêter son appartement le temps de l'entrevue ? C'est un lieu qui t'est familier, non ?

— C'est vrai... J'y suis allé quelquefois.

— Il connaît ton histoire, il peut comprendre la situation. Je peux rester avec lui pas loin, le temps que tu discutes avec elle. Je suis certaine que cela ne le dérangera pas !

— Ce n'est pas idiot comme idée...

Kaya s'éloigna alors de lui et sortit un bout de papier d'un tiroir.

— Tiens, c'est le numéro de téléphone de ta mère. Elle me l'a donné la dernière fois. Il te reste plus qu'à voir quel moment sera le plus opportun pour toi...

Allô ? Ethan ? Salut ! Comment vas-tu ? Enfin tu te décides à nous donner de tes nouvelles.

— Salut... Maman.

Un silence au bout du combiné s'installa.

— Tu es là ? s'inquiéta alors Ethan.

Cindy souffla et lui répondit.

— Oui, oui, juste que ça me fait tout bizarre que tu m'appelles Maman. Pardon, je ne voulais pas te mettre mal à l'aise. Je suis juste émue.

— Ah...

— Comment vas-tu, mon garçon ? Kaya s'est bien installée chez toi ? Cela fait si longtemps qu'on n'a pas eu de tes nouvelles.

— Elle est là, oui.

— C'est bien, ça fait du bien d'entendre cela. Je suis content

que tu aies trouvé une femme qui t'aime et te comprenne. J'avais tellement peur que tu sois malheureux toute ta vie.
— Je... je suis très heureux avec elle. Elle est... merveilleuse.
— Je le sais. Prends bien soin d'elle, surtout.
— Dis..., aurais-tu une idée pour la convaincre de m'épouser ?
— QUOIII ?!

Le cri strident de Cindy fit rire Ethan.
— Ai-je bien entendu ?! Oh mon Dieu ! Il faut que je le dise à Charles ! Chériiii ! Viens vite !

Ethan put entendre Charles râler d'être dérangé dans le visionnage d'un feuilleton américain à la télévision.
— Ton fils veut demander Kaya en mariage !
— Ethan ?
— Ouiiii !
— Whouooo ! Et bien, cela devient vraiment sérieux ! Passe-le-moi !
— Ethan, ton père veut te parler.
— OK.
— Salut Fiston !
— Salut !
— Quelle bonne nouvelle ! La date est pour quand ?
— Elle refuse de me dire oui. Ce n'est pas encore fait !
— Quoi ? put-il entendre en retrait.
— Désolé. Ta mère colle son oreille contre ma main pour entendre notre discussion. Je mets le haut-parleur.
— Je ne cesse de lui faire des demandes, mais elle refuse pour l'instant.
— Elle t'a dit pourquoi... lui demanda Cindy.
— Elle veut consolider notre couple, elle veut prendre le temps de l'étape du flirt, elle... me sort toutes les excuses inimaginables pour justifier un refus.
— Fiston, un refus ne veut pas dire qu'elle ne tient pas à toi. OK ?
— Je... sais, seulement...
— Tu t'interroges ! finit de dire Cindy. C'est normal, mais ne baisse pas les bras. N'oublie pas que vous avez surmonté beaucoup d'étapes ensemble et que vous êtes toujours ensemble. Elle vit chez

toi et vous êtes en couple. Ne l'accable pas trop. Laisse-lui le temps de prendre ses marques dans cette nouvelle vie avec toi à ses côtés.

— Je suis impatient. Je lui cache même sa plaquette de pilules !

Cindy fit un « oh oh oh ! » ravie de cette annonce, malgré le ton las de son fils.

— Pourquoi es-tu si pressé, Ethan ? demanda son père. Tu étais le premier à mettre un frein à toute idée de mariage et d'enfant. Je comprends que l'amour soit passé par là, mais rien ne justifie ton empressement, si ?

Ethan hésita un instant et passa sa main dans ses cheveux.

— J'aurais alors l'impression que plus rien ne disparaîtra de mes yeux. Je ne veux pas perdre ce bonheur avec elle. Je le veux tout entier.

Ethan devina le sourire de ses parents.

— Ethan…, déclara alors Charles sérieusement, rien n'est figé dans le temps. Ce n'est pas parce que tu seras marié et auras un enfant avec Kaya que tu seras à l'abri de tout. Le temps peut aussi être un ennemi. Le destin également. Chaque jour jusqu'à ta mort sera un combat pour garder la famille que tu veux construire avec elle. Ne crois pas que tu auras la paix pour autant une fois marié à elle. Ton tableau d'objectifs ne s'arrêtera pas avec ce mariage et ce bébé. Tu devras te battre au quotidien pour conserver ce bonheur.

— C'est très alléchant, ce que tu me dis.

— Tu es un battant, n'est-ce pas ? Tu surmonteras encore !

Ethan rit légèrement à cette remarque.

— J'ai autre chose à vous dire…

— On t'écoute ! lui déclara Cindy.

— Sylvia a repris contact avec moi. Elle souhaite discuter avec moi.

— Ce n'est pas possible ! s'exclama Cindy. Qu'est-ce qu'elle te veut ?

— Elle est malade. Très gravement malade.

— Tu veux dire qu'elle va…

— Oui. Elle est mourante. Elle veut me revoir une dernière fois avant de mourir.

— Que vas-tu faire ? lui demanda sérieusement Charles.

— Je vais accepter.

— Pourquoi ? s'étonna Cindy, déjà inquiète de l'issue.
— Parce que je dois aussi lui faire face. Je ne veux plus avoir à la craindre. Je veux dominer mes peurs et me prouver que je suis plus fort qu'avant.
— Kaya vient avec toi ? demanda aussitôt Charles, sans le juger.
— Elle sera là si ça ne va pas, mais non, je veux faire face à Sylvia seul.
— Es-tu sûr que ce soit une bonne idée ? s'inquiéta davantage Cindy.
— Je ne sais pas. J'appréhende beaucoup, mais je réalise aussi que je veux aller de l'avant, que je veux me confronter à elle pour mieux... accepter celui que je suis.
— Ethan, jamais nous ne te contredirons dans tes choix ! lui déclara Cindy de façon solennelle. Nous voulons le mieux pour toi, mais je dois toutefois te dire une chose : je suis fière de toi. Je suis fière de l'homme que tu as réussi à construire laborieusement pour arriver à ce stade où tu te dis que tu veux l'affronter une dernière fois. Tu es un combattant, un guerrier ! Tu es capable de tout et j'ai confiance en toi. Je n'ai jamais eu autant confiance en toi que maintenant ! L'arrivée de Kaya dans ta vie a été une bénédiction. Elle t'a permis de t'aimer davantage et cela me réjouit, car aujourd'hui, tu acceptes qui tu es au point de vouloir t'affirmer devant celle qui a détruit autrefois la personne que tu étais. Je suis de tout cœur avec toi. Je suis sûr que tu en sortiras plus fort encore et non plus anéanti.
— Merci... Cindy.
— Non, garde Maman ! Je préfère !
— Tu as dit que...
— Dis Maman ! la coupa-t-elle alors, déterminée et autoritaire.
— OK ! répondit Ethan avec un léger rire.
— Si tu as besoin de quoi que ce soit, dis-le-nous ! proposa alors Charles.
— Ça ira. J'ai mon talisman avec moi. Kaya est là.
— Passe-lui le bonjour de notre part ! s'écria Cindy, heureuse.
— Oui, oui. Je lui dirai.
— Et ne t'inquiète pas ! Elle te dira oui tôt ou tard ! Si elle est

encore là aujourd'hui, c'est qu'elle t'aime vraiment. Alors le oui n'est qu'une question de temps. Reste patient.
— Compris. À bientôt.
— À bientôt, fiston.

Ethan raccrocha avec un petit sourire apaisé aux lèvres. Avec eux aussi, il avait parcouru beaucoup de chemin. Il observa le bout de papier que Kaya lui avait donné plus tôt.
— Il est temps de faire face à mes démons...

19

NERVEUX

— Je te remercie d'avoir accepté de me parler. Je suis tellement... heureuse.

Ethan demeurait tendu. Même si l'appartement d'Oliver était un lieu familier et qu'il savait qu'il pouvait se réfugier dans une pièce si cela n'allait pas ou bien fuir, se retrouver face à sa mère biologique le mettait mal à l'aise malgré sa volonté de l'affronter. C'était un mélange de sentiments assez bizarres. En l'observant, il était parcouru de différentes émotions allant de la pitié à la colère, en passant par le dégoût et l'indifférence avant de repenser à ses moments d'affection rares dans lesquels il avait pourtant trouvé une once de sérénité. Malgré tout, il voyait surtout la même chose que les fois précédentes : une femme faible. Malgré la peur de craquer, il réalisait aussi combien cette femme frêle ne pourrait pas faire grand-chose avec son corps amaigri et vieillissant dorénavant. Physiquement, il était en position de force. Le Docteur Courtois avait raison sur un point : aujourd'hui, l'homme qu'il était devenu était bien plus robuste que le garçon d'il y a vingt ans, même s'il était déjà grand et fort à l'époque. Même si Sylvia ne l'avait jamais réellement contraint, il savait qu'il avait la force physique pour la repousser à son aise si nécessaire. Rester ainsi à jauger sa force mentale et cette discussion allait déterminer s'il pouvait aussi gagner à ce niveau face à elle.

— Tu as dû parler longuement avec ta petite amie avant de te décider, je suppose.
— Tu n'aurais pas dû impliquer Kaya dans cette histoire.
Sylvia baissa la tête, coupable.
— Je ne voyais pas d'autres alternatives. Tes parents adoptifs n'étant plus ici, il m'était difficile de voyager pour leur parler. Et comme tu refusais toute discussion avec moi...

Ethan tourna la tête, reconnaissant sa responsabilité même si cela l'agaçait quand même. Oliver avait préparé les choses en amont. Il avait acheté des mignardises et mis à disposition de quoi se faire chauffer deux tasses de café. Comme s'il voulait organiser une tea party entre eux. Ethan trouvait cela ridicule, mais comprenait aussi l'intérêt de calmer l'ambiance par des douceurs. Avait-il peur qu'il saccage son appartement ? Cependant, ce cadre gentillet l'énervait. Il n'y avait rien d'apaisé et de mignon à leur rencontre.
Devant l'attitude assez fermée de son fils, Sylvia ne sut quoi dire pour apaiser l'ambiance. Parler de Kaya semblait être un sujet sensible. Elle opta donc pour son travail.
— Je suis contente de voir que tu as bien réussi ta vie professionnelle. Les Abberline ont été d'une grande aide à ton cursus scolaire.
Ethan leva les yeux, blasé. Les jambes croisées, le bras étendu le long du dossier du canapé, il soupira.
— Viens-en aux faits ! Pourquoi veux-tu me parler ?
Sylvia serra ses mains posées sur ses genoux.
— Je voulais connaître quelle vie tu avais aujourd'hui.
— En quoi cela te concerne-t-il ? Ce n'est pas comme si tu t'en étais inquiétée jusque-là ! Parce que tu es mourante, tu penses avoir le droit légitime d'avoir cette réponse ?
Sylvia resta prostrée et silencieuse. Elle s'attendait à toutes ces remarques acerbes à son encontre. Elle avait déjà imaginé la scène et savait combien il serait dur de justifier ses actes, ses choix.
— Tu veux quoi ? Que je finance tes obsèques ?
Sylvia releva la tête et écarquilla les yeux.
— Non... Je...

— Alors quoi ? Où est Stan ? Il ne subsiste plus à tes besoins ? Il t'a tourné le dos en voyant la facture de l'hôpital ?
— Nous avons pris des chemins différents il y a longtemps ! se défendit Sylvia.
Cet aveu surprit Ethan. Elle qui acceptait de se prostituer pour lui par amour avait fini par le perdre aussi.
— Oh ! Tu as trouvé un remplaçant ? À moins que tu en cherches un ? Tu penses que je peux être ton proxénète ? Après tout, ce n'est pas comme si tu n'avais pas abusé de moi !
Il savait qu'il tenait des propos durs, mais il ressentait le besoin d'exprimer toute la rancœur qui l'habitait depuis tant d'années. Sylvia encaissa en silence cette nouvelle attaque, même si elle était dure à entendre.
— Non, il n'y a plus d'hommes dans ma vie depuis longtemps... Je n'en veux plus. J'ai réorganisé ma vie autrement...

Ethan la fixa avec attention. Il avait envie de lui poser des questions sur ce qui s'était passé depuis, mais même si la curiosité le titillait, il ne voulait pas lui donner le luxe de lui montrer un intérêt à sa vie alors qu'elle-même l'avait rejeté de la sienne. Il se contenta de rire avec amertume à sa réponse, en sachant le nombre d'hommes qui était passé dans son lit avant cette nouvelle vie de religieuse qu'elle sous-entendait depuis.
— Je voulais juste te voir pour... te présenter mes excuses. Je sais que tu ne les accepteras pas et je le comprends totalement. Cependant, je voulais que tu saches que je suis désolée d'avoir été une mère si pitoyable.
— Tais-toi ! vociféra-t-il alors.
— Je n'ai pas été à la hauteur, j'en suis consciente ! continua-t-elle malgré tout. J'étais complètement perdue, j'ai fait n'importe quoi, je...
— TAIS-TOI ! cria-t-il cette fois, d'une voix grave, tout en se levant. Je t'interdis de t'excuser ! Je t'interdis de te victimiser ! Je t'interdis de te trouver des raisons à ce que tu as fait ! Tu entends ?
— Oui... répondit aussitôt Sylvia, navrée et défaite.
Des larmes commencèrent à couler de ses joues.

— Tu n'as aucun droit de t'excuser ! ajouta-t-il en colère. Rien de ce que tu diras ne pardonnera ce que j'ai subi derrière. Rien ne justifiera la douleur dans laquelle tu m'as plongé.

— Je sais que j'ai été la pire des mères ! répondit-elle pourtant avec force.

— Mère ? Tu ne l'as jamais été ! Tu n'as jamais eu cette fameuse fibre maternelle. Tu t'es toujours refusée à en être une. Tu l'as prétexté, mais jamais tu ne t'es considérée comme telle ! Et aujourd'hui, tu viens à nouveau à moi en tant que « mère » ? De qui te moques-tu ? Pour quel nouveau prétexte te présentes-tu à moi avec ce titre ?

Sylvia pleura devant le procès que lui faisait son fils.

— Je regrette ! insista-t-elle malgré tout. Je n'ai compris que bien plus tard mes erreurs. Tous ces psychotropes, le sexe, la drogue, l'alcool... Tout ça n'était que des chimères qui m'enfonçaient un peu plus vers la déchéance. Tu as raison : il n'y avait que cela qui comptait ! Je t'ai même abandonné parce que tu étais un boulet à mes chevilles et je voulais la liberté. Mais cette liberté était une illusion. Elle me tuait et plus je flirtais avec l'indécent et l'immoral, et plus je me tuais moi. Je me suis toujours détestée, Ethan. Je ne me suis jamais trouvée à la hauteur de quoi que ce soit ni de qui que ce soit. J'ai toujours baissé la tête et accepté sans broncher, parce que j'estimais que je ne méritais que ce qu'on voulait bien me donner, et mes fréquentations ont toujours été vers des gens qui profitaient de cette faiblesse. Je ne suis pas une bonne personne. Je le sais. Ce que j'ai fait n'est pas justifiable et la personne qui en a le plus été blessée a été toi !

— TAIS-TOI ! TAIS-TOI ! TAIS-TOI ! hurla Ethan, les larmes aux yeux. Je ne veux pas de tes excuses, je ne veux pas de tes tentatives d'attendrissement, je ne veux pas être pris en pitié ! Je ne veux rien de toi ! J'en ai déjà trop avec tes gênes !

Un silence s'en suivit où les yeux pleins de regrets de Sylvia se confrontaient à la rudesse du regard humide d'Ethan. La poitrine d'Ethan se soulevait avec sa respiration plus erratique. Il posa sa main sur son torse. La peau sous ses habits le brûlait à nouveau. Son cœur se déchirait entre tristesse et rancœur. Il avait promis à Kaya de ne plus s'ouvrir la poitrine et cette simple promesse le ramena à une sérénité : celle de rester fort pour la femme qu'il aimait.

— Tu veux mourir en paix, c'est ça ? Tu veux que je tranquillise ton esprit en te disant des trucs positifs sur ma vie et que je te donne l'impression que tes choix n'ont pas eu d'impact sur mon avenir ? Tu veux que je te raconte mon bonheur actuel pour te dire que finalement, je m'en suis mieux sorti sans toi et que tu as eu raison de m'abandonner ? À moins que tu veuilles savoir si tu me manques et que ma vie est un enfer depuis ?

Ethan secoua la tête négativement.

— Tu veux vraiment savoir ?

Il retira alors son pull-over et son T-shirt. Les balafres sur sa poitrine apparurent aux yeux de sa mère, énormes, boursoufflées, tel un bout de viande qu'on avait déchiqueté.

— Voilà ! Tu as ta réponse ! Satisfaite ?

Oliver observait Kaya depuis plusieurs minutes et souffla. Elle était nerveuse. Son inquiétude au sujet de l'entrevue entre Ethan et sa mère était perceptible à travers le mouvement frénétique de sa jambe sous la table et sa façon de boire puis de reposer son jus de fruits sans cesse. Ils étaient assis sur la terrasse d'un café non loin de son appartement et attendaient un signe d'Ethan.

— Ne t'inquiète pas ! Il sait que tu n'es pas loin.

— Je ne peux m'empêcher d'être nerveuse ! Il s'agit de sa mère et de tous les traumatismes liés à cela. Il va ressortir obligatoirement affecté.

— Et tu seras là !

— Et si sa peine est plus profonde et que ma présence ne suffit pas à calmer sa douleur ? Il a déjà flanché une fois en ma présence... Rien ne me dit que cela ne se reproduira pas.

Oliver posa sa main sur celle de son amie.

— S'il y a une chose dont je suis sûr, c'est que votre couple est fort, Kaya. Regarde tout ce que vous avez traversé. Regarde combien de fois il est revenu auprès de toi. Regarde combien il compte pour toi ! Sylvia ne vous séparera pas, même si cette épreuve s'avère difficile. Garde cela en tête. Garde l'idée de la force de votre couple.

Kaya lui sourit avec gentillesse et reconnaissance.

— Je sais qu'il a beaucoup travaillé cela avec le Docteur Courtois et qu'il a un mental bien plus solide qu'au début de notre relation, mais j'ai peur qu'il s'écroule quand même. J'aurais dû insister et l'accompagner. Là, il est seul et...

Les larmes gagnèrent le coin de ses yeux.

— Kaya, ça va aller ! Je sais que ce sont des mots faciles à dire, mais ça va aller.

— Non ! Ça ne peut pas bien aller pour lui. C'est évident !

Une larme dévala sa joue.

— Comment cela peut aller alors que cette femme est sa plus grande souffrance ?

Oliver ne trouva rien à répondre. Kaya se leva tout à coup de sa chaise.

— Je dois aller le rejoindre.

Oliver se leva à son tour.

— Attends encore un peu ! Il t'appellera s'il éprouve le besoin de te voir !

— Il n'est peut-être pas en état ! s'écria alors Kaya.

Elle prit alors son sac à main et laissa Oliver. Ce dernier soupira.

— Quelle entêtée ! Qui se ressemble s'assemble !

Il sourit et décida de la suivre jusqu'à chez lui.

Kaya courut le plus vite possible. Elle sentait que sa présence devait être auprès d'Ethan. Elle ne prit aucune mesure de sa respiration, de l'état de ses muscles ou du danger potentiel sur le chemin. Tout ce qui comptait à présent était d'aller soutenir Ethan. Elle arriva à l'immeuble d'Oliver et se précipita au second étage par les escaliers jusqu'à arriver devant la porte d'entrée qu'elle ouvrit avec fracas. Elle fonça dans le salon et vit Ethan, torse nu, et Sylvia, en larmes, à genoux à ses pieds. Les joues d'Ethan étaient également humides. Elle se précipita sur lui et se jeta dans ses bras.

— Je suis là ! Tout va aller mieux maintenant !

Ethan la serra dans ses bras, abasourdi par son entrée surprise, mais se trouva tout à coup soulagé, comme si on venait de lui retirer un énorme poids de ses épaules. Il encercla sa taille de ses bras et nicha son visage dans son cou.

— Je suis là ! répéta-t-elle, autant pour le rassurer que se rassurer elle-même de la place qui devait être la sienne.

Ethan craqua alors. Toute la tension retomba et il s'écroula de chagrin dans son cou.

Oliver arriva à son tour et comprit que la situation était délicate. Kaya jeta un regard vers Sylvia, visiblement éprouvée également. Oliver vint à elle et l'aida à se relever, puis l'emmena loin d'Ethan et de l'appartement, laissant Kaya et Ethan seuls.

— C'est fini ! Elle est partie... lui murmura-t-elle alors dans l'oreille tout en lui caressant les cheveux.

Ethan la serra comme si sa vie en dépendait.

— Respire ! Tout va bien !

Elle posa ses mains sur sa tête tout en le repoussant pour qu'il la regarde droit dans les yeux.

— Je suis là ! Tout va bien !

Elle l'embrassa alors et Ethan se calma, comme anesthésié par sa douceur et son réconfort. Il lui caressa du nez le visage, savourant sa tendresse et sa sérénité, parsemant sa peau de baisers furtifs de temps à autre, puis inspira un bon coup avant de relâcher tout ce qu'il venait de cumuler en lui.

— Remets tes vêtements ! Tu vas attraper froid.

Elle ne voulait pas savoir pourquoi il avait le torse nu ni pourquoi sa mère était à genoux. Elle ne voulait pas entendre pour l'instant la moindre explication. Elle l'aida seulement à prendre ses vêtements au sol et à le rhabiller. Ils s'assirent ensuite sur le canapé, blottis l'un contre l'autre, elle, lui caressant le visage. Ils restèrent ainsi, un long moment, en silence. Ethan retrouva un apaisement au rythme de la respiration de Kaya. Il ferma les yeux et se laissa bercer par les soulèvements de sa poitrine.

— Pardon ! Je n'aurais pas dû te laisser seul. J'aurais dû être là depuis le début.

— C'est moi qui l'ai voulu ainsi.
— Je n'aurais pas dû t'écouter !
Ethan décocha un petit sourire.
— C'est vrai, tu n'es pas du genre à m'obéir d'habitude !
Kaya grimaça.
— Elle t'a touché ? Elle t'a fait mal ?
Ethan resta silencieux, la mâchoire serrée. Kaya n'insista pas et lui caressa les cheveux un peu plus.
— Rentrons ! lui proposa-t-elle.
— Attends ! Restons encore un peu ainsi...
Un message retentit alors sur le portable d'Ethan. Il le retira de la poche arrière de son jean et fit glisser l'écran. Kaya put voir un message d'Oliver.

Je dépose Sylvia chez elle. Elle ne semble pas en état de rentrer toute seule. Prenez votre temps... mais ne faites pas un bébé dans mes draps !

— Crétin ! marmonna alors Ethan. Tu n'as qu'à les nettoyer !
— Ethaaan ! répondit alors Kaya, offusquée.
— Quoi ? Tu préfères le canapé ?
Elle se leva et lui tendit la main.
— On rentre !
Ethan accepta sa main tendue, mais il la ramena à lui sur le canapé.
— Kaya... Touche mon torse s'il te plaît.
Kaya se trouva prise au dépourvu devant sa requête soudaine et baissa les yeux sur ses vêtements couvrant son torse.
— Tu es sûr ?
Ethan acquiesça de la tête. Elle glissa alors ses mains au niveau de son jean et remonta sous ses vêtements jusqu'à son torse. Ethan ferma les yeux et inspira bruyamment, comme s'il craignait à nouveau le moindre contact sur lui.
— Ethan, regarde-moi !
Ethan ouvrit aussitôt les yeux sous l'injonction de la jeune femme. Elle appuya alors ses mains contre sa peau et lui sourit.

— Tout va bien, mon amour !

Elle déposa ensuite un doux baiser sur ses lèvres, comme ultime baume à ses maux. Ethan la ramena contre lui et accepta un baiser plus appuyé contre lui, puis un autre. Kaya bougea doucement ses mains contre lui pour calmer ses angoisses là où elles étaient les plus vivaces.

— Fais-moi l'amour ! lui déclara-t-il alors.

Kaya sourit entre ses lèvres.

— Pas ici.

— Tu ne m'obéis plus ? Ça y est ! C'est fini ?!

Kaya ricana contre sa bouche.

— Je n'ai pas dit non, j'ai juste dit « pas ici ! ».

Ethan sourit alors, plus sournois.

— Épouse-moi !

Les yeux filous d'Ethan firent rire de plus belle la jeune femme, qui cacha son visage sur son épaule.

— Tu dois dire oui ! s'en amusa Ethan. C'est le jeu !

Elle se redressa et le fixa avec tendresse.

— Je ne pense pas que ce soit le moment de parler de ça.

— Ce serait le meilleur moyen pourtant de me réconcilier avec cette journée !

— Justement ! Cela ne doit pas être un prétexte à cela !

Ethan souffla d'agacement.

— Alors quand ? Ce n'est jamais le bon moment !

Kaya sentit l'énervement dans son reproche. Il retira alors ses mains collées contre lui et la repoussa.

— Tu as raison ! déclara-t-il alors. Rentrons.

Kaya suivit Ethan, incapable de dire quoi que ce soit pouvant lui redonner le sourire. Une fois chez eux, il alla prendre une douche et la laissa seule dans le salon. Elle savait que le moment était trop tendu pour envisager une discussion sur le mariage. Sylvia venait de le marquer d'une certaine manière et son silence à ce sujet montrait qu'il tentait d'absorber une douleur de laquelle il l'excluait. À ce stade de leur relation, il ne se confiait pas encore complètement à elle et ça la blessait. Elle ne pouvait qu'espérer qu'il vienne à elle dans les prochaines heures ou prochains jours.

Cependant, elle doutait qu'il le fasse malgré ce côté qu'il voulait montrer rassurant.

Ethan se regarda dans le miroir de la douche, plus particulièrement ses cicatrices. Sa gorge était nouée et la douleur stagnait en lui comme un résidu tenace sur son cœur. Il voulait le balayer, le gérer à sa manière, mais sentait bien que tout n'était pas aussi simple. Il toucha ses plaies du bout des doigts et les larmes commencèrent à monter. Il retira immédiatement ses doigts et se secoua la tête pour sortir de cette torpeur douloureuse du souvenir de son après-midi. Il devait faire face. Il savait pourtant que ce n'était pas la bonne méthode, mais il avait peur de ce que pourrait penser Kaya s'il lui disait tout.

Il joua ainsi la comédie le reste de la soirée, à faire comme si de rien n'était avec Kaya, comme si sa discussion avec Sylvia n'avait pas eu lieu. Kaya remarqua vite son jeu mais n'osa rien dire. Ce fut un autre message d'Oliver qui les sortit de cette mascarade.

J'ai emmené Sylvia à l'hôpital. Son état s'est dégradé. Elle a fait un malaise une fois chez elle. Appelle-moi dès que tu as ce message.

20

ISOLÉS

Ethan hésita un instant, puis appela Oliver.
— C'est moi ! Comment va-t-elle ?
— Elle a été admise en fin d'après-midi. Ils surveillent ses constantes. Elle est très faible. Votre discussion l'a passablement remuée, je pense. Elle n'a pas décroché un mot de tout le temps où je suis resté avec elle.
— Je vois...
Le visage d'Ethan demeura fermé.
— Comptes-tu la revoir ? demanda immédiatement son ami.
— Non.
— Très bien. Si tu changes d'avis, dis-le-moi. Je te dirai où la trouver.
— OK.
Ethan raccrocha et contempla un instant son téléphone, puis reporta son attention sur Kaya.
— Elle a été hospitalisée.
Kaya baissa les yeux.
— Je suis désolée que toute cette histoire se finisse ainsi.
— Ce n'est en rien de ta faute.
— J'ai insisté pour que tu la rencontres. Résultat : tu broies du noir dans ton coin et sa santé en a pris un coup !
— Je ne broie pas du noir ! contesta Ethan vivement.
— Tu crois que je ne le vois pas ! Tu ne me racontes même pas ce qu'il s'est passé, Ethan ! Et tu voudrais que je t'épouse ? Regarde-nous ! Nous sommes à nouveau retombés dans cette

situation où tu ne me parles pas !

Ethan baissa les yeux, reconnaissant silencieusement la vérité.

— Ethan, j'aimerais t'aider. J'aimerais trouver les solutions qui t'aideront à vivre mieux, mais honnêtement, je ne sais pas si ces solutions existent. J'aimerais tellement te rendre heureux comme tu me rends heureuse...

Kaya énonça sa dernière phrase d'une tonalité douloureuse qui fit réagir Ethan.

— Tu me rends heureux ! Qu'est-ce que tu racontes ?!

Kaya secoua la tête négativement.

— Alors pourquoi ce sentiment d'échec ne me lâche pas depuis que je suis revenue dans l'appartement d'Oliver ? Pourquoi tu m'exclus de tes tristesses et de ce qui te ronge sur ce qu'il s'est passé là-bas ? Tu as peur de quoi ? Que je te quitte ? De me décevoir ? Bon sang ! Ethan, je suis quoi à tes yeux ?!

La colère et l'agacement se mélangeaient dans sa voix. Ethan pouvait deviner la propre meurtrissure qu'il infligeait à Kaya en taisant son mal-être.

— Et ne me dis pas que tu m'aimes ! Parce que si tu m'aimais, tu ne resterais pas ainsi à me blesser !

— Kaya...

Il tendit la main vers elle, mais la laissa retomber immédiatement, vaincu par la terrible réalité de son comportement.

— Pardon... se contenta-t-il de lui répondre. Tu as raison. Je tais volontairement les choses.

— Pourquoi ?! s'écria Kaya à présent en pleurs.

— Parce que... je ne sais pas quoi penser de tout ça.

Kaya ravala son chagrin l'espace d'un instant, indécise sur ce qu'elle devait conclure de cette réponse.

— Et même ça, tu ne peux pas me le dire ?

— Pardon... se contenta-t-il de prononcer, n'ayant d'autres explications à donner.

Kaya essuya ses larmes sur son visage à la hâte, comme pour effacer les preuves de la douleur qu'il lui infligeait par ses silences.

— Très bien. Reste silencieux.

Elle passa devant lui et alla s'enfermer dans la chambre d'amis. Ethan en conclut qu'elle ne dormirait pas avec lui. Il se frotta la tête en soupirant.

— Je suis vraiment nul... Tu as raison, pourquoi m'épouser alors que je ne te mérite pas ?

Ethan tourna en rond, seul dans son lit. Non seulement il n'aimait pas l'absence de Kaya dans son lit, rendant les draps froids, mais en plus, sa culpabilité à ne pas s'excuser dignement le rongeait. Il observa le réveil sur la table de nuit. Une heure du matin. Il se décida à se lever, ne supportant plus de rester ainsi, sans rien faire. Il sortit de la chambre et vit alors Kaya, assise au comptoir de la cuisine, devant un ordinateur. Il s'assit à côté d'elle en silence et regarda l'écran.

— Ce sont des annonces d'emploi ?
— Oui.
— Tu cherches à retrouver ton autonomie pour mieux me quitter ?

Immédiatement, Kaya lui lança un regard noir auquel il se retint de rire.

— Tu mériterais bien que je te laisse en plan, oui, mais je suis bien trop bête pour ça ! Je dois être maso !

Ethan la contempla tandis qu'elle tentait de rester concentrée sur sa recherche. Il décala son haut tabouret et se positionna dans son dos pour la serrer dans ses bras.

— Ah non ! s'énerva-t-elle en le repoussant. Pas de câlin ! Ce n'est pas parce que je ne te quitte pas que je ne t'en veux pas !

Elle rejeta ses bras et sa tête frottant contre son épaule, mais Ethan insista, bien décidé à être le pire adhésif qui puisse exister sur Terre.

— Les draps sont froids sans toi ! Tu me manques.
— Prends une bouillotte ! lui rétorqua-t-elle, non impressionnable, les yeux tentant de rester face à l'écran.
— Elle n'a pas ta peau douce !
— Glisse-la dans une peluche ! C'est aussi doux et chaud !
— Elle n'a pas de culotte où je peux y glisser ma main !

Cette fois, l'attention de Kaya se tourna vers Ethan qui pouffa en voyant son air choqué.

— T'es chaud bouillante par-là ! lui répond-il en haussant les épaules de façon faussement innocente, les yeux tournés vers l'entrejambe de Kaya qui se sentit rougir.

Le regard brûlant d'Ethan sur cette partie de son corps réveilla son désir aussi bien qu'une forme de malaise qu'elle tenta d'effacer par un raclement de gorge.

— Mets ta main dans ton caleçon ! J'ai mieux à faire !

Ethan rit légèrement et posa son front contre son épaule, avant de se redresser et d'enlever son T-shirt pour se mettre torse nu. Kaya le regarda faire d'un regard de travers, puis retrouva son écran. Ethan se colla à nouveau contre son dos, mine de rien.

— C'est sûr que tu vas avoir froid ainsi ! lui fit-elle remarquer.
— J'ai tout de suite chaud dès que je suis contre toi ! Et toi ?

Il glissa sa main lentement sous le haut du pyjama de sa petite amie. Kaya réprima un petit sourire au coin de sa bouche et se pinça les lèvres.

— Ethan, je ne suis pas d'humeur !

Il lui mordilla alors l'oreille tandis que ses mains effleurèrent sa poitrine sous le vêtement.

— Ethan ! s'écria-t-elle tout en se tournant complètement face à lui et le repoussant une nouvelle fois.

Elle lui retira ses mains de sa peau, le regard dur. Ne souhaitant tomber dans une dispute, Ethan lui attrapa à son tour les mains et les tira derrière son cou afin de la ramener à lui. Surprise, Kaya se retrouva nez à nez avec son petit ami. Il enserra sa taille de ses bras et l'embrassa doucement.

— Ethan, je...
— Je sais ! Tu es en colère et tu m'en veux ! Mais..., je veux sentir ta poitrine contre mon torse ! J'en ai besoin.

Il releva alors doucement le haut de pyjama de sa compagne afin d'obtenir le contre-peau demandé. Kaya resta focus sur ses yeux chocolat et couina d'embarras. Ethan lui donna une petite caresse du bout du nez et un petit bisou en réponse. Le haut du pyjama passa au-dessus de sa tête et finit sa course au sol. Il posa ensuite sa main contre le dos de Kaya pour la ramener bien contre son torse

et respira un bon coup, comme si ce simple contact changeait complètement la donne.
— Ethan...
— Même ta poitrine est chaude ! Je peux l'embrasser ?
— Ethaaan... gronda-t-elle.
Il lui sourit en réponse.
— OK, OK ! Embrasse mon torse en premier ! Ça me va ! Tout me va tant que c'est toi !

Kaya le fixa un instant, suspicieuse. Son comportement était bizarre. Alors qu'ils étaient censés être en froid, il se montrait bien trop câlin, comme si leur dispute n'avait aucun lien avec cela. Elle baissa les yeux vers leurs poitrines collées l'une à l'autre, puis reporta son regard vers le visage d'Ethan. Elle pouvait y deviner un fond de tristesse derrière ces tentatives de séduction. Elle lui caressa alors les cheveux.
— Tu souhaites que je soigne ta poitrine, c'est ça ? lui demanda-t-elle sans détour. C'est pour ça que tu viens me voir, pas vrai ?
Ethan garda ses yeux humides plongés dans les siens.
— S'il te plaît ! lui répondit-il d'une petite voix déchirée. J'ai... mal !
Kaya le contempla plus attentivement. Sa tristesse devenait de plus en plus perceptible. Sa voix douce masquait difficilement la torture qu'il vivait en parallèle.
— Je ne peux pas te soigner si... j'ignore... ce qu'il s'est passé et où tu as mal. Ethan, je ne veux pas jouer aux devinettes avec toi. Parle-moi !
Ethan laissa tomber son front contre son épaule.
— Je l'ai forcée à... faire face à ce qu'elle m'avait fait. Mes cicatrices sont les preuves les plus évidentes de... ce que j'ai vécu.
Les mots sortaient difficilement de sa bouche, mais elle se satisfaisait de son effort, même aussi petit puisse-t-il être.
— J'ai pris sa main et je l'ai forcée à les toucher...
Kaya ne sut si elle devait s'inquiéter ou voir en lui une force énorme.

— Je voulais qu'elle touche de ses mains ma douleur, ma déception..., mon absence de visibilité sur un avenir positif pour moi... Ces années d'errance à ne plus savoir qui je suis et comment accepter tout sentiment.

Il s'écarta d'elle et attrapa sa main pour qu'elle caresse ses cicatrices. Lentement, il les regarda se faire effleurer par les doigts de Kaya.

— J'ai vu ses larmes. J'ai vu un mélange de peur et d'embarras. J'ai pensé que je jubilerai de ce moment où je la mettrais devant le fait accompli. Je pouvais enfin la confondre et la mettre devant sa culpabilité, ses responsabilités. Je voulais l'acculer en lui rendant l'horreur que j'ai vécue tout ce temps. Elle a touché ma première cicatrice, a gémi, a crié, a... supplié que j'arrête. Elle a souhaité retirer sa main, mais j'ai refusé. Je l'en ai empêchée, tel un acte sadique de la voir encore plus bas que terre face à l'immondice qu'elle touchait du doigt et dont elle était responsable.

Les doigts de Kaya avaient parcouru sa première cicatrice. Il les orienta vers la seconde. Sa main était prise en étau dans celle d'Ethan.

— Je la retenais prisonnière de mon bon vouloir et de ma torture. C'était jouissif sur le moment. Avoir un tel ascendant sur elle était magnifique. Moi, qui avais toujours craint le pouvoir qu'elle pouvait exercer sur moi, je... la dominais enfin. Elle a effleuré la seconde cicatrice, tremblante comme une feuille. Ma main broyait la sienne. Mon regard sur elle était glacial et sans pitié. J'avais ma revanche. Enfin ! Je pouvais lui faire face sans peur ni inquiétude. Je la soumettais au même niveau auquel moi-même je me suis senti soumis à ces cicatrices.

Kaya pouvait sentir le contrôle d'Ethan sur sa main, comme s'il reproduisait ce qu'il avait fait à Sylvia avec elle. C'était étrange. Il éprouvait une rancœur dans le récit de ce qu'il avait vécu, mais paradoxalement, malgré sa poigne et la colère qui bouillait encore en lui, elle sentait de la douceur dans le contact de la pulpe de ses doigts contre ses cicatrices. Ses doigts étaient la crème qui calmait les brûlures au passage de ceux de sa mère biologique. Il souriait presque tendrement en observant ses doigts anesthésier chaque millimètre de peau meurtrie.

— Finalement, malgré ma colère et mon plaisir cruel à la rabaisser devant l'évidence, j'ai perdu du plaisir. Ma vengeance déclinait en intérêt à chaque millimètre qu'elle touchait sur ma seconde cicatrice. La pitié a radouci ma colère devant sa mine défaite, mais obligée par ma force. Celle que je craignais n'était plus une montagne, mais un simple petit tas de terre informe que je modelais à ma guise. Je n'ai ressenti au bout du compte qu'une grosse déception. Je m'attendais à un combat plus ardu ; il n'en fut rien. Elle a capitulé très vite, trop vite à mon goût. Ou bien j'en attendais plus d'elle. L'enfant que j'étais était plus impressionné que l'homme que je suis aujourd'hui avec le recul nécessaire des années. Ma représentation d'elle m'est parue faussée. Comme si mon esprit de vengeance ne valait pas autant le coup, face à ce que représentait cette femme à mes yeux dorénavant.

Ethan en rit d'amertume.

— C'est fou, n'est-ce pas ? Je l'ai lâchée et elle est tombée à genoux. Comme si sans moi, elle perdait tout équilibre, elle était dénuée de colonne vertébrale. Je voulais l'humilier. Je voulais qu'elle souffre encore plus que moi. Je désirai une vengeance sans pareil et... en la voyant ainsi, comme je le voulais, à genoux, à mes pieds, j'ai été déçu. Elle était comme je l'avais désirée, mais ma satisfaction s'est effacée. Parce que cela ne changeait rien aux faits. Moi avec mes cicatrices et elle avec ses actes immoraux. Même en la mettant face à la réalité de ma souffrance, en la lui faisant toucher de ses mains, je n'ai pas eu ce que je souhaitais. Je pensais que je resterais insensible, que cela ne m'affecterait pas outre mesure, que j'avais grandi et que tout cela m'indiffèrerait, mais même en voyant son visage se décomposer sur chaque centimètre qu'elle caressait, même en me disant que ses doigts sur moi ne me faisaient plus rien, je...

Ethan réprima un sanglot ; les pensées étaient dures à matérialiser par des mots.

— Elle reste ma mère... et moi son fils.

Le chagrin le rattrapa et il ouvrit les vannes. Kaya le prit dans ses bras et lui frotta le dos. Elle ne trouva aucun mot réconfortant. Que dire sur tout cela ? Elle pouvait imaginer la déception d'Ethan, les attentes et espoirs, les résolutions, mais rien ne pouvait le réparer de la tristesse constante qui l'habitait depuis toujours. Même sa présence et tout son amour ne changeraient rien au fait que ce qui était cassé ne pouvait être réparé entièrement sans y laisser des séquelles. La cassure était telle qu'elle savait en cet instant qu'elle ne pouvait aider Ethan, même avec toute sa bonne volonté.

Après quelques minutes à le consoler et le soutenir, Kaya revint au plus pragmatique.

— Que comptes-tu faire avec ta mère ? Envisages-tu de la revoir ou veux-tu ignorer au mieux cette personne dorénavant ?

— Je ne sais... Je ne sais plus. Je ne veux plus la voir. Je déteste cette femme. Je lui en veux comme jamais. Mais en même temps...

— Oui, je sais... Tu as vu ses larmes, sa faiblesse, son désarroi. Elle te touche encore aujourd'hui, même si tu as fait du chemin depuis.

Ethan frotta son visage contre l'épaule de Kaya. La jeune femme s'aperçut facilement qu'Ethan était touché par tout ça. Elle soupira et se tourna vers l'écran de l'ordinateur. Elle l'éteignit et revint vers Ethan.

— Allons nous mettre sous les draps, au chaud. Tu vas choper la crève si tu restes ainsi.

Ethan acquiesça en silence, plutôt soulagé qu'elle vienne dans sa chambre. Ils se glissèrent sous les draps et restèrent ainsi l'un contre l'autre. Kaya lui caressa la tempe.

— J'ai un marché à te proposer...

Ethan resta tout ouïe.

— Je te console de toute cette histoire et en échange, tu me consoles de ton manque de discernement concernant ton rejet de m'inclure dans tes états d'âme !

Ethan lui caressa le visage à son tour, reconnaissant. Son pouce effleura sa joue, puis toucha ses lèvres. Cette proposition était aussi belle à ses yeux qu'une demande en mariage.

— OK... Consolons-nous mutuellement !

Son sourire s'écrasa sur les lèvres de Kaya. Un énorme soulagement gonfla son cœur à ce contact. Ethan avait l'impression de revivre enfin, comme si ce simple baiser était la bouffée d'oxygène qui lui manquait pour respirer. Ses mains caressèrent le creux des reins de sa partenaire avec douceur.

— Où veux-tu poser tes mains sur moi ? lui demanda-t-elle alors, coquine.

Ethan ferma les yeux un instant, inspira fort et sourit.

— Partout, Kaya ! Partout !

— Et moi, où ai-je le droit de les poser sur toi ?

Toujours avec un sourire heureux devant ce jeu si familier, Ethan frotta sa joue contre celle de sa chérie.

— Partout aussi ! Kaya, je ne peux envisager l'incomplet avec toi. Je ne peux plus. Je veux tout de toi et tout te donner de moi.

— Alors tout va bien, mmh ?

Ethan hésita.

— Tu ne m'en veux pas que ma mère m'ait touché ?

Kaya se mit à réfléchir avant de répondre.

— Je comprends ta démarche. Tu as agi sous le coup de la colère, mais aussi de la volonté de ne plus avoir cette impression d'impuissance face à son contact. Je ne te jetterai pas la pierre sur la façon dont tu as décidé de traiter le problème avec elle...

— Mais ?

— Je ne veux plus qu'elle te touche dorénavant. Je veux être la seule à pouvoir te toucher, en particulier tes cicatrices ! Et je suis contente que tu aies effacé le passage de ses doigts par les miens.

— Je ne le referai pas. C'est promis ! Kaya, lorsqu'elle m'a touché, j'ai cru d'abord mourir... se confia-t-il alors tout doucement. J'ai repensé à ce que nous avions fait il y a vingt ans. Je me suis dit, malgré ma volonté à la récriminer, qu'elle pouvait m'affaiblir, mais plus elle me touchait, et moins j'avais l'impression que cela m'affectait parce que...

Il embrassa alors les doigts de Kaya avec tendresse.

— Ces doigts-là...

Il plongea son regard dans celui de Kaya qui ne put s'empêcher de rougir.

— Ils ont bien plus d'impacts sur moi que les siens.

Un petit sourire séducteur se dessina sur le coin de sa bouche. Il porta alors les doigts de Kaya sur son front et les laissa glisser sur le long de son visage.

— Ils sont plus doux, plus chauds.
Ils touchèrent ensuite ses lèvres.
— Ils sont le reflet de ton amour.
— Et ils touchent tout ton corps bien mieux que quiconque ! s'en amusa Kaya.
Ethan baisa la paume de sa main.
— Je t'aime, Kaya. Il n'y a que toi. Uniquement toi ! La seule dans mon cœur, la seule qui a tout droit sur mon corps.
— Alors au travail ! Prouve-le-moi !
— Avec plaisir ! Où veux-tu que je pose mes mains, pour commencer, ma belle princesse ?

21

FILIAL

Ethan déambula dans les couloirs de l'hôpital, l'air songeur. Il avait un rendez-vous avec son psychopathe à la sucette pour parler des derniers événements. Il y avait beaucoup à dire, mais aussi encore beaucoup de choses à digérer. Il n'avait pas toutes les réponses au comportement qu'il devait adopter. Il savait que Sylvia était dans cet hôpital, quelque part dans une des nombreuses chambres qui accueillaient des centaines de patients. Il savait que son état avait empiré et pourtant, il n'éprouvait rien. Ni envie de la voir ni envie de la rejeter entièrement pour autant. Il ne savait plus quel fils devoir être avec elle. Tout ce dont il était sûr à présent, c'était que sa peur de voir une amante en elle avait totalement disparu. Il n'éprouvait aucun désir charnel ni aucune attirance qu'il avait pu ressentir plus jeune. Il se disait simplement que la seule raison à ce changement était Kaya. Son cœur et son attention, ses sentiments, tout l'amour qu'il pouvait donner lui étaient à présent exclusivement destinés. Il avait cette certitude tenace que rien ne pourrait changer cela dorénavant. Kaya avait modifié son point de vue sur l'amour et sur le positionnement de ses limites. Il les avait modifiées plus ou moins volontairement pour rester avec elle. Il les avait déplacées afin de rendre son espace plus harmonieux, plus logique. Depuis, il avait reconstruit un peu mieux ce qu'il devait considérer comme le cercle familial et le cercle amoureux. Kaya lui avait redonné les ficelles pour ranger ce qui devait être normal ou pas dans sa vie. Il avait constaté d'énormes progrès sur sa relation avec les Abberline, sur son rapport avec son corps et ses relations avec les femmes. Il avait accepté qui il était avec sérénité, s'adaptant à ses qualités et surtout à ses défauts. Il savait qu'il n'était plus le petit garçon qui attendait l'affection de sa mère comme avant. Il en avait reçu ailleurs depuis et c'était bien plus sain ainsi.

Mais aujourd'hui, il ne savait plus quelle place il devait accorder à Sylvia dans sa vie. Il avait appris à faire sans elle depuis des années, même si elle était restée telle une ombre néfaste qui attendait le moment propice pour le dévorer. Cela avait déjà été le cas lors de moments d'incertitude et il s'était relevé plus ou moins difficilement à chaque fois. Maintenant, il avait vaincu cette ombre, il l'avait réduite à une forme insignifiante incapable de l'atteindre. Il en avait toujours rêvé et c'est sa rencontre avec Kaya qui lui avait permis de le faire. Aussi, que faire maintenant de ce constat ? Sans doute était-ce là la réponse qu'il venait chercher auprès du Docteur Courtois.

Il entra dans son cabinet, s'identifia à la secrétaire médicale et attendit en salle d'attente. Il fallut dix minutes avant que le Docteur ne congédie poliment son patient et vienne à lui.

— Mon Dieu ! Quel progrès ! Vous patientez ! Et vous avez pris un rendez-vous ! s'exclama le psychiatre avec sarcasme.

— Vous avez cinq minutes de retard à notre rendez-vous ! rétorqua Ethan, prêt à en découdre.

— Mouais ! Par contre, vous êtes toujours aussi... Bref ! Entrez !

Il l'invita dans son bureau et Ethan s'assit en silence. Le psychiatre prit place sur son fauteuil derrière le pupitre et posa ses mains sur son plexus tout en se balançant d'avant en arrière.

— Alors ? Vous avez survécu ?

— Pourquoi je perçois du sarcasme dans votre question.

— Avez-vous compris à présent ?

Ethan demeura perplexe face à sa question. Il baissa les yeux.

— Oui, je ne suis plus tout à fait le même homme depuis.

— Vous l'avez senti ?

— Vous le saviez, c'est ça ?

— Le fait même que vous vous accrochiez autant à Kaya est une preuve de ce changement. Votre couple que vous souhaitez pérenniser prouve que vous avez compris la différence entre les différents types d'amour, mais surtout que vous avez enfin construit une base solide sur laquelle vous appuyer pour les différencier.

Le psychiatre approfondit alors son analyse.

— Les Grecs de l'antiquité caractérisaient huit types d'amour, dont l'amour de soi, l'amour obsessionnel, l'amour platonique, l'amour altruiste par exemple. Pour votre cas, l'amour *Pragma*, donc l'amour profond représenté souvent par la stabilité d'un couple consensuellement vu comme marié et basé sur la loyauté, la confiance et l'honnêteté sans faille, s'est mélangé à l'amour *Éros*, donc l'amour uniquement basé sur l'acte charnel, donc érotique. En cela, rien de vraiment grave, puisque qu'un couple vit de contacts physiques. L'un et l'autre peuvent s'envisager aussi séparément et cela reste normal. Seulement ce duo pour vous est devenu trio et vous avez mélangé cela à l'amour *Storgê*, l'amour filial, familial, maternel et désintéressé qui dure toute la vie. Vous n'avez pas discerné les trois. Pour vous, cela était devenu un tout. Votre mère était votre représentation charnelle, filiale et profonde de votre amour. Mais rassurez-vous, ce n'est pas uniquement votre interprétation qui est fautive. C'est aussi celle de votre mère qui a manqué de discernement, de lucidité, de maturité sûrement sur ce qu'est l'amour.

Ethan l'écouta attentivement, sans être vraiment sûr de tout comprendre.

— L'absence d'une réelle figure paternelle a contribué à ce manque de différenciation des types d'amour. Le père a la symbolique de l'amour charnel *Éros* et de l'amour *Pragma* dans un couple. C'est ce qu'on attend d'un conjoint et Stan n'a pas suffisamment campé cette posture. Il n'a pas dispensé l'amour attendu ni pour votre mère ni pour vous et votre mère s'est alors focalisée sur cet amour de jeunesse perdu avec son militaire, votre père biologique, comme l'ébauche d'un fantasme encore réalisable à ses yeux. Votre mère l'a reporté sur vous, car vous aviez hérité de ses gènes, à défaut de pouvoir le vivre pleinement avec lui. À votre âge, elle était déjà votre tout dans vos yeux d'enfant et à un âge tel que le début de l'adolescence, nous n'avons pas tout le recul nécessaire pour différencier tous les sentiments que nous ressentons, y compris les nouveaux liés à la puberté. Nous voulons paraître adulte et quoi de mieux que de représenter l'image d'un père, d'un homme de confiance, d'un sauveur. Vous savez, le fameux complexe d'Œdipe définit comme le désir d'entretenir un rapport amoureux et voluptueux avec le parent du sexe opposé caractérisé par une image incestueuse et celui d'éliminer le parent du même sexe considéré comme rival, que la tragédie antique mettait d'ailleurs en scène par le parricide ou le matricide... Vous avez voulu prendre la place du père pour rassurer votre mère et votre mère s'est enfoncée dans cette brèche du fantasme de l'amour de jeunesse retrouvé. Vous vous êtes ainsi corrompus tous les deux dans de mauvaises interprétations de l'amour.

Ethan écarquilla les yeux, comprenant un peu mieux les enjeux sous-jacents de ce qu'il avait vécu avec sa mère. Le docteur observa son patient attentivement, puis reprit son analyse.

— Kaya a changé cette conception de l'amour ; elle l'a cassée et remodelée correctement pour vous donner la véritable forme de l'amour et ses variantes ! Elle a pris la case de l'amour d'abord *Éros*, que vous avez caractérisé par vos contrats de consolation, puis l'amour *Pragma*, parce que votre amour charnel ne vous suffisait plus et vous vouliez basculer vers l'amour stable, profond. Du coup, votre amour *Storgê* s'est désolidarisé de votre conception de l'amour, puisqu'elle n'était pas de votre mère, et il a repris sa place, sa vraie place : celui destiné à la famille, au filial. Cette rupture vous a permis de différencier aussi votre mère biologique de ce que vous viviez avec Kaya. Kaya n'a rien d'une mère de substitution à vos yeux et Cindy Abberline a mis d'entrée les remparts qui vous ont indiqué qu'il n'y aurait jamais quelque chose du même ordre qu'avec Sylvia, mais plutôt un véritable statut de mère telle qu'on en donne la définition. Tout s'est replacé de façon plus ou moins naturelle. Kaya et Cindy ont rétabli les réelles frontières qui constituaient votre champ amoureux.

Ethan écouta l'analyse du Docteur avec stupéfaction. Tout devenait tellement clair que cela en paraissait simple. Tout ce temps à ne plus savoir où il en était avec ce méli-mélo de sentiments alors que tout était tellement facile à comprendre. Le

Docteur Courtois continua, malgré les réflexions silencieuses d'Ethan.

— Les parents ont une place déterminante dans la construction d'un enfant et souvent sont aussi une représentation sexuée de ce que nous serons une fois adulte. Si nous prenons l'exemple du complexe d'Œdipe entre 3 et 5 ans, il s'agit de l'expression de l'agressivité de l'enfant envers le parent rival qui se transforme alors en admiration. L'enfant va s'identifier à lui, il va vouloir faire comme lui (s'habiller, se coiffer, se maquiller, parler comme lui…). Ce complexe peut conduire à la dérive que vous avez connue si les parents ne restent pas dans leur rôle. Vous avez voulu progressivement en prenant de l'âge être l'homme qui était présent pour aimer votre mère. Ce père inconnu dont votre seule idée de représentation était différente de celle de Stan ou des hommes qui couchaient avec elle et qui la rendaient malheureuse. Elle le mettait sur un piédestal, elle le glorifiait. Alors, pourquoi ne pas tenter de lui ressembler au-delà de l'apparence physique pour lui faire plaisir plus ou moins consciemment ?

Accoudé sur ses genoux, Ethan serra ses doigts. Le schéma psychologique dépeint par le Docteur semblait logique. Il avait donné deux exemples concrets à ses yeux de ce qui s'était passé. Une réponse évidente à son problème qui venait de trouver une solution, une conclusion positive.

— Vous comprenez à présent le chemin que vous avez parcouru ?

— Sous-entendez-vous que je sois guéri ?

Le psychiatre sourit.

— Vous considériez-vous comme malade ?

— Ne suis-je pas à l'hôpital ? N'êtes-vous pas un docteur ?

— La psychiatrie ou la psychologie ne sont pas forcément liées à une maladie. La schizophrénie ou la bipolarité sont des troubles plus que des maladies. Les maladies peuvent disparaître avec un bon traitement. Les troubles ne se soignent pas ; on les traite pour atténuer les effets, mais ils ne disparaissent pas définitivement ; c'est souvent à vie. Ce sont des facteurs physiologiques qui sont en jeu. Pour votre cas, ce sont des circonstances externes qui vous ont conduit vers une voie mentale sans issue. Vous n'aviez pas de facteurs, de troubles psychologiques à la base, ni même de maladies. Si vous voulez me dire que votre présence ici n'est plus nécessaire, je pourrais dire oui. C'est à vous de voir si vous estimez mon regard professionnel encore nécessaire à votre cas. Vous avez remis les pièces du puzzle dans le bon ordre. Vous avez réussi la bascule vers le fonctionnement normal des choses. Vous n'avez plus de raison de vous scarifier ni même d'entrer en crise de panique, Monsieur Abberline. Vous pouvez tout gérer seul à présent.

— Mais ma mère...
— Oui ?

Le psychiatre lut alors des doutes sur le visage de son patient.

— Elle reste votre mère. Vous avez accordé votre amour *Storgê* à Cindy Abberline. Vous avez attribué cet amour maternel à Cindy. Cependant, comme dans le cas des enfants divorcés par exemple, rien ne vous empêche d'accorder à Sylvia aussi un amour maternel si vous le ressentez. Vous savez que cet amour est différent de l'amour *Éros* et *Pragma* dorénavant. Donc, vous pouvez reconsidérer les prédispositions de votre cœur vers un amour *Storgê*.

— Je ne sais pas si mon amour maternel pour Cindy et pour Sylvia se trouve au même niveau...

— On ne vous demande pas de les comparer ni d'en aimer une plus que l'autre. On ne vous demande pas de choisir. Contentez-vous de donner ce que vous voulez donner à chacune. C'est vous le maître de votre cœur. On ne jugera pas la dose d'amour que vous acceptez d'offrir, bien que vous ayez une prédisposition à donner facilement beaucoup !

Ethan grimaça. Sa dernière remarque ne le rassura pas. Pourtant, tout semblait on ne peut plus clair à présent à ses yeux. Chaque femme de sa vie avait trouvé sa place logique dans son cœur. Amour passionnel, filial ou profond, il arrivait à présent à comprendre les subtilités, les nuances. Restait maintenant à savoir s'il intégrerait Sylvia dans l'amour filial ou pas, s'il acceptait de lui rendre sa place attitrée ou pas.

Une fois la consultation finie, ses pas dans le couloir de l'étage de la psychiatrie étaient hésitants. Il avait cette possibilité de voir Sylvia. Devait-il la saisir maintenant qu'il se sentait plus éclairé sur ce qu'il voulait ? Son indécision le rendait nerveux. Au-delà de savoir ce qui était acquis ou pas chez lui, Sylvia restait une personne qui le bouleversait. Son téléphone sonna et il découvrit un appel d'Oliver.

— Ouais, c'est moi ! T'es où ?
— À l'hôpital.
— Oh... Tu es allé la voir ?
— Non, j'avais rendez-vous avec le psy. J'arrive dans trente minutes. Je serai là pour la réunion.
— OK.

Oliver n'avait pas insisté. Il lui en était reconnaissant, mais en même temps, il n'était pas certain que l'indifférence soit la solution.

— Oliver...
— Ouais...
— C'est... quoi le numéro de sa chambre ?

Ethan put deviner son sourire au bout du fil.

— Chambre 309, secteur cancérologie.
— OK... Je ne m'y attarde pas. Je vois juste comment elle va et j'arrive.
— Tu n'as pas à te justifier devant moi de quoi que ce soit, Ethan. Tu as le droit de prendre des nouvelles d'elle.

Ethan regarda ses chaussures et ne répondit rien.

— Si tu as dix minutes de retard, on gèrera. Ne t'inquiète pas.

Oliver raccrocha et Ethan souffla. Il sentait son cœur se gonfler à la fois de réconfort et d'inquiétude. Il était entouré de personnes bienveillantes. Le Docteur avait raison. Il avait ouvert son champ des possibles pour trouver du réconfort et de l'affection. Pourtant, l'angoisse le gagnait avec les pas qui le menaient vers Sylvia. Il trouva la porte et ne sut s'il devait frapper, s'il devait se contenter d'entrer en silence, s'il avait même ce droit. Une infirmière ouvrit la porte à ce moment-là et sortit de la chambre.

— Bonjour, vous souhaitez voir madame ? lui déclara-t-elle,

surprise de se retrouver nez à nez avec un inconnu.

Pris au dépourvu, Ethan ne sut quoi répondre.

— Vous êtes un proche ? Quelqu'un de la famille ? s'intéressa-t-elle alors, voyant son hésitation.

Il baissa le regard, peu confiant à répondre la vérité.

— Comment va-t-elle ? demanda-t-il d'une petite voix.

L'infirmière jeta un œil vers l'intérieur de la chambre et soupira de façon navrée.

— C'est bientôt la fin. Profitez de ces derniers jours avec elle.

Une sourde panique le gagna. Le mot fin avait un drôle d'effet sur lui. Un soulagement d'une part et une grande tristesse de l'autre. Deux émotions contradictoires qu'il ne savait comment gérer.

— Allez la voir ! Elle n'a pas de visite. Cela lui fera du bien.

L'infirmière le quitta et lui laissa la porte ouverte. Ethan fit machinalement un pas vers l'intérieur, puis un second, avant de voir le bout du lit. Il la découvrit entièrement au 3e pas. Elle était allongée, bardée de tubes aux bras et un masque au visage pour l'aider à respirer. Ses yeux étaient fermés. Il s'avança lentement vers elle et la seule chose qu'il voyait, c'était combien elle semblait faible. Les mots de l'infirmière trouvèrent un nouvel écho à ses yeux. Sa vie ne tenait qu'à un fil. Le lien qui la maintenait à la vie était très fin. Il prit place sur un fauteuil à côté d'elle et elle l'entendit. Elle ouvrit aussitôt ses yeux et les écarquilla en voyant son visiteur.

— Oui, il y a de quoi être surpris. Je comprends...

Il sourit de façon embarrassée.

— Ce n'était pas prévu à la base. J'avais rendez-vous avec mon psy...

Sylvia releva la tête vers le plafond. Cette révélation n'était pas une nouvelle qu'elle semblait vouloir entendre.

— Il m'a dit que... ma thérapie pouvait se finir maintenant et que j'avais résolu mes problèmes de façon suffisamment claire pour que je puisse continuer sans lui.

Il se mit à rire.

— Je suis suivi depuis presque deux ans par lui et voilà, il m'a dit que j'avais réussi. Si j'avais su que deux années avec lui suffiraient, je serai allé le voir bien avant au lieu de me trimballer mes casseroles depuis vingt ans !

Sylvia ne put rien répondre, entravée par son masque, et quelque part, cela arrangeait Ethan.

— Il m'a dit que ma rencontre avec Kaya fut déterminante, qu'elle m'a permis de remettre tout dans les bonnes cases...

Il s'esclaffa de façon désabusée.

— Elle est tellement incroyable. Cela n'a pourtant pas été simple entre nous. Nous avons été plus ennemis qu'amis avant. Elle m'a fait tourner en bourrique !

Sylvia tourna la tête à nouveau et le contempla en train de lui parler. Ses yeux exprimèrent une certaine reconnaissance à lui parler de lui.

— Elle m'en a fait voir ! Elle m'a même craché à la figure au début ! C'est dire ! Pourtant, plus je m'accrochais avec elle et plus je voulais réellement m'accrocher à elle. Il y avait quelque chose avec elle de l'ordre du besoin : si je ne restais pas avec elle, j'en mourrais sûrement.

Les yeux de Sylvia lui sourirent. Ethan se montra surpris de cet air heureux qu'elle tentait de lui montrer. Il baissa les yeux, gêné. Peut-être pour la première fois depuis très longtemps, il arrivait à avoir une discussion banale avec sa mère.

— Je crois que j'ai bien fait de m'accrocher à elle ! reprit-il dans un rire. Je n'ai... jamais été aussi heureux que depuis qu'elle vit avec moi.

Il posa sa main sur son visage et cacha une soudaine douleur.

— Je l'aime à en crever. Si tu savais à quel point je l'ai dans la peau !

Sylvia tenta alors de lui tendre la main. Ethan visa la main frêle de sa mère, meurtrie par un cathéter sur une veine. Le manque de force de Sylvia ne put l'aider à concrétiser sa volonté de faire un geste vers lui. Il vit alors une larme couler sur le coin de son œil. Sans vraiment réfléchir, il réduisit la distance manquante pour trouver la main de Sylvia avec la sienne. Il serra deux de ses doigts avec les siens.

— Je compte l'épouser. Pour l'instant, elle refuse, mais je ne lâche rien !

Il se mit à rire en révélant son obstination.

— Je ne compte même plus le nombre de fois où elle m'a dit non, mais... j'ai un plan ! Elle va me dire oui !

Kaya était en train de relever le dernier numéro de téléphone d'une entreprise pouvant lui proposer une offre d'emploi. La liste des possibilités d'emplois s'agrandissait en même temps qu'elle en rayait à la suite de tentatives infructueuses. Elle souffla de défaitisme lorsqu'on sonna à la porte. Elle referma le surligneur avec son bouchon et alla répondre. Sa surprise fut perceptible lorsqu'elle vit les Abberline sur le pas de la porte.

— Bonjour Kaya ! lui déclara Charles avec un petit sourire.

— Viens dans mes bras ! lui emboîta le pas Cindy.

Elle la prit dans les bras et frotta son dos comme une mère le ferait naturellement avec son enfant.

— Que faites-vous là ? s'étonna la jeune femme, prise de court.

— Nous étions inquiets ! répondit Charles. Ethan nous a dit qu'il devait voir Sylvia.

— Oh ! Oui. C'est vrai. Elle a refait son apparition.

Immédiatement, les Abberline virent l'inquiétude également sur le visage de la jeune femme, mais elle se reprit.

— Ne restez pas là ! Entrez !

— Je suis désolée, nous arrivons à peine de l'aéroport ! s'expliqua Cindy tout en entrant avec leurs valises.

— Elle voulait vous voir avant même de poser les valises à l'hôtel ! compléta Charles, encore plus navré de cette intrusion surprise dans leur quotidien.

— Vous pouvez dormir ici ! Nous avons une chambre d'amis ! leur sourit-elle en réponse.

Les Abberline se montrèrent gênés.

— Nous ne voulons pas déranger ! répondit Cindy, embarrassée. Ethan n'aime pas qu'on entre dans son intimité.

Kaya leur sourit immédiatement.

— Ça ira. Je vous assure. Il sera heureux de vous voir.
— Vraiment ? insista Charles, incrédule, connaissant bien par quoi était passé son fils.
— Vraiment ! répéta Kaya, plus confiante que jamais.

Elle mit le geste aux mots, attrapa une des valises et la porta jusqu'à son ancienne chambre. Cindy et Charles se regardèrent, sidérés par son aplomb et sa foi en Ethan. Charles porta la seconde valise dans la chambre et Kaya les invita sur le canapé.

— Vous voulez boire ou manger quelque chose ?
— Non, nous avons eu ce qu'il faut durant le voyage ! répondit Charles.

Cindy acquiesça.

— Kaya, je tenais à m'excuser auprès de toi... lui avoua alors Charles. La dernière fois que nous nous sommes vus, je t'ai virée de la maison et je t'ai jetée à l'aéroport. Je n'ai pas été délicat avec toi et j'en suis sincèrement désolé.

Kaya balaya l'air de ses mains.

— Ce n'est pas grave ! Je comprends parfaitement votre position. À l'époque, Ethan était fragile mentalement et je n'étais pas au fait de tout ce que cela sous-entendait. Vous avez agi au mieux pour lui sur le moment. Aujourd'hui, je suis au courant de tout et tout me semble plus logique.

— Tu as été formidable pour notre fils ! continua Cindy. Ce que tu as réalisé sur lui en peu de temps est incroyable. Nous n'avons pas fait mieux en vingt ans !

Kaya rougit.

— Je n'ai pas fait grand-chose. Je me suis contentée de le quitter, de l'abandonner à un moment critique... Plusieurs fois !

— Tu as agi par électrochocs avec lui ! argumenta Charles. Cela a été suffisant pour le sortir de ses acquis et l'obliger à affronter ses peurs. Ce départ d'un an que tu as opéré, nous ne pouvons t'en vouloir. Nous savons combien Ethan est un garçon compliqué et dur à vivre. Tu as fait ce qui était le mieux pour toi à ce moment-là. Tu as voulu te protéger et peut-être vous protéger.

— Il a trouvé la force de se surpasser encore ! continua Cindy. Son psychiatre a fait le reste. Nous vous devons beaucoup.

— Même si nous avons progressé, je ne suis pas sereine sur la suite pour autant.

Cindy souffla de dépit devant son défaitisme.

— Kaya, il y a les problèmes de couple et il y a les problèmes d'Ethan. Je ne peux pas te dire que les deux se résoudront et finiront par disparaître, mais nous te soutiendrons dans ton couple avec lui du mieux que nous pourrons.

Cindy lui caressa la main de façon bienveillante.

— Kaya, lui dit alors Charles, raconte-nous ce qu'il se passe avec Sylvia.

22

SEREIN

Ethan rentra chez lui après la réunion pour discuter de la gamme prévue pour l'hiver. La journée avait été longue et il se surprit d'être si impatient de retrouver son appartement. Il savait que Kaya l'y attendait et cela suffisait à lui remonter le moral. Lorsqu'il ouvrit la porte d'entrée, jamais il n'aurait pensé assister à un tel spectacle : Cindy et Kaya étaient derrière les fourneaux en train de rire et de papoter ingrédients. Il aperçut ensuite Charles, assis sur le canapé, lisant son journal. Tout semblait convivial, chaleureux, presque normal, habituel.

Cindy et Kaya relevèrent la tête en entendant la porte d'entrée se refermer derrière lui.

— Tiens ! Voilà mon fils ! s'enthousiasma Cindy.

Elle vint vers lui et lui attrapa la main, toujours attentive à ne pas envahir son espace vital par un câlin malvenu.

— Que faites-vous là ? demanda alors Ethan, réellement surpris par leur présence.

Charles se leva du canapé et vint l'accueillir.

— Nous étions inquiets, alors nous sommes venus voir comment tu allais.

Ethan souffla, relâchant une sourde inquiétude, et sourit.

— Je... vais bien. Étonnamment bien, même.

— Vraiment ? insista Cindy.

Ethan contempla alors Kaya.

— Vraiment ! répéta-t-il, convaincu.

Il s'approcha alors de Kaya et déposa un baiser sur sa bouche. Cette dernière le dévisagea, surprise par cette preuve d'amour si peu discrète.

— Je suis amoureux ! compléta-t-il fièrement, devant les joues de Kaya rougissant à cette réponse si sincère de sa part.

Cindy et Charles lui sourirent de façon soulagée.

— Cindy m'apprend à faire ton plat préféré ! lui annonça alors timidement Kaya.

— Des lasagnes ? demanda Ethan pour confirmation.

Kaya opina du chef.

— Cooool !

— Je ne te garantis pas le résultat ! s'empressa de compléter Kaya.

— Je sais que cela me plaira ! Tu me les cuisines avec amour, donc ce sera bon !

La chaleur envahit le visage de Kaya qui ne sut plus où se mettre. Ils ressemblaient véritablement à un petit couple en ménage.

— Kaya nous a proposé de dormir dans la seconde chambre, nous assurant que cela ne te gênerait pas. Nous pouvons aller ailleurs si cela te dérange vraiment, tu sais.

Ethan observa sa mère adoptive avec tendresse et sourit en jetant un œil vers Kaya.

— Non, cela ne me dérange pas.

— T'es sûr ! s'en étonna Charles, sceptique quant à sa facilité à dire oui.

— Oui, la chambre est libre ; Kaya dort dans mes bras !

— Tu n'es pas obligé de préciser cela ! s'emporta alors Kaya, encore plus embarrassée par ses insinuations.

— Quoi ? Je ne dis rien de mal ! Je dis juste que t'avoir dans mes bras m'apaise au point d'accepter de voir d'autres personnes graviter dans mon espace vital !

Kaya baissa les yeux et réalisa combien la situation d'Ethan si critique avant leur rencontre avait évolué de façon bien positive.

— Très bien. Merci ! répondit Charles, soulagé de voir son fils si heureux, malgré les soucis liés à l'irruption de Sylvia dans sa vie.

Ethan attrapa la main de Kaya et l'invita alors à le suivre jusqu'au canapé où ils s'assirent. Il déposa un bisou sur sa joue et

la regarda droit dans les yeux.
— J'ai des choses à te dire.
Il regarda ensuite les Abberline et corrigea.
— À vous dire.
Les Abberline prirent place dans le salon.
— Nous t'écoutons ! déclara Charles, l'air grave.
— Tout d'abord, d'après le psy, je n'ai plus besoin d'aller le consulter.
— Ah bon ? s'étonna Cindy, abasourdie par la rapidité d'une telle conclusion.
— Il estime que ma vie a trouvé un équilibre depuis ma rencontre avec Kaya et que j'ai réussi à mettre de l'ordre dans ma perception de l'amour, ce qui justifie cette décision.
— Mais ? Et Sylvia ? s'inquiéta Charles.
Ethan sourit.
— Je suis en train de régler cela. Je réalise que le Docteur Courtois a raison : elle ne m'impressionne plus. J'ai rétabli les limites que je n'avais jamais dressées avec elle. Je suis allé la voir aujourd'hui. Elle est mourante. Je suis resté avec elle et je n'ai ressenti ni haine ni pitié, à l'inverse de mon entretien avec elle chez Oliver.
Il saisit alors la main de Kaya et sourit.
— Je crois que j'ai enfin digéré tout cela, que cela ne m'atteint plus autant qu'avant, parce que... mon attention n'est plus tournée sur ce qu'elle pourrait me faire, mais vers toi, Kaya. Je crois que je me fiche du reste tant que je t'ai toi. Il n'y a rien de plus important que notre bonheur à deux et je sais aujourd'hui que je ne laisserai personne se hisser entre nous. Pas même Sylvia. Elle m'est devenue insignifiante par rapport à l'importance de notre couple.
Kaya serra leurs doigts entremêlés et lui sourit affectueusement.
— Ce n'est qu'une personne de mon passé... continua-t-il avec amertume.
Charles fronça les sourcils.
— Elle est dans ton présent, Ethan.
Ethan regarda son père de façon détendue.
— Oui, elle est ma mère biologique et c'est tout. Je la respecte comme la personne m'ayant enfanté, mais cela s'arrête là. Je peux

continuer de la détester, mais je sais aussi que cela n'effacera pas ce qu'il s'est passé. Je me suis déjà confronté à elle et je n'en ai tiré qu'une désillusion : je ne la crains plus, elle ne m'atteint plus autant qu'avant. J'opte donc pour passer à autre chose et cette autre chose est mon avenir avec Kaya : je veux l'épouser et créer ma propre famille avec elle. C'est mon unique objectif, écrit sur mon tableau des objectifs.

Cindy sourit, apaisée de voir la sérénité de son fils qui semblait avoir trouvé la paix en lui.

— C'est un bel objectif que tu t'es fixé ! lui déclara-t-elle avec fierté. Tu as raison. Il ne faut pas rester tourné vers le passé, mais l'accepter pour mieux assurer son avenir. Je suis tellement heureuse que tu trouves un dénouement si positif à toutes ces années de souffrance.

Ethan sourit et fixa à nouveau Kaya, tout en secouant leurs mains enlacées.

— C'est ma princesse ! déclara-t-il tout en embrassant sa main dans la sienne. Elle a pris toute la place dans mon cœur !

— Laisse-nous-en quand même un petit peu pour nous ! objecta Charles, faussement agacé.

Ethan se mit à rire légèrement, avant de lui tirer la langue.

— Je ne mélange pas l'amour profond pour ma femme et l'amour filial !

Ethan caressait les cheveux de Kaya, sa tête blottie contre son torse. Il était tard, mais aucun des deux n'était vraiment fatigué. Chacun se satisfaisait de la tendresse silencieuse de l'autre, allongé dans leur lit. Comme si cela était important pour bien finir la journée. Comme si sans cela, un manque irrépressible se ferait ressentir. Ethan ferma les yeux un instant, savourant ce doux moment, humant doucement le shampooing à l'abricot de sa moitié. Il se sentait bien, comblé, en paix. C'était l'effet Kaya. Toute cette journée aurait pu virer au cauchemar, sa visite dans la chambre de Sylvia aurait pu mettre ses nerfs à vif, et pourtant, tout cela semblait presque futile, anodin.

— Chérie, tu sais, j'ai réfléchi pour cette histoire de travail chez *Abberline Cosmetics*...

Kaya releva alors la tête pour lui montrer son attention curieuse, mais inquiète.

— J'ai une proposition à te faire... continua-t-il.

— Une proposition ?

— Je souhaite que tu ne travailles pas loin de moi... Et toi, tu ne veux pas travailler dans la branche secrétariat parce que cela ne te convient pas...

— Oui et ?

— Dans *Abberline Cosmetics*, tu peux quand même travailler dans une autre branche.

Kaya haussa un sourcil, peu convaincue. Ethan argumenta son propos.

— L'entreprise, comme tu le sais, a en son siège une boutique physique qui vend ses produits...

— Là où tu m'as emmenée pour m'acheter du maquillage et où tu m'as maquillée, oui.

— Nous allons bientôt ouvrir une seconde boutique...

— Quoi ?!

— Kaya... Puisque tu t'en sors mieux en vente, pourquoi ne pas tenter la direction d'une des deux boutiques ?

Kaya se redressa aussitôt pour s'asseoir à genoux sur le matelas tout en le dévisageant de façon incrédule.

— T'es pas sérieux ?! s'inquiéta-t-elle.

— Laisse-moi t'expliquer l'idée avant de faire retentir ta sonnette d'alarme et refuser !

Il s'assit à son tour et lui attrapa une main.

— Il faudra plusieurs mois pour que la seconde boutique voie le jour. J'avais pensé que l'on pourrait te former dans la première boutique en tant que co-dirigeante. Tu pourrais ainsi apprendre sans stress auprès de l'équipe de vendeuses, prendre tes marques avec les produits, connaître le fonctionnement managérial et ainsi, lorsque la seconde boutique ouvrira, j'enverrai l'actuelle dirigeante de la boutique mère dans la nouvelle succursale avec une partie de l'équipe pour assurer un bon démarrage. Pendant ce temps, toi, tu

continueras avec l'autre partie de l'équipe dans la boutique mère !
Il sourit alors et la ramena dans ses bras.
— Comme ça, je pourrais manger avec toi tous les midis !
Kaya fit de gros yeux, paniquée par son plan si ambitieux.
— Je n'arriverai jamais à gérer une équipe !
— Tu sais vendre ! Tu sais comment gérer les clients. Tu perçois la sensibilité des gens. Il te manque juste deux ou trois trucs à apprendre niveau gestion et je suis persuadé que ça peut le faire !
— Tu me surestimes !
— Non, je te connais et je suis sûr que c'est la meilleure idée que j'ai eue depuis que j'ai décidé de t'épouser !
Kaya contempla Ethan de façon blasée.
— Oui, oui ! La meilleure idée ! réaffirma-t-il, tout sourire.
— Et si je ne remplis pas les objectifs de la boutique ?! Si je ne fais pas de ventes ?
— Je te montrerai comment on réussit un tableau des objectifs ! Je m'y connais là-dessus !
Kaya grimaça à son trait d'humour.
— Kaya, si tu rencontres un souci ou si tu doutes et as besoin d'un avis, tu auras ton équipe et je serai là pour t'aider. Je veux... Non, j'aimerais vraiment que tu y réfléchisses sérieusement. Tu aurais une certaine indépendance vis-à-vis de moi avec la boutique tout en restant proche de moi. N'est-ce pas un bon compromis ?
Kaya souffla, vaincue.
— OK... Apporte-moi plus d'éléments et je vais y réfléchir.
Ethan sourit et la renversa soudain, pris par la joie de la voir ouverte à sa proposition. Kaya poussa un petit cri surpris par la démonstration de son enthousiasme. Il l'embrassa alors sans attendre, scellant ainsi ce nouvel engagement à deux.
— J'ai une autre idée à te soumettre... s'amusa-t-il encore, entre leurs lèvres.
— Quoi encore ? se méfia à nouveau Kaya, tout en plissant les yeux.
— Je pense que notre couple a franchi un cap : celui de la maturité !
— De la maturité ?
— Ouaip ! Nous arrivons à discuter calmement de nous et nous

ne nous laissons plus envahir par des colères ou des peurs extérieures ! Je pense que cela mérite une nouvelle réflexion sur notre couple : Kaya, épouse-moi !

Un sourire se dessina tout à coup sur les lèvres de Kaya.

— Belle tentative ! J'avoue que tu as bien rebondi d'une proposition à une autre !

— Tu as vu ? Je deviens meilleur un peu plus chaque jour ! Bientôt, tu n'auras plus d'autre choix que de craquer et dire oui, tant ma performance s'avérera parfaite en tout point !

Kaya se mit à rire et déposa un gros bisou sur ses lèvres.

— Je dois bien admettre que tu débordes d'imagination !

— Oui, tu m'inspires ! Chaque jour, j'ai envie de te crier mon amour de façon différente !

Kaya lui caressa alors la joue tendrement.

— J'ai encore du mal à croire qu'on peut être vraiment heureux tous les deux, ensemble, sur la durée...

Ethan laissa ses lèvres effleurer celles de sa partenaire avec sensualité.

— Crois-le, Kaya ! Je ne laisserai plus rien nous séparer. On va y arriver, je te le promets !

Kaya ferma les yeux et se laissa porter par les doux baisers d'Ethan, conscient de l'angoisse latente qui rongeait la jeune femme.

— Ethan... Grave tes mains sur ma peau ! Tout comme je veux graver chaque instant ensemble dans mon cœur... Je ne veux plus simplement que tu poses tes mains sur moi. Je veux qu'elles restent imprégnées en moi.

Ethan caressa de son nez celui de Kaya avec langueur.

— Tout ce que tu veux, ma chérie. Je vais te montrer combien mon amour est puissant !

— D'accord ! Mais en silence ! On a tes parents dans la chambre d'à côté !

— Merde ! Pourquoi j'ai accepté ?! Quel con ! Je ne peux même pas t'entendre gémir un peu ?

— Pas moyen, t'entends !

Ethan sourit alors sournoisement et glissa sa main dans sa culotte.

— J'ai hâte de voir ta mine toute gênée demain matin devant eux !
— Ethaan ?!
— Oui ! J'ai envie d'être ton connard adoré ce soir !
— Ethaaaaan !

En route pour l'hôpital, Kaya était beaucoup plus anxieuse que ne l'était Ethan. On était samedi et Ethan voulut profiter du week-end pour rendre visite à Sylvia. Les Abberline et Kaya s'étaient montrés inquiets de cette initiative de sa part. S'il n'avait plus fait de cauchemars depuis sa rencontre chez Oliver, chacun redoutait un comportement de façade de sa part avant que le vernis ne cède et que tout s'effondre comme les fois précédentes. Rester donc attentif à son attitude générale leur permettait de sonder l'irrémédiable pour mieux y parer, mais devant sa volonté de retourner voir sa mère biologique, les trois se trouvaient un peu démunis quant à la réaction à avoir vis-à-vis de lui. L'encourager dans ce sens ou l'empêcher de se faire du mal inutilement ? Kaya s'était donc proposé de l'accompagner à l'hôpital afin de voir si tout allait réellement bien comme il l'affirmait.

Elle le trouvait trop serein. Sylvia était mourante et si ce côté détaché pouvait se justifier, elle comprenait difficilement les raisons d'Ethan de vouloir continuer à lui rendre visite. Cela restait sa véritable mère et en un sens, le lien maternel ne serait jamais vraiment rompu entre eux. Il subsisterait toujours cet amour si particulier. Néanmoins, il avait tellement souffert jusque-là à cause de cette femme, qu'elle craignait de voir une forme de masochisme à vouloir encore s'infliger une douleur à défaut de pouvoir la reporter sur son torse.

Elle l'avait observé durant tout le trajet. Il avait mis la radio et avait chantonné tout en tapant ses doigts sur le volant les trois quarts du temps. Lorsqu'ils arrivèrent à l'hôpital, Ethan la guida avec aisance à travers les couloirs du secteur cancérologie, comme

si c'était quelque chose d'habituel et d'anodin.
— Ethan, tu as été la voir combien de fois ? lui demanda-t-elle soudain, suspicieuse.
Ethan lui sourit et réfléchit rapidement.
— Deux fois. La fois du jour de l'arrivée de Charles et Cindy, et une fois où j'ai fini plus tôt. Aujourd'hui est la troisième fois.
Kaya s'arrêta alors au milieu d'un couloir.
— Pour quelqu'un qui ne voulait pas la voir ni même lui parler, ne trouves-tu pas cela étrange ce changement de comportement ?
Surpris, Ethan fixa Kaya avant de soupirer.
— Ne t'inquiète pas. Je sais que cela peut paraître louche en sachant ce que je pensais d'elle il y a encore dix jours. Mais je te l'ai dit : cela ne m'affecte plus autant qu'avant. Je ne la crains plus.
— Ethan, tu la détestais autant que tu l'aimais.
— Et c'est toujours le cas. Seulement...
— Seulement quoi ?
Ethan baissa les yeux, conscient que la remarque de Kaya était pertinente.
— Il y a plein de sentiments qui me parcourent en même temps. La colère, la pitié, la vengeance, l'inquiétude, le regret... Je n'arrive pas à savoir ce qu'elle m'inspire vraiment aujourd'hui. Quand je la vois ainsi, dans son lit d'hôpital, je suis soulagé de ne plus me sentir à sa merci et si faible face à elle. Je sais que dans son état, je n'ai plus à la craindre. J'ai grandi et elle a vieilli. Cependant, j'ai aussi du mal à lui tourner le dos à la vue de son état de santé. Je pense qu'elle aurait été en pleine forme, les choses auraient été plus simples. J'aurais tracé ma route. Or, il est évident qu'elle est seule et qu'elle va mourir seule...
Kaya observa l'air désolé de son petit ami.
— Je ne veux pas être le fils aimant. Je ne veux pas qu'elle s'imagine que je lui pardonne, car ce ne sera jamais le cas. Je lui en voudrais toute ma vie d'avoir été une mauvaise mère pour moi.
— Mais ça reste ta mère...
— Cela reste ma mère... répéta-t-il, résigné.
Kaya lui prit alors la main et serra ses doigts dans les siens.
— La dernière fois que je suis venu, elle dormait. Je ne l'ai pas réveillée. Je suis juste resté à côté d'elle. La fois d'avant, je lui ai

juste dit que je comptais t'épouser coûte que coûte.

— Et cette fois, que vas-tu faire ? lui demanda alors Kaya, intriguée.

Ethan souffla et sortit un objet de sa poche. Ils le fixèrent tous les deux et Kaya comprit que c'était un tube de quelque chose dont le packaging était neutre.

— Qu'est-ce que c'est ?

L'attention d'Ethan resta bloquée sur ce tube un instant.

— J'ai abandonné la collection hiver de cosmétiques, Kaya.

— Ah bon ? Pourquoi ? Tu vas faire comment si tu n'as pas de collection de remplacement dans les temps ? Vous avez retrouvé la collection volée ?

— Non, nous n'avons rien retrouvé pour l'instant. J'ai changé d'avis en allant voir Sylvia la première fois. J'ai décidé de ne pas sortir de collection hiver cette année et de me concentrer sur autre chose...

Il esquissa un sourire furtif et l'attrapa par la main.

— Allons-y ! Tu comprendras...

23

AÉRIEN

La stupeur traversa le visage de Kaya lorsqu'elle entra dans la chambre et vit l'état de Sylvia. Si elle ne portait pas spécialement cette femme dans son cœur au regard de ce qu'avait subi Ethan à cause d'elle, elle comprenait cependant le choix d'Ethan de ne pas l'abandonner. Bardée de tubes et de cathéters, sa respiration se faisait difficile. Son visage émacié faisait peur à voir. Des bleus couvraient ses bras, signe de ses prises de sang répétées à l'hôpital. Elle était encore plus livide que la dernière fois qu'elle l'avait vue.

Ethan s'avança vers elle pour vérifier si elle dormait. Sylvia ouvrit les yeux avec difficulté, mais son regard d'abord surpris se montra plutôt heureux en constatant la présence de son fils à son chevet. Elle déporta ses yeux vers le reste de la chambre et remarqua Kaya. Malgré le masque devant la bouche de Sylvia, la jeune femme put deviner un petit sourire.

— Elle a tenu à m'accompagner... précisa alors Ethan, comme simple justification à la présence de sa petite amie.

— Bonjour... se contenta de dire Kaya, mal à l'aise.

Tout cela la replongea dans ses souvenirs, lorsque son père tenait la même place que Sylvia et qu'elle avait assisté à ses derniers instants. Un souvenir douloureux qu'elle ne souhaitait pas qu'Ethan vive, même si cela paraissait irrémédiable. Elle ferma un instant les yeux et soupira de tristesse. Même si elle avait peu côtoyé cette femme, voir un corps faible face à la mort écraserait toujours sa poitrine. Il n'y avait rien d'heureux de voir la fin de vie de quelqu'un.

Sylvia tenta de lever sa main vers Ethan, mais son état la ralentit dans son initiative. Ethan essaya de comprendre ce qu'elle voulait lui dire, mais resta déconcerté. Il approcha sa main de celle de sa mère et elle toucha son annulaire.

— Oh ! Non ! sourit-il tout en regardant Kaya. Elle n'a toujours pas dit oui !

Kaya grimaça.

— Tu pourrais faire un effort quand même ! ajouta-t-il à sa décharge contre Kaya.

— J'ai presque dit oui ! Ne commence pas !

— Presque, ce n'est pas entièrement !

Kaya s'agaça et bouda tout en détournant le visage et croisant les bras. Ethan sourit et reporta son attention sur sa mère biologique.

— Toujours têtue ! C'est incroyable ! Mais je le suis encore plus qu'elle !

Sylvia leva à nouveau deux doigts. Ethan laissa sa main près de la sienne. Elle lui tapota de ses deux doigts le dessus de la main, comme un simple geste de réconfort à ce perpétuel échec d'obtenir un oui de sa petite amie.

Sylvia toussa tout à coup dans son masque. Sa respiration devint plus difficile.

— Elle ne peut pas parler sous son masque ? demanda alors Kaya, hésitante.

— Merci... d'être... venus... déclara alors Sylvia d'une voix fatiguée.

Kaya comprit immédiatement combien ce simple effort lui coûtait. Elle se rapprocha du lit et se pencha au-dessus d'elle.

— Je suis là pour lui ! lui répondit sèchement Kaya. Je suis cependant désolée de constater que votre état ait empiré à ce point. Même si cela était annoncé et devait arriver, je n'aime pas voir quelqu'un malade... Enfin, bref !

Elle se recula, mal à l'aise. Ethan contempla Kaya sur la défensive et ne lui en voulut pas. Elle avait connu assez de deuils pour ne pas vouloir voir son cœur meurtri à nouveau. Il observa ensuite Sylvia. Comment allait-il encaisser son décès le moment venu ? Cela turlupinait son esprit. Serait-il triste ? S'il ne l'était pas, cela serait-il mal ? Cela serait-il bienvenu de pleurer une femme qui l'avait conduit dans une déchéance programmée ?

Il se souvint alors de son tube dans la main. Pourquoi faisait-il tout cela ? Il ne se rappelait pas vraiment les raisons. C'était juste l'instinct, peut-être encore cette gentillesse écœurante parfois qui le poussait à penser à elle.

— Je suis venu te montrer le prototype d'un produit que je commercialiserai bientôt. C'est toi qui m'as inspiré cette idée. Oui, je me fais de l'argent sur ton dos ! Tu me dois bien ça !

Il lui montra le tube.

— Il n'a pas encore été « habillé ». Je n'ai que le contenu. Mon équipe communication travaille au design du tube... J'ai préconisé une pompe d'ailleurs, plutôt qu'un tube, afin de faciliter son application sur les doigts.

Sylvia observa le tube et Ethan en sortit une noix de crème beige. Elle regarda les doigts d'Ethan étaler le fond de teint sur le dessus de son autre main.

— La texture est bonne. Je voulais quelque chose de léger à appliquer. L'idée n'était pas d'alourdir le teint, mais d'en faire une seconde peau.

Kaya observa minutieusement les gestes d'Ethan et comprit où il voulait en venir.

— Oh ! s'exclama-t-elle en montrant la crème sur sa main.

— C'est un fond de teint ! confirma alors Ethan. Je vais ouvrir une gamme de fonds de teint que même un malade pourra appliquer afin qu'il puisse cacher la blancheur d'un visage atteint par la maladie et qu'il ne se laisse pas rattraper par la déprime en se regardant dans la glace...

Kaya écarquilla les yeux, surprise par cette initiative touchante de sa part et assez pertinente. Le produit semblait bien se marier avec la porosité de la peau afin de donner un aspect naturel. Il demeurait discret, mais donnait un certain éclat à la peau.

— J'ai validé la texture. Le résultat est pas mal. Il contient des agents hydratants et anti-allergènes. Nous allons pouvoir compléter la gamme par différentes teintes selon les types de peaux. Il n'y aura pas besoin de sortir la gamme dans l'urgence, comme avec la collection hiver qu'on nous a volée et qu'il fallait remplacer rapidement. Avec cette idée, nous allons prendre le temps de travailler sur chaque teinte de la gamme.

À travers cette démonstration, les deux femmes purent constater le discours du patron d'entreprise connaissant son sujet. Une façon pour Sylvia de découvrir une facette de son fils à travers le métier qu'il exerçait et qui ne passa pas inaperçue aux yeux de Kaya, ce qui la fit sourire.

— Tu veux le tester sur elle ? lui demanda-t-elle alors.

Ethan tourna immédiatement la tête vers Kaya et la fixa de façon hébétée.

— Eh bien...

— Autant qu'elle te serve de cobaye, puisqu'elle est à l'origine de l'idée ! ajouta-t-elle, avec ruse.

Ethan s'enquit de la réaction de sa mère qui secoua la tête affirmativement. Il déglutit, puis contempla l'échantillon sur le dos de sa main.

— Il faudrait enlever ton masque. Est-ce bien judicieux ?

— Je veux... être belle pour... mourir ! lui déclara-t-elle alors à travers son masque.

Sa réponse désarçonna Ethan qui réalisa que l'enjeu de ce fond de teint était finalement peut-être celui-ci : lui donner une dignité qui lui avait échappé tout au long de sa vie.

Avec l'aide de Kaya, ils lui retirèrent délicatement le masque à oxygène et le posèrent à côté d'elle, sur l'oreiller. Sylvia ferma les yeux et Ethan commença à lui appliquer la crème teintée.

— Vous savez, Ethan sait aussi maquiller ! commenta Kaya, enjouée de se remémorer ce souvenir dans sa boutique. Il m'a maquillée une fois... Bon, il n'était pas satisfait du résultat, mais moi je trouvais ça très bien...

Ethan prit soin d'étaler le fond de teint doucement. Il avait l'impression que la peau de Sylvia pouvait se désintégrer au passage de son doigt. Elle était vieille, abîmée par le temps et les substances qu'elle avait pris toute sa vie. Il plaça la crème de façon uniforme, s'assurant que le fond de teint ait bien pénétré sa peau, puis esquissa un léger sourire, satisfait du résultat.

— Voilà ! C'est fait ! C'est pas mal du tout ! Il n'y a pas de brillance ou d'effets poudrés.

Sylvia rouvrit les yeux et fixa son fils avec sérénité.

— Il faut un miroir ! s'empressa de chercher Kaya. Où pourrait-on avoir ça ?

— Tu n'en as pas un dans ton sac à main ? lui suggéra-t-il de façon évidente.

— Je te rappelle que tu m'as connu avec des rognures de crayons pour les yeux ! Alors, posséder un miroir...

— Tu aurais pu évoluer un peu depuis ! râla Ethan.

— Tu n'avais qu'à me le fournir avec tout ton kit de maquillage qui a remplacé mes rognures de crayons !

— C'est bien la première chose que je vais faire en sortant d'ici ! railla-t-il.

Kaya grimaça et regarda à nouveau Sylvia qui avait fermé les yeux. Ethan tourna à nouveau sa tête vers sa mère et s'étonna de la voir sourire malgré les yeux fermés.

— Je vais voir si je trouve un miroir avec l'aide des infirmières. Je reviens.

Il lui tapota l'épaule pour la rassurer, mais aucune réaction ne vint de la part de Sylvia.

— Hey ! Sylvia ?

Il la secoua un peu plus, mais son sommeil semblait trop profond pour être normal.

— Maman ?!

Il avait beau tenter de la réveiller, mais aucune réaction ne semblait se manifester de sa part.

— Ne t'endors pas encore ! Hey !

Aucune réaction ne trouva d'écho à l'appel de son fils, si bien que l'incrédulité se transforma en inquiétude. Ethan se pencha sur elle et s'empressa de lui remettre le masque.

— Voilà ! Respire !

Il la secoua encore dans l'espoir qu'elle ouvre à nouveau les yeux, mais elle demeura inerte. Kaya comprit alors et mit ses mains devant sa bouche pour cacher l'effroi d'une triste hypothèse qui se dessinait sous leurs yeux. Ethan resta hébété devant l'inertie de Sylvia et éprouva beaucoup de mal à accepter l'évidence.

— Non ! Elle ne s'est pas vue devant le miroir ! Réveille-toi !

Je n'ai pas fini !

Il retira le masque et porta immédiatement son oreille contre la bouche de sa mère pour vérifier son souffle, puis s'empressa de remettre son masque à oxygène sur le visage.

— Non ! Respire !

— Ethan...

— Allez ! Ouvre les yeux, bordel ! Je suis venu te voir, alors aie au moins la décence de me regarder en retour !

Il la secoua un peu plus, mais Kaya bloqua son bras pour qu'il cesse de s'énerver sur ce pauvre corps épuisé. Il regarda Kaya qui secoua la tête négativement, les larmes aux yeux.

— Arrête... Tu... vois bien que...

— Va chercher l'infirmière ! lui ordonna-t-il, niant ce qui semblait pourtant être de plus en plus éloquent. Elle s'est juste assoupie !

Les larmes de Kaya coulèrent. Elle ne voulait pas pleurer pour cette femme, mais elle n'en restait pas moins la mère de l'homme qu'elle aimait. Elle ressentait la douleur qui pouvait animer le cœur d'Ethan en cet instant.

— Si tu ne peux pas ouvrir les yeux, fais-moi un signe avec tes doigts ! insista-t-il tout en attrapant la main de Sylvia. Touche mes doigts ! Tu entends ?

Il glissa sa main sous les doigts inertes de sa mère pour mieux ressentir le faible geste possible de sa mère. L'attente de quelques secondes avait des allures d'éternité pour Ethan qui ne trouvaient plus de leviers pour faire réagir la pauvre femme.

— Ethan... C'est fini ! conclut tristement Kaya. Elle nous a quittés.

— Non ! Ce n'est pas possible ! s'écria-t-il, perdu et en colère. Pas comme ça ! Pas aussi vite ! Va chercher l'infirmière, je te dis !

— Tu... lui as offert une belle mort..., lui répondit alors Kaya, tentant de rester forte pour lui. Je reviens, je vais chercher une infirmière...

Ethan se laissa tomber sur la chaise à côté du lit, hagard. Il fixa le corps inanimé de Sylvia, cherchant à comprendre pourquoi tout s'était éteint en elle subitement. S'il n'avait pas retiré son masque, serait-elle encore en vie ? Kaya revint, accompagnée d'une infirmière qui vérifia immédiatement l'état de santé de Sylvia et l'examen confirma les doutes de la jeune femme.

— Je suis désolée. C'est fini... Mes sincères condoléances, Monsieur.

— Sylvia a lutté toute sa vie contre le mal. Elle a souvent succombé aux tentations, mais aujourd'hui, elle peut partir en paix. Le seigneur a adouci ses souffrances. Elle est partie le rejoindre avec le sourire et c'est ce que nous devons retenir de ce triste départ : chaque homme et chaque femme ici-bas partent rejoindre Notre Seigneur le cœur plus léger. Le pardon est un chemin difficile à suivre et Notre Seigneur montre l'exemple. Remercions Notre Seigneur pour sa magnanimité. Suivons son exemple ! Pardonnons à ceux qui nous ont offensés et aidons-les à trouver le repos de l'âme.

Le prêtre termina son oraison funèbre et salua les personnes présentes qui se comptaient au nombre de cinq : les Abberline, Oliver, Kaya et Ethan. Sylvia avait préparé seule ses obsèques et avait préféré l'incinération. Les agents des pompes funèbres invitèrent chacun à dire un dernier adieu à la défunte avant crémation. Ethan avait refusé de prononcer un discours en son honneur. Kaya ne l'avait pas forcé à revoir sa position à ce sujet. S'il se montrait plutôt distant avec ses obsèques, Kaya devinait malgré tout que son cœur saignait d'une certaine manière.

Même si son décès était programmé, sa mort était arrivée de façon subite, lors d'un moment de communion rare avec elle. Chacun avait réussi à faire un pas vers l'autre, mais le destin avait estimé que c'était bien assez pour eux. Le sentiment d'insuffisance et d'incomplétude devait malgré tout ronger Ethan. Kaya savait qu'elle devait lui laisser le temps de digérer cette impression d'inachevé liée à la brutalité de sa mort.

Il n'avait pas versé une larme depuis. Il n'avait pas non plus reparlé du moment de sa mort. Il s'était contenté de superviser ses obsèques de façon détachée, comme pour répondre à un ultime devoir qu'on ne pourrait lui reprocher plus tard.

Le corps de Sylvia s'était ensuite enfoncé lentement dans le four crématoire, puis avait disparu dans les flammes. Ses cendres avaient ensuite été mises dans une urne et déposées dans un emplacement dédié au recueillement. Oliver et les Abberline laissèrent Ethan et Kaya seuls, devant sa plaque commémorative. Charles s'était contenté de tapoter l'épaule de son fils dans un geste de soutien affectueux, lui montrant qu'il n'était pas loin s'il avait besoin de lui. Oliver avait fait un clin d'œil à Kaya, se voulant léger dans ce moment si lourd à porter sur ses épaules. C'était sa façon de lui dire « Hauts les cœurs ! Tout ira mieux après ! ».

— Je n'arrive pas à savoir quoi ressentir vraiment... déclara alors Kaya, les mains jointes, l'attitude solennelle. Je n'aimais pas cette personne parce qu'elle t'a fait du mal. Pourtant, je n'ai jamais vraiment réussi à être indifférente à ses intentions. Quelque part, je comprends les sentiments qui t'ont toujours habité la concernant. Comment rejeter complètement cette personne ? Moi-même, elle m'a émue. Elle a touché ma corde sensible pour que je lui vienne en aide et que tu la rencontres. Je n'explique toujours pas comment mon ressentiment pour elle a pu passer au second plan par moments. Pour autant, je ne lui pardonne pas et je comprends tout à fait que tu ne veuilles pas le faire non plus. Ne te reproche rien, Ethan. Tu as eu la bonne attitude envers elle. Tu as fait ce qu'il y avait à faire. Sans accepter son pardon ni offrir une trace particulière d'affection, tu as toutefois accepté de lui montrer une part de ta vie afin qu'elle soit soulagée de partir sans peur pour toi. Tu lui as offert une dernière considération et je pense que c'est tout ce qu'elle souhaitait. J'admire la façon dont tu as géré tout cela. J'avais peur et je vois que tu t'en es bien sorti malgré mes craintes, mais...

Elle se tourna vers lui tandis qu'il fixait la plaque funéraire.

— Ethan, elle n'est plus là. Tu peux relâcher avec moi ce que tu as contenu difficilement jusque-là.

Kaya lui saisit la main et la serra dans la sienne. Ethan accepta enfin de faire un geste vers elle et la regarda. Kaya lui sourit tendrement alors.

— N'attends pas de te retrouver devant un miroir pour t'ouvrir le torse. Aujourd'hui, tu as une autre solution pour évacuer ta douleur. Tu peux te laisser aller dans mes bras... Tu as le droit de t'écrouler maintenant. Laisse-moi te consoler.

Il considéra un instant sa proposition et accepta. Elle le prit dans ses bras et Ethan se laissa aller en silence, la tête sur son épaule, évacuant ce trop-plein d'émotions.

— Elle n'a pas pu voir le résultat... Je voulais tellement qu'elle le voie !

— Je sais... J'ai bien compris que cela te tenait à cœur. C'était une façon pour toi de partager quelque chose avec elle, autre que physique, comme l'aurait fait un fils normal avec sa mère.

Elle l'entendit alors renifler contre son cou. Elle lui caressa les cheveux doucement.

— Dis-toi que le simple fait que tu prennes soin d'elle ainsi avant de mourir lui suffisait, peu importe le résultat finalement. C'était ta création, ton initiative et ce n'était rien que pour elle ; c'est tout ce qui comptait à ses yeux. Elle s'est endormie avec le sourire. Tu as accompli ta mission. Tu as fait ce métier pour rendre le sourire aux gens, en les aidant à se trouver plus beaux. C'est ce que tu as fait encore une fois.

Ethan lâcha un spasme avant de s'effondrer contre elle et de pleurer. Il n'aurait jamais pensé vivre ce moment et pourtant, il pleurait. Il n'arrivait pas vraiment à en définir les causes. Était-ce vraiment ce goût d'inachevé au moment de sa mort ou bien le fait qu'elle soit réellement partie sans rien dire ? Lui manquerait-elle ? Il savait que non ; elle ne lui avait pas manqué jusque-là. Était-ce parce qu'il regrettait quelque chose ? Un mot non-dit, un geste ? Avait-il seulement espéré une telle attention ? Il avait fait son maximum jusqu'au bout, il avait atteint ses limites avec elle. Alors quoi ? Il n'arrivait pas à comprendre pourquoi les larmes coulaient, pourquoi son cœur avait mal pour une femme qui l'avait tant fait souffrir. Était-ce cet amour filial cité par le Docteur Courtois qui ressortait par tous les pores de sa peau et lui faisait éprouver ce manque incommensurable tout à coup ?

Il se laissa malgré tout aller dans les bras de Kaya. Peu

importaient les raisons, il savait que la faiblesse qui l'accablait ne lui serait pas dangereuse, car Kaya veillait sur lui, sur sa santé, sur son bien-être, sur sa personne. La douleur était anesthésiée par les bras, l'odeur et la voix de Kaya. C'était tellement plus doux que de s'ouvrir le thorax. C'était elle qui le soutenait et c'était elle qui le remontait hors des profondeurs d'une dépression. Il pouvait lui montrer tout ce qu'il cachait ; elle l'invitait même à le faire sans retenue. Il n'y avait rien de ridicule ou d'affligeant, rien de choquant ou d'abusif dans son comportement à ses yeux. Il pouvait se permettre de réagir sans honte, sans crainte, sans jugement.

Il ne s'agissait pas de trouver une explication réelle à ce chagrin. Il n'y avait que cette possibilité d'évacuer ce poids qui l'avait poursuivi toute sa vie et de le laisser au passé une bonne fois pour toutes. Tout se finissait avec la mort de Sylvia. Toutes ses angoisses ne reviendraient plus aussi fortes à partir du moment où leur origine avait disparu de la surface de la Terre. C'était un allègement mental et corporel qui s'effectuait en lui, mais cela restait douloureux de se séparer de tout ce qui l'avait accompagné durant des dizaines d'années. Le poids de ces années de souffrance était devenu sa seconde peau. Kaya avait effectué un gros nettoyage là-dessus, mais sans doute réalisait-il aujourd'hui que cette seconde peau allait disparaître pour le laisser à nu avec un avenir à créer.

Sans doute était-ce tout cela qui sortait de lui dans ses larmes ? Un soulagement et une peur de l'inconnu, un allègement, mais le poids du vide à présent.

Kaya lui frotta le dos et l'embrassa à plusieurs reprises. Elle préférait voir ses larmes que de le voir se contenir et que ça explose plus fort et plus douloureusement plus tard. Quelque part, elle était heureuse qu'il relâche aussi vite et facilement devant elle. Cela la confortait dans les progrès qu'ils avaient faits ensemble. Cela permettrait aussi peut-être de clôturer plus facilement ce chapitre de sa vie... Une vie nouvelle avec elle, où les ombres du passé ne viendraient plus les tourmenter autant à présent. Une vie où l'avenir serait plus radieux et où les cicatrices s'estomperaient avec le temps...

24

CONNARD !

Six mois plus tard...

— Allô, Kaya ! Où es-tu ?
— Coucou ! J'arrive dans vingt minutes !
— OK, je t'attends ! J'ai préparé un délicieux repas pour nous deux !
— Homme bon à marier, tout ça !
Elle entendit un rire à l'oreille.
— Alors qu'attends-tu pour me dire oui ?! N'est-ce pas une preuve tangible que je suis l'homme de ta vie ?!
— Je n'ai pas encore goûté le repas. Ne va pas si vite en besogne, je peux encore très bien mourir empoisonnée avant !
— Si tu meurs, alors j'avale le reste du repas pour te rejoindre dans l'au-delà !
Kaya esquissa un petit sourire triste.
— La mort est un rempart difficile à franchir, crois-moi... Je te laisse. À tout à l'heure.

Kaya raccrocha et observa dans ses mains les deux tickets de concert qu'elle avait réussi à obtenir au prix d'une bataille acharnée avec d'autres fans. Ses vêtements avaient encore les stigmates de cette lutte pour être parmi les premières à acheter les places limitées pour ce concert privé des *Night Birds* au guichet.
Elle réajusta son petit tailleur, se recoiffa rapidement et lâcha un soupir de satisfaction en rangeant dans son sac à main le futur

cadeau d'anniversaire d'Ethan avec fierté. Elle prit ensuite le chemin de la maison avec sérénité.

Le deuil de Sylvia s'était fait en douceur pour Ethan. Ils avaient continué à parler un peu d'elle les jours qui avaient suivi son incinération, puis la vie avait repris lentement son cours. Elle avait finalement accepté la proposition d'Ethan de se former pour l'arrivée de la succursale de la boutique d'*Abberline Cosmetics*. D'abord, pour donner une source de joie et de soulagement à Ethan durant ce moment difficile de deuil, mais aussi parce que l'offre lui semblait plus en adéquation avec ses compétences que celle d'être sa secrétaire. Elle avait donc commencé sa formation un mois après le décès de Sylvia. Cela avait permis de relancer leur avenir commun et une routine dans laquelle ils pouvaient se retrouver. Elle travaillait à la boutique au pied du siège de l'entreprise, ce qui leur permettait de venir au boulot ensemble et de rentrer ensemble si aucun des deux n'était en déplacement. Elle était coachée par la responsable du magasin et ces premières semaines se passaient divinement bien, à son grand étonnement. Si elle appréciait Abbigail, elle avait trouvé la même affinité avec Élisabeth, la chef de magasin, qui s'avérait très professionnelle. Les choses coulaient de source entre elles. Le challenge la stimulait. L'envie de réussir autant que celui de faire plaisir à Ethan la motivait. Elle apprenait vite et trouvait ses marques avec aisance. Ethan venait lui faire de temps en temps une visite surprise à la boutique pour vérifier que tout se passait bien, puis repartait, un petit sourire heureux et convaincu sur le visage, ce qui la rendait elle-même heureuse pour le reste de la journée. Parfois, ils déjeunaient ensemble et les employés *d'Abberline Cosmetics* identifièrent rapidement Kaya comme la femme du directeur. Elle n'aimait pas trop être jugée comme telle, mais elle savait aussi que cette étiquette ne la lâcherait pas, car c'était un fait indéniable. Le caractère officiel de leur relation n'était pas caché par le premier concerné non plus. Ethan ne ratait pas une occasion pour s'afficher auprès d'elle avec un grand sourire fier. Elle avait même dû l'accompagner à une soirée organisée par un concurrent, ce qui avait davantage alimenté les ragots sur la fin de célibat du directeur exécutif *d'Abberline*

Cosmetics. Il la nommait « ma femme », ce à quoi elle rectifiait par « petite amie » avant qu'il ne la reprenne avec le mot « fiancée ». C'était une guerre douce entre eux. Ethan ne lâchait pas son objectif de l'épouser et multipliait les demandes ou allusions au mariage. Il ne se fâchait pas à ses refus, il restait patient, mais lui rappelait volontiers que le sujet resterait d'actualité jusqu'à son « oui » définitif.

Sa formation toucha à sa fin quatre mois plus trad. Élisabeth fut envoyée à la succursale, estimant qu'elle avait plus d'expérience pour prendre en charge une nouvelle boutique tandis que Kaya garderait la boutique mère, accompagnée de deux vendeuses confirmées pour l'épauler. Kaya comprit qu'il souhaitait surtout la garder près de lui et n'objecta pas. Le confort de la boutique mère était indéniable pour son quotidien. Être responsable de la boutique mère était tout aussi exigeant que de gérer la succursale. Aussi, elle ne s'offusqua pas ; elle était déjà en terrain familier. Ethan lui offrait sa confiance. Il lui donnait un poste à haute responsabilité et elle lui en était déjà suffisamment redevable. Elle savait que d'autres formations ponctuelles suivraient. Savoir Ethan non loin, quelques étages au-dessus d'elle, était une garantie aussi réconfortante que ses bras. Elle pouvait demander une aide, un avis, un soutien n'importe quand et la réponse serait rapide. Cela la soulagea.

Lorsque la succursale ouvrit, sa prise de poste en tant que gérante de magasin fut effective. La fierté d'Ethan n'avait eu d'égale que la sienne d'avoir relevé la première partie du challenge : être allée au bout de sa formation. Ethan l'avait couvert de cadeaux de bienvenue. Les premiers jours, il n'hésitait pas à descendre à la boutique pour vérifier si tout se passait bien, à l'appeler pour des excuses bidon ou envoyer quelqu'un pour obtenir un rapport. Le soir, il la collait, cherchant un éventuel malaise qu'elle pouvait lui cacher. L'expérience au secrétariat l'avait rendu plus vigilant sur son bien-être. Kaya trouva cela mignon au début, puis étouffant à la longue. Aussi, lorsque la coupe fut pleine, elle l'envoya bouler un jour devant ses employés.

— Ethan, va travailler ! Je vais bien ! Fous-moi la paix !

D'abord surpris par son ton autoritaire alors que techniquement, il était son patron, il finit par esquisser un sourire avant de rire.

— Chérie, tu devrais te reposer. Je te trouve très nerveuse ce matin !

— Dégage ! Avant que je fasse ma connasse devant mon fiancé de patron !

Ethan éclata de rire devant le regard éberlué des vendeuses de la boutique. Séducteur, il s'était alors penché sur elle, le bras appuyé contre le mur.

— Tu sais que tu provoques l'effet inverse, là ! Tu émoustilles ma partie patron connard en réponse ! Je veux voir ces belles promesses !

Kaya plissa les yeux et se tourna vers son agent de sécurité à l'entrée du magasin.

— Issa, veuillez raccompagner Monsieur Abberline vers la sortie. Manu militari s'il le faut !

Ethan leva les sourcils de stupéfaction face à l'audace de sa gérante devant son patron et sourit davantage. Les vendeuses restèrent silencieuses, mais impatientes de voir la suite de l'échange entre les deux amoureux.

Issa hésita, ne sachant à quel supérieur se référer.

— Issa ! insista-t-elle avec sévérité.

Issa s'avança vers Ethan, non sans afficher un grand malaise.

— Monsieur... Le Directeur... S'il vous plaît.

Il lui montra la sortie poliment. Ethan le toisa alors.

— Tu mets à la porte le patron de cette boutique ? Es-tu certain de comprendre ce que tu fais ? Souhaites-tu perdre ton emploi ?

Kaya croisa les bras.

— S'il prend la porte, je la prends avec lui de ce pas, puisque c'est moi qui veux te virer d'ici !

Un petit sourire sournois apparut sur son visage. Ethan sourit en réponse, aimant l'ultimatum qu'elle lui faisait.

— Adieu les petits-déjeuners ensemble..., continua-t-elle en grande tragédienne. C'est dommage... J'aimais bien aussi pouvoir rentrer avec toi le soir ! Aarf !

L'air affligé et surjoué de Kaya fit lever le visage d'Ethan vers le ciel.

— Ouais ! répondit-il de façon résolue. Ma femme va me manquer !

— Ta femme ? Non, non ! Pas encore ! Mais vu l'issue, cela risque d'être jamais. Et dire que je songeais à dire oui !

Elle le fixa alors, teintée d'une arrogance amusée. Ethan secoua sa tête négativement, admiratif de son aplomb.

— Mon Dieu, que je t'aime, toi ! lui déclara-t-il soudain tendrement. La vie avec toi est si stimulante. Rien que d'imaginer ne plus te voir ici me laisse penser à une vie toute grise, morne, sans âme.

L'aplomb de Kaya s'estompa tout à coup à ses mots la culpabilisant presque à songer à le rendre si malheureux. Elle-même ne concevait pas une journée sans lui. Elle baissa les yeux, troublée par cette possible fin.

— Passer du temps ici illumine mes journées...

Il se tourna vers les vendeuses.

— Voyez comme elle me traite... alors que je suis sous son emprise !

Kaya leva les yeux, revenant à ses esprits en comprenant le cirque qu'il faisait auprès des vendeuses. Le plan était simple : trouver des âmes à rallier à sa cause.

— Ne vous laissez pas attendrir par sa séduction patronale, les filles ! C'est juste une façon d'exercer son mode connard !

Ethan se mit à rire. Elle le connaissait maintenant très bien.

— Vous voyez, elle continue à me rabaisser en me prêtant des intentions douteuses alors que tout ce que je souhaite, c'est déployer touuut mon amour pour elle !

Les vendeuses regardèrent leur directeur d'un air attendri. Kaya lui tourna le dos, agacée de voir à quel point il maîtrisait son sujet, puis pesta.

— Connard ! marmonna-t-elle tandis que les vendeuses concédèrent à prendre le parti de leur directeur.

Ethan réajusta le col de sa veste d'un air fier.

— Bon ! Ce n'est pas tout, mais votre directeur préféré a du travail ! Je vous abandonne, mais je reviens vite. Prenez soin de ma femme en attendant !

Il salua ses employés d'un geste de la main et s'avança vers la sortie.

— Je ne suis pas ta femme ! hurla Kaya, encore plus énervée.

— On en reparle ce soir, chérie ! J'ai encore des idées alléchantes pour te convaincre !

Il passa sa langue sur ses lèvres et sourit. Les vendeuses gloussèrent devant ses allusions plus que coquines. Kaya pesta davantage, rouge de honte de le voir aussi démonstratif de leur vie privée.

— Dans tes rêves !

— Et il me tarde ce soir pour les rendre réels !

— Dehors !

— Oui... Tu me mets bien dehors ! Autorité indiscutable, mon amour !

Il disparut et elle cria un « connard » qui arriva toutefois jusqu'aux oreilles de ce dernier et lui soutira un nouveau sourire amusé.

Kaya sourit à ce souvenir. Elle n'avait toujours pas trouvé le moyen de contrer son mode connard, mais elle savait qu'elle y arriverait un jour. Le soir même, il lui avait mitonné un repas aux chandelles et elle avait craqué sans vraiment résister. Elle l'aimait, peu importait son comportement. Même agaçant, il s'avérait vite séduisant pour entrer à nouveau dans ses grâces.

Elle rentra à l'appartement le cœur soulagé d'avoir obtenu ces deux tickets de concert pour son anniversaire. C'était un secret rondement gardé, minutieusement préparé avec l'aide des vendeuses de la boutique pour lui offrir un alibi justifiant son absence aujourd'hui et son arrivée tardive à la maison. Ethan ne se doutait de rien et elle s'en satisfaisait. Elle lui préparait une grande fête avec ses amis et elle espérait que le secret durerait jusqu'au dernier moment.

— C'est moiiii !

Ethan sortit alors de la salle de bain, une serviette autour de la taille.

— Tu arrives à temps ! Regarde ! Je suis tout propre, prêt à être dévoré !

Il écarta ses bras, le visage mutin. Kaya sourit et alla se blottir contre lui, acceptant l'invitation. Elle déposa un baiser sur ses lèvres et ferma les yeux un instant, la tête contre son torse et soulagée d'être rentrée.

— Tu aurais pu m'attendre !

— Hmm ? Je peux faire marche arrière, tu sais ! On fait comme si tu me surprenais dans la douche ?!

Il l'attrapa par la main et ils entrèrent dans la salle de bain. Il laissa tomber la serviette et entra dans la baignoire, ouvrit l'arrivée d'eau et fit comme s'il ne l'avait pas vue, sifflant et se frottant d'un air naïf. Kaya se mit à rire et se déshabilla à son tour avant de le rejoindre.

— Oh ! Tu es rentrée ! Welcome, mon amour ! feignit-il sa surprise.

Kaya rit encore.

— Bonsoir, chéri ! L'eau a l'air bonne, alors je me suis dit qu'on pourrait partager.

— On peut partager bien plus si tu veux ! lui répondit-il d'un ton suave avant de l'embrasser.

Kaya se blottit une nouvelle fois dans ses bras. Il la serra à la taille et leurs langues se mêlèrent avec passion.

— Tu m'as manqué ! lui déclara-t-il affectueusement.

— Alors il faut que je comble ce manque ?

Ethan grogna à cette idée.

— Sans attendre s'il te plaît !

— Le repas que tu as préparé va refroidir !

— M'en fiche ! On le passera au micro-ondes ! Là, j'ai une autre faim bien plus urgente !

— Alors, dévore-moi vite ! Mon corps te réclame !

— Bordel, Kaya !

Il souleva la jambe de Kaya et la posa sur sa hanche. Sa langue entra plus profondément dans la bouche de son amante et son cœur s'emballa. Kaya demeurait très réceptive et se frotta un peu plus contre lui.

— Allumeuse !

— Moi ?

Son bassin vint alors s'emboîter contre le sien et Ethan sourit à cette nouvelle sensation délicieuse. Il bougea alors lentement et chacun apprécia cette union urgente. Leurs bouches ne se quittèrent plus. La fièvre les gagna rapidement avec l'accélération des coups de reins d'Ethan jusqu'à ce qu'il se retire et retourne Kaya contre le mur pour la pénétrer en position du loup[1]. Les mains collées au mur, elle encaissa chaque allée et venue avec soulagement, effaçant au fur et à mesure le manque ressenti durant sa journée.

— Kaya... murmura-t-il à son oreille avec difficulté. Putain, c'est tellement bon !

— Ne t'arrête pas !

Il s'agrippa à sa poitrine et donna une dernière charge contre les fesses de sa chérie. L'extase arriva dans la foulée, tendant le couple un instant avant de relâcher toute tension. L'eau continuait de couler sur leurs épaules tandis que leur souffle s'apaisait lentement. Ethan se retira et Kaya se tourna à nouveau face à lui. Elle entoura son cou de ses bras et l'embrassa une nouvelle fois. Ethan se laissa bercer volontiers avant que chacun échange un sourire à l'autre. Kaya caressa son torse, arrêtant ses doigts sur ses cicatrices.

— Je t'aime.

Ethan déposa un baiser sur son front à ses mots doux.

— Il y a encore tellement de choses que je veux réaliser avec toi, Kaya. Je suis si impatient lorsque je nous vois ainsi, avec une si bonne entente. Cela fait tellement du bien d'avoir enfin la possibilité de vivre une relation saine tous les deux. Je ne pensais pas être aussi heureux dans une vie de couple avant de te rencontrer, et pourtant, je refuserais de revenir en arrière si on me l'ordonnait.

— Nous avons beaucoup évolué. Ces huit derniers mois ont été riches, mais j'ai la sensation que nous arrivons à mieux gérer l'adversité.

La pulpe de ses doigts se baladait le long de ses cicatrices innocemment, lorsqu'Ethan posa sa main sur la sienne pour la stopper.

---

[1] Sorte de levrette debout.

— J'ai évolué dans le bon sens grâce à toi, Kaya. Et depuis quelque temps, je réfléchis à quelque chose allant encore plus dans ce sens...

Kaya l'interrogea alors du regard. Il dévia ses yeux sur son torse, en particulier sur les stigmates de son passé.

— Je me disais... peut-être que... je pourrais consulter un chirurgien esthétique pour... les atténuer. Qu'en penses-tu ?

Kaya écarquilla les yeux devant cette suggestion inattendue.

— Jusque-là, je n'y pensais pas parce que... je me disais que cela symbolisait aussi la laideur de ce que j'ai fait et que... c'était comme l'image de ma honte. Mais maintenant que les choses se sont apaisées, je me demande si...

— Pourquoi tu t'interroges ? Si tu en as envie, alors fais-le. Si c'est dans la continuité de ta thérapie, alors pourquoi pas !

— Tu as appris à m'aimer ainsi. Tu en as fait un acquis qui t'est propre. Si je les estompe, est-ce que ça ira pour toi ?

Kaya ne sut si elle devait en rire ou en pleurer.

— Ethan, même si je m'y suis habituée, cela n'enlève en rien que c'est ton corps et que tu as le droit de vouloir mieux vivre sans. J'ai bien vu comment tu étais mal à l'aise à te baigner l'été dernier dans la piscine. Je sais à quel point devoir justifier un torse mutilé t'est compliqué. Jamais je ne jugerai ton choix de vouloir le rendre moins choquant.

— Estomper mes cicatrices, c'est aussi dur pour moi...

— Je m'en doute bien. Tu ne peux pas effacer ni leur origine ni les raisons pour lesquelles elles ont empiré. Tu ne peux pas effacer le passé. Néanmoins, je trouve cette démarche assez loyale avec toi-même, comme une dernière étape pour confirmer que tu es en paix maintenant. Si tu veux que je t'accompagne dans cette démarche, alors je serai là. Si tu souhaites encore pousser cette réflexion un peu plus loin, alors je me plierai à ton choix, car tout ce qui compte c'est que tu te sentes le mieux possible avec toi-même.

— Je me sens bien parce que tu es là.

Kaya lui sourit et lui caressa les cheveux.

— Tant que tu restes près de moi, je crois que je pourrais soulever des montagnes... lui chuchota-t-il presque.

— Tu en as soulevé déjà beaucoup. Prends ton temps. Je trouve simplement que c'est une idée qui mérite attention dans ton cheminement de paix avec ton passé.

Ethan posa son front contre celui de Kaya, rassuré.

— Je vais alors me pencher davantage sur le sujet.

— Très bien. Sortons.

Kaya quitta la baignoire et se sécha. Elle prit place devant le lavabo et chercha des yeux sa plaquette de pilules.

— Ethaaaan ! gronda-t-elle. Où est ma plaquette de pilules ?!

Ethan quitta la baignoire à son tour, un sourire faussement innocent sur le visage.

— Ta quoi ?

Il haussa les épaules, feignant l'incompréhension.

— Ethan, rends-la-moi ! lui ordonna-t-elle tout en tendant la main.

Il attrapa sa serviette et se sécha à son tour.

— Je crains que ce soit difficile...

— Quoi ?

— Elle est partie dans la benne à ordure ce matin !

— Pardon ?!

— Comme mes cicatrices que je trouve hideuses et que je souhaite effacer, je trouvais que cette plaquette de pilules jurait avec ma salle de bain, donc poubelle !

— Comment as-tu pu ?! Sans me consulter en plus ! rétorqua-t-elle, choquée par son geste extrême.

— Ça fait des mois que je te consulte !

— Et on était d'accord pour dire que c'était trop tôt !

— À l'époque, oui ! Mais plus maintenant !

— Bien sûr que si ! Cela fait à peine un mois que j'ai pris mes fonctions de gérante de magasin, je ne peux pas partir maintenant !

— Une grossesse dure neuf mois, je te rappelle. Donc, dans le meilleur des cas, tu prendrais ton congé au bout de dix mois de poste. Il n'y a rien de mal !

— Et qui me remplacera ? Et si la grossesse m'oblige à m'arrêter plus tôt ?

Ethan sourit soudain avec plus de fierté, ce qui surprit Kaya.

— Ce n'est donc pas la grossesse en elle-même qui te pose

problème, mais bien une affaire pratique sur ce qui l'entoure !

Kaya tiqua à sa remarque, mais le sourire ravi de son amant démontrait d'avance sa défaite.

— Non... Ça aussi ! tenta-t-elle de corriger, en vain.

— Tut tut tut ! Dès demain, je prépare la formation de ta remplaçante !

— Quoi ?! Non ! Je veux encore travailler, moi !

Ethan approcha alors son visage à quelques centimètres du sien.

— Non ! Je viens peut-être de te féconder à l'instant ! Il est temps de prendre toutes les précautions nécessaires pour parer cette possibilité.

Kaya réalisa qu'il venait de la piéger. La menace éventuelle d'une abstinence venait de perdre en véracité face à son entourloupe.

— Tu... Tu n'as pas le droit ! C'est... de l'abus de confiance !

— Ouais, ouais...

Il serra sa serviette autour de la taille et quitta la salle de bain pour s'habiller dans sa chambre.

— Je peux porter plainte ! cria-t-elle.

— Vas-y ! Tant que tu portes mon enfant, ça ne me gêne pas !

— Connnaaaard !

25

ENVIEUX

— Hey ! Elle est belle, hein ?! Regardez comme elle brille ! C'est le plus beau doigt du monde !

Ethan leva les yeux au ciel tandis qu'Oliver riait de la bêtise de son ami. Sam levait la main de Brigitte à droite et puis à gauche pour montrer l'exploit : l'acceptation de sa demande en mariage par Brigitte, symbolisée par un énorme solitaire sur son annulaire.

— T'es ridicule ! grogna Ethan.

— T'es jaloux parce que tu ne peux pas en faire autant !

— Tsss ! Rien à voir !

— Ça suffit ! Ethan a raison ! T'es ridicule, Sam ! trancha BB tout en récupérant sa main. Tu vas finir par me faire regretter, alors arrête !

— Je t'interdis de regretter ! rétorqua Sam, avec entrain. C'est trop tard, tu es à moi ! Tout à moi !

Il s'empressa alors de se jeter sur elle pour lui décocher un baiser sur la bouche pour affirmer ses propos. Brigitte n'eut le temps de réagir que déjà Sam se retirait et lui offrait le sourire le plus radieux de la journée.

— Qu'est-ce qui t'a fait plier, BB, finalement ? lui demanda Oliver, amusé par cette situation.

Hésitante à répondre, Brigitte se montra tout à coup gênée. Oliver se demanda pourquoi.

— Je peux le dire, hein ? Je peux le dire ? demanda Sam à

Brigitte, tout excité. On peut le dire maintenant, non ?

Brigitte soupira dans un renfrognement vaincu.

— Elle est à nouveau enceinte ! se précipita d'avouer Sam avec joie.

La tablée resta sans voix un instant avant que tout le monde exprime sa joie devant cette double nouvelle. Tout le monde était venu à l'appartement, sur invitation de Kaya pour célébrer l'anniversaire-surprise d'Ethan. Si ce dernier avait des doutes depuis quelques jours, il avait toutefois feint l'ignorance, car voir la fierté de Kaya à lui organiser une telle fête et son sourire immense valait tous les efforts pour faire l'innocent. Cependant, très vite, Sam avait dévoilé son bonheur aussi et ternit un peu le sien en lui volant la vedette.

— Félicitations ! s'exclama Kaya. C'est chouette ! Millie va avoir un petit frère ou une petite sœur !

À côté d'elle, Ethan croisa les bras, encore plus agacé.

— Oui ! répondit BB, attendrie, en se caressant le ventre. Il est sans doute temps de formaliser notre famille autour d'un socle commun. J'ai donc accepté sa demande. Je ne voulais pas tomber dans l'enfer qu'ont vécu ma mère et mon père, un couple marié, mais en constante dispute, mais Sam a su me convaincre...

Kaya l'observa avec douceur.

— Oui, on peut revenir sur ses convictions par amour. J'en connais un qui ne voulait absolument pas se marier et qui aujourd'hui se met à genoux à la moindre occasion !

Elle dévia son regard vers Ethan qui grogna de plus belle.

— Et elle continue d'ailleurs à me dire non ! Il serait temps de changer tes convictions aussi !

— Ce ne sont pas des convictions, juste des préférences ! rétorqua Kaya, agacée.

— En attendant, BB a au moins compris où était son intérêt, elle ! D'ailleurs, laissons-les et allons tout de suite dans la chambre !

— Quoi ?!

Ethan se leva de table et tira Kaya pour qu'elle en fasse autant, mais celle-ci resta assise, bien décidée à ne pas le suivre.

— Si tu n'es pas encore enceinte, alors il vaut mieux en remettre une couche au cas où maintenant ! Comme ça, une fois enceinte, tu diras oui au mariage, toi aussi !

— Hein ? Mais non ! C'est ton anniversaire !

— Je veux ça comme cadeau d'annif !

— T'es pas sérieux ! On ne va pas planter tout le monde pour une telle excuse ! Et on n'a pas soufflé les bougies sur ton gâteau ni ouvert tes cadeaux !

— Tu espères une nouvelle grossesse ? demanda alors Barney à Kaya, surpris de cette autre nouvelle.

— Non ! Seulement lui ! répondit-elle en montrant du doigt Ethan.

— Un bébé ne se fait-il pas à deux ?! demanda Simon, au loin, essuyant des verres derrière la cuisine. C'est ainsi que tu conçois une relation de couple ?

Le ton un peu accusateur de Simon fit baisser les yeux d'Ethan et le fit se rasseoir. Leur situation n'avait pas beaucoup évolué depuis l'été dernier. Simon tolérait sa présence, mais restait distant et lui répondait parfois de façon dure. Ethan encaissait silencieusement, ne voulant jeter plus de froid entre eux. Kaya en avait conscience. Aussi, elle prit la défense d'Ethan.

— Ce n'est pas que je n'en veux pas... C'est juste que je n'y vois pas d'urgence...

— Mais tu as arrêté la pilule ? lui demanda alors BB, intriguée.

— Eh bien...

— Oui... depuis un mois ! les interrompit Ethan fièrement. Et d'ailleurs, tu as mis combien de temps à tomber enceinte, BB ? Je ne comprends pas pourquoi ça met autant de temps !

— Petit joueur ! se vanta Sam. On ne va pas te faire un dessin sur comment marche la reproduction chez l'homme !

— BB est juste très féconde, visiblement... déclara Barney. Pour qu'elle tombe enceinte dès sa première fois avec Sam, c'est que le terrain est fertile.

— Ou que mes têtards sont ultraperformants !

Sam lança un regard de vainqueur à Ethan qui ne se démonta

pas.

— Kaya est déjà tombée enceinte ! Ne sous-estime pas mes spermatozoïdes et encore moins sa fertilité...

— Arrêtez tous les deux ! cria BB. C'est ultra gênant ! Nous ne sommes pas des bêtes de foire sur lesquelles vous êtes tous les deux en compétition ! Vos spéculations sont horribles !

— Ce n'est pas de ma faute s'il est jaloux ! gémit Sam, désolé.

— Je ne suis pas jaloux, bordel ! Juste envieux !

— Et c'est quoi la différence ? demanda Barney.

— L'envieux souffre d'un manque qu'il veut combler en imitant un autre, en l'occurrence ici être papa. Le jaloux n'est pas un envieux. Il ne supporte simplement pas de partager avec d'autres ce dont il voudrait jouir seul et qui lui échappe inexorablement. C'est là toute la différence ! répondit Ethan d'un ton assuré. Je suis très content pour vous. Vous avez le droit d'être parents comme moi. Seulement, j'aimerais vivre la même chose, moi aussi...

Brigitte porta ses mains sur sa poitrine, touchée par ses mots. Kaya le contempla, mal à l'aise. Les arguments pour repousser ses désirs de paternité devenaient difficiles à trouver avec le temps. Elle baissa les yeux à son tour, ne sachant comment répondre. Oliver, assis à côté d'elle, lui attrapa alors la main.

— Ne te stresse pas ! Tout vient à point à qui sait attendre. Il attendra !

Kaya lui sourit, reconnaissante. Oliver était toujours là pour la rassurer. Elle se pencha alors vers lui et posa sa tête sur son épaule, aimant son soutien indéfectible.

— Hé là, vous deux ! s'interposa immédiatement Ethan. Je peux savoir ce que vous faites ?!

— Ça, pour le coup, c'est de la jalousie ! s'en amusa BB. Qu'est-ce que t'es possessif !

— Vas-y ! Je serais curieux de voir ta réaction si Sam posait sa tête sur l'épaule d'une autre femme ! se défendit alors Ethan.

— Oliver est son ami ! rétorqua-t-elle.

— Alors si on va par-là, tu ne dirais rien si Sam faisait la même chose sur l'épaule de Kaya ?

— Euh... Non...

— Tu ne serais pas jalouse ? lui demanda Sam, légèrement inquiet.

— Non... Pourquoi éprouverais-tu des sentiments pour une autre femme que moi ? Y aurait-il une raison alors que tu viens de me demander en mariage ?

Ethan se renfrogna, encore plus agacé.

— Vous ne pouvez pas comprendre ce que je vis !

— C'est sûr ! commenta dans son coin Simon.

Ethan ne releva pas sa nouvelle remarque cynique.

— As-tu donc si peu confiance en Kaya et Oliver pour douter ainsi ? demanda alors Barney.

— Ce n'est pas une question de confiance en eux...

— Bah alors quoi ? demanda à son tour Kaya, curieuse.

— C'est en moi que je n'ai pas confiance... bougonna-t-il tout en croisant les bras et les jambes. Kaya est trop bien pour moi... Elle aurait toutes les raisons de trouver mieux ailleurs, y compris chez Oliver ! Je ne vais pas vous faire un dessin sur les raisons qui me poussent à penser cela... Simon le rappelle assez par ses petites piques !

Oliver et Kaya le fixèrent avec surprise. BB se trouva désolée pour lui. Sam ne sut quoi dire et Barney jeta un regard vers Simon qui ne semblait pas indifférent à son discours. Oliver souffla.

— C'est vrai que Kaya est incroyable à bien des niveaux...

Kaya se mit à rougir devant ses compliments.

— Cependant, elle est toujours revenue vers toi..., continua-t-il, résolu.

— À l'incompréhension de Simon... siffla Ethan alors. Après tout, je suis un monstre !

Visé, Simon baissa les yeux.

— Je sais très bien que tu n'es pas un monstre. Simplement...

Il souffla alors. Ethan reprit la suite de ses propos.

— Tu ne comprends pas comment j'en suis arrivé là avec ma mère... Je sais.

— Pas seulement. Je ne comprends pas non plus ta mère. Je sais que ce n'est pas bien de juger une personne qui aujourd'hui est décédée, mais... Rhaaaa ! Ça m'énerve !

Il quitta son comptoir et s'avança vers Ethan.

— Je sais que tu as le droit au bonheur et que tu as suffisamment morflé dans ta jeunesse. Je sais qu'on fait tous des erreurs. Je sais que tu as suivi une psychanalyse pour régler le problème et je sais que cette paternité peut être une nouvelle étape dans ton rapport à la parentalité. Seulement...

Les bras croisés, Ethan l'écouta.

— Seulement ? répéta-t-il d'une voix dure.

— Qu'est-ce qui te fait dire que tu ne vas pas replonger ? Qu'est-ce qui te rend confiant au point de dire que tu ne vas pas te rouvrir le torse ou que tu ne vas pas vouloir mieux comprendre ce que ta mère a fait en le faisant avec ton enfant ?!

— Simon ! cria gravement Barney, estimant qu'il allait trop loin dans son attaque.

Ethan leva la main pour le laisser continuer et qu'il ne les interrompt pas. Ethan sourit tristement devant sa terrible accusation.

— Laisse-le parler, Barney. Son doute peut s'entendre.

— Non ! intervint Brigitte. Ce ne sont pas des paroles dignes d'un ami.

— Pour moi, elles le sont ! répondit Ethan avec un sourire triste. Il a raison de s'inquiéter sur ma santé mentale. Après tout, comme il le dit, j'ai morflé...

— Simon, tu vas trop loin ! rétorqua Barney, en colère.

Simon garda sa posture accusatrice et sévère.

— J'ai le droit de m'inquiéter pour Kaya et ses enfants ! répondit-il soudain. L'amour sauve, mais peut aussi rendre aveugle ! Je ne doute pas des bienfaits de Kaya sur ta vie présente et je souhaite de tout cœur que ce soit derrière toi, mais j'ai peur aussi qu'il reste quelque chose en toi de cassé qui te ramène à ce passé.

Simon serra les poings et baissa la tête.

— C'est légitime, non ?

Ethan se leva alors et observa son ami, toujours prostré dans son accusation douloureuse.

— C'est légitime, oui.

Simon releva la tête.

— À vrai dire, je ne peux pas t'affirmer à cent pour cent que tout est fini. Même si je vais beaucoup mieux, même si la mort de Sylvia m'y aide encore, je sais que je reste fébrile à ce sujet. Cependant,...

Il s'avança un peu plus vers Simon et le prit dans ses bras, à la grande surprise de ce dernier.

— Je sais qu'il y aura quelqu'un comme toi pour me le rappeler. Merci Simon. Lorsque j'aurais cet enfant avec Kaya, voudrais-tu bien devenir son parrain afin de t'assurer de son bonheur aussi ?

— Qu... quoi ?

Kaya sentit l'émotion monter dans ses yeux et se leva à son tour pour les serrer tous les deux dans ses bras.

— Tu feras un super parrain, Simon. J'en serai également heureuse...

Les yeux de Simon s'humidifièrent. Aucun ici n'aurait pu prévoir la tournure de cette conversation. Pourtant, Sam se leva à son tour d'un bond.

— Objection, votre honneur ! Puisque tu es le parrain de Millie, Ethan, j'estime être en droit d'être le parrain de ton enfant en réponse et donc de passer devant Simon !

Brigitte l'attrapa par le pantalon et le tira vers sa chaise.

— Tais-toi et rassis-toi ! Il faut toujours que tu t'en mêles !

— Ma demande est légitime !

— Dans ce cas, je peux aussi postuler au rôle de parrain ! intervint Oliver. Je suis le plus ancien ami d'Ethan. J'ai donc tous les droits d'entrer dans la compétition !

— T'as pas le droit, non ! s'énerva Sam.

— C'est à moi qu'Ethan a confié la mission, donc dégagez la piste ! les coupa Simon avec un grand sourire. J'élèverai ce gosse avec une épée en mousse, tel un corsaire qui bat le Capitaine Papa qui est méchant !

Il mit ses poings sur ses hanches avec fierté et Kaya et Brigitte se mirent à rire tandis que les hommes le contemplèrent avec scepticisme.

— Si tu veux satisfaire tout le monde, je crains que tu aies trois enfants à concevoir, Kaya ! s'en amusa Oliver.

Kaya pâlit tout à coup.

— Trois ! C'est bien ! répondit Ethan, la main au menton en

guise de réflexion. Ça me plaît !
— Vous êtes pathétiques ! s'énerva Brigitte. Kaya n'est pas une poule pondeuse, bon sang ! Elle fera ce qu'elle voudra.
— Chérie, j'en veux trois ! s'enthousiasma alors Ethan, tout en revenant à côté d'elle s'asseoir et lui caressant la cuisse.
— Je t'interdis de l'écrire sur ton tableau des objectifs ! vociféra-t-elle.
Tout sourire, Ethan l'embrassa sur la joue.
— Je vais même écrire l'ordre de préférence des sexes des enfants dessus !
— Tsss ! Parce que tu crois pouvoir choisir ?! se moqua alors Sam.
Ethan sourit avec assurance.
— Je réalise toujours mes objectifs ! Je veux un garçon en premier !
Kaya leva les yeux de dépit.
— Bon, cessons de polémiquer sur ma fécondité et soufflons le gâteau !
— Voilà une idée qui me plaît ! déclara Simon, plus jovial, tout en acceptant enfin de s'asseoir à table.

Kaya se leva et fonça chercher le gâteau dans le réfrigérateur. Elle y mit les bougies de son âge et les alluma. Ethan observa les yeux brillants de Kaya, fière de lui apporter son gâteau. Tout le monde joua le jeu et chanta « joyeux anniversaire ». Kaya posa le gâteau devant lui et fut tirée par les bras d'Ethan qui la posa sur ses genoux. Ethan souffla les bougies en la décalant légèrement sur le côté et tout le monde applaudit.
— Joyeux anniversaire, Ethan ! lui déclara Kaya tendrement. Elle posa un baiser sur son front puis sur sa bouche.
— Tu es la meilleure ! lui souffla-t-il avec amour en réponse.
— Vite ! Les cadeaux ! déclara Brigitte, impatiente. Nous avons fait un cadeau commun. On s'est dit que ce serait plus sympa... Sam, va le chercher !
— Nous en avions discuté une fois et nous nous sommes dit que nous devrions mettre les actes aux paroles... C'est la première fois que nous fêtons ton anniversaire tous ensemble, alors... on a mis

les petits plats dans les grands.

Ethan jeta un regard vers Kaya pour voir sa réaction.

— N'attends pas un indice de ma part, je ne suis au courant de rien. J'ai un cadeau à part du leur !

Sam posa les paquets devant Ethan. Chacun était tendu devant les cadeaux. Ethan parce qu'il n'avait vraiment pas l'habitude des cadeaux et des marques d'affection de cette sorte, les autres par angoisse que le cadeau ne plaise pas et parce que cela faisait bizarre d'offrir un cadeau à Ethan.

— Il y en a plusieurs ? s'étonna Ethan, ému malgré tout.

— Oui, c'est un package ! commenta Barney.

— Bon, ben..., j'ouvre ?

— Oui, vas-y ! déclara Simon. T'attends quoi ? Demain ?

Ethan déchira les papiers cadeaux et comprit vite de quoi il en retournait et sourit.

— Sérieux ?

Ses amis sourirent, contents de l'effet.

— Vous êtes dingues ! Merci...

— Il n'y aura plus d'excuses désormais ! observa Sam fièrement.

— Ça promet des parties endiablées ! assura Brigitte.

Ethan ouvrit tous les paquets et Kaya découvrit une nouvelle console de jeux, accompagnée de quelques jeux vidéo. Ethan observa plus attentivement les jeux choisis par ses amis.

— J'ai proposé une course de voiture... pour que tu puisses y jouer avec Kaya..., déclara timidement Simon.

Ethan regarda Kaya et sourit. Quelques souvenirs lui vinrent immédiatement en tête.

— Hâte de t'apprendre à jouer à cette console !

Kaya rougit à cette évocation, mais sourit.

— Quand tu veux !

Ethan laissa tomber sa tête, vaincu par les promesses qui l'attendaient. Kaya prit alors en charge la suite de la distribution des cadeaux et lui tendit une enveloppe. Ethan contempla alors l'enveloppe avec attention.

— C'est ton cadeau ? lui demanda-t-il avec un petit sourire.

Kaya se mordit la lèvre avec un sourire contenu, mais fier.

— C'est quelque chose dont tu m'as parlé plusieurs fois durant les derniers mois...

Ethan se saisit de l'enveloppe et l'ouvrit. Il y sortit alors les deux billets pour le concert de Night Birds. Il regarda attentivement les deux billets, intrigué.

— Tu peux y aller avec la personne de ton choix !

Il la regarda intensément, puis sourit.

— La question ne se pose pas concernant avec qui je compte y aller. Merci ! Cependant, j'ai eu une fausse joie l'espace d'un instant, tu n'es pas cool.

— Quoi ?

Kaya ne comprit pas son attitude, qui à ses yeux manquait d'enthousiasme.

— Quelque chose dont je te parle depuis des lustres...

Il posa les billets sur la table.

— Je suis content de ces places de concert, ne te méprends pas, mais ce n'est pas ce que j'attends le plus de ta part, Kaya.

Une certaine déception et incompréhension parcoururent le visage de Kaya.

— Kaya, tu me rendrais le plus heureux du monde si en cadeau d'anniversaire, tu me disais enfin oui...

Il lui saisit les doigts du bout des siens avec douceur, les embrassa puis les relâcha. Il plongea sa main dans la poche de son pantalon et en sortit un écrin, l'ouvrit sous ses yeux. Une nouvelle bague, ornée d'un solitaire en forme d'étoile, se trouvait en son centre.

— Kaya, accepte de m'offrir le cadeau d'anniversaire de mes rêves... Je t'en supplie, dis-moi oui. Veux-tu m'épouser ?

Kaya regarda successivement la bague, les yeux pleins d'espoir d'Ethan, puis ses pauvres tickets posés nonchalamment sur la table.

— Sais-tu à quel point j'en ai bavé pour avoir ces places de concert ?

Ethan tenta de rester calme, malgré son refus de répondre à sa demande et de remettre son cadeau sur le tapis.

— Et je le savourerais en temps et en heure avec toi.

— Non ! Tu le prends comme une formalité ! J'ai fait la queue durant plus de trois heures pour être parmi les premiers dans l'espoir d'avoir les meilleures places. J'ai dû mettre dans la confidence le magasin pour ne pas éveiller tes soupçons. J'ai...

— J'en suis conscient, Kaya.

— Non ! Tu jettes ça sur un coin de la table, tout ça pour me mettre le couteau sous la gorge en me demandant en mariage devant tout le monde, parce que Monsieur est tellement égoïste et ne voit que ses intérêts !

— Quoi ? répondit Ethan plein d'incompréhension sur les reproches de sa petite amie.

— J'étais heureuse, j'étais fière de moi en me procurant ces billets et tu viens de gâcher tout mon plaisir de te faire plaisir par mes propres moyens en ressassant ce foutu mariage !

Ethan posa l'écrin sur la table, acceptant difficilement le ton dur de Kaya.

— Je n'en serais pas là, si tu ne m'envoyais pas bouler comme tu viens de le faire encore à l'instant ! répondit-il en haussant le ton.

— Allons ! Calmez-vous ! tenta d'intervenir Sam, aussi gêné que les autres d'assister à une remise de cadeau qui tourne au fiasco.

— Si tu ne veux pas te marier avec moi, dis-le une bonne fois pour toutes au lieu de me faire miroiter un avenir impossible avec toi ! continua Ethan, ignorant les conseils de son ami. C'est quoi le problème ? Mon passé ? Mon comportement ? La honte de me nommer comme ton mari ?

Kaya se leva, le corps tendu.

— Ethan, ce n'est pas le moment d'en parler ! Il y a un moment pour tout ! Pourquoi es-tu incapable de rester à ta place et de te contenter de mon foutu cadeau ?!

Les larmes commencèrent à couler sur les joues de Kaya.

— Pourquoi faut-il absolument un mariage entre nous pour que tu te sentes heureux ?

Ethan ne sut quoi répondre. Tout ce dont il était certain, c'était qu'il se sentait meurtri par cette incompréhension continue entre eux à ce sujet.

— Pourquoi faut-il que tu gâches tout ?

Elle baissa les yeux et finalement décida de quitter

l'appartement, laissant le reste de la bande sur un sentiment de stupeur. Ethan regarda l'écrin posé à côté des billets de concert avec tristesse.

— Tu as peut-être été trop gourmand, Ethan... lui déclara avec le plus de tact possible Brigitte.

— Non, il y a quelque chose d'autre. Il y a une autre raison qui la pousse à repousser cela indéfiniment. J'en suis sûr à présent.

— Tu veux que j'aille la retrouver et discuter avec elle ? lui proposa alors Oliver. Un interlocuteur neutre peut être utile dans ce genre de situation.

— Non, c'est à moi d'y aller...

Il prit l'écrin dans sa main et la rangea dans sa poche.

— Je dois tirer cela au clair.

— Ne t'inquiète pas, on vous attend ici. On a une console de jeu à installer ! déclara Barney sous le ton léger de la plaisanterie.

La porte d'entrée s'ouvrit alors tout à coup avec fracas.

— Faites place au meilleur d'entre tous !

Tous virent alors Eddy, les mains en l'air et le sourire arrogant. Son enthousiasme tomba immédiatement en voyant les visages atterrés en réponse.

— Ben quoi ?

Il observa de plus près l'appartement et remarqua l'absence de Kaya.

— Elle est où, ma chérie ?

— C'est à cette heure-ci que tu arrives ? lui répondit Ethan, avec sévérité. Tu viens de rater le clou du spectacle. Maintenant, excuse-moi, mais j'ai à faire...

Il lui passa alors devant et quitta l'appartement.

— Laissez-moi deviner... Ils se sont une nouvelle fois disputés, c'est ça ?! Je n'arrête pas de dire à Kaya que je suis mieux que lui ! Il va falloir qu'elle le comprenne tôt ou tard !

26

NIGAUD

Ethan appuya sur le bouton de l'ascenseur de façon nerveuse. Il devait absolument la rattraper. Il reconnaissait volontiers une part de responsabilité dans ce fiasco, mais une idée concrète ne le lâchait pas : elle aurait pu saisir toutefois cette belle occasion pour lui dire oui. Pourquoi avait-elle autant pris la mouche sur cette histoire de tickets de concert alors qu'elle aurait pu faire d'une pierre deux coups ?

Les portes de l'ascenseur s'ouvrirent et un flash lui traversa l'esprit. Si elle avait pris l'ascenseur pour quitter le bâtiment, elle aurait forcément croisé Eddy sur le chemin. Or, il ne semblait être au courant de rien.

— Autrement dit, elle est encore dans les parages...

Il réfléchit aux différentes issues et fonça à la sortie de secours par les escaliers. Il dévala quelques marches et se pencha pour tenter de l'apercevoir, puis souffla de soulagement en l'apercevant. Il descendit les marches le séparant de Kaya et s'assit à côté d'elle tandis qu'elle sanglotait.

— Laisse-moi tranquille ! Je n'ai pas envie de te parler ! lui invectiva-t-elle.

— Aurais-tu des sautes d'humeur liées à un changement hormonal venant d'une possible grossesse ?

Kaya lui jeta un regard noir en réponse, visiblement d'humeur massacrante. Ethan se passa la main sur le visage de façon lasse.

— Relax ! Je plaisante ! Je croyais qu'on avait passé un cap en acceptant de se parler comme des gens civilisés.

— Je ne suis pas d'humeur pour l'instant.

Ethan posa sa tête sur ses genoux tout en la regardant pleurer.

— Je vois ça... J'aurais toutes les raisons de pleurer moi aussi, tu ne crois pas ?

Kaya jeta un regard en sa direction.

— Je ne sais même plus comment je dois recevoir tes refus. Kaya, je suis perdu. Tu m'as dit que c'était trop tôt, j'ai donc attendu. Tu m'as dit qu'il fallait que notre couple se renforce et je pensais que c'était le cas avec ce que nous avons traversé avec Sylvia. Tu m'as ensuite demandé de te laisser le temps de t'installer professionnellement, ce que j'ai concédé. Mais aujourd'hui, je m'interroge sur les vraies raisons qui te poussent encore à me dire non...

Il s'essuya les yeux du bout des doigts, sentant lui aussi un poids lourd sur son cœur.

— Je sais que tu m'aimes un minimum, sinon tu ne resterais pas à vivre avec moi. Tu n'es pas le genre à jouer avec les sentiments des gens pour vivre à leurs crochets. Alors, ma seule conclusion est que tu n'as pas encore digéré mon passé. Cela te bloque d'une manière ou d'une autre. Ai-je tort ?

Kaya prit alors la même position que lui pour lui faire face et lui répondre.

— Ethan, tu es quelqu'un de formidable. Même si tu es parfois un vrai connard sur les bords, tu es entier et j'aime la passion qui te dévore. Tu as un feu qui brûle en toi que rien ne semble pouvoir éteindre. On peut tenter de souffler ta flamme, elle repart encore plus vive. Je t'admire, tu sais. Tu as une résilience à toute épreuve que je doute d'avoir...

Elle cacha soudain son visage dans ses genoux, comme si la honte l'envahissait.

— Je n'ai pas ton courage. Je suis désolée.

Ethan s'étira les jambes un instant et la fixa avec attention, cherchant le sens profond de son désarroi.

— Pourquoi me parles-tu de courage ? En quoi cela te demande du courage de m'épouser ? Parce que je demande un effort surhumain à surmonter ?

Il lâcha un rire jaune, étreignant davantage son cœur.

— Cela n'a rien à voir avec toi personnellement. C'est juste... moi.

Toujours le visage caché entre ses jambes, Kaya serra un peu plus ses jambes contre elle.

— Pardon ! Je déteste cette situation autant que toi. Je te le jure ! Mais je ne peux pas !

Ethan souffla, puis s'étira le dos. Il sentait qu'il devait détendre chaque partie de son corps pour ne pas flancher. Garder le contrôle et rester à l'écoute, plutôt que de tout envoyer valser comme il aurait pu le faire à une époque. Il regarda le dessous de l'escalier sous lequel ils étaient assis avec fatigue.

— Kaya, je pensais qu'après tout ce temps, tu me connaissais, mais je vois que ce n'est pas encore tout à fait le cas...

Il jeta un regard vers elle, mais elle ne bougea pas. Il sourit.

— Tu devrais savoir que lorsque j'ai un objectif, je ne le lâche pas. Si tu ne me donnes pas une raison valable à ce refus, je te jure que je vais devenir le pire casse-pieds avec ça ! Si tu es actuellement soûlée par mon insistance, dis-toi que je n'ai pas enclenché le mode connard insistant. Et je peux t'assurer que là, tu auras une vraie raison de me détester et de me dire non, puisque tu n'es pas volontaire pour me dire ce qui ne va pas chez toi.

Kaya releva la tête, le visage mouillé de larmes, le maquillage étalé sur ses joues et autour des yeux, et le fixa de façon inquiète. Il se rapprocha d'elle au point que leurs cuisses se touchèrent et plaça un bras derrière elle. Il avança sa bouche à son oreille et sourit.

— Je vais jouer avec tes nerfs comme jamais.

Kaya se leva subitement, ressentant le besoin de mettre à distance sa menace non teintée d'intérêt et d'appréhension. Ethan esquissa un petit sourire et se leva à son tour, puis la fit reculer jusqu'au mur. Son dos tapa contre la cage d'escalier et elle jeta un regard à Ethan, tout à coup plus sûr de lui. Un regard qu'elle avait déjà vu : celui prêt à tout pour la faire plier, celui s'apprêtant à réaliser un objectif.

Il caressa ses doigts du bout des siens et colla son torse contre sa poitrine.

— Donc, le problème n'est pas moi, mais toi. Voyez-vous ça ! lui susurra-t-il à l'oreille. Princesse prétend être un problème, agissant à mon détriment.

Ses doigts quittèrent la main de Kaya et s'écartèrent pour caresser le bout de la petite robe noire qu'elle avait revêtue pour l'occasion. Une robe qu'elle avait minutieusement choisie pour lui faire plaisir, sachant combien il espérait un cadeau sexy également de sa part. Ses doigts s'immiscèrent doucement sous sa robe évasée à plis et effleurèrent ses bas.

— Princesse s'imagine que je n'ai pas mesuré toutes ses qualités et tous ses défauts avant de la demander en mariage. Belle blague !

— Ethan, ce n'est pas dans ce sens que...

— Alors quoi ?

Il attrapa sa cuisse et glissa sa main à l'orée de sa fesse.

— Te rends-tu compte que ce désaccord peut être un sujet de séparation ? Comment veux-tu que je prenne ce refus ? À quoi crois-tu que je pense en cumulant tous ces non si ce n'est que tu ne veux pas de moi toute ta vie entière ?

Il laissa alors sa bouche frotter contre celle de Kaya non sans cacher une certaine douleur sur son visage. Il mordit ensuite la lèvre de Kaya pour qu'elle sente le mal que lui-même ressentait dans son cœur tandis que sa main serrait fort sa fesse.

— Je veux rester avec toi, je te jure ! Je ne veux pas qu'on se sépare. Je veux vivre avec toi jusqu'à la fin...

Ethan glissa sa langue dans sa bouche et l'embrassa avec ardeur. Sa main passa sous la culotte de Kaya et celle-ci gémit. Ethan se colla un peu plus contre elle pour accentuer son désir et le sien.

— Tout à l'heure, on parlait de la différence entre être envieux et être jaloux... lui déclara-t-il entre leurs lèvres.

Il en lécha les siennes du bout de la langue avant d'investir à nouveau la bouche de Kaya.

— Je peux te dire que je suis ultra jaloux, là ! Au point que la colère et le désespoir se mêlent l'un à l'autre et me rendent fou !

Les doigts d'Ethan vinrent se glisser plus bas, dans son intimité.

— Il n'y a rien de pire que de désirer quelque chose qu'on n'est pas en mesure d'avoir rien que pour soi !

Son autre main vint alors peloter son sein, accentuant au passage l'excitation de Kaya, qui se sentit fléchir.

— Comment as-tu pu lui dire oui, à lui, et rien qu'à lui, Kaya ? Pourquoi lui et pas moi, Kaya ?!

Il posa soudainement son front contre l'épaule de la jeune femme et s'effondra sur elle.

— J'ai bien conscience que je ne suis pas lui et je ne le serai jamais, mais suis-je autant en dessous de lui ?

Il releva sa tête et la fixa, les yeux humides de douleur à quelques centimètres des siens.

— Je l'ai détesté, je l'ai envié, j'ai tenté de le comprendre, j'ai même accepté qu'il soit entre nous, mais là, je n'en peux plus Kaya. Je t'en prie ! Ne me laisse pas croire qu'Adam sera toujours au-dessus de moi ! Ne le laisse pas garder sa suprématie sur nous ! Rétablis l'équilibre ! Laisse-moi atteindre son niveau !

De nouvelles larmes quittèrent les yeux de la jeune femme devant la complainte déchirante de son partenaire.

— Je ne veux pas que tu arrives à son niveau, Ethan...

Ethan laissa tomber sa tête, l'aveu terrassant tout espoir en lui. Il retira ses mains d'elle et recula, meurtri dans sa chair.

— Je ne veux pas parce que je tiens trop à toi pour... pour en arriver là !

Ethan serra le poing, laissant couler ses larmes à son tour.

— Non, tu ne tiens pas à moi. Si cela avait été le cas, tu ne me ferais pas couler ces larmes, tu ne déchirerais pas mon cœur de la sorte, tu...

Il recula encore et s'appuya contre la rambarde de l'escalier. Kaya comprit qu'elle venait de lui infliger une douleur bien plus grande que ce qu'elle aurait voulu et combla les pas qui venaient de les distancer.

— JE NE VEUX PAS QUE TU FINISSES COMME LUI !

Son cri sortit du fond de sa gorge comme la pire peur à laquelle elle ait pu être confrontée.

— Je ne veux pas me lever un matin et recevoir la police à ma porte pour me dire que mon mari, celui à qui j'ai promis de partager ma vie, est mort. Je ne veux pas revivre ça. J'en suis au même stade. Je lui ai dit oui et il est mort. Si tu meurs, je ne me relèverais pas, Ethan. S'il venait à t'arriver quelque chose, j'en mourrais ! J'en mourrais cette fois...

Elle s'effondra alors sur les marches de l'escalier, ses jambes ne la portant plus. Le chagrin était immense.

— Je veux tellement être ta femme, mais je ne peux pas. Je t'ai traité d'égoïste tout à l'heure, mais c'est moi l'égoïste qui ne vois que mon confort personnel au détriment du tien. Je suis horrible parce que je te blesse, tu en viens à penser que tu n'es pas à la hauteur par rapport à Adam et que je ne t'aime pas suffisamment. Je suis désolée... Tellement désolée d'être si faible, de ne pas avoir ton courage...

Ethan la contempla, effondrée à ses pieds, tandis qu'il comprenait enfin la racine de son refus. Il se baissa alors et la serra dans ses bras. S'il pensait que toutes ses peurs étaient réglées, il n'en était rien. Elle pleura dans ses bras un peu plus.

— Kaya, je te l'ai déjà dit : je ne compte pas mourir maintenant. Je sais que c'est plus facile à dire qu'à faire, car on prévoit rarement sa mort, mais...

Il soupira.

— Prends de mon courage, si tu en manques. Appuie-toi sur moi. Puise en moi la conviction inébranlable que rien ne peut nous terrasser, parce que nous en avons trop surmonté ensemble pour flancher maintenant. Bats-toi avec moi pour braver l'avenir fièrement. Depuis quelques mois, nous y arrivons enfin ! Les nuages se sont beaucoup désépaissis. Nous vivons enfin comme un couple normal et heureux. Il n'y a aucune raison de ne pas continuer ainsi.

Devant son silence, il continua.

— Je veux me marier et avoir des enfants avec toi, parce que je sais, je sens que cela va encore développer notre bonheur à deux, parce que je n'ai pas peur de cet avenir avec toi, parce que je sais toute la sérénité qui m'accompagne quand tu es à mes côtés. En cédant à tes peurs, tu nous prives de plus de bonheur, tu nous restreins. Dire que c'est mieux avec peu que rien du tout, c'est admettre aussi que tu brises tes propres objectifs de vie. Je veux voir en grand avec toi et non à travers la lunette d'un télescope en me disant : « Alors c'est à ça que peut ressembler le bonheur ?! ».

À la mention du télescope, Kaya redressa la tête et lui fit face. La comparaison était pertinente. Elle pouvait lui concéder cela. Ethan profita de son attention plus accrue pour enfoncer le clou.

— Je te veux, Kaya ! Mais je ne te veux pas incomplète. Je te veux tout entière. Tu me dis que je suis entier et passionné. Je veux ressentir ça aussi avec toi. Je veux que tu le sois aussi, je veux l'expérimenter, le vivre, en être témoin. Je veux voir tous tes sourires émerveillés et surtout n'en rater aucun apparaître sur ton visage parce que la peur te ronge. Kaya, ne te contente pas d'un verre à moitié rempli parce que la peur te paralyse. Que feras-tu si demain, je mourais, malgré ton refus de nous marier ? Ne vivrais-tu pas dans le regret de te dire : « si j'avais su... » ? Ne te dirais-tu pas que ces restrictions préventives n'ont finalement servi à rien ? Vis pleinement avec moi, je t'en prie. Ne te restreins pas ! Passe ce cap avec moi.

Kaya ferma les yeux tandis qu'Ethan la couvrait de petits baisers rassurants et effaçait ses larmes salées.

— Kaya, marions-nous... S'il te plaît. Saisis ton avenir avec moi à pleines mains...

Kaya passa alors ses bras autour d'Ethan et se positionna à califourchon sur lui. Ce dernier resserra son étreinte autour de sa taille et se laissa aller à ce câlin salvateur entre eux. La demande de tendresse de Kaya était un geste vers lui.

— Je te rappelle en plus que j'ai composé une liste de promesses que je me résous à remplir une fois mariés !

Un petit rire arriva aux oreilles d'Ethan qui ferma à son tour ses yeux quelques instants pour savourer ce moment tendre.

— Je t'aime..., put-il entendre alors doucement d'une voix étouffée.

— Je ne l'accepte que si cela vient compléter un « oui, je le veux ! ».

Kaya se redressa et le fixa intensément, mais aussi avec fatigue. Il glissa à nouveau ses mains sous sa jupe et fit sauter ses sourcils d'un air provocateur.

— Et ce qui peut se passer sous ta jupe sera la cerise sur le gâteau ! Tu as tout intérêt à dire oui, tu vois !

Kaya plissa les yeux, peu encline à céder à son chantage si facilement.

— La cerise sur le gâteau ? Peuh ! Facile de faire de belles promesses en guise de récompenses incroyables. Je veux la cerise avant le gâteau !

Interloqué, un sourcil resta levé avant qu'un sourire carnassier ne vienne accompagner son regard de prédateur et que ses lèvres s'écrasent sur celle de la jeune femme.

— Te souviens-tu de ce qui s'est passé la première fois où tu t'es mise à califourchon sur moi ?

Kaya sourit enfin entre ses lèvres.

— Et tu prétends que c'est à la hauteur d'une cerise sur un gâteau ? Petit joueur !

— Oh putain, toi !

Il agrippa sans prévenir ses fesses et inséra sa langue dans la bouche de Kaya avec empressement. Kaya attrapa ses cheveux et leur baiser devint plus fiévreux, mais aussi plus tendre. Leurs langues se mêlèrent encore et encore et Ethan l'invita à se lever pour reprendre leur position debout contre le mur. La main d'Ethan trouva rapidement le chemin de sa culotte et Kaya lâcha un petit spasme de plaisir à retrouver ses doigts. Les va-et-vient aiguisèrent son appétit et très vite, elle réclama plus de lui en déboutonnant son pantalon. Le désir d'Ethan se décupla devant son initiative.

— Bordel, Kaya, dis-moi oui ! Regarde dans quel état tu me mets ! Je passe des larmes au plaisir divin en quelques minutes ! Je suis tout à toi !

Il la retourna alors et bascula son arrière-train vers lui et la pénétra aussitôt. Le plaisir soudain fut partagé, comme une envie pressante d'être comblés d'un amour indescriptible, entre tendresse et affirmation de possession. Ethan palpait les seins de Kaya entre deux coups de reins salvateurs. La voix de Kaya était ponctuée de petits cris gutturaux à chaque coup de reins d'Ethan qui augmentèrent son envie sadique de s'enfoncer un peu plus en elle pour l'entendre davantage exprimer sa façon de recevoir tout son amour.

Il se pencha à son oreille et souligna chaque entrée en elle par un « je t'aime ! » de plus en plus tendu, de plus en plus difficile à prononcer tant le plaisir atteignait de plus en plus les sommets du bonheur.

— Kaya, dis-moi oui ! répéta-t-il avec obstination, comme si ce simple mot était la clé de sa jouissance.

— Kaya ! insista-t-il alors. KAYAAA !

Le dernier coup de reins arriva et la jouissance traversa Ethan, non sans une certaine déception. Chacun reprit sa respiration en silence lorsque la voix essoufflée de Kaya vint emplir doucement la cage d'escalier.

— Oui, Ethan. Oui...

Ethan jeta un regard immédiatement vers la nuque de Kaya qu'il embrassa avant de sourire.

— Pardon, je crois que j'ai mal entendu. Tu peux répéter ?

— Connard !

Il pouffa avant de rire plus franchement.

— Tout ton amour exprimé en un mot !

Il la serra contre lui et posa sa tête contre le haut de son dos.

— Si je sors la bague, cette fois, tu répèteras les mots que tu viens de dire ?

— Oui...

Il ferma les yeux et sourit, le cœur à nouveau apaisé en entendant celui de Kaya.

Il s'écarta, remonta son pantalon et récupéra l'écrin dans sa poche. Kaya se tourna et paniqua.

— Attends, attends, tu ne peux pas me faire ta demande comme ça alors que j'ai la culotte au niveau des chevilles et que je suis toute débraillée !

Ethan se passa la main dans les cheveux, amusé.

— Tu veux vraiment me faire languir jusqu'au bout, ma parole !

Elle remonta sa culotte et se rhabilla du mieux qu'elle put devant l'impatience d'Ethan.

— C'est bon ?

— Ou... oui !

Il s'approcha alors d'elle et posa son front contre le sien, le sourire vainqueur et le regard à la fois doux et impatient. Kaya humidifia ses lèvres, sentant son cœur battre fort dans sa poitrine et sa gorge asséchée par toutes les émotions qui la traversaient. Ethan porta l'écrin entre eux deux, collant ses mains entre leurs poitrines, puis la regarda avant de reporter son attention sur l'ouverture de l'écrin. Il s'esclaffa un instant.

— Bordel, c'est enfin le moment et je suis à court de mots ! Je te l'ai demandé tellement de fois et de tellement de façons différentes que là, tu me prends de court !

Kaya rigola avec lui de l'absurdité de leur situation.

— La spontanéité a du bon aussi ! lui répondit-elle alors.

— J'ai déjà été spontané et ça n'a pas marché, je te rappelle !

Kaya fit un petit bruit de lèvres, embêtée pour lui. Il inspira un grand coup et se lança.

— T'es prête ? Ne te rate pas, hein !

Kaya sourit, à présent le chagrin laissé derrière elle malgré son nez encore rougi, et hocha de la tête.

— Kaya... Maintenant que tu as goûté la cerise, veux-tu accepter de goûter le gâteau ?

La jeune femme regarda alternativement les yeux chocolat d'Ethan et l'écrin de façon incrédule.

— Pfff ! Pfff ouah ah ah ah ! C'est quoi cette demande ?

Ethan demeura idiot devant son soudain fou rire.

— C'est la demande la plus pourrie que j'ai entendue ! s'égosilla Kaya, passant des larmes de chagrin aux larmes de joie.

Blasé, Ethan resta silencieux et amer, avant de s'en défendre.

— Normal ! Tu as refusé toutes les plus incroyables avant ! À la fin, je n'ai plus que du pourri en stock à déclarer ! Assume ! Tant pis pour toi ! Tu n'auras plus que ça !

Elle le fixa alors avec tendresse.

— Connard ! lui déclara-t-elle, amusée.

— Pardon ? dit alors Ethan, sentant une pointe d'agacement titiller sa dignité, sans comprendre pourquoi elle le traitait si durement.

Kaya continua de rire.

— J'ai dit : « Connard ! ». Oui ! C'est un mot mérité en même temps !

— Quoi ?

— À l'instant, appuyé contre mon cou, tu m'as demandé

d'accepter de répéter le dernier mot que j'ai prononcé et je l'ai fait. C'était « connard ! ».

— Non, mais tu te fous de moi ? Je parle de mariage et toi...

— Tu as très bien entendu ce que j'ai dit juste avant de te traiter de connard ! le coupa-t-elle alors. Tu me le fais répéter juste par vengeance et sadisme ! Tu n'as eu qu'une réponse logique en retour. En plus, tout ça pour me sortir une déclaration pourrie ! Bien fait !

— Non, mais je rêve ! Tu te fous bel et bien de moi ! s'agaça aussitôt Ethan avant que Kaya ne fonce sur ses lèvres.

Forcé au silence, Ethan loucha sur Kaya de façon perdue jusqu'à ce qu'elle s'accroche à sa taille et lui glisse ce qu'il attendait depuis si longtemps.

— Oui, je veux bien goûter à ton gâteau, gros nigaud ! Il a intérêt à être aussi délicieux qu'addictif ! S'il devient écœurant, je ne te le pardonnerai pas !

Ethan accepta son étreinte et l'encercla à son tour de ses bras.

— Tu viens de me traiter de nigaud, là ?

— Je t'aime !

— Tu avoues aimer un nigaud connard ! En as-tu bien conscience ?

— Arf ! Oui...

— Tu l'aimes au point de l'épouser. On est bien d'accord, cette fois ?

— Hmmm ! Je ne sais pas ! Après m'avoir assommée d'arguments durant des mois et des mois pour que je dise oui, j'ai l'impression que c'est toi qui n'es plus sûr maintenant ! Tu ne me passes même pas au doigt la bague que tu me fais miroiter depuis une heure !

Sans prendre de pincettes, Ethan la repoussa loin de lui pour sortir au plus vite la bague de son fourreau. Il chopa dans la foulée la main gauche de Kaya et en retira sans ménagement la bague d'Adam qu'il jeta au sol et y inséra la sienne fébrilement. Après quelques difficultés à enlever la première et à enfiler la seconde, Kaya admira le diamant à son annulaire gauche tandis qu'Ethan se retenait d'exploser de joie.

— Voilà ! On y est, hein ?! Je ne rêve pas ?! C'est OK ?!

— Elle est belle ! souffla Kaya, tout à coup plus émue. Je crois que je vais repleurer ! T'es vraiment chiant !

Elle porta sa main devant son nez, au bord des larmes, tout en oscillant entre larmes de joie et rire. Ethan ne tint plus, l'attrapa par la taille et la souleva dans les airs.

— Putain, ouiii ! Enfiiiin !

Kaya poussa un cri de surprise avant d'éclater de rire.

— Je t'aime, Kaya ! Je t'aime à en crever ! Merde !

Leurs bouches se retrouvèrent alors dans un soulagement commun, muées d'une ivresse indescriptible. Ethan l'assena de multiples baisers sur ses lèvres, ne pouvant réprimer son bonheur n'ayant plus de limites, plus de frontières, plus de remparts frustrants.

— Je te promets que tu ne le regretteras pas ! Tu vivras sur un petit nuage !

— N'exagère pas non plus ! On sait tous les deux qu'on se disputera aussi !

— Oui, mais maintenant, on est armés pour résoudre toutes les difficultés ! Tu es ce qui m'est arrivé de plus beau, Kaya. Ne nous quittons plus jamais.

Kaya lui sourit tendrement.

— Je t'interdis de mourir avant moi ! Compris !

— Si je meurs, c'est avec toi...

Il la reposa alors au sol et la plaqua contre lui. Elle déposa alors son front contre le sien.

— Joyeux anniversaire, Ethan... lui murmura-t-elle tout en lui frottant le dos.

— Je suis gâté aujourd'hui ! Je suis l'homme le plus heureux du monde ! Tu viendras avec moi au concert ?

— C'est le rôle d'une épouse que d'accompagner son mari dans ce genre d'événements ?

— Ne t'inquiète pas ! Si tu t'ennuies, je t'organiserai un coin où tu pourras faire un sitting avec les petits vieux qui se seront perdus au milieu de la foule !

27

SEXY

Kaya souffla devant le miroir. Elle s'acharnait devant sa pauvre robe de mariée en tentant de déplisser le tissu qui demeurait pourtant impeccable. La pression du moment augmentait avec les minutes qui s'égrainaient. Son cœur battait toujours un peu plus fort.

C'était enfin le jour J. Le jour où elle allait devenir Madame Abberline. Le jour où elle allait sceller sa vie à celle de l'homme qu'elle aimait. En y repensant, elle avait parcouru beaucoup de chemin depuis son oui à Adam. Finalement, elle allait le dire définitivement devant un autre homme. Elle était consciente que sa vie avait déjà changé depuis qu'elle avait rencontré Ethan et elle se doutait que beaucoup de promesses se réaliseraient encore dans son avenir avec lui. Ethan lui avait déjà prouvé combien il voulait que tous deux vivent ensemble tous les bonheurs possibles. Malgré toutes ses certitudes, se voir dans cette robe devant cette psyché ne la rassurait pas. Elle ne comprenait pas vraiment pourquoi. Elle était convaincue de son oui à présent et avait compris que la peur de l'avenir avec Ethan ne devait pas être un frein à leur vie de couple. Elle était même sereine quant à leur vie à deux ; ils avaient déjà vécu plusieurs mois chez lui et avaient surmonté pas mal d'épreuves ensemble.

Pourtant, elle stressait. La peur peut-être de trébucher sur sa robe devant tout le monde ? L'inquiétude que la cérémonie ait un accroc ? L'absence imprévue d'un des invités, même s'ils étaient peu nombreux ? Sans doute la solennité du moment. C'était un stress pourtant bien présent.

— Allons, Kaya ! Calme-toi ! lui déclara Cindy Abberline, tout en lui frottant les épaules pour la détendre. Tu es toute pâle et transpirante ! Ton maquillage va couler !

— Je le sais bien, mais c'est plus fort que moi ! Je n'arrive pas à penser à autre chose que ce qui m'attend et ça m'angoisse.

— Tu es très belle ! confirma Brigitte, d'un ton sérieux. Tu n'as pas à t'inquiéter. Tout le monde est là et attend l'heure de la cérémonie. Tout est OK.

— Je n'ai jamais compris comment tu as fait pour être aussi décontractée le jour de ton mariage ! lui rétorqua Kaya, effarée par sa zénitude et son assurance.

Brigitte haussa les épaules.

— Rien que de voir Sam s'agiter et s'énerver pour un rien me faisait dire qu'il stressait déjà pour deux ! En le voyant pointilleux et paniqué, ça m'a conforté dans l'idée que c'était ridicule d'avoir des appréhensions pour un simple sermon devant une assemblée. Il y a quand même plus grave dans la vie. N'est-ce pas une journée censée être cool, joyeuse ?

— Vu comme ça, c'est sûr, cela peut paraître idiot...

Des pas assurés s'avancèrent dans le couloir. Les mains dans les poches et sifflotant, Ethan arriva devant la porte derrière laquelle attendait la mariée. Il portait déjà son costume de cérémonie. Un costume beige avec un gilet sans manches, en dessous duquel il a revêtu une chemise blanche et une cravate beige très clair aux reflets un peu rosés avec des motifs floraux fins blancs et marrons. Il arborait à la poitrine une boutonnière de type mini bouquet de fleurs séchées.

— Que fais-tu là ? lui demanda alors Charles, qui attendait sa femme, en compagnie de Max et Claudia.

Ethan sourit fièrement.

— C'est évident ! Je viens m'assurer que Kaya dise oui tout à l'heure !

Il jeta un regard à Claudia.

— Pourquoi tu n'es pas à l'intérieur avec les filles ?

— Je ne me sens pas à l'aise.

Ethan soupira face à son regard baissé et son ton un peu sec.
— Tu sais, elle ne te mangera pas.
— Arrête de me prendre pour une idiote ! Je le sais très bien !
— Claudia, c'est mon mariage. S'il te plaît, fais un effort.
— Je n'ai simplement pas trouvé le moment pour lui parler... Alors, cesse de me mettre la pression et détends-toi !
Ethan la prit alors dans ses bras et lui fit un câlin.
— J'aimerais vraiment que tu apprennes à la connaître et que tu acceptes que mon bonheur soit à ses côtés.
— J'ai bien compris que tu l'aimais ! Ça va ! Je suis vraiment content pour toi, Frangin !
Max tapa l'épaule d'Ethan et lui sourit.
— Tu as beaucoup de chance, Ethan. Moi, je t'envie sincèrement.
— J'espère un jour que tu vivras un tel bonheur, toi aussi ! lui répondit Ethan, sincère.
— Quand je vois la façon avec laquelle tu as relevé la pente et comment Kaya t'a changé, je ne doute pas que des miracles existent. Tu es le plus bel espoir qui soit !
Ethan lâcha Claudia et serra à son tour son frère dans ses bras pour la première fois, à sa grande surprise.
— On a tous eu nos difficultés, mais le soleil se lève sur nous maintenant... et c'est grâce aussi à Papa et Maman ! releva alors Ethan.
Il jeta un œil à Charles et sourit avant d'en faire autant avec Charles qui se sentit ému.
— Ce sont les meilleurs ! confirma Max.
Charles câlina Ethan tendrement.
— Je suis fier de toi, fiston ! Tu es le meilleur. J'ai toujours su que tu étais un battant. La preuve en est aujourd'hui. Tu as surmonté tant d'obstacles ! Je te souhaite beaucoup de bonheur avec Kaya.
Ethan se détacha de son père, puis inspira alors à pleins poumons et sourit de façon coquine.
— Justement ! J'ai besoin de ma dose de bonheur urgemment !
Il leur fit un clin d'œil.
— Je dois voir ma future femme ! Je suis en manque !

Il entra dans la pièce où les femmes attendaient et laissa le reste de la famille dans le couloir.

— Faites place au futur marié ! cria-t-il alors, tel un empereur faisant son entrée.

— Ethan ! s'exclama Cindy, surprise. Qu'est-ce que tu fiches ici ?

— Tu ne dois pas voir la mariée avant le mariage ! renchérit Brigitte. Tu sais bien que ça porte malheur !

Elle s'apprêtait à le repousser vers la sortie, mais Ethan esquiva sa tentative.

— Justement ! Je viens conjurer tous les sorts contre nous ! Je viens m'assurer que paix et harmonie entourent ce mariage.

— Hein ? fit Brigitte, pleine de doutes devant son discours un brin chamanique.

— Tout le monde dehors ! ordonna-t-il ensuite aux deux femmes, tout en les dirigeant vers la sortie par des petits coups dans le dos.

— Hop ! Hop ! Hop !

Sans savoir quoi dire en objections, Cindy et Brigitte franchirent le palier et retrouvèrent le reste de la famille d'Ethan dehors. Il referma la porte derrière elles et se tourna vers Kaya.

— Toi, ça ne va pas ! J'ai bien fait de venir ! lui déclara-t-il finalement tandis qu'elle n'avait prononcé aucun mot depuis son arrivée.

— N... Non ! Ça va !

— Tu es en panique !

Kaya ne put réfuter ses paroles cette fois et serra les pans de sa belle robe. Ethan souffla et vint la prendre dans ses bras.

— Je t'interdis de partir en douce avant la cérémonie !

— Je ne compte pas le faire ! déclara-t-elle dans un souffle au creux de son oreille.

— Je vois... Tu as besoin d'être rassurée ! On dirait que tu trembles !

— Non ! S'il y a une chose dont je suis certaine, c'est que je serais bien devant toi pour dire oui face à tout le monde.

— Et comment ! Depuis le temps que j'attends ce jour ! T'as intérêt !

Il observa alors de plus près la belle robe de mariée qu'elle avait choisie en l'honneur de ce jour si spécial. Elle était assez simple, à son image. Des perles blanches ornaient son buste beige clair en raccord avec le costume du marié. Le bas de la robe était en satin blanc. La coupe était droite, mais légèrement évasée aux chevilles. Il n'y avait pas de jupon sous la robe pour un effet bouffant, pas de tulles ou d'éléments superflus. Elle était seulement d'un blanc immaculé.

— Tu es belle ! lui souffla-t-il tout en posant son front contre le sien.

— Tu vas nous porter la poisse !

— Mais non, je suis ton porte-bonheur ! Regarde, tu stresses déjà moins depuis que je suis là. Toutes tes pensées négatives se sont envolées en ma présence !

Kaya sourit alors.

— Ce n'est pas faux. J'ai l'impression que ma peine est tout à coup moins lourde à porter !

— Ta peine ?

— Façon de parler ! J'ai l'impression que c'est la pire montagne que j'ai eu à gravir de toute ma vie ! Pourtant, cela devrait être juste un magnifique toboggan où je pourrais me laisser glisser avec le sourire, mais je ne sais pas pourquoi, j'angoisse !

Ethan caressa une mèche de ses cheveux.

— Je te promets qu'on sera heureux ensemble. J'ai hâte d'être en lune de miel, j'ai hâte de te présenter comme mon épouse, je me désespère de voir que tu n'es toujours pas enceinte.

— Si tu me mets la pression, cela risque de ne pas arriver ! Tu sais bien que les grossesses ont une grande part de psychologie !

— Oui, mais je suis tellement impatient. Je ne veux rien rater cette fois...

Kaya déposa un baiser sur sa joue avec tendresse.

— On a le temps ! Toute une vie pour ça !

Elle lui sourit alors.

— Une vie à deux...

Elle déposa ensuite un baiser sur ses lèvres. Ethan accepta volontiers ce signe de tendresse de la part de sa future femme et la serra un peu plus contre lui.

— Tu me manquais trop ! J'avais trop envie de te voir ! lui murmura-t-il entre leurs lèvres alors qu'il lui rendait son baiser.

— Dis plutôt que tu voulais calmer tes propres angoisses ! Ethan s'esclaffa.

— Chut ! Ne le répète à personne !

Kaya se mit à rire.

— Même si j'ai peu de doutes sur notre avenir, il y a toujours cette peur insidieuse que tu me laisses une troisième lettre de rupture... On dit : « jamais deux sans trois », après tout !

Kaya grimaça, avant de l'embrasser à nouveau et d'entourer ses bras autour de son cou.

— Non, pas de lettre prévue ! Pas de départ inopiné, brutal. Pas de retour en arrière. Pas d'hésitation à ce que tu deviennes mon mari ! Je reste à tes côtés !

Elle frotta le bout du nez contre celui d'Ethan. Ce dernier grogna d'entendre des mots si rassurants pour son cœur et l'embrassa. Leurs langues se chamaillèrent tendrement, laissant disparaître en même temps les appréhensions sur ce qui allait suivre. Seul le moment présent prenait consistance et caressait d'une douce tendresse leurs cœurs. Les mains d'Ethan migrèrent vers les fesses de Kaya et ce dernier sourit lorsqu'il les serra ardemment. Kaya lâcha un râle surpris et réprobateur.

— N'abîme pas ma belle robe ! Si on vient à voir une tache ou un accroc, considère-toi comme un mari mort le jour de son mariage !

Ethan éclata de rire et lui offrit un sourire coquin.

— Tout ce qui compte, c'est l'extérieur ? lui demanda-t-il alors.

— Quoi ? répondit-elle sans comprendre.

Ethan s'agenouilla subitement et souleva sa robe avant de se faufiler en dessous.

— Ethan, qu'est-ce que tu fais ? Aaaah ! Mon Dieu ! Non ! T'es pas sérieux !

Elle tenta de retenir l'invasion en sous-marin des mains et des lèvres d'Ethan, en vain. Elle put sentir ses doigts caressaient ses mollets et remonter l'arrière de ses cuisses tandis qu'un chapelet de baisers venait éveiller son désir vers l'intérieur de ses jambes.

— Ethan ! Ce n'est pas le moment ! C'est ce qu'on fait lors de la lune de miel !
— Charmant, ce que je vois en dessous ! Voyons... Jarretière, bas avec de la dentelle... Trop mignon ! Hmm... Porte-jarretelles ? Whouaaa !
— Ethan ! Ce devait être la surprise de la nuit de noces ! Tu es en train de tout gâcher ! Sors de là !
— Même pas en rêve ! Je suis au paradis ! put-elle entendre sous sa robe.

Elle sentit les attaches du porte-jarretelle se défaire tandis qu'il camouflait ses actes par des baisers.
— Ethaaan... S'il te plaît ! le supplia-t-elle en geignant.
— Putain ! La culotte en dentelle ! s'écria-t-il alors.

Elle sentit soudain les deux mains d'Ethan attraper ses fesses pour ramener son corps vers l'avant et cette fameuse culotte atterrir sur la bouche d'Ethan. Les joues de Kaya s'empourprèrent, son désir augmentant. La langue d'Ethan s'immisça insidieusement sous la culotte et Kaya lâcha un spasme de plaisir. Sous la robe, Ethan sourit et accentua son exploration. Sa langue naviqua en elle, passant et repassant sur son clitoris. Le souffle de Kaya s'accéléra avec l'amplitude toujours plus grande de son plaisir.
— T'es vraiment un connard ! C'était pour notre nuit de noces !
— T'inquiète, chérie ! Je t'enlèverai la robe ce soir et on fera d'autres trucs ! Promis !

Le plaisir monta encore et encore jusqu'à ce que le point culminant soit atteint et que les jambes de Kaya ne supportent plus son propre poids. Ethan serra ses jambes pour la soutenir de ses bras le temps qu'elle reprenne pied.

Il grogna sous sa robe, tout en caressant ses cuisses, puis décida de sortir hors de sa robe. Il se releva et fonça sur les lèvres de Kaya. Elle pouvait sentir le goût d'elle-même contre sa langue si intrusive dans sa bouche. Ethan pinça ses fesses à travers sa robe et grogna à nouveau.
— Merde ! Kaya !

Il l'attrapa par le bras et la força à lui tourner le dos. Il prit alors le bas de sa robe qu'il releva sur les hanches de la jeune femme. Le jupon relevé, une vue magnifique s'offrit à lui. Les fesses offertes de Kaya, agrémentée de sa petite culotte en dentelle, de son porte-jarretelle et de ses bas blancs, répondaient au fantasme qui s'était éveillé en lui quelques minutes plus tôt.

— Kaya, tiens bien le bas de ta robe contre ta taille ! Putain, qu'est-ce que t'es belle, comme ça !

— Ce n'est pas drôle !

Il effleura une nouvelle fois ses fesses de ses doigts. Kaya frissonna alors.

— Rattache plutôt mes bas au porte-jarretelle au lieu de bloquer sur mon postérieur.

— Ouais, mais il me rend dingue, tu sais.

Il embrassa sa joue alors qu'elle avait son visage tourné vers lui.

— Dépêche-toi ! Ma robe va être toute froissée si je la tiens plus longtemps. En plus, on nous attend, je te rappelle !

Ethan sourit alors, le regard filou. Il déboutonna son pantalon et le laissa tomber à ses chevilles. Kaya écarquilla les yeux, incrédule.

— T'es pas sérieux ?!

— Avec toi, je suis toujours sérieux, ma princesse !

Il attrapa ses hanches et baissa d'un geste sec sa culotte.

— Ethan ! Pas maintenant ! Ce n'est pas le moment ! La cérémonie va commencer !

Il glissa sa main sur la gorge de Kaya et ramena sa tête à côté de la sienne. Kaya put sentir contre ses fesses l'érection d'Ethan.

— Tu ne peux pas me laisser dans cet état devant tout le monde. Ce ne serait pas sérieux non plus !

Kaya gémit alors qu'il appuyait davantage son pénis contre son postérieur.

— Je t'aime. Je t'aime à en mourir, Kaya ! souffla-t-il à son oreille. C'est dans ces moments-là que je me dis combien je suis chanceux. Je veux que ce bonheur ne s'arrête jamais.

Il attrapa sa main et en embrassa ses doigts. Un pan de la robe retomba.

— Ce soir, pour notre nuit de noces, je prendrai tout mon temps pour retirer cette robe, pour savourer chaque centimètre de ta peau, pour vénérer ton corps, je te le promets, mais là, mon désir est sauvage. Pardon ! J'ai envie de te posséder comme jamais ! Dans cette robe, ton derrière à demi nu devant moi, je veux que tu sois mienne. Sa main quitta la gorge de Kaya et il décrocha quelques attaches dans son dos, ce qui desserra le buste de la jeune femme. Il glissa ensuite sa main dans les cheveux de la future mariée et en détacha son chignon. Kaya grommela.

— Ne touche pas ma coiffure, Ethan ! C'est laqué de partout ! Je ne pourrais pas me recoiffer derrière !

— Je n'aime pas ton chignon. Là, c'est beaucoup mieux.

Les mèches ondulées tombèrent sur les épaules nues de Kaya. Ethan en caressa une et l'embrassa, puis embrassa son épaule. Sa main droite se faufila alors entre le buste de la robe et la poitrine de Kaya. Elle attrapa son sein et le serra avec force. Kaya grogna à son tour.

— Ethan...

— Remonte bien ta robe...

Il lui rendit le pan de robe qu'elle avait lâché et l'aida à la relever au mieux. De sa main gauche, il caressa ensuite le pubis de la jeune femme qui se courba.

— Tout ça est uniquement à moi, Kaya !

— Alors, dépêche-toi de le prendre, bordel ! Tu m'énerves !

D'abord surpris, Ethan éclata alors de rire devant l'agacement et l'impatience de sa future femme.

— Tout de suite, chérie !

Il ne se fit pas prier davantage et la pénétra. Chacun apprécia ce moment avant que le va-et-vient ne commence.

— Kaya, c'est vraiment le plus beau jour de ma vie, t'en rends-tu compte ?

— Tais-toi ! Plus fort !

Il sourit davantage, complètement charmé par les directives de celle qu'il aimait à la folie. Il accéléra, s'enfonçant un peu plus en elle. Le plaisir les grisa. Les sensations les emplirent de bonheur. Les gémissements se mêlaient aux râles de satisfaction. Les mains d'Ethan se plantèrent un peu plus dans la chair du bassin de Kaya à chaque nouvelle percée en elle. Kaya tenta de rester en position malgré la force de l'impact du bassin d'Ethan contre le sien et se sentit obligée de lâcher la robe pour ne pas perdre l'équilibre. Elle glissa sur ses fesses et Ethan la retourna contre les épaules de sa chère mariée. L'image était magnifique aux yeux d'Ethan qui sentit l'excitation le dominer, puis l'engloutir. Enfin, la délivrance arriva et Ethan laissa sa bouche se poser contre l'épaule nue de sa femme, essoufflé.

— Ça va mieux ? lui demanda-t-elle alors.

Il redressa sa tête et réajusta la robe contre eux. Il se pencha ensuite contre elle et caressa son visage contre la joue de sa chérie, avant de l'embrasser.

— Beaucoup mieux ! J'étais trop en manque ! Mais j'en déduis que toi aussi, ça va mieux. Tu as l'air beaucoup plus détendue que tout à l'heure !

Elle lui jeta un regard torve auquel il sourit.

— T'es belle ! lui chuchota-t-il.

— Tu m'as complètement décoiffée ! Mes cheveux ne ressemblent plus à rien ! Je pourrais divorcer pour ça, tu le sais ! C'est un acte impardonnable dans l'image parfaite de mon mariage !

— Oui, mais j'ai rehaussé le niveau avec ce petit câlin pré-» oui, je le veux ! ».

Il claqua sa cuisse de sa main.

— T'es tellement excitante ! J'ai hâte d'être à ce soir !

— Au lieu de me chanter la sérénade, aide-moi plutôt ! Je vais finir par tacher ma robe. Si cela arrive, je te dis non tout à l'heure, déjà que tu as flingué ma coiffure !

Ethan ricana.

— À force de me menacer, je vais devoir m'assurer que tu dises oui, Kaya. Méfie-toi !

— Aide-moi à aller aux toilettes ! Faut que tu me tiennes la robe ! Je ne peux pas faire ça avec ta mère ! Ce serait trop la honte !

— Chiche !

Kaya le dévisagea, paniquée.

— Ethan, si tu veux qu'on se fâche…

Il soupira et l'aida. Il souleva sa robe jusqu'aux toilettes.

— Je vous jure, qu'est-ce que tu ne me fais pas faire ! grommela-t-il.

— Je peux en dire autant ! railla-t-elle en réponse. Aide-moi à me rhabiller, s'il te plaît.

— Je n'habille pas ! Je déshabille !

Kaya le fusilla du regard.

— Si tu ne me rhabilles pas tout de suite, je peux t'assurer que le reste de la journée sera la pire journée de ta vie.

Ethan pouffa.

— Putain, je t'aime, Kaya ! déclara-t-il en ricanant et se mettant à genoux. Je vais croire que t'aimes vraiment que je me faufile sous ta robe.

— N'en profite pas pour me tripoter !

— Comme si c'était mon genre ! s'en amusa-t-il, caché sous sa robe.

Il remit en place sa lingerie non sans déposer un baiser ou deux sur ses cuisses et caresser encore un peu ses fesses.

— Je vais te défaire ça ce soir en deux temps trois mouvements ! Je deviens un pro !

Il claqua à nouveau son fessier.

— Allez ! C'est reparti ! Roulez, jeunesse !

Il se releva et Kaya le contempla de façon dépitée et agacée.

— Je ne suis pas une vieille bécane que tu viens de retaper !

— Non, t'es une Rolls Royce ! répondit-il tout sourire, tout en déposant un baiser sur les lèvres.

— Reboutonne le bustier !

— Oui, chef !

— Bien ! Bon soldat !

— Demandez-moi tout !

Il remit en place les attaches de son buste dans le dos et Kaya se trouva un peu plus rassurée.

— Chérie, on s'occupe du visage, maintenant ?

— Du visage ?

Elle se précipita vers le miroir et lâcha un spasme d'horreur. Elle se tourna alors vers Ethan.

— Je ne peux plus me marier !

28

MARIÉS !

Charles observa l'heure sur sa montre. Tout le monde attendait les mariés pour la cérémonie.

— Qu'est-ce qu'ils fabriquent ? se demanda alors Cindy, inquiète.

En bon témoin du marié tout comme Maxime, Oliver se montra rassurant.

— Connaissant Ethan, il doit laver le cerveau de Kaya pour qu'elle lui dise oui coûte que coûte.

Richard gloussa. Choisi pour l'accompagner devant l'autel, il attendait patiemment l'arrivée de Kaya pour assumer son rôle de représentant de la future épouse.

— Il exagère quand même ! s'agaça Cindy. Je ne l'ai pas élevé de façon à ce qu'il manque de ponctualité !

— Relaxe, Mamour ! tempéra Charles. C'est son mariage. Laisse-le le vivre comme il l'entend ! C'est leur journée, après tout...

La mine catastrophée de Kaya devant le miroir fit sourire Ethan. Kaya examina son maquillage complètement foutu. Elle jeta un regard vers son futur mari à travers le miroir et réalisa que son rouge à lèvres s'était complètement étalé sur les lèvres d'Ethan.

— Je t'interdis de rire, de te satisfaire de ce résultat ! lui hurla-t-elle.

Ethan ricana de plus belle.

— Je fais comment, moi ?! Je ne peux pas me montrer dans cet état !

Elle se tourna vers lui et serra les poings de chaque côté de sa belle robe blanche.

— Tu ne pouvais pas te retenir, toi aussi ! C'est malin ! Je fais comment, moi ! Et regarde, toi ! T'es pas mieux !

Ethan continua de rire doucement et la prit dans ses bras.

— Ne me touche plus ! s'énerva Kaya.

— Calme-toi ! lui déclara-t-il tout en la balançant doucement dans ses bras.

— Tu vas marcher sur ma robe ! Si j'ai une empreinte noire de chaussure dessus, c'est le pompon !

— Tout doux, ma belle jument ! Aurais-tu oublié à qui tu parles ?

Kaya ne cacha pas son agacement devant son ton détendu et moqueur. Il embrassa son cou et puis chuchota à son oreille.

— Je vais te remaquiller. Respire !

Kaya se détendit légèrement devant l'idée de génie de son futur mari. Elle le poussa sans attendre et prépara tout.

— Dépêche-toi ! En piste ! Vite !

— Tu ne m'as jamais dit ça pour aller baiser ! lui fit-il remarquer tout en croisant les bras.

— Ethaaaan !

Elle lui attrapa le bras et l'obligea à s'asseoir et à décroiser ses bras pour se mettre au travail. Elle regarda sa trousse de maquillage et grimaça. Elle n'avait pas la plus grande des palettes de maquillage qu'elle pouvait proposer dans le magasin d'*Abberline Cosmetics*, mais elle n'avait pas le choix.

— Fais des miracles ! Et vite !

Kaya s'assit devant lui et attendit. Ethan contempla son visage et sourit.

— Il manque quelque chose avant de commencer !

— Quoi ?!

Kaya regarda un peu partout ce qui pouvait manquer, mais ne vit rien de flagrant. Ethan se mit à table.

— Ta façon de me dire s'il te plaît, mon amour, l'homme de ma vie.

— Ethaaaan !

Il rigola de plus belle, mais ne dévia pas de son objectif. Prise par le temps, elle se résolut alors à répondre à sa requête et à l'embrasser. Elle prit son visage en coupe et écrasa rapidement sa bouche contre celle d'Ethan.

— C'est bon ? On peut commencer ?

Ethan montra une hésitation délibérée, teintée de ruse.

— Je réalise que je suis maître d'une belle négociation...

Kaya plissa alors les yeux et se leva de sa chaise.

— Serais-tu prêt à jouer ton mariage dans les négociations ? déclara-t-elle soudain de façon menaçante.

Il se leva alors et sourit plus fièrement.

— Souhaites-tu réveiller le connard en moi par tes provocations ?

Kaya le fixa. Son arrogance et son dédain n'étaient pas feints.

— Je n'irai pas devant l'autel dans cet état. Tu as perdu, Monsieur Connard.

Il s'esclaffa soudain et lui jeta un regard de défi. Kaya tiqua, se demandant ce qu'il préparait. Il se baissa alors et passa son bras derrière le genou de la jeune femme, puis bloqua son épaule contre son bassin et la souleva comme un sac à patates.

— Ethan, qu'est-ce que tu fous ? Lâche-moi !

— Je te prouve que tu peux finir devant l'autel, peu importe la qualité de ton maquillage ! Il me suffit de mener ma femme jusqu'à l'autel !

— OK, OK, OK ! T'as gagné ! Repose-moi ! cria Kaya, catastrophée.

Vainqueur, Ethan inspira un bon coup, gonflant sa poitrine de fierté et lui donna une tape sur les fesses.

— Sage épouse ! Négocions !

— Tu veux négocier quoi, bordel ?

Il la déposa au sol et sortit de la poche de son pantalon une feuille qu'il lui tendit.

— C'est quoi ?!... Attends ? Tu avais prévu tout ça depuis le début ?!

Ethan mit ses mains dans les poches et haussa les épaules.

— N'est pas ton connard qui veut !

Elle déplia la feuille et reconnut son contenu.

— C'est la feuille de promesses...
— Oui, celle que je t'ai lue lorsque je t'ai retrouvée au marché.
Kaya en relut brièvement chaque point pour vérifier s'il y avait ajouté des modifications puis releva les yeux vers Ethan.
— En quoi est-ce une négociation ?
— Tu n'as pas signé la feuille !
— Signer ?
— Oui, pour montrer que tu consens à tout cela !

Kaya le fixa de façon hébétée. Elle replongea son attention sur la feuille et ne voyait pas ce qui pouvait être sujet à un non-consentement.
— Qui ne voudrait pas de telles promesses de la part de son mari ? Et au pire des cas, si ça me soûle, je te le ferai savoir.
Les yeux brillants de bonheur, Ethan admira sa femme qui ne comprenait guère pourquoi il en faisait un tel enjeu.
— Signe-le de tes lèvres !
— Hein ?!
— Ton rouge à lèvres en fera foi !
— Pourquoi mon rouge à lèvres ?
— Parce que je veux tes empreintes labiales dessus !
— Quoi ?! Pour quoi faire ?!
— Parce que cela prouvera qu'elles m'appartiennent en échange des promesses que je m'engage à respecter sur cette feuille. C'est le plus beau contrat que j'ai eu à signer ! Surtout pour un directeur d'entreprise de cosmétiques ! Notre plus beau contrat aussi ! À durée indéterminée cette fois-ci !
Il lui sourit tendrement et Kaya se laissa aller dans ses bras. Elle passa ses bras autour de son cou et réclama un câlin.
— T'es horrible !
— Quoi ?! Pourquoi ?!
— Ça t'amuse de me faire passer par tout plein d'émotions en si peu de temps ?!
Ethan déposa alors un baiser sur sa tempe et la serra fort.
— Tu es ma plus belle distraction, mon plus beau terrain de jeu. Je ne me lasserai jamais de jouer avec toi, d'être ton connard !
— Je t'aime...

— Alors, signe ce contrat d'amour...

Kaya embrassa Ethan tendrement, puis se détacha de lui.

— Maquille-moi d'abord et je signerai avec le rouge à lèvres que tu auras appliqué sur ma bouche !

— Trop sexy ! répondit Ethan, ravi de cette idée. Mais avant, embrasse-moi encore un peu !

Kaya se sentit séduite par sa demande et y répondit.

— Je vais devoir me retenir tout le reste de la journée après ! se dédouana-t-il entre ses lèvres. Il me faut ma dose.

— C'est vrai ! Tu n'en as pas eu assez !

— De toi, je ne serai jamais rassasié, Kaya.

Leurs langues se mêlèrent tendrement, s'accordant de se décoiffer mutuellement une dernière fois...

Kaya appuya ses lèvres contre la feuille avec précaution pour ne pas baver et froisser la feuille, mais avec force pour que le rouge à lèvres s'imprègne bien sur le papier. Tous deux observèrent le résultat et Ethan en fut le plus satisfait.

— Parfait ! Je vais pouvoir l'encadrer !

— Quoi ?! s'étonna Kaya de cet aveu. Pour en faire quoi ?

— Pour l'accrocher !

— Où ?

Ethan lui offrit un sourire mystérieux. Il replia et rangea la feuille dans sa poche, puis observa une dernière fois sa fiancée qui allait devenir sa femme.

— Tu es bien plus belle maintenant que tout à l'heure.

Kaya se montra troublée.

— Tu es satisfait cette fois-ci de la façon dont tu m'as maquillée ?

— Moui ! Je te préfère avec ce maquillage qu'avec celui qu'on t'a fait tout à l'heure et je te préfère les cheveux lâchés et coiffés ainsi. Je peux sentir les effluves de ton shampooing abricot !

Il lui fit un clin d'œil auquel Kaya rougit de façon gênée.

— Et puis je préfère tes joues rouges de nos ébats à ton teint blafard de tout à l'heure.

— Ethaaan ! râla-t-elle de sa moquerie tout en lui tapant le bras.

Kaya regarda sa robe à présent.

— Elle te plaît aussi ?

— Je préfère quand le bas est relevé et voir tes cuisses avec tes bas et ta petite culotte, mais ça fera l'affaire ainsi pour la journée !

Immédiatement, Kaya lui jeta un regard dépité auquel il ricana. Elle s'approcha ensuite de lui pour réajuster son col et sa veste.

— Toi aussi, tu es beau.

— Et tu ne m'as pas vu tout nu ! J'ai utilisé une lotion qui donne la peau toute douce pour ma nuit de noces !

Kaya pouffa et déposa un léger baiser sur ses lèvres pour ne pas étaler une nouvelle fois son maquillage sur le visage de son fiancé.

— On y va ? lui dit-il.

— Il serait temps, tu ne crois pas ! Je croyais que tu étais impatient de me dire oui !

Elle passa une dernière fois ses mains sur sa robe pour défroisser un éventuel pan plissé, puis elle vit Ethan s'approcher d'elle.

— Et comment que je suis pressé ! On y va !

Il se pencha alors devant elle, passa son bras derrière ses genoux, bloqua son épaule sur son bassin et la bascula pour la soulever. Kaya cria.

— Ethan ! Qu'est-ce que tu fais ?! Non ! Attends ! Ma robe ! t'es pas sérieux ! Pas encore !

Ethan prit le chemin de la sortie et se dirigea vers la cérémonie, un grand sourire aux lèvres. Tout le monde entendit arriver les mariés de loin. Kaya hurlait des « lâches-moi ! Ethan ! Dépose-moi ! », puis un « Connard ! Tu vas me lâcher, oui ! », et enfin « je divorce ! Tu m'entends ! Je divorce ! ».

Oliver pouffa en voyant le couple se chamailler, mais malgré les menaces de Kaya, le sourire d'Ethan était éclatant. Il s'approcha de Richard, Kaya toujours sur son épaule.

— Je sais qu'elle vous a sollicité pour la guider jusqu'à l'autel, mais je crains de ne pouvoir satisfaire cette requête !

— Quoi ? s'exclama Kaya sur son épaule. Qu'est-ce que tu racontes ?!

— Ma future épouse me menace depuis tout à l'heure de 1/me

quitter 2/m'étriper 3/de divorcer... Ah ! Et j'oubliais de ne pas se présenter devant l'autel. Comprenez, cher Richard, que je dois m'assurer par moi-même qu'elle va bien faire ce chemin jusqu'à là-bas.

Après avoir énuméré avec ses doigts les menaces de Kaya, Ethan montra l'autel. Richard gloussa à nouveau.

— Ne vous inquiétez pas ! Je comprends que vos bras ont bien plus de fermeté que les miens. Je vais rester à faire mon sitting avec Monsieur Nielly et mes vieux camarades.

Ethan lui sourit avec complicité.

— Ne l'écoutez pas, Richard ! Il va me reposer et nous irons ensemble.

— Je doute qu'il vous repose, ma chère Kaya. Votre futur mari a l'œil ambitieux ! Encore plus lorsqu'il s'agit de vous. Rien ni personne ne pourrait arrêter les objectifs de cet homme à votre sujet !

Kaya grimaça, toujours tordue sur son épaule.

— Très bien, chérie ! déclara Ethan tout en tapant une nouvelle fois ses fesses. En route !

Il traversa alors l'allée au milieu des convives, Kaya sur l'épaule, avec fierté. Les invités ne surent s'ils devaient les applaudir ou rester silencieux devant ce moment si... particulier.

— C'est la première fois que je vois une entrée de la mariée opérée de cette manière ! déclara Monsieur Nielly.

— Les jeunes ne savent plus se tenir, déclara Monsieur Pompery. Aucun savoir-vivre ! Complètement décomplexés ! Ils n'en font qu'à leur tête !

Richard vint s'asseoir à leur côté.

— Avec ma femme, il est vrai que nous étions plus traditionnels. Malgré tout, sans doute aurais-je aimé avoir le culot de Monsieur Abberline. N'est-ce pas aussi une belle preuve d'amour ?

La bande de vieux observèrent le couple avancer et acquiescèrent les paroles de Richard.

— Il est intenable, ce gosse ! Et c'est mon gosse ! marmonna Cindy, désappointée par l'irrévérence de son fils pour ce moment si solennel.

— Calme-toi ! Ils sont tous les deux là, ensemble ! N'est-ce pas le principal ?

— Elle n'était pas coiffée comme ça ! remarqua tout à coup Cindy. Même le maquillage ! Ce n'est pas le même ! Qu'est-ce qu'ils ont foutu ?

Toute la famille Abberline examina plus attentivement la mariée.

— Pourquoi aurait-elle refait son maquillage et sa coiff... ?

Max ne finit pas sa phrase que tous se regardèrent d'un air tout à coup entendu sur LA raison d'un tel changement et un long silence s'en suivit. Charles se mit à rire légèrement.

— Il faut du temps pour se remaquiller ! commenta-t-il avec amusement.

— Charles ! grogna Cindy, tout en lui donnant un coup dans le bras.

— C'est peut-être lui qui l'a fait ! fit remarquer Claudia.

Les autres membres la fixèrent un instant jusqu'à ce que Cindy pose ses mains sur ses joues avec fierté.

— Mon fils est trop romantique ! Il a maquillé son épouse !

— C'est une supposition, Maman ! Calme-toi !

Ethan continua sa progression et tomba sur le Docteur Courtois, assis en bord de rangée. Il lui jeta un œil torve auquel le psychiatre répondit par un sourire.

— Ne comptez plus sur moi pour venir vous voir ! répondit Ethan avec fermeté.

Il sortit aussitôt une sucette de sa poche et la donna au docteur.

— Cela vous consolera de la perte du meilleur patient que vous n'ayez jamais eu.

Le docteur visa la sucette tendue et l'accepta volontiers. Un petit sourire fut partagé entre les deux hommes, avant que le psychiatre ne reprenne le dessus.

— On en reparlera lorsque vous serez complètement angoissé avec l'arrivée de votre futur enfant ! Aucun doute que nous nous reverrons !

— Vous m'avez stipulé que je n'avais plus de raison de le faire !
— Donc, vous croyez vraiment tout ce que je dis ? Whouaaa !
— Maudit psy ! vociféra-t-il tout en le quittant.

Le docteur fit un adieu à Kaya, toujours sur son épaule, et mima un « bon courage » de ses lèvres. Elle se laissa porter ainsi vers l'autel lorsque, tout à coup, Eddy fit obstruction à leur passage.

— T'es sérieux ? s'agaça Ethan, menaçant.
— Moi aussi, je veux la porter ainsi !
— Dégage de ma vue !
— Parle mieux, le Bleu ! Tu peux me faire cette faveur avant qu'elle dise oui, quand même !
— Même pas en rêve ! Elle est déjà à moi ! Uniquement à moi !
— J'ai mal aux côtes ! cria Kaya soudain, agacée par ce fiasco de début de cérémonie. Bougez-vous ou reposez-moi ! Mais je vous en prie, faites quelque chose ! Je n'en peux plus !

Tout le monde se mit à rire autour. Sam se leva de sa chaise à son tour.

— Tu veux que je te tienne la main, Kaya ! J'adoucirai un peu ton malheur !

Simon suivit l'idée et se leva.

— Je tiendrai ton autre main !

Les deux amis se positionnèrent immédiatement derrière Ethan et chacun attrapa une main de Kaya, qui jouait les équilibristes sur l'épaule d'Ethan.

— Sam, va de suite t'asseoir ! pesta Brigitte depuis l'autel, patientant en qualité de témoin de la mariée.

Sam envoya un baiser lointain à sa femme en réponse.

— Tonton Barney, pourquoi tout le monde veut tenir la main de la mariée ? Moi aussi, je veux la tenir ! déclara alors Millie sur les genoux de Barney.

— Tu aurais fait un meilleur job que tous ces crétins réunis, c'est sûr !

Ethan visa les parasites autour de sa femme avec méfiance et lâcha un grognement agacé. Il fit alors un tour sur lui-même afin de les éloigner d'elle. Kaya poussa un cri surpris tandis que chacun des amis évitait les talons de la mariée en pleine figure.

— Dégagez du chemin, les morpions ! Personne ne touche à ma femme !

La voix tonitruante et menaçante d'Ethan fit sourire Eddy.

— Tu crois que tu la mérites.

Le sourcil d'Ethan se souleva et il comprit. Un petit sourire se dessina sur son visage.

— Tu veux qu'on se batte pour vérifier cela ?

Eddy sourit.

— Ne crois pas que tu gagneras cette fois-ci ! rétorqua Eddy.

— T'as même pas été capable de quitter tes rangers pour mon mariage !

Eddy visa ses pompes avec surprise.

— Elles sont décrottées ! J'ai fait un effort !

Ethan profita de son moment d'inattention pour foncer sur lui et le bousculer avec Kaya sur son épaule. Eddy ricana.

— Bon, je crois qu'il est vraiment déterminé !

Sam leva les mains au ciel d'un air vaincu.

— J'aurais bien voulu porter la traîne et elle n'a même pas mis de voile !

— Moi, j'aime bien ses petites pinces avec les petites fleurs séchées ! se contenta Simon. C'est tout à fait elle, ces cheveux détachés et ce naturel !

Ethan arriva à l'autel et posa la mariée au sol, à son grand soulagement. Tout le monde applaudit et rit de sa délivrance... de courte durée. Ethan récupéra sa main et y entrelaça ses doigts dans les siens. Il jeta un regard menaçant à la foule, signifiant que le prochain qui souhaitait s'interposer entre Kaya et lui était considéré comme mort.

— Inutile de poser la question au public s'il y en a un ou une qui souhaite s'opposer au mariage ! lança-t-il alors à l'homme de cérémonie. Ils sont tous d'accord !

Il rejeta un regard dur à l'assemblée et Kaya put entendre des gloussements. Elle leva les yeux de dépit.

— Très bien ! Nous allons commencer la cérémonie.

— Oui, mais allons à l'essentiel ! déclara Ethan.

Il se racla la gorge de façon sérieuse et inspira un bon coup avant de lâcher la phrase fatidique.

— Oui, je le veux !

Il tendit sa main vers Oliver pour qu'il lui donne l'alliance. Kaya le fixa d'un air choqué.

— On ne va pas écourter la cérémonie ! Pas après avoir tout révisé la veille !

— Je n'en peux plus ! se justifia Ethan, agacé à présent par tout ce tralala inutile. Je n'attendrai pas une minute de plus, tout ça pour en plus écouter un blabla soporifique, sans intérêt et chargé d'évidences !

Kaya lui fit de gros yeux tandis que Brigitte se tapa le front devant le cinéma d'Ethan.

— Mon Dieu ! C'est à croire que j'ai épousé un ange, à côté !

Kaya regarda Brigitte avec incrédulité avant de revenir vers Ethan, puis le maître de la cérémonie.

— Je suis désolée, il panique ! Ah ah ! Reprenons !

— Pas du tout ! Je sais très bien ce que je dis. Je te veux, Kaya ! Je te veux tout entière et tout de suite. Je te veux comme épouse et mère de mes enfants. Je te veux le matin, le midi et le soir à mes côtés. Je te veux habillée, mais encore plus nue !

Des rires retentirent dans l'assemblée. Kaya écarquilla les yeux devant son impudeur.

— Je te veux peu importe où, quand, comment. Donc oui, je veux t'épouser.

Il claqua les doigts et Brigitte donna la bague à Kaya. Le maître de la cérémonie resta sans voix, ne sachant s'il était opportun de l'interrompre. Kaya glissa alors l'alliance au doigt d'Ethan d'un geste mécanique, ne réalisant pas vraiment ce qui se jouait tant tout déviait de ce qui était prévu. Cette dernière observa l'alliance au doigt de son mari avec encore plus d'incrédulité. Ethan sourit fièrement en contemplant l'alliance à son doigt.

— Je suis mari ! Youhou !

Après un petit rire du public en voyant le regard brillant du marié, fier d'arborer une alliance à son doigt comme le plus beau jouet qu'on offrait à un enfant n'en ayant jamais reçu, tous les regards se posèrent à présent sur Kaya et la suite. Elle jeta un regard panoramique à l'assemblée, le cœur battant.

— Kaya, veux-tu m'épouser ? répéta Ethan avec enthousiasme et impatience.

Oliver réagit alors et posa l'alliance dans la main d'Ethan. Instinctivement, il glissa la bague autour de l'annulaire de Kaya et chacun se trouva scotché à ses lèvres. Ethan la fixa avant de commencer à douter face à son silence.

— Kaya ?

Elle regarda alors le maître de cérémonie.

— Madame, souhaitez-vous prendre pour époux Monsieur Abberline, ici présent, l'honorer et le chérir jusqu'à ce que la mort vous...

— Il n'y aura pas de mort qui nous sépare ! gronda Ethan tout en menaçant le maître de cérémonie. Pas de mort ! Je ne la quitte pas ! Un point c'est tout ! Et elle non plus ! Pas vrai ?!

Kaya plongea son regard dans celui confiant de son futur mari puis, tout à coup, pouffa. Les invités relâchèrent tout à coup la pression et commencèrent à rire avec elle.

— Non, rien ne nous séparera, Ethan ! Oui, je le veux !

Il enfonça hâtivement l'alliance dans son doigt et Ethan n'attendit pas la suite pour la prendre dans ses bras avec empressement et l'embrasser fougueusement. Dépité par la tenue ubuesque de sa cérémonie, le maître de cérémonie lâcha un « Je vous déclare unis par les liens du mariage mari et femme ! » au milieu des applaudissements, des cris et sifflements du public. Ethan tint avec fermeté la tête de sa femme jusqu'à la cambrer pour rendre ce baiser mémorable, puis la releva et soupira d'un air à la fois soulagé et heureux.

La petite assemblée cria des « bravos ! » et des « félicitations ! » tandis qu'Ethan serra un peu plus fort la main de celle qui était à présent devenue sa femme. Il leva ensuite son bras dans un geste sec pour faire taire l'assemblée, qui cessa de faire du bruit.

— Je vous aime tous beaucoup, mais maintenant, j'ai un objectif très important à réaliser. Je le laisse traîner depuis bien trop longtemps !

Il regarda sa femme et sourit. Un sourire qui n'augurait rien de bon. Un sourire que Kaya connaissait par cœur, tant elle l'avait vu et expérimenté. Un sourire qui lui disait : « t'es prête ? Ton connard entre en piste ! ».

— Je dois m'assurer de féconder ma femme ! Sur ce...

Il se pencha vers son épouse et Kaya lâcha un « Non, Ethan ! Noooon ! » avant qu'elle ne rebascule sur son épaule. Les invités oscillèrent entre rire et incrédulité face au toupet d'Ethan. Il traversa une nouvelle fois l'allée avec Kaya sur son épaule, mais cette fois-ci en sens inverse et d'un pas plus pressé.

— Ethan, on ne peut pas planter nos invités de la sorte ! lui criat-elle à l'oreille.

— Ils gèreront sans nous !

— Nous sommes les mariés et un mariage se fait avec LES MARIÉS !

Ethan arriva au bout de l'allée et se mit à rire.

— Oui, nous sommes mariés ! Ce fut long à attendre, mais qu'est-ce que c'est bon maintenant que c'est fait !

Il donna une nouvelle claque sur les fesses de sa femme et la posa à terre. Il se tourna ensuite vers tout le monde et observa sa femme avec tendresse.

— Ethan, tu te comportes de façon égoïste et odi...

La fin de sa phrase s'écrasa contre les lèvres de son mari.

— OK, relax, Chérie ! Je plaisantais ! On va faire la fête avant !

Il reprit la main de sa femme dans la sienne et fit un geste du bras à l'attention des invités.

— Allez, vous venez ! Fêtons notre bonheur ensemble ! Il ne fait que commencer !

Postface

Voilà, c'est la fin ! Chacun verse sa petite larme en se disant que ce n'est pas possible, cela ne peut pas arriver, qu'on en prendrait bien encore un peu… Mais voilà, après 10 années d'écriture sur cette saga, des hauts et des bas éditoriaux, des rencontres et des regrets, la saga s'achève.

Je dois dire que lorsque j'ai posé le mot fin, j'ai eu du mal à y croire.
Sans doute parce qu'Ethan et Kaya sont toujours revenus à moi, même un an ou deux après le tome précédent.
Sans doute encore, je me dis que je peux écrire un bonus ou deux sur leur vie post-maritale, à l'occasion.
Sans doute peut-être, ces deux personnages ne seront jamais vraiment bien loin de moi, quoiqu'il arrive, parce que c'est la toute première histoire que je vous ai racontée et parce que c'est celle qui nous a réunis à travers les années.

Je te veux ! fut aussi mon plus gros challenge ! Une folie !
Qui oserait commencer l'écriture d'une histoire qui s'étalerait sur huit tomes ? Je connais peu de romances ayant un tel nombre de tomes. Je dois bien avouer que la fierté de réussir un tel exploit est grande.

J'ai écrit d'autres histoires entre chacun des tomes de *Je te veux !*. Cette saga, c'est un peu mon second chat d'écriture. Elle m'accompagnait année après année, me donnait finalement une motivation, car après chaque nouveau livre fini, je devais

revenir vers elle m'en occuper. Malgré tout, le fait que je puisse agrandir mon catalogue d'histoires en même temps que je me séparais progressivement de *Je te veux !* fut un bien. Parce que je ne suis plus seule dorénavant avec cette saga. D'autres personnages sont venus auprès de moi, d'autres histoires incroyables ont rempli ma vie. Lorsque je me suis battue pour récupérer les droits de JTV contre mon ex-éditeur, je me battais avec un sentiment de survie ; je n'avais que cette saga en tête et pas d'autres histoires en stock.
C'était tout ou rien.
 Aujourd'hui, j'ai de quoi pallier le manque de JTV, même si Ethan et Kaya sont uniques en leur genre. Je lâche davantage ma créativité, ce qui efface ma peur de tout perdre comme ce fut le cas au début. Écrire d'autres histoires m'a permis de me détacher de ce lien si fusionnel avec ces personnages.
Aussi, je finis cette saga avec un sentiment de paix intérieure, comme si j'avais atteint les objectifs au-delà de celui de simplement finir cette saga. Je me sens bien plus accomplie. Bien sûr, il y a encore du travail malgré ces dix années, notamment en termes de reconnaissance en tant qu'écrivain, mais j'ai passé une étape difficile, mais nécessaire dans mon accomplissement.

JTV, c'est des centaines et des centaines d'heures d'écriture, c'est 8 tomes comprenant un total de 156 chapitres ! Une romance-feuilleton où rien n'est simple, tout est à construire, où les émotions se mêlent à la psychologie et où l'amitié inspire autant que l'amour effraie.
Ce fut une aventure avec des gens merveilleux, des amis, avec mon mari. C'est aussi l'histoire qui m'a accompagnée durant dix ans avec mes échecs (éditorial, mon IMG par exemple), mes pertes comme ma chère Paty, fidèle chatte d'écrivain, ou mes victoires comme la naissance de ma seconde fille.
JTV, c'est un mélange d'émotions aussi bien dans son élaboration que lors de chaque sortie. J'ai ri, j'ai pleuré pour cette saga, j'ai crié.

Ce fut une période incroyable qui a construit ma « carrière ». J'ai tout appris avec cette saga. Le milieu de l'édition, l'autoédition, je me suis formée à plein de choses, j'ai acquis une expérience qui me donne un recul nécessaire dans mes démarches d'aujourd'hui.

JTV, c'est tout ça !

Lorsque je vois les tomes empilés, je suis fière de l'exploit. Je suis fière d'avoir été au bout du projet. Je suis heureuse d'avoir continué malgré l'adversité, d'avoir persévéré, de ne pas avoir tout laissé tomber. Je me dis que JTV a été l'épreuve initiatique, un peu comme on en voit pour passer de l'adolescence à l'âge adulte. Si tu réussis cette étape, tu es prêt à surmonter tous les obstacles. C'est un peu dans cet état d'esprit dans lequel je suis, bien que le milieu de l'édition soit extrêmement décourageant. Je n'ai pas vraiment envie de cesser l'écriture, mais il est vrai que c'est dur. Très dur. Finir JTV, c'est un peu un symbole : j'ai résisté durant 10 ans, je peux encore résister 10 années de plus…

Nous verrons bien la suite…

J'espère en tout cas que notre histoire ne se finira pas avec *Je te veux !,* que vous lirez les histoires suivantes et y trouverez le même enthousiasme. ^^

Jordane Cassidy
2 décembre 2024

Bonus

Dr COURTOIS

Nom : COURTOIS
Prénom : STÉPHANE

Age : 52 ans
Taille : 1m78
Groupe sanguin : A-

Situation professionnelle : psychiatre à l'hôpital
Qualités : perspicace, sérieux
Défauts : gourmand.

Ce qu'il aime : la dérision, sa femme, ses enfants
Ce qu'il n'aime pas : les patients sans rendez-vous
Petites manies : donne des sucettes à ses patients
Dicton : « Il y a toujours une solution à un problème. »
Objet fétiche : son stylo sucette, cadeau d'un de ses patients, un certain Ethan Abberline.

ANDRÉA

Nom : LORENZO
Prénom : ANDRÉA

Age : 38 ans
Taille : 1m88
Poids : 90kg
Groupe sanguin : B+

Situation professionnelle : Patron de plusieurs boutiques de prêt-à-porter, nommées *Armadio*.
Qualités : attentif, fidèle
Défauts : tombe facilement amoureux

Ce qu'il aime : sa famille, Kaya, cuisiner, ses boutiques
Ce qu'il n'aime pas : Ethan Abberline, voir Kaya malheureuse.
Petites manies : Aller courir tous les matins avant le boulot.
Dicton : « Tout vient à point à qui sait attendre. »
Objet fétiche : il n'en a pas !

SYLVIA

Nom : ARBANET
Prénom : SYLVIA

Age : 51 ans
Taille : 1m64
Poids : 54kg
Groupe sanguin : AB+

Situation professionnelle : sans emploi
Qualités : fidèle.
Défauts : influençable.

Ce qu'elle aime : son fils, les lasagnes
Ce qu'elle n'aime pas : les hommes
Petites manies : se droguait auparavant, aujourd'hui elle suce des moments en moments de manque
Dicton : « Ne remets pas à demain ce que tu peux faire aujourd'hui. »
Objet fétiche : un porte-clés qui appartenait à Ethan lorsqu'il était enfant

DE VOUS À MOI

Les demandes en mariage avortées que vous n'avez pas vu !

1) La suggestion subconsciente

Ethan : Épouse-moi, Kaya. Tu le sais. Tu dois épouser Ethan. C'est le meilleur. Dis oui. Oui…
Kaya : Je peux savoir à quoi tu joues ? J'aimerais dormir !
Ethan : Cela s'appelle de la suggestion subconsciente ! J'ancre dans ton sommeil une idée qui va revenir en boucle dans ton esprit, une fois consciente.
Kaya : Oui, eh bien moi, je n'ai pas besoin d'attendre que tu dormes pour te suggérer mon envie de meurtre parce que je ne dors pas !
Ethan : Tsss ! Ok, on abandonne la suggestion subconsciente !

2) Le défilé de mode

Kaya : On va voir quoi comme défilé ce soir ?
Ethan : Abberline Cosmetics participe à un défilé de robes de mariées en tant que maquilleur officiel.
Kaya : Tu te fous de moi ?!
Ethan : Pas du tout ! Regarde bien. On ne sait jamais… Si tu trouves ta robe de princesse !
Kaya : Mais oui, je me vois très bien payer une robe de grand couturier à des milliers d'euros ! Je suis sûre que tu as négocié ta collaboration, exprès pour me mettre devant ce défilé !

DE VOUS À MOI

Ethan : Et je peux négocier n'importe quoi ! Alors regarde bien !

Après le défilé...
   Ethan : Bon Ok, tu as raison... Trop... chère ! On trouvera ailleurs !
   Kaya : Ah oui ? Pourtant, celle où la nana avait le cul à l'air et des ailes d'ange était époustouflante ! Et tu as vu la transparente ? C'était whouaaa !

3) Propriété privée

   M. Tallaud : Bonjour, enchanté de faire votre connaissance, Madame. Vous êtes ?
   Kaya : Kaya Lév...
   Ethan : Kaya Abberline ! Ma moitié ! Enchanté de vous rencontrer !
   M. Tallaud : Sacrée poigne, Monsieur Abberline !

4) Dissonance matrimonial

   Kaya : Tiens ? On nous a envoyé une carte d'invitation, mais ils ont écrit Kaya Abberline ?
   Ethan : Je sais. C'est moi qui leur ai ordonné d'écrire Abberline. Autant qu'ils s'y habituent dès maintenant et... ça sonne mieux à mon oreille !

DE VOUS À MOI

5) En plein acte !

Ethan : Encore ?
Kaya : Oui ! Encore, Ethan !
Ethan : Tu veux jouir ?
Kaya : Ethan !
Ethan : Épouse-moi et tu jouiras !
Kaya : C'est une blague ?!
Ethan : Épouse-moi !
Kaya : Ok, tu veux jouer à ça ? Demande-moi de te faire jouir, tu risques de rencontrer un mur !
Ethan : Dans quelle position tu veux jouir, mon amour ?!

6) L'estomac ou le cœur ?

Kaya : Qu'est-ce que tu fais, allongé, comme ça, sur le lit ?
Ethan : Je meurs à petit feu, car la femme que j'aime refuse de m'épouser.
Kaya : Dommage ! Je viens de préparer un gâteau aux pommes, mais comme tu as passé l'arme à gauche à attendre, je vais me régaler toute seule !
Ethan : OK, j'arrive !
Kaya : Quelle détermination !
Ethan : J'irai refaire le mort après ! Avec l'estomac plein, j'aurais
de quoi tenir un moment ! Ma détermination est sans faille, chérie ! Veux-tu donc m'épouser ?

DE VOUS À MOI

7) Négociation flash

Kaya : Cela fait tellement longtemps que nous n'avions pas passé du temps ensemble, Richard ! Je suis super contente de diner avec vous. J'ai été étonnée qu'Ethan me propose de vous inviter, mais je reconnais que c'est une super idée qu'il a eue !
Richard : Je suis ravi de voir que tout va bien de votre côté.
Ethan : Justement ! Il est temps de négocier, Richard !
Kaya : Ah non ! S'il te plait ! On ne parle pas boulot maintenant !
Ethan : Comme Kaya n'a plus de parents, accepteriez-vous de l'amener jusqu'à l'autel lors du mariage ?
Kaya : Ethaaan !
Richard : Oh ! Oh ! Je vois que les affaires vont très bien !
Kaya : Pas du tout ! Je n'ai pas encore dit oui !
Ethan : Simple gain de temps de ma part. J'anticipe ! Elle dira oui tôt ou tard de toute façon. Et vous ? Quelle est votre réponse ?
Richard : Ma foi, ce serait avec plaisir !
Ethan : Parfait ! J'aime ce genre de négociation. Il n'y a pas besoin de tergiverser pendant des heures. Cela va droit au but. Serrons-nous la main ! Chérie, suis son exemple maintenant ! Dis oui ! Accepte cette bague à ton doigt une bonne fois pour toutes ! Faisons une pierre deux coups !
Kaya : Et sinon Richard… Vous projetez de partir en vacances ?

REMERCIEMENTS

À mon mari, fidèle compagnon, sniper de la correction, soutien indéfectible.

À mes filles qui me voient trop souvent sur un ordinateur ? ^^'

À mes bêtas ! The best !
Camilla, Lili, Corinne, Cindy, Béa.

À celui qui m'a suivi depuis le début, depuis la maison d'édition à l'autoédition en tant qu'éditeur de collection, puis correcteur :
Éric.

À celles qui m'ont aidé de façon ponctuelle :
Nicole, Marie-Christine

Aux chroniqueuses du début qui ne m'ont jamais lâché ! Merci Nanou ! ^^

À mes collègues autrices avec qui je papote en off et dont le soutien mutuel est primordial dans nos avancées !

À vous, les lectrices fidèles, les cassiaddicts, qui m'avaient soutenu et êtes restées malgré l'attente, malgré les déboires éditoriaux, malgré le temps.

À toutes celles qui découvrent cette saga sur le tard.

Merci !

Découvre la version papier avec bonus exclusifs !

Vous avez aimé votre lecture, dites-le !

Laissez votre avis soit sur :
- sur les plate-formes de ventes sur internet où vous avez acheté le livre
- sur les sites communautaires de lectures tels que booknode, babelio, goodreads, livraddict
- sur les réseaux sociaux via vos profils ou pages
- sur la pages fb, instagram, twitter de l'auteur

Soutenez les auteurs !
Aidez-les à agrandir leur communauté de fans !
C'est important !

Continuez l'aventure avec mon autre saga !

#mariagearrangé #heroicfantasy #chevaliers #magie #medievalfantastique
#duchesse #romanceStepbystep #lithothérapie

JORDANE CASSIDY

De formation littéraire, c'est en écrivant des fanfictions pour un manga que je me suis essayée à l'écriture. Avoir un cadre déjà défini me permettait alors de prendre confiance et d'acquérir l'engouement de lecteurs saluant mon style : entre familier et soutenu, mélangeant humour, amour et action.

Après une pause de quelques années, je suis revenue sur mon clavier, mais cette fois-ci pour écrire une histoire sortant entièrement de mon imagination. Exit l'écriture grâce à un monde déjà existant ! Bonjour l'arrivée de mes mondes !
Et j'ai commencé avec une romance contemporaine en plusieurs tomes : *Je te veux !* où je prends le temps de développer les sentiments de mes personnages, entre surprises, déceptions, interrogations, joies, colères, culpabilité, égoïsme... et signe un contrat en maison d'édition en 2015.

Le succès est là : 10 000 exemplaires du T1 vendus et elle devient ma saga phare ! Je touche rapidement de nombreuses lectrices, saluant la complexité de mes personnages malgré l'humour jamais très loin.

Hélas, cela se passe mal avec mon éditeur et je pars en autoédition début 2018, ma saga en cours sous le bras que je réédite moi-même ! J'ai un diplôme d'infographiste multimédia, ce qui m'aide à entrer facilement dans le monde des auteurs indépendants.

J'écris ensuite une autre romance, « À votre service ! », un feel-good où là encore, je laisse parler ma plume pétillante et addictive, puis une romance médiévale fantasy young adult, *Là où mon coeur te retrouvera...* pour me tester dans l'imaginaire.

Je suis restée depuis en autoédition et je m'éclate à vous présenter mes univers.
Venez prendre le grand huit des émotions. N'attendez plus ! Lisez mes histoires !

OÙ LA CONTACTER :

Site web :
www.jordanecassidy.fr
Facebook :
https://www.facebook.com/JordaneCassidyAuteur/
Twitter :
https://twitter.com/JordaneCassidy
Instagram :
https://www.instagram.com/jordane.cassidy/

TABLE DES MATIÈRES

1 - UNIS _____ 9
2 - NU _____ 19
3 - HORRIBLE _____ 29
4 - ÉGRATIGNÉ _____ 39
5 - FORT _____ 49
6 - INSPIRÉ _____ 61
7 - SÉPARÉS ? _____ 73
8 - IMPATIENT _____ 83
9 - HEUREUX _____ 95
10 - ANGOISSANT _____ 107
11 - COMPLIQUÉ _____ 117
12 - SUPPLIANT _____ 127
13 - OUBLIÉ _____ 137
14 - VILAINE _____ 149
15 - SOLLICITÉE _____ 161
16 - RÉSILIENT _____ 173
17 - EXCITANT _____ 183
18 - PRÊT _____ 193
19 - NERVEUX _____ 203
20 - ISOLÉS _____ 213

21 - FILIAL	223
22 - SEREIN	235
23 - AÉRIEN	245
24 - CONNARD !	255
25 - ENVIEUX	267
26 - NIGAUD	279
27 - SEXY	291
28 - MARIÉS !	303

BONUS

Imprimé par Book on Demand

Dépôt légal : Janvier 2024